Juliane Korelski
Die Rose der Kreuzritter

D1868002

PIPER

Zu diesem Buch

Teutoburger Wald, im Jahre 1190: Als Emme von Ravensberg die trommelnden Hufe schwerer Schlachtrosse den Weg zur Burg hinaufpreschen hört, ahnt sie, dass etwas Schlimmes passiert ist. Die Reiter unter der Führung von Berengar de Bassunville und Robert von Uppsala bringen Kunde aus dem Heiligen Land: Emmes geliebter Bruder Ludwig wurde vor den Toren Akkons von den Sarazenen gefangen genommen. Um ihn zu befreien, soll Emmes Zwillingsbruder das Lösegeld nach Outremer bringen. Hermann, der sich für ein Leben im Kloster entschieden hat, will jedoch nur in Begleitung seiner Schwester reisen, die schon immer stärker und mutiger war als er – so bewies sie von jeher großes Geschick im Umgang mit Pfeil und Bogen. Schweren Herzens vertraut der Graf seine älteste Tochter den beiden Rittern an. Der finstere Berengar lässt Emmes Herz bald höher schlagen. Doch dann erkrankt Hermann schwer. Emme ist verzweifelt, aber sie weiß, dass sie tapfer und unbeirrt ihren Weg fortsetzen muss, um Ludwig zu retten …

Juliane Korelski wurde 1979 in Halle / Westfalen geboren. Nach dem Abitur arbeitete sie erst als Buchhändlerin, bevor sie sich aus Begeisterung für Historisches für das Studium der Geschichte und Antiken Kultur an der Universität Düsseldorf entschied. Heute lebt und arbeitet sie in Bielefeld. Zuletzt erschien von ihr »Die Bastardin«.

Juliane Korelski

Die Rose der Kreuzritter

Historischer Roman

Piper München Zürich

Mehr über unsere Autoren und Bücher:
www.piper.de

Von Juliana Korelski liegen bei Piper vor:
Die Bastardin
Die Rose der Kreuzritter

FSC
Mix
Produktgruppe aus vorbildlich bewirtschafteten Wäldern und anderen kontrollierten Herkünften
www.fsc.org Zert.-Nr. GFA-COC-001223
© 1996 Forest Stewardship Council

Originalausgabe
März 2011
© 2011 Piper Verlag GmbH, München
Umschlagkonzept: semper smile, München
Umschlaggestaltung: Hauptmann & Kompanie Werbeagentur, Zürich, unter Verwendung eines Fotos von Richard Jenkins photography; Hintergrundmotiv von Hauptmann & Kompanie
Autorenfoto: Thomas Hirsch
Satz: Kösel, Krugzell
Papier: Munken Print von Arctic Paper Munkedals AB, Schweden
Druck und Bindung: CPI – Clausen & Bosse, Leck
Printed in Germany ISBN 978-3-492-25927-9

Für Alexander

Prolog

Tripolis, Spätsommer 1190

Sie hatte keinen Schlaf gefunden in der Nacht, und sie glaubte, nie wieder Schlaf zu finden. Als der Morgen allmählich heraufdämmerte, erhob sie sich leise. Ihre Bewacher schliefen, und sie schlüpfte aus dem Haus.

Im Innenhof war es noch kühl und schattig. In der Ecke stand ein Aprikosenbaum, dessen Blätterdach tagsüber ein wenig Schatten spendete. Sie setzte sich unter den Baum, und ihr Blick wanderte zur Baumkrone hinauf.

Sieben Tage lang waren sie geritten, als wäre ihnen der Teufel auf den Fersen. So erreichten sie Tripolis: erschöpft, übermüdet, aber mit hellwachen Sinnen. Die beiden Männer fielen völlig entkräftet auf die Matten in dem kleinen Raum, der ihnen in der Herberge zugewiesen worden war, und schliefen sofort ein. Ragna aber lag stundenlang wach und lauschte den Geräuschen, die in der erwachenden Stadt langsam aufstiegen. Sie ließ den Männern ihren Schlaf.

So blieb ihr ein letztes Mal Zeit, um nachzudenken.

Sie zog die Knie an den Körper und umschlang die Beine mit den Armen. Den Kopf legte sie auf die Knie und blickte zum Haus hinüber. In ihrem Innern regte sich wieder der Hass auf ihn. Da lag er und schlief friedlich, pflegte seine Verwundung, als wäre sie eine Auszeichnung.

Sie blieb sitzen, während die Sonne langsam höher stieg und über die Mauer kroch. Sie wusste nicht, worauf sie wartete. Vielleicht, dass ihr Bruder kam und ihr Vorwürfe machte. Vielleicht, dass er sie bestrafte.

Vielleicht hoffte sie nur, der Albtraum höre irgendwann auf.

Nicht ihr Bruder kam, sondern Berengar. Der Dritte im Bunde, der Mann, dem sie zuerst so sehr misstraut hatte.

Der Mann, der sie jetzt vor dem Schlimmsten bewahren musste.

»Ich konnte nicht schlafen«, sagte er leise und setzte sich zu ihr. Seine blauen Augen musterten sie prüfend, als suche er in ihrem Gesicht nach Antworten.

Ragna stopfte ihr blondes Haar unter den Schleier, mit dem sie sich vor der Hitze schützte. Sie wandte das Gesicht dem heißen Windhauch zu, der durch den Hinterhof fuhr und aufgeregt in den Zweigen des Aprikosenbaums raschelte. Eine reife Frucht fiel herunter und prallte mit einem dumpfen Laut auf den staubigen, kargen Boden.

»Wie soll ich je wieder schlafen können?«, fragte Ragna. Sie erschrak vor ihrer eigenen Stimme, die sonst so hell und fröhlich klang. Jetzt war sie tief und dunkel, als hätten sich alle Fröhlichkeit und jedes Lachen auf immer davongestohlen.

»Wir werden ihn retten«, versprach Berengar.

»Und wie? Wollt ihr Akkon plündern? Wollt ihr Saladins Lager angreifen? Nichts davon habt ihr getan. Ihr seid des Nachts weggelaufen, als wäre es ein Verbrechen, wenn der beste Freund dem Feind in die Hände fällt.«

»Wir sind bloß zwei Männer«, erinnerte Berengar sie sanft. »Es wäre töricht gewesen, etwas zu unternehmen.«

»Und?«, begehrte sie auf. »Jetzt liegt Ludwig in Ketten, mein Bruder hasst ihn und mich, und du … du …«

»Ich kann nichts tun, genau«, beendete er den Satz, weil ihr die Worte fehlten. Ragnas Kopf ruckte hoch. Sie forschte in seinem Blick nach Spott und Hohn, doch er wirkte sehr ernst.

»Dein Bruder ist zornig. Du hättest ihm davon erzählen sollen.«

Sie lachte auf. »Was hätte ich ihm erzählen sollen? Lieber Robert, ich liebe Ludwig von Ravensberg. Könntest du mich bitte von meinem Gelübde freisprechen? Hätte ihn das überzeugt?« Sie schrie beinahe. »Du kennst meinen Bruder noch nicht allzu lange, Berengar de Bassunville, aber sei versichert, er würde mich auslachen und auf kürzestem Wege ins Kloster zurückschicken.«

»Ich kenne ihn lange genug«, erwiderte er kühl. »Ich weiß, welches Verhalten er zuweilen an den Tag legt. Aber glaubst du, er würde seiner eigenen Schwester mit solcher Strenge begegnen? Du hast Fehler gemacht, aber rechtfertigen es diese Fehler, dich zu strafen? Du bist gestraft genug.«

Ragna gab darauf keine Antwort.

Berengar kannte den wahren Robert nicht.

Ihr Bruder war drei Jahre älter als sie, und immer hatte er auf sie aufgepasst. Bis er sie in die Obhut eines Klosters gab, in dem sie, wäre es nach seinem Willen gegangen, den Rest ihres Lebens hätte verbringen sollen. Hoch im Norden lag ihre Heimat, und unter ihren Schwestern im Kloster von Vreta, die sich den Lehren des Zisterzienserordens verschrieben hatten, fühlte sie sich trotz einer gewissen Eintönigkeit wohl. Vor lauter Langeweile kratzte sie sich am ganzen Körper blutig, denn es kribbelte ihr ständig unter der Haut. Darum hatte die Äbtissin ihren Bruder gebeten, Ragna auf die lange, gefahrvolle Pilgerreise ins Heilige Land mitzunehmen. Outremer war für sie mehr gewesen als nur Abwechslung. Es war ein Versprechen, obschon sich früh abzeichnete, dass sie die heiligen Stätten Jerusalems weder aufsuchen noch in Bälde darauf hoffen durften, die Stadt zu betreten.

Seit 1187 war die Stadt in den Händen der Sarazenen. Das hatten Robert und Ragna gewusst, als sie sich vor gut zwei Jahren auf den Weg gemacht hatten. Aber sie hatten auf Gott und seine Krieger vertraut, dass diese Jerusalem zurückerobern würden. Robert schloss sich schon bald den christlichen Kämpfern an, die Akkon belagerten. Ragna blieb nichts anderes übrig, als bei ihm zu bleiben. Es widerstrebte ihr, denn der Krieg war schmutzig und blutig. Solche Abenteuer hatte sie jedenfalls nicht gesucht, als ihr die Langeweile in Vreta den Verstand zu rauben gedroht hatte.

Sie hatte das Leben im Feldlager gehasst, bis sie Ludwig von Ravensberg begegnet war.

Er erhellte ihre Tage und wärmte ihre Nächte.

Bei einem Ausfall, den Berengar, Robert, Ludwig und eine Handvoll Ritter versuchten, wurde Ludwig von den Sarazenen gefangen genommen. Nun wurden ihre Tage wieder dunkel, und in den Nächten fror sie, wie auch während des Tages, denn ein inneres Zittern beherrschte sie, das sich eingenistet hatte und immer dann erwachte, wenn sie Ludwig zu vergessen drohte.

»Was wird aus dir, wenn wir nach Ravensberg reiten?«, fragte Berengar.

Sie atmete aus. Es wäre ihr lieber gewesen, an diesem Morgen allein zu sein, damit sie ihre Gebete sprechen und sich für das Kommende wappnen konnte.

»Er wird für mich sorgen«, entgegnete sie leise.

Daran hatte er nie einen Zweifel gelassen. Er sorgte für sie.

1. RAVENSBERG

Kapitel 1

November 1190, Burg Ravensberg

»Schlechte Nachrichten reisen schnell«, flüsterte Großmutter Richenza. »So schnell …«

Im Kamin heulte der Wind, doch nicht dieses Geräusch jagte Emme einen Schauer über den Rücken. Es war vielmehr die Stimme der Großmutter, die ihren Schemel dicht an das munter flackernde Kaminfeuer gerückt hatte und, umgeben von Emme und den Zofen, im Feuerschein emsig stickte. Rasch flog die Nadel in der Hand der Alten, und die meiste Zeit schwieg sie. Oder aber sie murmelte, über die Handarbeit gebeugt, Unverständliches vor sich hin.

Doch diese Worte hatte jede der Anwesenden gehört. Auch die Magd, die gerade auf einem Tablett Becher mit heiß dampfendem Würzwein brachte. Sie verharrte einen Augenblick lang an der Tür der Kemenate. Alle hielten den Atem an und blickten zu Richenza hinüber.

Emme ließ die Näharbeit sinken, als die Großmutter nicht weitersprach.

»Wovon redest du?«, fragte sie mit sanfter Stimme.

Und dann spürte sie es auch. Das sanfte Beben, welches das Gemäuer erfasst hatte. Die im Galopp trommelnden Hufe schwerer Schlachtrösser, die den Weg zur Burg heraufpreschten.

Emme stand auf und trat ans Fenster.

»Was siehst du?«, fragte Richenza. Zwar konnte die Alte auf kurze Entfernung die kleinste Unregelmäßigkeit in der Stickerei ihrer Enkelin erkennen, doch für die Ferne taugten ihre Augen nicht mehr. Für die Ferne war Emme ihr Auge.

»Ein Dutzend Reiter«, berichtete Emme. »Sie tragen Wappen, die ich nicht kenne. Das eine zeigt einen silbernen Schild auf grünem Grund. Das andere … Nein, das ist kein rechtes Wappen. Sie scheinen von weit her zu kommen.«

»Ja, das glaube ich wohl.« Mit geschlossenen Augen lehnte die Ahnin sich vor. »Aus Outremer kommen sie«, flüsterte sie.

Emme fuhr herum. »Dann bringen sie Nachricht von Ludwig?«, fragte sie atemlos, und ihr Herz klopfte schneller.

»Geh und sieh nach! Dein Vater wird sie schon bald empfangen. Eil dich, Emme!«

Mehr sagte die Großmutter nicht, und Emme gehorchte, ohne zu zögern. Sie war es gewohnt, der Großmutter ohne Widerworte zu folgen, denn Richenza wusste stets, was zu tun war, obwohl sie schlecht sah. Es war, als nehme sie Dinge wahr, die Emme und den anderen verborgen blieben.

Emme huschte aus dem Raum, zog die Tür hinter sich zu, damit die Wärme nicht aus der Kemenate entweichen konnte. Neben der hohen Halle, in der ihr Vater zu Gericht saß, seinen gräflichen Pflichten nachging und in der abends die Tafel aufgetragen wurde, war die Kemenate im Winter der einzige Raum, der regelmäßig beheizt wurde. In der Küche war es natürlich durch die offene Feuerstelle stets warm, und dort drängte sich das Gesinde nach dem Tagwerk und wärmte die steif gefrorenen Glieder.

Emme hatte den Umhang in der Kemenate vergessen, und sofort griff die Kälte nach ihr. In der Wärme des Frauentrakts vergaß sie manchmal, wie eisig es in den Mauern der Höhenburg sein konnte, wenn der Wind hindurchzog und sich Raureif auf dem Mauerwerk niederschlug. Rasch stieg sie die steile Treppe hinunter und betrat den hohen Saal am Ende des Gangs. Die Binsen raschelten unter ihren Füßen, eine Maus quiekte empört und huschte davon.

Doch Emme hatte keinen Blick dafür. Alle Sinne waren auf die Vorgänge im hinteren Teil des Saals gerichtet.

Sie hielt sich nahe der Wand, weit fort von der Tafel, die

auf der anderen Seite des Raums von zwei Dienern hereingetragen und auf die Böcke gestellt wurde. Auf den Bänken hatten sich Männer niedergelassen, die Gesichter gerötet von der Kälte, und wärmten die Hände bereits an Bechern mit Würzwein oder bedienten sich hungrig aus Schüsseln voll mit dunklem Brot und Bratenstücken in fetter Sauce, die der Graf von Ravensburg hatte auftischen lassen.

Ihr Vater stand am oberen Ende der Tafel, den Kopf gesenkt, die Fäuste auf die Tischplatte gepresst, als wolle er sie mit ganzer Kraft niederdrücken. Ein Mann stand neben ihm; der Waffenrock mit dem silbernen Schild auf grünem Grund spannte sich über seinen breiten Schultern. Eindringlich redete er auf Otto von Ravensberg ein, zu leise, als dass Emme ihn verstehen konnte.

Unter den Fingern spürte sie das kalte Mauerwerk, während sie sich behutsam näher schob. In ihrem rotbraunen Kleid verschmolz sie mit den Schatten, verschmolz mit der hereinbrechenden Dämmerung und dem Wandbehang, den ihre Hand berührte.

Ihr Vater hob den Kopf und blickte in ihre Richtung, als habe er schon die ganze Zeit gewusst, dass sie anwesend war. Seine grauen Augen wirkten fast schwarz. Plötzlich war die Angst da und griff nach Emme.

Diese Männer brachten keine gute Nachricht nach Ravensberg, da hatte ihre Großmutter recht gehabt.

»Komm her, Emme!« Der Vater winkte sie heran, und sie eilte zu ihm und dem Fremden.

»Was ist geschehen?«, fragte sie mit versagender Stimme. Angst schnürte ihr die Kehle zu. Angst vor der Antwort, Angst vor einer Wahrheit, die sie vielleicht gar nicht erfahren wollte. Dennoch fragte sie, weil sie es auch nicht ertrug, unwissend zu bleiben.

»Der Graf de Bassunville bringt Nachricht von deinem Bruder Ludwig.«

Schwer seufzte der Vater, blickte den Grafen von der Seite an, als hoffe er, dieser werde das Reden für ihn übernehmen.

»Ist er tot?«, fragte sie mit ängstlich klopfendem Herzen.

Der Bassunviller wandte sich unmittelbar an sie. »So Gott will, geht es Eurem Bruder gut, Jungfer Emme. Doch er wurde von den Sarazenen gefangen genommen. Es ereignete sich vor zwei Monaten vor den Toren Akkons, das wir nun seit über einem Jahr belagern. Wir gerieten in einen Hinterhalt.«

Sie fragte nicht, woher er ihren Namen kannte. Wahrscheinlich von Ludwig, ihrem ältesten Bruder, der ihr so viel näher stand als die anderen Brüder oder die kleinen Geschwister aus der zweiten Ehe ihres Vaters.

»Gefangen? Aber was bedeutet das?« So recht begreifen konnte sie nicht, was dies für ihre Familie hieß. Ludwig war der Älteste, der Erbe und ein tapferer Ritter, auf den Vater und Großmutter zu Recht stolz waren. Schweren Herzens und begleitet von den besten Wünschen und Gebeten, hatte der Vater ihn vor Jahresfrist ziehen lassen, damit er sich dem Gefolge Kaiser Barbarossas nach Outremer anschloss. Dem Kaiser war es nicht vergönnt gewesen, das Heilige Land zu erreichen, denn er war unterwegs beim Baden in einem Fluss ertrunken. Ludwig aber hatte das Ziel seiner Reise erreicht. So vermutete Emme zumindest, denn viel mehr als Gerüchte vermochten den weiten Weg von Outremer zur Burg Ravensberg nicht zu überbrücken. Der Mann, der nun vor Emme stand, war der Erste, der seit Ludwigs Abreise Neuigkeiten über ihn brachte.

»Sie fordern ein Lösegeld.« Der Vater sank schwer auf den Sessel am Kopfende der Tafel und vergrub das Gesicht in den Händen. Eine Weile war nichts zu hören als das Klappern der Schüsseln und das Flüstern der Kämpfer, die den Bassunviller begleitet hatten. Emme fragte sich, warum diese Männer, denen das weiße Kreuz auf das gegürtete Surcot geheftet war, nicht bereits in Outremer waren, sondern allesamt mit dem Bassunviller den weiten Weg zur Ravensburg angetreten hatten.

»Wir werden das Geld aufbringen, Emme«, erklärte der Vater schließlich. »Der Ritter kam, das Lösegeld zu holen und es dem Sarazenenfürsten zu überbringen.«

Jetzt erst musterte sie den Besucher genauer. Wer war dieser Mann, der sich Graf de Bassunville nannte und erst die Nachricht überbrachte, bevor er sich nach der langen Reise stärkte und erfrischte? Selbst den silbernen Pokal mit heißem Würzwein hatte er bisher nicht angerührt.

Vielleicht fühlte er sich in der zugigen Halle nicht wohl. Emme fröstelte. Vielleicht war ihm auch der Auftrag unangenehm, der ihn hergeführt hatte, und es zog ihn so rasch wie möglich zurück nach Outremer – zum Mittelpunkt der bekannten Welt, wo es nie Winter wurde, wenn sie den Geschichten der Fahrenden Glauben schenken wollte.

Bassunville war wie ihr Bruder Ludwig ein edler Ritter, wie man sie allerorten besang, von den edlen Gesichtszügen über die breiten Schultern bis zu den kraftvollen Schenkeln, die ein Pferd mit wenig Mühe im Kampf zu lenken wussten. Seine Rüstung war tadellos, der Mantel von jenem satten Grün, das sich auf dem Schild wiederholte, das sie vorhin vom Fenster aus an seinem Sattel entdeckt hatte. Stolz wirkte er, und die vor der Brust verschränkten Arme verrieten ihr, was er von der karg geschmückten Halle hielt. Dabei ruhten seine blauen Augen durchaus wohlwollend auf ihr. Ehe er weitersprach, strich er sich mit beiden Händen das braune Haar zurück, auf dem im Feuerschein rote Funken tanzten.

»Ludwig ist mein Freund, darum ist mir daran gelegen, auch zu seinem Lösegeld beizutragen.« Er wandte sich an Emmes Vater und richtete sich geradezu herausfordernd vor ihm auf. »Ich hoffe doch, diese christliche Tat ist in Eurem

Sinn. Euer Sohn soll möglichst bald freigekauft werden, und ich bin nicht sicher, ob Ihr das Geld schnell genug aufbringen könnt. Zahlt es mir meinetwegen später zurück, wenn Ihr Euch diesen Stolz leisten könnt.«

Emme stockte der Atem. Wie unglaublich dreist er war! Wie konnte er es wagen, so mit ihrem Vater zu reden? Er behandelte ihn, als wäre er ein Bettler. Dabei gehörte ihm das umliegende Land mit Marktflecken und Dörfern sowie andere Burgen bis hinüber nach Calvelage. Dieser Fremde kannte das Land nicht, über das ihr Vater gebot!

Doch der nickte nur leicht und ging nicht näher auf die versteckte Beleidigung ein. »Es lohnt, darüber nachzudenken«, sagte er langsam. »Doch jetzt lasst uns essen, Graf de Bassunville. Vermutlich wollt Ihr in Kürze wieder aufbrechen.«

»Sobald es möglich ist, ja. Der Winter behagt mir nicht. Ein kaltes und feuchtes Wetter habt Ihr hier, bei dem einem die Glieder gefrieren.«

Doch bevor sich die Männer setzten und Emme sich unauffällig zurückziehen konnte, um ihrer Großmutter Bericht zu erstatten und den Schreck zu überwinden, der ihr ob der Hiobsbotschaft in die Glieder gefahren war, betrat ein weiterer Mann die hohe Halle und eilte auf ihren Vater zu. Er sank auf ein Knie und neigte vor dem Grafen den Kopf, geradeso, wie ein Ritter sich vor seinem Lehnsherrn verneigt.

»Mein Reisegefährte und guter Freund Robert von Uppsala«, stellte der Graf de Bassunville den blonden Hünen vor. »Er kämpfte an Ludwigs Seite und war der Letzte, der ihn lebend sah.«

»Ich wollte ihn mit meinem Leben verteidigen«, raunte der Ritter. Schwer war sein Akzent, ganz anders als der des Bassunvillers, der das leichte, südländische Französisch zu sprechen verstand. »Doch dann waren es so viele, und sie zerrten ihn von mir fort … Alles, was mir von ihm blieb, war dieses Schmuckstück, das er mir am Vorabend der Schlacht übergab. Er bat mich, es Euch zu bringen, wenn ihm etwas widerfahren sollte.«

Unter seinem Kettenhemd zog er eine Kette hervor, an der eine durchbohrte goldene Münze hing. Emme hielt es kaum an ihrem Platz, denn sie erkannte das Schmuckstück sofort. Es war ein Aureus. Eine Goldmünze, die aus jener Zeit stammte, da die Cäsaren von Rom aus regierten. Er war ihr Talisman, ihr Aureus, den Ludwig ihr einst geschenkt hatte und von dem sie sich nie hatte trennen wollen – bis zu jenem Tag, als Ludwig gen Outremer zog. Damals hatte sie ihrem Bruder diesen Glücksbringer zurückgegeben, und er hatte sie auf den Scheitel geküsst und ihr versprochen, unversehrt zurückzukehren. Schließlich beschützten ihn die römischen Kaiser.

»Ihr müsst Emme von Ravensberg sein.« Der Hüne hatte sich aufgerichtet und trat auf sie zu. Wieder beugte er das Knie und blickte aus grauen Augen, in denen sie Tränen blitzen sah, zu ihr auf. Weinte dieser Mann etwa um ihren Bruder? Seine Hand mit dem Aureus streckte sich ihr entgegen, und ohne zu wissen, was sie tat, umfasste Emme seine Finger, die angenehm warm waren. Er wand ihr die filigrane Goldkette um die Hände.

»Er hat mir von Euch erzählt«, flüsterte er so leise, dass Emme meinte, nur sie könne seine Worte hören. »Doch Euer Bruder verschwieg mir, dass Ihr schön seid wie eine zarte weiße Rose, die vom Morgentau benetzt ihre Knospe öffnet.«

Emme spürte, wie ihr eine heiße Röte in die Wangen stieg. Robert von Uppsala beugte sich über ihre Hände, und sie spürte seine Lippen, die warm wie ein Sommerhauch über ihre Finger strichen. Jäh zog sie die Hände weg, um die er so liebevoll die Kette gewunden hatte. Ihre Wangen brannten, und sie presste den Aureus an ihr klopfendes Herz.

»Habt Dank, Robert von Uppsala«, sagte sie brav und hoffte, ihre Stimme möge ihren inneren Aufruhr nicht verraten. Kurz warf sie dem Bassunviller einen Blick zu, doch der stand starr mit verschränkten Armen neben ihrem Vater, den das Geschehen sichtlich bewegte.

»Geh, Emme«, sagte ihr Vater, »geh und erzähl meiner Mutter, was sich zugetragen hat!«

Emme schaffte es zu lächeln. Ihr Vater wusste, warum sie hergekommen war, und auch sie wurde nun wieder an ihren Auftrag erinnert. Ohne einen Blick zurück verließ sie eilig den Saal, um der Großmutter von Ludwigs Unglück zu berichten.

Kapitel 2

Wie aufgescheuchte Hühner drängten die Frauen sich um Emme, als sie in die Kemenate zurückgekehrt war.

»Was ist geschehen?« – »Kommen die Ritter von weit her?« – »Hast du den Roten mit dem grünen Mantel gesehen? Der ist ein Ritter nach meinem Geschmack!« So riefen sie, zupften Emme an den Ärmeln und gönnten ihr keine Muße, das soeben Erlebte zu begreifen und in Worte zu fassen.

»Nun lasst sie doch in Ruhe, ihr Gänse!«, schalt Richenza. Die Alte blieb am Feuer sitzen, aber Emme wusste, dass es auch sie drängte, endlich zu erfahren, was sich in der hohen Halle zugetragen hatte. Sie war jedoch zu alt, um aufzuspringen, wenn ihr danach war. Vor allem aber war es die Würde, die sie auf ihrem Platz hielt. Richenza von Ravensberg hatte es nicht nötig, zu Emme zu kommen, weil sie wusste, dass ihre Enkelin zu ihr kommen und ihr alles erzählen würde.

Wie auf einen Befehl hin wichen die Frauen vor Emme zurück, als hätte sie den Aussatz. Richenzas Worte waren in diesem Raum Gesetz; ihr gehorchte sogar die Burgherrin, wenn sie sich zu ihr gesellte. Doch Emmes Stiefmutter, die Gräfin Oda, lag dieser Tage im Bett und erholte sich, da sie kürzlich mit ihrem fünften Kind niedergekommen war.

Emme setzte sich neben ihre Großmutter auf den Schemel.

»Nun?«, fragte diese leise, während die anderen die Köpfe wieder über die Stickarbeit beugten und begierig lauschten, um keins von Emmes Worten zu verpassen. »Was geht dort unten vor?«

Richenzas Stimme hatte an Schärfe verloren, denn sie spürte, wie aufgewühlt Emme war.

Und vermutlich sah sie es ihr sogar an.

»Es ist Ludwig«, wisperte sie. »Die Ungläubigen haben ihn gefangen genommen und fordern ein Lösegeld.« Die Kette klirrte leise in ihrer Hand, und Richenza griff danach. Sie lächelte ihr zahnloses Lächeln, als sie den Aureus erkannte.

»Du warst ihm immer die Liebste, weißt du das?«

Gedankenverloren drehte Emme den Aureus zwischen den Fingern hin und her. »Nein, das wusste ich nicht«, gestand sie. »Ich dachte immer, er ertrüge mich nur wegen Hermann.«

Richenza lachte leise. »Dabei war es gerade umgekehrt, denn dein Bruder, der in jener Sturmnacht nach dir aus deiner Mutter hervorkroch, besitzt weder dein sonniges Gemüt noch deine Kraft. Und sieh ihn dir an: Er ist schwach geblieben bis ins Letzte.«

Emme schwieg. Sie liebte ihren Zwillingsbruder ebenso wie die anderen Brüder und auch die jüngeren Geschwister, die ihre Stiefmutter mit gesundem Mut im Abstand von einem Jahr geboren hatte. Doch die Großmutter hatte recht: Hermann war anders als Ludwig oder Otto, hatte sich geduldig gefügt, als man ihn ins Kloster steckte, um diesem dem Willen des Vaters gemäß als Abt vorzustehen. Fürs Kriegshandwerk, das wusste wohl jeder, taugte Hermann nicht.

»Du konntest kaum laufen, als Ludwig dich das erste Mal zu seinen Bogenschießübungen mitnahm. Er war ein aufgeweckter Achtjähriger, und du hast ihn vergöttert, wolltest ihm alles gleichtun, und er wusste immer, wo du stecktest. Seine Brüder kümmerten ihn nie, du warst es, der er sein Leben zu Füßen legte.«

Richenzas runzlige Hand ruhte auf Emmes Arm. »Weine nicht zu sehr um ihn!«

Emmes Blick fuhr hoch. »Wie meinst du das?«, fragte sie, und plötzlich wachte ihr Herz wieder auf und pochte ihr schmerzhaft gegen die Rippen, wie ein Vögelchen, das sich gegen die Gitterstäbe eines Käfigs wirft.

»Die Sarazenen lassen keinen ziehen, den sie erst einmal in den Fängen haben. Dein Bruder wird in ihrem Kerker verrecken, bevor dein Vater auch nur die Hälfte des Lösegelds zusammengekratzt hat.« Richenza seufzte. »Es ist schade um ihn. Dein Bruder war ein guter Mann. Er wäre ein würdiger Nachfolger deines Vaters geworden.«

Emme schluckte mühsam die Worte hinunter, die sie ihrer Großmutter am liebsten entgegengeschleudert hätte. Ihre Faust schloss sich um den Aureus. Die glatt polierte Kante der Münze, die durch so viele Hände gewandert war, drückte sich schmerzhaft in ihre Handfläche.

Ludwig würde nicht sterben. Dafür würden die beiden Ritter sorgen, der Helle, der vor Emme das Knie gebeugt hatte, ebenso wie der Finstere, der jede Bewegung seines Gefährten beinahe abfällig verfolgt hatte. Doch wie sollte sie ihrer Großmutter das sagen, wie der Greisin die Stirn bieten? Es gehörte sich nicht, und außerdem schien die alte Frau zu wissen, wie es auf der Welt zuging, und in diesem Raum war ihre Stimme Gesetz. Niemand wagte ihr zu widersprechen ... Auch Emme nicht.

Sie erhob sich.

»Wohin gehst du, Kind?«, rief Richenza ihr hinterher, und Emme antwortete erst, als sie die Tür bereits geöffnet hatte und der kalte Wind von der Stiege herauf durch die Kemenate fegte.

»Ich muss nachdenken«, erwiderte sie über die Schulter hinweg.

Sie wollte mit ihrer Angst um Ludwig allein sein.

Der Graf von Ravensberg gab den Neuankömmlingen Quartier, und nachdem Berengar de Bassunville sich gewaschen und ein frisches Hemd angezogen hatte, fühlte er sich so erfrischt und ausgeruht, als hätte er nicht einen zwei Monate währenden Höllenritt gen Norden hinter sich gebracht. Er wusste genau, woran das lag. Es waren die grünen Augen der schwarzhaarigen Grafentochter, die neue Lebenskraft in ihm weckten. Bis zu jenem Moment, als sein Kampfgefährte Robert auftauchte und ihre Augen zum Leuchten brachte, weil er ihr die Goldmünze überreichte, hatte ihr leises Lächeln ihm gegolten.

Aber so war es immer. Robert bekam die Frauen schneller ins Bett, als diese ein Paternoster beten konnten. Und auch wenn sich dieser Gedanke bei der Tochter eines Grafen verbot, hatte Emme von Ravensberg Berengar allzu schmerzlich daran erinnert, was er erst vor Kurzem verloren hatte.

Er schüttelte den Gedanken ab und begutachtete den Raum, den der Ravensberger ihm zugewiesen hatte. Eine hübsche kleine Kammer mit einem Kamin, in dem zwei Diener eilig ein Feuer entfacht hatten. Noch empfand er die Kälte als schneidend, die durch jede Ritze im Mauerwerk kroch und vor allem durch die Spalten des Fensterladens hereindrang. Er beschloss, sich im Hof umzusehen. Auch drängte es ihn, sich nach der Unterbringung seines Rappen zu erkundigen, denn er traute diesen Bauerntölpeln nicht zu, mit dem feingliedrigen Araber sachgemäß umgehen zu können. Dieser verkraftete zwar auch die Winterkälte erstaunlich gut, doch war er die Wüstenhitze gewohnt, in der er aufgezogen worden war.

Im Stall fand er alles zum Besten bestellt. Zwei Stallburschen und sein Knappe hatten sich der Pferde angenommen, sie nach dem scharfen Ritt abgetrocknet und ihnen zu saufen gegeben. Es gab nur Heu, doch das duftete frisch, als Berengar eine Handvoll nahm und aufschüttelte.

»Gib meinem Schwarzen vom Hafer!«, befahl er seinem Knappen, dann trat er wieder auf den Hof, der bei Tauwetter ein einziges Schlammloch gewesen wäre. Doch in der klirrenden Kälte war der Boden hart gefroren. Wenn man nicht aufpasste, rutschte man auf den spiegelglatten Eisflächen aus. Vor der Schmiede, die Tag um Tag Hitze abstrahlte, während der Schmied drinnen seinem Handwerk nachging, stand das Wasser in den Pfützen. Auch jetzt war ein gleichmäßiges Hämmern zu hören. Berengar entdeckte zudem ein Backhaus, über dem an diesem Tag Rauch aufstieg, und überall herrschte lärmende Geschäftigkeit. Schmutzig war es hier, ja, aber vielleicht hatte er dem Ravensberger unrecht getan mit seiner Vermutung, dieser könne das Geld nicht aufbringen, um seinen Sohn auszulösen. Keiner der Burgbewohner sah verhärmt oder abgerissen aus. In den Dörfern ringsum mochte Hunger herrschen, doch dieser Burgherr litt keinen Mangel, ebenso wenig die Seinen.

Zwischen Bergfried und Mauer gelangte er in den hinteren Teil der Burganlage. Hier hatte die Burgherrin ihren Garten angelegt, Wirtschaftsgebäude drängten sich an die hohe Mauer, und in einiger Entfernung entdeckte er das Brunnenhäuschen, von dem eine Magd gerade ein Joch mit zwei Wassereimern wegtrug. Der Brunnen schien in große Tiefe zu reichen, da das Wasser darin offenbar noch nicht gefroren war.

Er hörte das feine Sirren, bevor er die schlanke Gestalt entdeckte, die in einiger Entfernung hinter dem Brunnenhäuschen stand. Mit der Linken hielt sie einen Bogen umfasst, während sie mit der Rechten die Sehne spannte, ehe der Pfeil davonschnellte. Schon griff die Rechte wieder in den Gürtel, in dem die Pfeile steckten, spannte die Sehne, schickte den Pfeil seinem Ziel entgegen.

Berengar staunte. Der Schütze wirkte schmal und zerbrechlich, und der Ritter wunderte sich, dass dieser bei der aufzuwendenden Körperkraft nicht ebenso entzwei brach wie ein Pfeil, der an einem Hindernis zerschellt. Doch das tat er natürlich nicht. Pfeil um Pfeil gab der Schütze auf das für Berengar unsichtbare Ziel ab, in einem gleichbleibend schnellen Rhythmus.

Dann waren alle Pfeile verbraucht. Die Linke senkte sich, und Berengar trat näher. Einen solchen Bogenschützen könnte der Schwabenherzog Friedrich vor Akkon gebrauchen, fuhr es ihm durch den Kopf. Warum versteckte sich dieser Mann auf der Burg, statt in den Kampf zu ziehen?

Aber er kannte die Antwort. Nach dem Tod des Kaisers hatten sich seine Vasallen in Antiochia in alle Winde zerstreut, und nur wenige waren bis vor die Mauern Akkons gezogen. Selbst der neue Kaiser, der sechste Heinrich, schlug sich lieber mit Roger von Sizilien in Süditalien herum, statt die Christenheit von der sarazenischen Geißel zu befreien.

»Heda!«, rief er, und der Bogenschütze fuhr herum.

Grüne Augen blitzten ihn an. Schwarzes Haar, zu einem schweren Zopf geflochten, wand sich unter der groben Gugel hervor. Es war Emme, die Tochter des Grafen.

Im ersten Augenblick glaubte Berengar einem Geist gegenüberzustehen, der sich einen bösen Scherz mit ihm erlaubte. »Ihr …«, krächzte er.

Sie schob die Kapuze vom Kopf und löste die Sehne vom Bogen.

»Hat mein Vater Euch ein gutes Quartier gegeben?«, fragte sie schließlich. Und als wäre der Ritter gar nicht anwesend, schritt sie auf ihr Ziel zu.

Berengar starrte ihr nach und traute seinen Sinnen kaum. Wie konnte eine Frau, die derartig zierlich wirkte, mit solcher Kraft und solchem Geschick Pfeil und Bogen handhaben? Er konnte gar nicht anders, als ihr nachzueilen. Er stolperte über gefrorenen Boden, und harsch gefrorenes Gras knirschte unter seinen Stiefeln.

»Ich wusste nicht, dass die Franken ihre Frauen am Bogen ausbilden«, sagte er und bereute sogleich seine dumme Aussage.

Sie hatte die Scheibe erreicht und zog die Pfeile heraus. Viele hatten das Ziel getroffen, manche waren nur knapp daneben eingeschlagen. Nur zwei Pfeile hob sie vom Boden auf.

»Sie werden gewöhnlich auch nicht darin unterrichtet«, räumte sie ein, während sie jeden einzelnen Pfeil von der Spitze bis zum gefiederten Ende mit den Fingern prüfte, ehe sie ihn wieder unter den Gürtel steckte. »Nur jene Frauen erlernen das Bogenschießen, die schon als Dreijährige jammernd am Kittel ihres älteren Bruders hängen, der seiner jüngsten Schwester keinen Wunsch abschlagen kann.«

»Euer Bruder hat oft von Euch erzählt. Es wundert mich nicht, dass Ihr mit ähnlicher Zärtlichkeit und Liebe von ihm sprecht.«

»Sprach er so von mir, ja?« Rau klang ihre Stimme, und mit überraschender Heftigkeit riss sie an den Pfeilen. Einer, der sich besonders tief in die Zielscheibe gegraben hatte und den man behutsam hätte bergen müssen, zerbrach mit einem trockenen Knacken. Sie warf das Pfeilende auf den gefrorenen Boden und fluchte unbotmäßig. Wahrscheinlich, so vermutete Berengar, war sie ihrem Bruder nicht nur zum Schießstand gefolgt, sondern hatte ihn auch in die Dorfschenke zu den Unfreien begleitet.

In ihrer Wut wirkte dieses zarte Weibsbild sogar noch anziehender auf ihn. Er verschränkte die Arme vor der Brust, musterte sie von oben bis unten. Sie trug ein Hemd aus feinem Leinen, darüber eine Wolltunika und einen dicken dunklen Mantel. Dazu Beinlinge und Bruche wie ein Mann, und er ertappte sich bei dem Gedanken, dass sie ihm so besser gefiel als in Frauenkleidern.

»Werden die Ungläubigen meinen Bruder am Leben lassen, bis Ihr das Geld bringt, um ihn freizukaufen?«, fragte sie plötzlich und warf ihm einen unsicheren Seitenblick zu.

»Wenn Euer Vater schnell handelt und seinen Stolz hinunterschluckt, ja.« Das ist jedoch nur die halbe Wahrheit, dachte Berengar. Ludwig war vor Akkon gefangen genommen worden, und vermutlich hielt man ihn in der Zeltstadt fest, die Saladins Krieger um das Lager der Christen errichtet hatten. Die Christen wiederum belagerten Akkon, sodass aus den Belagerern seit vielen Monaten auch Belagerte wurden, eingeklemmt zwischen Saladins Streitmacht und den steil aufragenden Stadtmauern Akkons. Dadurch befanden sich die Franken in einer unangenehmen Lage, die für sie fast schlimmer war als für die armen Teufel, die in der Stadt hungerten.

Man wusste zwar, dass die Sarazenen ihre Gefangenen einigermaßen gut behandelten – zumindest jene, von denen sie sich ein üppiges Lösegeld erhofften –, doch seit jener Nachricht, die Berengar von einem Boten überbracht worden war, hatte er nichts mehr über Ludwigs Verbleib erfahren. Er vermutete jedoch, dass es auch den Kriegern in Saladins Zeltstadt nicht allzu gut erging, und wahrscheinlich waren die Gefangenen die Ersten, die hungern mussten, wenn Nahrungsmittel knapp wurden.

Doch das verschwieg er der jungen Frau lieber. Sie war eine edle Dame, und obwohl sie meisterhaft mit dem Bogen umzugehen wusste, war der Krieg für ihr zartes Gemüt kein angemessenes Gesprächsthema.

»Warum seid Ihr hergekommen?« Sie ließ die Fingerspitzen über die gefiederten Pfeilenden tanzen, ehe sie zur Ausgangsstelle zurückkehrte. Sie legte die Sehne wieder ein, und diesmal sah Berengar, dass der Langbogen kleiner war als die Bogen, die er kannte. Er schien eigens für sie angefertigt worden zu sein, ein wunderschönes Stück aus Eibenholz.

Er folgte ihr und stellte sich neben sie, den Blick auf die Zielscheibe gerichtet. »Ich verstehe Eure Frage nicht.«

Sie warf ihm einen finsteren Blick zu. »Es hätte gereicht, einen Boten zu schicken. Und nicht mit einem Dutzend Männer das Heilige Land zu verlassen, um herzukommen. Ein Mann hätte genügt, Graf de Bassunville. Zu viele haben nach dem Tod des Kaisers die Heimreise angetreten, meint Ihr nicht?«

Sie schoss wieder auf die Zielscheibe. Berengar beobachtete schweigend, wie sie einen Pfeil nach dem nächsten scheinbar mühelos in der rot markierten Mitte versenkte. Er spürte Bewunderung für diese unbeugsame, starke Frau, die ihre Angst um den Bruder hinter einem scharfen Verstand verbarg und unbeirrt ihre Schießübungen ausführte.

»Nun? Hat es Euch die Sprache verschlagen, Bassunviller? So schwer ist die Frage doch nicht zu beantworten, oder?«

Wenn sie wüsste …

Sie senkte den Bogen. Erneut hatte sie knapp dreißig Schuss abgegeben. Diesmal rollte sie die Sehne sorgfältig auf, nachdem sie sie vom Bogen gelöst hatte. Feine Schweißperlen glänzten auf ihrer Stirn.

»Es ist nicht so einfach«, gestand Berengar. »Ich wollte allein kommen, weil …« Weil es meine Schuld ist, dass Euer Bruder in Gefangenschaft geriet, stolze Ravensbergerin. Er wollte mich mit seinem Leben beschützen, wie er es mit jenen zu tun pflegt, die er liebt. Da rissen sie ihn vom Pferd, und ich konnte nichts tun, als mit anzusehen, wie sie ihn fortzerrten. Robert setzte ihnen nach, ich konnte ihm nicht folgen, da ich verletzt am Boden lag. Ludwig blutete so stark, ich glaubte, ihn nie wieder lebend zu sehen. Auch jetzt ist meine Hoffnung gering, aber wir haben das Versprechen des Sarazenenfürsten, dass er leben wird, wenn wir das Gold bringen. Darum bin ich hier. Darum bin ich zwei Monate lang durch die halbe Welt gereist, ohne mir Rast zu gönnen.

Aber Berengar hatte nicht den Mut, ihr das alles zu sagen.

»Die Männer, die mit mir reiten, nahmen das Kreuz erst vor wenigen Wochen und waren noch nicht im Heiligen Land. Sie haben mich herbegleitet.« Er verstummte. Warum glaubte er sich ihr erklären zu müssen?

»Und der andere Ritter?«

»Robert? Auch er ist ein Waffengefährte Eures Bruders. Er stammt aus dem hohen Norden. Bei einem Scharmützel vor Akkon kam er uns zur Hilfe, und seitdem konnte uns nichts trennen.«

Sie nickte, als sei damit alles gesagt. Unter ihren Stiefeln knirschte das Gras, als sie wieder zur Zielscheibe schritt. Diesmal blieb Berengar stehen und beobachtete ihre Bewegungen aus der Entfernung.

»Dann werdet Ihr bald zurück nach Akkon reisen!«, rief sie zu ihm zurück.

»Sobald Euer Vater das Geld aufgebracht hat.«

Sie stand mit dem Rücken zu ihm, während sie die Pfeile zog. Doch nun verharrte sie mitten in der Bewegung.

»Darum braucht Ihr Euch keine Sorgen zu machen«, versicherte sie ernst. »Er wird es aufbringen, auch ohne Eure Hilfe.«

Berengar nickte. Das bezweifelte er nicht. Doch er hoffte, der Ravensberger werde zulassen, dass er einen Teil dazu beitrug. Er wollte seine Schuld begleichen, die er mit Ludwigs Gefangennahme auf sich geladen hatte.

»Mein Vater hat nach meinem Bruder schicken lassen.« Sie trat wieder neben ihn. »Ich denke, Hermann wird Euch nach Outremer begleiten.«

Berengar neigte den Kopf. »Wenn er so gut zu kämpfen versteht wie Ihr, hege ich keinen Zweifel daran, dass er bei uns bestens aufgehoben ist.«

Sie runzelte die Stirn. »Er ist ein Mann Gottes. Erwartet nicht zu viel von ihm«, bemerkte sie knapp. Dann packte sie den Langbogen und marschierte mit weit ausgreifenden Schritten und ohne Blick zurück zum Haupthaus.

Kapitel 3

Drei Tage konnten lang werden, wenn man mit seiner Zeit nichts anzufangen wusste. Diese Erfahrung hatte Berengar bereits gemacht, als er für wenige Wochen an der Belagerung Akkons teilgenommen hatte. Schon bald hatte ihn die Langeweile gequält. Nur deshalb hatte er sich freiwillig gemeldet, um einen Ausfall zu wagen. Es war ein anderes Leben gewesen, an das er sich wie im Traum erinnerte, geprägt von Staub und Blut und großen Taten. Nun saß er in der Halle der Ravensberger und flickte eigenhändig sein Sattelzeug.

Dafür gab es Knappen, und er hatte auch einen Jungen, der ihm stets zu Diensten war. Doch Ermin war auf Berengars Befehl zurückgeblieben, als er gen Norden ritt. Nur Robert duldete er an seiner Seite. Stumm hatten sie in den zunehmend kälteren Herbstnächten am Feuer gesessen, weil sie sich nicht die Mühe machten, in Gasthäusern zu übernachten, sondern bis tief in die Nacht hinein ritten und früh am Morgen wieder unterwegs waren. Es blieb keine Zeit, mehr als das Nötigste zu tun.

Diese Zeit hatte er jetzt, während der Graf nach seinem Sohn schicken ließ. Hermann lebte in einem nahe gelegenen Kloster. Jeder wusste ihm zu bestätigen, dass der Zwillingsbruder der mutigen Bogenschützin fromm war, und im Stillen hoffte Berengar, dass fromm nicht auch mutlos, schwächlich und kraftlos bedeutete. Solche Eigenschaften würden ihre Rückreise erschweren, über die Maßen und weit mehr, als Berengar in seiner Rastlosigkeit zu ertragen bereit war.

Das Zaumzeug seines Rappen auf den Knien, Stücke von Leder neben sich auf dem Tisch, feste Fäden, Ösen, Nadeln – so wartete er. Ein Kreuzritter durfte sich nicht scheuen, nicht nur sein Schwert gegen die Ungläubigen zu führen, sondern mit anderen Waffen gegen die Vergänglichkeit vorzugehen. Außerdem war es in der Halle warm, und nicht nur das: Wärmer war's noch, wenn sich die Tochter des Burggrafen mit ihren jüngeren Geschwistern in der Halle aufhielt. Mit ihrem schwarzen Haar stach sie aus der Schar der blondschöpfigen Kinder hervor, die sie mit ihrer ruhigen und besonnenen, ihrer fröhlichen Art und mit klaren Worte zu bändigen verstand. Große blaue Augen blickten zu ihr auf, und nach dem zweiten Tag wusste Berengar immerhin, dass es vier dieser Blondschöpfe gab, die ständig wild umhertollten. Der Jüngste lief gerade erst und setzte sich oft genug auf den Popo, während der Älteste mit dem kindlichen Ernst seiner fünf Sommer verkündete, er werde mitziehen nach Outremer und den Heiden ihren Unglauben aus dem Leib hauen.

Zwei Ammen kamen hinzu, die den Kindern nachliefen, wo es nachzulaufen galt, und eine dritte, so erfuhr er irgendwann, befand sich die meiste Zeit oben im Frauentrakt, nahe der Kemenate der Burgherrin, die vor Kurzem erst ihr fünftes Kind geboren hatte und seitdem strenge Bettruhe wahrte.

Insgesamt also gab es hier zu viele Frauen und zu viele Kinder. Fast konnte er verstehen, dass Ludwig es vorgezogen hatte, den Kaiser auf seinem Kreuzzug zu begleiten.

»Ihr seid nun schon den dritten Tag in Folge der Einladung meines Vaters nicht nachgekommen. Wenn Ihr so weitermacht, grollt er Euch.«

Emme setzte sich zu ihm. Ihr Vater war mit Robert unterwegs. Es ging ums Geld, das aufzutreiben der Burggraf versprochen hatte, doch füllte sich die kleine Eichentruhe für Berengars Geschmack viel zu langsam. Hätte der Graf seinen Stolz doch nur aufgegeben und nicht bei jeder Abendmahlzeit, zu der sich seine Kämpfer und Gäste versammelten, laut verkündet, das Gold bald beisammenzuhaben!

Botschaften waren an die anderen Burgen seiner Grafschaft gegangen, ebenso an die Klöster, die ihm unterstanden. So viel hatte Berengar verstanden: Das Land der Ravensberger war ausgedehnt und verfügte über viele ertragreiche Klöster und Hufen. Ja, vielleicht gelang es dem Grafen tatsächlich, das Lösegeld aufzubringen, doch wäre damit sein Lehen auf Jahre ausgeblutet.

Er maß die Grafentochter mit einem knappen Seitenblick. »Mir scheint, Euer Vater hat sich eindeutig gegen meine Unterstützung entschieden.«

»Ihr meint, weil er sich gegen Eure Beteiligung am Lösegeld ausgesprochen hat?«

»Euer Vater ist ein stolzer Mann, Jungfer Emme. Mich wundert's, dass er mich trotzdem immer wieder fragt, ob ich ihn bei seinen Ausritten begleite.«

Sie runzelte die Stirn. »Ihr meint also, es liegt ihm eher daran, den Schein zu wahren.«

Das dachte er tatsächlich. Die Aufforderungen des Grafen waren allenfalls rein höflicher Natur, und ebenso höflich hatte Berengar stets abzusagen gewusst. Er nahm seinen Auftrag ernst, und der lautete nur, Ludwig freizukaufen, gleichgültig, mit wessen Geld. Robert kannte dieses Gebot der Höflichkeit nicht, aber Robert war ohnehin anders. Seinem sonnigen Gemüt flogen nicht nur die Herzen der Frauen zu, obwohl er diesen Umstand nie ausnutzte. Er wusste auch den Rittern zu schmeicheln, ohne gleisnerische Worte finden zu müssen. Darum mochte der Graf ihn und nicht Berengar; daher überließ Berengar es gern Robert, tagelang durch eisige Kälte zu reiten und die Schneekristalle auf der rot gefrorenen Haut zu spüren.

»Wie lange wird es noch dauern, bis Euer Bruder eintrifft?«

»Das fragt Ihr jeden Tag. Und täglich antworte ich, dass ich es nicht weiß.«

»Im Winter ist's schwer zu reisen. Ich hoffe, vor der schlimmsten Januarkälte die deutschen Lande hinter mir lassen zu können.«

»Ist es nicht viel kälter dort, wo Ihr entlangreisen wollt?«

»Wir ziehen nicht über die Alpen nach Italien, sondern wählen den Landweg. Unser erstes Ziel heißt Regensburg; ab da werden wir uns über das böhmische Königreich und die Länder der Ungarn nach Süden wenden. Konstantinopel, so hoffe ich, werden wir vor Februar erreichen. Obschon auch dort bittere Winterkälte herrscht.«

»Ihr seid ein rastloser Mann, Berengar de Bassunville.«

Darauf schwieg der Ritter. Es schien ihm nicht geboten, dieser zarten Jungfer von der Schuld zu erzählen, die er auf sich geladen hatte. Was ging es sie an, dass er Ludwig verraten hatte? Er hatte mitansehen müssen, wie sie ihn fortzerrten, blutend und schlaff, wie tot. Damals hatte er Ludwig verloren geglaubt, und dass der Freund dennoch lebte, hatte er erst spät glauben wollen.

Dass Ludwig allerdings nur überleben würde, wenn das Lösegeld gezahlt würde, hatte in dem Bassunviller ein Feuer entfacht, das hoch aufloderte und allein von seinem Wunsch zehrte, das Unrecht wiedergutzumachen.

»Ich hoffe, Euer Bruder besitzt ebenfalls eine gewisse Rastlosigkeit.« War der Bruder ihr ähnlich? Blitzten seine Augen auch so leidenschaftlich? Wusste er ebenso entschlossen zuzupacken wie sie mit ihren schmalen Händen?

Sie schenkte für beide Bier ein. »Mein Bruder ist kein Mann der Taten.«

Das hatte er schon befürchtet.

»Ihr sagtet mir vor einigen Tagen, ich solle nicht zu viel von ihm verlangen. Harte Worte, die eine Frau für ihren Bruder findet.«

»Er ist sogar mein Zwilling, und Ihr habt recht. Es ziemt sich nicht, so über den eigenen Bruder zu reden. Doch ziemt es sich auf der anderen Seite, über meinen Vater so zu reden, wie Ihr es tut?«

Er wusste nicht, was er antworten sollte.

»Wenn Ihr nämlich behauptet, mein Vater sei ein stolzer Mann«, fuhr sie fort, »so klingt das aus Eurem Mund, als dürfe mein Vater sich diesen Stolz nicht leisten.«

»Ihr habt mich ertappt.«

»Warum diese Eile? Heißt es nicht, die Sarazenen behandeln jene Gefangene mit Ehrerbietung, von denen sie sich etwas versprechen? Lassen sie meinem Bruder keine Fürsorge angedeihen, während sie auf das Gold meines Vaters warten?«

»Das tun sie wohl, ja. Doch steht unser christliches Heer vor Akkon und schließt nicht nur die Stadt der Sarazenen ein, sondern wird ebenfalls belagert. Fürst Saladin kam mit einer Entsatzstreitkraft heran, und da es nicht zur offenen Feldschlacht kam, zog er einen zweiten Ring um unser Lager. Er wird nun versuchen, uns auszuhungern und vom Meer abzuschneiden, damit wir keine Versorgungsgüter mehr heranschaffen können. Und wenn Akkon fällt …«

»Es wird fallen …«

Ihre Überzeugung wollte er ihr nicht nehmen. Sie wusste es nicht besser, und Gott mochte sie davor behüten, je zu erfahren, wie schmutzig ein Krieg sein konnte, wenn er an zwei Fronten geführt wurde. Wenn die Leichenberge nicht nur vom Schwert genährt wurden, sondern auch von Hunger und Krankheit. Er hatte Frauen, Kinder und Männer sterben sehen, hatte nicht mehr an ein Morgen geglaubt in seiner Mutlosigkeit.

Sie war zu schön für dieses Elend.

»Wenn Akkon fällt, und ja, es wird fallen, so Gott will, dann wissen wir nicht, wie weit die sarazenische Gnade reichen wird. Ob man Euren Bruder und die anderen Gefangenen verschont und gegen jene austauscht, die sich in unserer

Gewalt befinden. Oder ob die Heiden lieber tun, was sie so gern ...«

Seine Hände schlossen sich um den Becher. Nein, er konnte es nicht aussprechen. Er konnte ihr unmöglich erzählen, dass die Sarazenen drei Dutzend ihrer Gefangenen auf der Stadtmauer aufreihten, hinter jedem von ihnen einen Kämpfer aus ihren eigenen Reihen postierten und den Männern die Köpfe abschlugen. Köpfe, die winzig klein die schräge Mauer hinabrollten und im Graben unter der Befestigungsanlage im Schlamm versanken.

»Sie verdienen es nicht zu leben, diese Ungläubigen!«, stieß er zwischen den Zähnen hervor.

Dazu schwieg sie. Sogleich reute es ihn, davon angefangen zu haben, und er trank mit großen Schlucken den Becher leer, knallte ihn auf den Tisch und griff wieder zum Zaumzeug, an dem ein Riemen gerissen war und den zu ersetzen er sich schon seit dem frühen Morgen mühte.

»Lasst mich das machen.«

Sie streckte die Hand danach aus, und erst wollte er ablehnen, doch dann sah er ihre Finger zittern und verstand ihr Ansinnen. Seine Worte hatten ihr Angst gemacht, und sie wollte ihre Hände beschäftigen. Er rief sich zur Ordnung, reichte ihr Zaum und Riemen, Nadel und Faden. Sie nahm alles, breitete den Zaum auf dem Tisch aus und versenkte sich in die Arbeit, als wäre er nicht anwesend.

Im Augenblick wäre es ihm auch lieber gewesen, er hätte verschwinden können.

Sie hörte, wie er aufstand. Er murmelte, er wolle nach seinem Pferd sehen.

Sollte er doch. Ihre Hände verrieten das Beben, das sie erfasst hatte. Die Angst um Ludwig hatte sie zurückdrängen wollen, hatte vergessen wollen, was es bedeuten mochte, dass er sich in der Hand der Sarazenen befand. Die Worte des Bassunvillers hatten die Angst von Neuem heraufbeschworen.

Sie stach sich mit der Nadel und fluchte laut. Zum Glück war sie allein – nur eine Küchenmagd räumte das schmutzige Geschirr fort. Alle anderen waren irgendwo, obwohl es Emme kaum ertragen konnte, allein zu sein.

Ob sie nach ihrer Stiefmutter sehen sollte? Wie eine Freundin war ihr die junge Oda, die nur wenige Jahre älter war als sie selbst. Obwohl sie eher als Frau Ludwigs getaugt hätte, hatte ihr Vater sie zur Frau genommen, wohl in dem Wunsch, weitere Kinder in die Welt zu setzen, die seine zahlreichen Burgen und Klöster verwalteten. Emmes zweitältester Bruder Otto lebte schon seit Jahren im Tecklenburgischen und verwaltete dort Hufen und Burg; ihn vermisste sie ebenso wie Ludwig. Und Hermann? Auch er wäre ihr in diesem Augenblick recht gewesen, und sei es nur, damit sie mit ihrer Angst nicht allein war.

Bloß zur Großmutter traute sie sich nicht. Seit drei Tagen verspritzte die Alte ihr Gift, bittere Galle, die ihrer Trauer um den liebsten Enkel entsprang. Richenza blieb die meiste Zeit in der Kemenate. Nur selten wagte sie den steilen Abstieg und erschien in der Halle. Am Abend zuvor war sie jedoch zugegen gewesen und hatte zur Rechten ihres Sohns gethront – auf dem Ehrenplatz, den sie sich mit schwarzem Blick von Bassunville ertrotzt hatte. Der hatte sich ihrem Willen mit spöttischer Gelassenheit gebeugt und sie damit offensichtlich beeindruckt. Sie hatte darauf bestanden, mit ihm das Tranchoir zu teilen, und ihm die leckersten Bissen zugeschoben, während sie nur am Brotteller geknabbert hatte, der mit sämiger Soße gesättigt gewesen war. An seinen Versuchen, ihr zu schmeicheln, hatte sie indes weniger Gefallen gefunden. Mit stechendem Blick hatte sie alles beäugt, und als Emme sie später wieder die Treppe hinaufgeleitet hatte, hatte sie gefaucht, es sei eine Schande, diese jungen Männer in den sicheren Tod zurückzuschicken, wenn Ludwig doch ohnehin schon verloren sei.

Richenza war also kaum die richtige Gesellschaft, wenn jemand wie Emme um Ludwigs Leben bangte. Wenn noch gehofft wurde …

Die Ammen waren mit den Kindern im Freien oder im Frauenturm – einerlei, sie waren nicht da. Und der Kaplan, stets um das Seelenheil der ganzen Familie besorgt, hatte sich am Morgen entschuldigt und war mit zwei Männern gen Marienfelde aufgebrochen, um im dortigen Kloster ein wenig Gold aus der Schatulle der Zisterzienser zu erbitten, obwohl die Marienfelder nicht zum Ravensberger Lehen gehörten. Oh, und natürlich würde sich der rundliche kleine Hanno, der keiner Tonsur bedurfte, da sein Kopf seit Jahr und Tag kahl war wie eine geschabte Pergamenthaut, den Wanst anständig vollschlagen. Die Marienfelder würden nämlich in dieser Woche schlachten, da blieb sicher genug frische Blutwurst, die Hanno gebraten so sehr liebte.

So ließ Emme ihre Gedanken um die Vorlieben der einzelnen Haushaltsmitglieder kreisen, um die Anweisungen, die sie am Morgen in der Küche vorgebracht hatte, da Oda im Moment noch bettlägerig war und Emme die Schlüsselgewalt übertragen hatte. Pflichten gab es reichlich, und müßig brauchte sie keinen Augenblick lang zu sein. Dennoch saß sie lieber hier und flickte den Zaum des feurigen Rapphengsts. Dachte an den Besitzer, der ebenso unberechenbar war wie sein Reittier.

Seine Worte. Sein Blick. Dann hatte er sie allein gelassen mit dem schadhaften Pferdegeschirr und ihren Gedanken.

Sie wartete ebenso ungeduldig auf Hermann wie der Bassunviller, und jeden Abend, wenn ihr Vater heimkehrte, hoffte sie, er werde mehr mitbringen als eine Handvoll Münzen, die er sicher in der Truhe verschloss, in der er seine Reichtümer hortete. Sie kannte die benötigte Summe nicht, wusste nur, es war zu viel. Zu wenig, um den Stolz ihres Vaters zu brechen, zu viel aber, um es aufzubringen.

Er hatte ihr vor Jahresfrist versprochen, einen Mann für sie zu suchen, wenn Ludwig heil zurückkehre. Schon Ludwigs Zug gen Outremer hatte viel gekostet; zu viel, um eine Tochter auf nahe Sicht zu verheiraten, ohne durch die Morgengabe die Grafschaft zu schädigen. Sie schätzte die Sparsamkeit ihres Vaters, doch wusste sie, dass der Preis für Ludwigs Befreiung nicht nur in Gold bemessen wurde, sondern für sie auch Verzicht bedeutete: Verzicht auf die Ehe. Verzicht auf Kinder. Verzicht darauf, einen Hausstand länger als nur für wenige Wochen zu führen, während die Stiefmutter im Wochenbett lag.

Törichte Gedanken … Manches Mal hatte sie sich gefragt, ob sie wie Oda sein konnte, die Jahr um Jahr niederkam und sich auf Wochen in ihrer Kammer verschanzte, ehe sie auf schwachen Beinen den ersten Kirchgang nach der Niederkunft wagte. Ob sie auf ihr Bogenschießen verzichten konnte. Kaum ein Edelmann würde es dulden, dass seine Frau, angetan mit Bruche und Beinlingen, Tunika und Gugel, im Schneesturm stand und den Bogen schoss. Ein solcher Mann hätte ihrem Bruder Ludwig gleichen müssen, um ihre Leidenschaft zu verstehen und ihre Lust an der Jagd zu unterstützen. Wobei es nicht die Falkenjagd war, die ihr Vergnügen bereitete, wenngleich auf Ravensberg auch zwei Falken gehalten wurden. Es war die Jagd mit Pfeil und Bogen, die sie in der kalten Winterdämmerung früh hinaustrieb.

Nun, es war wohl keine Frage mehr, ob sie verheiratet würde. Vermutlich fänden ihre jüngeren Schwestern, die noch mit den Ammen durch den Schnee tollten, eher einen Ehemann als sie selbst. Denn bis sich die Grafschaft von der riesigen Last der Lösegeldzahlung befreit hätte, wäre Emme weit über das heiratsfähige Alter hinaus.

Mit roher Gewalt trieb sie die Nadel durch das geschmeidige Leder. Sollte es eben so sein! Sollte sie doch bis ans Lebensende von einem ihrer Brüder ausgehalten werden! Ludwig würde es tun. Und wieder: Ludwig. Ihre Gedanken kreisten wild umher, doch kehrten sie immer zu ihm zurück, als gäbe es niemanden sonst auf dieser Welt, der ihr etwas bedeutete.

Die Kinder stürmten in die Halle, lachend und mit Schnee bestäubt, der sich seit den frühen Morgenstunden in winzigen, zarten Flocken herabsenkte. Sie fielen übereinander, tollten wild umher und ließen sich kaum bändigen. Die beiden Ammen klopften Eis und Schmutz von Kitteln und schalten Friedrich, den Ältesten, als er seine Schwestern an den Haaren zog. Stille und Einsamkeit waren vorbei.

Emme atmete tief durch und senkte den Kopf über das Flickwerk.

»Herrin?« Es war die Amme Griseldis, die Arme mit den nassen Umhängen der Kinder beladen. »Es ist Euer Bruder, denk ich. Hab den Zug kommen sehen, den Pfad zur Burg herauf.«

Hermann! Dankbar, sich endlich vom Gedankenspiel lösen zu können, legte Emme die Näharbeit beiseite. Sie stand auf, fasste Griseldis am Arm. »Sag in der Küche Bescheid! Dem Koch hatte ich gesagt, er solle heute Abend kein aufwendiges Mahl auftischen, aber das muss er ändern. Eine Gans soll er schlachten – oder nein, lieber zwei.«

Griseldis neigte den Kopf und trat einen Schritt rückwärts.

Federleichten Schritts eilte Emme zum anderen Ende der Halle. Ihr blieb keine Zeit, den dicken Umhang zu holen. Einstweilen musste der genügen, den sie im Winter auch in der Halle trug, obwohl er nicht pelzgefüttert war. Sie stieß die schwere Tür auf und lief über den verschneiten stillen Hof zum Tor.

Hermann kehrte heim! Er würde mit dem Bassunviller

und dem hellen Nordmann gen Jerusalem reisen und Ludwig freikaufen! Wie sehr sie sich freute, ihn wiederzusehen, wenn auch weniger seinetwegen als vielmehr wegen des Anlasses, aus dem er gekommen war.

Die Wächter öffneten das Tor, als Emme näher kam. Fröstelnd zog sie den Umhang enger um die Schultern. Es war kälter, als sie gedacht hatte.

Zunächst kamen zwei braune Reitpferde, auf denen die Ritter thronten, die ihr Vater zu Hermann geschickt hatte. Dann folgte ein halbes Dutzend Männer zu Fuß. Einer humpelte, ihm waren die Füße in den löchrigen Schuhen erfroren. Emme runzelte die Stirn. Doch dann sah sie Hermann. Er saß auf einem Maulesel, hielt sich mit beiden Händen am hölzernen Sattelgestell fest und hatte die Augen geschlossen, während er flüsternd betete.

Ein Gefühl der Zärtlichkeit überflutete Emme. Auch wenn Hermann nicht dem hohen Ideal eines Ritters entsprach wie Ludwig, auch wenn er schwach und oft krank war – er blieb ihr Bruder. Ihr Zwillingsbruder. Als Kinder hatten sie die Wiege geteilt. Manchmal glaubte sie heute, von ihm und davon zu träumen, wie sie beisammenlagen. Doch das waren Träume, die nicht ihren Erinnerungen entspringen konnten. Nach wenigen Wochen hatte die Amme die beiden Kinder getrennt, so hatte es die Großmutter erzählt. Aus Angst, der Junge könne nur deshalb von so schwächlicher Gesundheit sein, weil seine Schwester alle Kraft aufsauge, hatte man eine zweite Amme bestellt, der man Emme an die Brust legte.

Hermann aber blieb kümmerlich.

Emme trat dem Bruder entgegen. Sie hob die Hand, als wolle sie winken, doch er sah sie nicht, da er weiterhin die Augen geschlossen hielt. Erst als Emme den Zügel des Maulesels ergriff und das Tier zum Stehen brachte, schlug er die Augen auf.

Moorbraun waren sie, hell und von einem Schleier überzogen. Sein Haar war so dunkel wie ihres, seine Gestalt aber dort, wo seine Schwester unter weicher Haut Muskeln hatte, vor allem schwammig. Er sah aus, als hätte er in den letzten zwei Jahren seit ihrer letzten Begegnung einiges an Gewicht zugenommen.

»Emme.« Aus seinem Mund klang ihr Name wie ein Seufzen.

»Willkommen daheim.«

Einer der Fußsoldaten trat zu ihnen und half Hermann aus dem Sattel, während Emme den Zaum des Maulesels hielt. Hermann stöhnte verhalten, gelangte aber heil aus dem Sattel und raffte seine Kutte. Der Krieger nahm den Maulesel und folgte den Rittern zum Stall.

»Keine gute Jahreszeit, um zu reisen«, bemerkte ihr Bruder.

Wenn du wüsstest. Dir steht eine noch viel größere Reise bevor.

Doch das zu erklären sollte ihr Vater übernehmen.

»Lass dich anschauen!« Seine Hände ergriffen ihre Finger. Heiß und trocken waren sie, weich und zart, wie sie's von ihm kannte. Hermanns einzige Waffe, die zu führen er meisterlich verstand, war die Feder, mit der er Worte aufs Pergament kratzte.

»Vater hätte dir längst einen Mann suchen sollen. War der Iburger nicht um dich bemüht?«

»Ludwigs Kreuzzug …«

»Ja.«

Sie lächelte. Zu wissen, dass es noch immer so war wie früher, erzeugte ein warmes Gefühl in ihrem Innern. Wenige Worte genügten ihnen. Kurze Blicke sagten mehr.

»Komm«, sagte sie leise, »ich habe zwei Gänse schlachten lassen, damit wir heute Abend gut speisen können. Vater wird sich freuen, dich zu sehen.«

»Er hat sich nicht genug gefreut, um mir vorher mitzuteilen, warum er mich rufen ließ. Ich weiß nur, dass Ludwig in Outremer gefangen genommen wurde.«

»Vater soll dir alles erzählen.«

Sie wandten sich um. Langsam schritten sie auf das Haupthaus zu. Langsam nur, weil Hermann so zaghaft ausschritt, als wären seine Knochen spröde wie die von Großmutter Richenza. Doch Emme hatte Geduld.

Sie blickte hoch.

Just in diesem Augenblick trat der Bassunviller aus dem Stall, seinen Rappen am Zügel. Der Araber warf den Kopf zurück, versuchte den Halfter mit dem Maul zu erreichen, doch die Hand des Ritters legte sich unnachgiebig auf seinen Hals. Sanft flüsterte er dem Pferd etwas zu und versuchte es zu beruhigen.

Warum gab er sich mit diesem Tier ab? Es war für einen Ritter zu feingliedrig und zart, konnte ihn in voller Rüstung nicht tragen. Dennoch schien ihm dieser Hengst viel wert zu sein. Nun ja, dass er von außergewöhnlicher Schönheit war, das sah Emme. Vermutlich war er auch ausdauernd, aber wie sollte er besser sein als die wuchtigen Schlachtrösser, die im Stall ihres Vaters standen? Was konnte er besser als der Zelter, den sie selbst ritt?

Berengar wandte sich zu den Geschwistern um. Hob grüßend die Hand, ließ sie jedoch gleich wieder sinken. Als er lächelte, senkte Emme den Kopf. Sie erwiderte seinen Gruß nicht.

Hermann blieb stehen. »Wer ist er?«

»Berengar de Bassunville. Ein Freund unseres Bruders.«

»Ludwig? Wir haben Nachricht von Ludwig?«

Sie schwieg.

»Geht es ihm gut? Schickt er uns diesen Fremden? Warum? Ist er auf der Durchreise?«

»Es ist nichts.« Sie zog ihn am Ärmel, doch Hermann

blieb stehen. Er blickte zu dem Bassunviller hinüber und schien zu überlegen, ob er auf ihn zugehen oder noch abwarten sollte. Der Rapphengst war es wohl, der ihm die Entscheidung abnahm, denn Hermann hatte Angst vor Pferden. Ein Hasenfuß in Mönchskutte – so hätten böse Zungen über ihn gelästert. Emme kam derlei nicht in den Sinn.

Er war ihr Bruder. So sehr Gegensatz zu Ludwig, dass es unmöglich schien, beide gleichermaßen zu lieben. Dennoch tat sie es und verehrte jeden Bruder für die Fähigkeiten, die er jeweils beherrschte. Bei Hermann jedoch fiel es ihr schwer, wenn sie ihn einige Jahre nicht gesehen hatte.

»Lass uns hineingehen!« Erneut zupfte sie an Hermanns Ärmel, und diesmal ließ er sich mitziehen, zumindest einen Schritt. Doch dann wandte er sich wieder zu Berengar um.

»Heda! Bringt Ihr Nachricht von unserem Bruder?«, rief er.

Der Bassunviller fuhr herum und ließ die Bürste sinken, mit der er das Fell des Rappen zum Glänzen gebracht hatte. Er stand zwanzig Schritte entfernt, und Emme beobachtete, wie seine Schultern nach vorn sanken. Vom Schmerz gebeugt, doch immer noch groß und stark, so kam er ihr vor. Und als er den Zügel einem Stallburschen zuwarf und zu ihnen herüberkam, spürte auch sie, wie der Mut sie verließ.

Hermann sollte nicht hier, in der von winzigen Schneeflocken zerwirbelten Kälte, die Wahrheit erfahren.

»Dir muss kalt sein. Lass uns hineingehen, und ich schicke nach heißem Würzwein und einer Mahlzeit.«

Der Bassunviller war nun herangekommen. Zu spät.

»Ihr seid Hermann von Ravensberg?«

»Und Ihr, so erfuhr ich gerade, seid Berengar de Bassunville. Habt Ihr Nachricht von meinem Bruder Ludwig?«

Ein knapper Blick des Bassunvillers traf Emme.

»So kann man es wohl sagen.«

»Mir ist kalt«, unterbrach Emme das Gespräch der Männer. Erneut griff sie nach Hermanns Arm. »Bitte, lass uns in der Halle …«

Nein, sie konnte nicht verhindern, dass Hermann die Wahrheit erfuhr. Aber sie wollte nicht, dass er es hier erfuhr, wo das Gesinde zusah. Schon spürte sie den neugierigen Blick des Pferdeburschen, und vermutlich standen auch die Männer am Zwinger beisammen und gafften herüber. Ludwigs Gefangennahme hatte schnell die Runde gemacht und für Bestürzung gesorgt. Natürlich sorgten sich die Männer. Die Mägde in der Küche rieben sich die Tränen aus den Augen.

Aber was niemand zu Gesicht bekommen durfte, war ein Grafensohn, der Schwäche zeigte. Genau das befürchtete Emme.

»Was ist mit meinem Bruder?«

»Er ist Geisel des Fürsten Saladin.« Der Bassunviller sprach leise und senkte den Kopf, als erwarte er, für die Überbringung dieser Nachricht gezüchtigt zu werden. »Euer Vater wird das Lösegeld aufbringen. Eure Aufgabe wird es sein, mit mir nach Outremer zu reisen. Darum ließ er nach Euch schicken.«

Hermann nickte. »Gut«, flüsterte er. Emme packte seinen Arm, spürte ihn neben sich schwanken. »Gut, das werden wir dann wohl beim Nachtmahl besprechen.« An Emme gewandt, gab er sich geradezu heiter. »Du musst mir alles erzählen, was sich in den letzten Monaten hier zugetragen hat, Schwesterchen. Mir scheint, wir haben allerlei zu bereden.«

Emme nickte stumm. Schwer stützte Hermann sich auf sie, als er zum Haupthaus schlurfte. Jeder Schritt schien ihn zu schmerzen, und als Emme einen Blick zurückwarf, sah sie, wie der Bassunviller, die Arme vor der Brust verschränkt, die Stirn runzelte.

Er verstand anscheinend nicht, was vor sich ging.

Hermann spürte wohl den Blick des Bassunvillers im

Rücken brennen, denn er straffte sich. Seine Schritte wurden raumgreifend, er hielt sich gerade. Seht, ich bin nicht schwach, wollte er sagen.

Ihr Zwillingsbruder wusste um seine schwache Konstitution und hatte sich für ein geistliches Leben entschieden, das ihm mehr Kraft schenkte als alles, was Ärzte für ihn zu tun vermochten. Dieses Leben hatte ihn gestärkt, doch wusste er, dass es ihm genommen würde, wenn Ludwig starb. Denn dann wäre er der nächste Herr über Ravensberg, und diese Pflicht würde ihn binnen Kurzem erdrücken.

Die Reise nach Akkon indes hätte sicherlich ähnlich verheerende Wirkung auf ihn. Hermann wusste dies, und Emme ebenso. Dennoch würde er es wagen. Für seinen eigenen Frieden hinter Klostermauern. Nicht für Ludwigs Leben.

Emme geleitete Hermann in die Halle. Ammen, Kinder und Unordnung waren verschwunden, einzig das leise flackernde Kaminfeuer, das von einer stummen Magd bewacht wurde, schien lebendig zu sein. Die Binsen unter ihren Füßen raschelten, als Emme ihren Bruder zur Tafel führte.

»Hol uns heißen Würzwein, und lass der Ahnin ausrichten, dass Hermann da ist!« Emme scheuchte die Magd hinaus, die rasch davonhuschte.

»Wer ist dieser Bassunviller?«

»Er sagte es dir bereits: ein Freund Ludwigs.«

Aufatmend sank Hermann auf die Bank und wickelte den groben Umhang enger um die schmalen Schultern.

»Er hat dich gemustert, als ob …«

»Red keinen Unsinn!«, unterbrach sie ihn hastig. »Erzähl lieber, wie es um dich selbst steht.«

Er schüttelte den Kopf. »Im Augenblick, so scheint es mir, gibt's Wichtigeres als mein Wohlergehen.«

Sie wollte widersprechen, doch da betrat der Bassunviller die Halle, gefolgt von der Magd, die zwei Becher mit dampfendem Wein brachte. Hinter den beiden betrat Robert von Uppsala den Raum.

Emme merkte auf. War ihr Vater von seinem heutigen Ausritt schneller heimgekehrt als sonst? Die Dunkelheit brach bald herein – wie gut, dass er da war.

»Herrin Emme.« Robert kam mit schnellen Schritten auf sie zu. Er neigte den Kopf, bedachte Hermann mit einem knappen Blick und schien gleich darauf die Ähnlichkeit zwischen den Geschwistern zu erkennen, obwohl sie in Hermanns nahezu kindlichen Gesichtszügen nicht auf den ersten Blick erkennbar war. »Ihr müsst Herr Hermann sein.« Auch vor ihm neigte er den Kopf. »Man nennt mich Robert von Uppsala. Ein Freund Eures Bruders.«

»Mein Bruder scheint sich im Heiligen Land viele Freunde gemacht zu haben«, gab Hermann nach knappem Nicken zurück. »Ich hoffe, dass es dort noch einige Feinde gibt, gegen die zu kämpfen Ihr ausgezogen seid.«

Niemandem entging der beißende Spott. Keiner erwiderte etwas darauf, während die Magd die Becher auf die Tafel stellte und wieder verschwand. Es bedurfte nicht erst Emmes Wink, damit sie auch den Neuankömmlingen eine Erfrischung holte.

»Nun, es gibt genug Feinde dort«, antwortete der Bassunviller anstelle seines Kampfgefährten. »Man muss nur den Mut haben, ihnen entgegenzutreten.«

»Ich bin ein Mann Gottes.«

»Es gibt viele Männer, die ihr Leben Gott *und* dem Kampf gegen die Andersgläubigen widmen«, erwiderte Berengar de Bassunville scharf.

Emme wäre am liebsten dazwischengegangen, ließ es dann aber sein. Es hätte doch nichts genutzt.

»Genug!«, donnerte eine Stimme. Die Köpfe fuhren herum.

Klein und gebeugt, schwer auf einen Stecken und ihre

liebste Hofdame gestützt, schleppte sich Großmutter Richenza näher. Mühsam richtete sie sich am Ende der Tafel auf. Hermann erhob sich und eilte ihr entgegen. Schwerfällig fiel er vor ihr aufs Knie. »Großmutter«, flüsterte er.

»Steh schon auf, Hermann!« Die Zärtlichkeit in ihrem dunklen Blick, die Emme selten bei ihr entdeckte, spiegelte sich in ihren Worten. »Wie gut, dass du da bist.«

»Ich kam, so schnell ich konnte, obwohl ich nicht wusste, worum es ging.«

Die versteckte Spitze gegen den Vater wischte Richenza beiseite. Sie hob eine Hand und legte sie dem Enkel auf die Wange, nachdem dieser sich wieder erhoben hatte. »Du bist ein kluger Junge und weißt, wann die Familie dich braucht.«

Richenza humpelte zur Tafel und würdigte den Bassunviller keines Blicks, als sie sich schwer auf die Bank sinken ließ. Sogleich war die Magd zur Stelle und reichte ihr einen Becher Würzwein. »Ach, das wird mir guttun. Ist eindeutig zu kalt hier unten. Aber wer kommt schon zu einem alten Weib hinauf, um es zu begrüßen?«

»Ich wäre gekommen, sobald ich mich aufgewärmt hätte«, widersprach Hermann.

»Unsinn. Hier unten gibt es gewiss gutes Essen, wie ich meine Enkelin kenne.« Ihre Augen ruhten einen Lidschlag lang auf Emme, die das leise Lächeln zaghaft erwiderte. »Außerdem ist es hier viel kurzweiliger.« Diesmal ruckte ihr Kopf zum Bassunviller herum. »Wenn ich's auch nicht gutheiße, wie manche sich betragen.«

Er schwieg. Es schien, als sei Richenza die Einzige, die ihn in die Schranken zu weisen vermochte. Emme beneidete die Großmutter um diese Kraft.

»Und wie schön ist es doch, abends am Kamin zu sitzen und einander Geschichten zu erzählen, wie's früher war. Keine Angst, Kind, ich werde niemanden mit der Geschichte langweilen, wie du deinem Bruder Ludwig auf seine erste

Jagd gefolgt bist. Aber bevor der Bassunviller weiter berichtet, wie paradiesisch es in Outremer ist, weiß ich mit der einen oder anderen Geschichte dagegenzuhalten.«

»Darauf versteht Ihr Euch, Mutter, daran besteht wahrlich kein Zweifel.«

Emmes Vater gesellte sich zu ihnen. Sein Gesicht war von der Kälte gerötet, und er hatte ein zufriedenes Lächeln auf den Lippen. Er setzte sich ans Kopfende der Tafel. Emme eilte sogleich, ihm von dem Würzwein zu bringen.

»Wie ich sehe, ist mein Sohn inzwischen auch eingetroffen.«

»Mancher Vater hätte zuerst ›Willkommen daheim!‹ gesagt«, erwiderte Hermann bloß.

Kapitel 4

Emme war froh, dass sie die Schließgewalt hatte. Diese bewahrte sie davor, Zeugin jener fein geschliffenen Vorwürfe zu werden, die Vater und Sohn einander aufs Tranchoir legten. Sie folgte der stummen Magd aus der Halle die schmale Stiege zum Küchenhaus hinunter.

Der Koch schwitzte über dem Herdfeuer, das seine herrliche Wärme bis in den letzten Winkel des großen Raums verströmte. Zwei Küchenjungen rupften die Gänse und ließen dabei die Federn um die Wette fliegen, während zwei Mägde sich schwatzend über einen Zuber beugten und das feine Zinngeschirr schrubbten. Eine dritte saß auf einem Schemel und putzte Wurzelgemüse.

»Herrin Emme, ich wollt schon nach Euch schicken, aber der da kann man ja nix sagen, die ist zu dumm, es Euch zu bestellen. Ich brauch noch mehr Gewürze.« Der Koch wischte sich die Finger am fleckigen Kittel ab, der von so mancher Mahlzeit zu erzählen wusste, die er in letzter Zeit zubereitet hatte.

»Die sollst du bekommen.«

Die Vorratskammer war gut gefüllt und lag einige Steinstufen tiefer wie eine Höhle im Berg. Emme fröstelte, als sie die schwere Eichentür öffnete. Hörte sie ein Rascheln? Sie verharrte kurz und lauschte.

Erst jetzt spürte sie ihr Blut in den Ohren rauschen. Zu viel, zu viel. Zu viele Menschen in der Burg, zu viel Aufregung in den letzten Tagen. Während sie sich an dem Kasten zu schaffen machte, in dem die Gewürze sicher verschlossen waren, wusste sie: In Bezug auf einen bestimmten Menschen war alles zu viel.

Zu viel Berengar de Bassunville. Zu viele seiner Blicke, die sie streiften. Zu viele seiner Worte, die sie bedachten.

Zugleich konnte sie nicht genug bekommen von ihm und verbrannte sich doch immer wieder an seinem Funkenflug aus Worten und Gesten.

»Du siehst ihr hinterher, als hättest du sie schon in deinem Bett liegen.«

Roberts Stimme klang leicht vorwurfsvoll, aber gleichzeitig hob er seinen Zinnbecher auf Berengars Wohl, als wolle er den Worten damit die Schärfe nehmen.

»Ist sie's nicht wert, dass ich nicht wenigstens einige Gedanken an sie verschwende?«

Nur mühsam konnte Berengar den Blick von dem Durchgang abwenden, durch den Emme verschwunden war. Er war ein liebeskranker Esel, wenn er glaubte, er sei ihrer würdig. Der Graf von Ravensberg hatte sicher Pläne mit ihr. Sie gehörte an die Seite eines Fürsten und nicht ins Bett eines zweiten Sohns, dem der verarmte Vater wenig mehr zu geben bereit war als ein Pferd und ein paar Münzen, mit denen er die Anzahlung für seine Rüstung leisten konnte.

»Wert ist sie's allemal«, stimmte Robert ihm zu. »Aber du bist's nicht wert, und das wissen wir beide. Und sie wird es sich denken können, wenn sie ein bisschen Stolz im Leib hat.«

Dabei ist es nicht bloß der Stolz, den sie im Leib hat, dachte Berengar. Sie hatte auch Anmut und Feuer. Er hatte erlebt, wie sie einen Pfeil nach dem nächsten aus dem Gürtel zog und abschoss. Er hatte erlebt, wie sie errötend den Kopf senkte, sobald man ihr ein Kompliment machte. Und wie sie in stiller Bewunderung an ihrem Zwillingsbruder hing, hatte er auch gesehen und sich gewünscht, sie brächte ihm nur einen Teil dieser Bewunderung entgegen.

Warum hatte sie vor wenigen Tagen noch so wenig

schmeichelhaft über Hermann von Ravensberg gesprochen? Sie schien nicht viel von ihm zu halten, zumindest wenn es um die Aufgabe ging, die ihr Bruder – ginge es nach dem Wunsch des Vaters – erfüllen sollte.

Zu viele Fragen. Keine Antworten.

Er war Gast in diesem Haus, ein Fremder, und würde es bleiben. Schon bald, in wenigen Tagen nur, wäre er auf dem Rückweg ins Heilige Land, und er hoffte, dann auch bald ihre grünen Augen und das seidige schwarze Haar zu vergessen, das in einem straff geflochtenen Zopf unter ihrer Gugel hervorlugte …

»Du hörst mir überhaupt nicht zu.«

»Ist dir aufgefallen, wie sie die Hüften schwingt?«

»Du bist unverbesserlich.« Robert runzelte die Stirn. Ach, Robert. Der Heilige, so hatte Ludwig ihn gern verspottet, Robert, der Kostverächter, der sich keine der Huren vor Akkons Toren ins Zelt holte und auch oft genug harsche Worte fand, wenn Ludwig oder Berengar sich nicht abgeneigt zeigten, den Verlockungen des Fleischs nachzugeben. Auf Unzucht stand die Todesstrafe, doch diese Drohung machte das Vergnügen umso köstlicher und übte einen besonderen Reiz auf gewisse Männer aus. Kaum einer scherte sich um das Gesetz, das Kaiser Friedrich erlassen hatte, bevor er zum Kreuzzug aufbrach. Und seit des Kaisers Tod kümmerte es erst recht niemanden, denn sein Nachfolger schlug sich lieber in Sizilien herum, während der Schwabenherzog vor Akkon die Stellung hielt. Wer befolgte schon Verbote, wenn der Gesetzgeber nicht mehr lebte und sein Stellvertreter die schönsten Frauen des Belagerungsheers Nacht für Nacht zum Mahl in sein Zelt einlud?

»Ich bin lieber unverbesserlich, als mich wie ein Mönch zu gebärden. Morgen kann alles vorbei sein, und wer bin ich, dass ich nicht genieße, was das Leben mir bietet?«

»Du bist Gast in diesem Haus. Es kann dir kaum daran

gelegen sein, die Schwester unseres Freunds zu entehren, oder?«

Berengar antwortete nicht. Emme war zurückgekehrt. Unbemerkt von den übrigen Anwesenden, die sich nach wie vor um Hermann drängten und ihn mit Fragen bestürmten, war sie wieder eingetreten. Dicht hinter ihr folgte eine Magd, die flink die Tranchoirs auf dem Tisch verteilte und einem Küchenjungen eine Kopfnuss verpasste, weil er nicht eifrig genug Wein nachschenkte.

Berengar hatte keinen Blick für die Magd – obwohl auch sie recht hübsch war und vermutlich leicht ins Heu zu bekommen wäre. Nein, nur Emme von Ravensberg fesselte ihn, und er fragte sich insgeheim, ob sie ihn bewusst mit Nichtachtung strafte oder ihn tatsächlich nicht wahrnahm. Für jeden hatte sie schließlich einen Blick und ein gutes Wort, nur für ihn nicht. Oder kam es ihm nur so vor?

Das dunkelgrüne Wollkleid schmeichelte ihr. Darüber trug sie einen pelzverbrämten Mantel, denn trotz der Feuerstellen war es kalt in der Halle. Wie gern hätte er ihr seinen Mantel um die Schultern gelegt und sie mit dem eigenen Körper gewärmt. Ihre zarten Finger waren von der Kälte gerötet, als sie sich neben ihrem Bruder niederließ und seine Hand nahm.

Hermanns Gesicht erstrahlte. Sie redete leise mit ihm, blickte verstohlen zu Berengar und Robert herüber, dann erhob sie sich wieder und kam geradewegs auf die beiden Männer zu.

»Mein Bruder wünscht mit Euch zu sprechen.«

»Gern.« Robert erhob sich, trank seinen Becher leer und machte mit dem Kopf eine ruckhafte Bewegung in Berengars Richtung. Komm, schien er zu sagen, erfüllen wir unsere Pflicht!

Berengar hätte dieses Gespräch nicht so früh erwartet. Auch hätte er gedacht, der Graf sei bei diesem Gespräch zugegen, doch er war verschwunden. Nur die Ahnin saß neben ihrem Enkel und sah den beiden Rittern mit wachem Blick entgegen.

»Ihr wollt also meinen Bruder retten.« Die Stimme des Mönchs klang heiser und hoch, als ringe er sich jedes Wort mühsam ab. Er hustete, und sogleich reichte Emme ihm einen Becher.

»Würzwein mit viel Honig, wie du's liebst«, murmelte sie, und er lächelte dankbar.

Ach, gälte ihre Aufmerksamkeit doch mir!, dachte Berengar. Jede schwere Krankheit hätte er in Kauf genommen, wenn sie nur an seinem Bett gewacht und ihm den Becher gereicht hätte.

»Mein Vater wünscht, dass ich Euch begleite.«

»Uns wäre es eine Ehre«, erwiderte Robert.

Hermann machte eine einladende Handbewegung, und Robert setzte sich ihm zur Rechten, während Richenza zu seiner Linken hockte und den Bassunviller, der auf der anderen Seite der Tafel wie vor einem Gericht stand, mit Krähenblick musterte. Unruhig trat der Ritter von einem Fuß auf den anderen.

»Ihr versteht sicher, dass wir in Eile sind«, erklärte er. »Es wird eine anstrengende Reise, die jedem von uns alles abverlangen wird.«

Im Stillen bezweifelte er, dass der junge Mann bei den Etappen mithalten könnte, die Berengar und Robert täglich zurückzulegen pflegten.

»Ja, das denke ich mir.« Seine Augen wirkten heller als die von Emme, obschon sie von einem tiefen Braun waren. »Ich bin nicht dumm. Aber ich bin große Reisen wie diese nicht gewohnt.«

Warum um Gottes willen bestand dann der Graf von Ravensberg darauf, seinen Sohn auf diese beschwerliche Reise zu schicken? Warum ließ er zu, dass Hermann unter

Umständen unterwegs starb, ohne das Ziel seiner Reise zu erreichen?

»Eine Reise wie diese verlangt jedem Mann das Letzte ab«, sagte Berengar.

»Ich bin wohl bereit, dieses Letzte zu geben. Jedoch möchte ich, dass Ihr vorher meine Schwächen kennt.« Hermanns Lächeln war schmal. »Ich bin kein guter Reiter.«

»Jeder wird zum guten Reiter, wenn er jeden Tag im Sattel sitzt«, versprach Berengar ihm. »Das sollte nach einer ersten Zeit der Eingewöhnung kein Problem mehr sein.«

»Mein Vater traut Euch nicht.«

Berengar schnaubte. »Haben wir nicht genügend Beweise erbracht, dass wir von Ludwig geschickt wurden?«

»Der Aureus, jaja. Den hättet Ihr ihm aber auch stehlen können.«

Als hätte Hermann von Ravensberg gegen zwei Ritter etwas ausrichten können ... Berengar hätte gern laut aufgelacht, doch ihm blieb das Lachen im Hals stecken.

»Ich traue Euch, aber es widerstrebt mir dennoch, Euch allein gen Akkon ziehen zu lassen.« Ein Hustenanfall schüttelte ihn.

Beschwichtigend legte Emme dem Bruder eine Hand auf die Schulter. Sie hob den Kopf und blickte Berengar an. Es kostete ihn seine ganze Willenskraft, sich nicht in ihren Augen zu verlieren, sondern seine Aufmerksamkeit weiterhin auf Hermann zu richten.

»Nun denn, es scheint Gottes Wille zu sein, dass ich den beschwerlichen Weg sogleich beschreite.«

Alle waren verstummt. Nur Richenza räusperte sich.

»Aber ich möchte nicht allein reisen«, fügte Hermann hinzu. »Emme soll mich begleiten.«

Berengars Augen weiteten sich vor Überraschung. Bisher war er strikt dagegen gewesen, dass Hermann von Ravensberg mitzog. Doch die Aussicht, dass die Zwillingsschwester ihn begleitete, brachte den Entschluss auf der Stelle ins Wanken.

»Ihr könnt unmöglich einer Frau diese beschwerliche Reise zumuten!« Natürlich. Er hätte sich denken können, dass Robert sogleich seine Zweifel äußerte.

»Emme ist mehr Mann als so mancher Ritter, den ich je aus dem Heiligen Land zurückkehren sah.« Richenzas Stimme klang rau, und sie sprach so leise, dass Berengar sich vorbeugen musste, um keines ihrer Worte zu verpassen. »Sie wird Euch keine Bürde sein, das verspreche ich Euch.« Ihr zahnloses Lächeln glich einer Fratze.

Robert schüttelte den Kopf. »Das ist ganz und gar unmöglich. Jeder weitere Reiter bedeutet eine zusätzliche Last, erst recht, wenn wir eine Frau mit Sack und Pack und ihrem elend langen Tross mitnehmen müssen.« Fast unmerklich rückte er von Hermann ab.

»Ohne Emme breche ich nicht auf.« Hermanns Stimme klang fest. »Wenn ich so lange fern der Heimat weile, möchte ich nicht alleine sein.«

Richenza kicherte. »Ihr werdet sie wohl mitnehmen müssen, Robert von Uppsala. Wir Ravensberger sind Sturköpfe, allesamt.«

Berengar sah Emme an. Sie stand noch hinter Hermann, doch ihr Gesichtsausdruck hatte sich verändert. Ihr Blick schweifte in die Ferne, als wäre sie gar nicht Teil des Wortwechsels.

»Was denkt Ihr, Jungfer Emme?«, fragte er sanft. »Wollt Ihr Euren Bruder begleiten?«

Jäh wandte sie den Kopf und blickte ihm schweigend in die Augen, als suche sie darin eine Antwort.

»Es ist vollkommen unmöglich«, protestierte Robert.

»Wenn mein Vater mir befiehlt, Hermann zu begleiten, werde ich es tun«, sagte Emme.

»Gott möge verhüten, dass es so weit kommt!« Robert

erhob sich von der Bank. Er war wütend, obwohl er es nicht offen zeigte. »Ich sehe nach den Pferden«, sagte er knapp, als er Berengars fragenden Blick bemerkte. »Heute früh lahmte mein Brauner. Ich will nicht, dass er Schaden nimmt, bevor wir uns auf den Rückweg begeben. Der wird ihm genug abverlangen.«

Ein letzter böser Blick galt Emme und Hermann, dann stapfte er hinaus.

Berengar räusperte sich. Er wollte gerade zu einer Entschuldigung ansetzen, da kam ihm Richenza zuvor.

»Hol uns Wein, Lauscher!«, rief sie einem Küchenjungen zu, der an der Wand herumlungerte.

Sogleich huschte der Bursche hinaus. Das Wort der Alten schien hier ebenso viel Gewicht zu haben wie das des Grafen oder seiner ältesten Tochter.

»Und du, Emme«, krächzte sie, »sag mir, ob du wirklich dieses Abenteuer wagen willst. Mich würd's nicht wundern, denn in dir fließt schließlich mein Blut. Das scheint deinem Vater recht dünn geraten zu sein, aber ich kann's ihm verzeihen, weil er so muntere Kinder hervorgebracht hat.«

Berengar setzte sich auf die zweite Bank und beobachtete, wie es in Emmes Gesicht arbeitete. Sie schien nach den rechten Worten zu suchen.

»Mich erwartet hier nicht viel, Großmutter«, entgegnete sie schließlich. »Und wenn es Hermanns Wunsch ist …«

»Ich bäte dich nicht darum, wenn ich wüsste, dass es dir arg widerstrebt«, mischte Hermann sich ein. Er wandte sich halb zu Emme um und blickte zu ihr auf. »Ich vermute, ein Abenteuer wie dieses liegt dir mehr als mir. Wärst du ein Mann, dann gäbe es keine Frage, und du rittest mit ihnen. So bitte ich dich, mich zu begleiten, damit ich in der Fremde nicht allein sterbe.«

»Du stirbst nicht …«, widersprach Emme heftig und

wollte weitersprechen. Doch da betrat der Vater die Halle. Sie verstummte und überließ den anderen das Reden. Otto von Ravensberg wirkte nachdenklich.

»Emme soll dich begleiten?«, fragte er Hermann.

Berengar schüttelte leicht den Kopf. Er hätte sich denken können, dass Robert versuchen würde, den Grafen in seinem Sinn zu beeinflussen. Anders war nicht zu erklären, dass der Ravensberger schon wusste, was Hermann mit Unterstützung seiner Großmutter und seiner Schwester so vortrefflich ausheckte.

Zugegeben: Wäre es nicht Emme gewesen, sondern irgendein anderes Weibsbild, dann hätte Berengar sich jederzeit Roberts Argumenten angeschlossen. Aber es war Emme. Der Gedanke, wochenlang an ihrer Seite zu reiten, entzückte ihn. Und nicht Emme würde die Reisenden aufhalten, sondern eher Hermann. Der hielt sich gerade die Hand vor den Mund und hustete, als wolle er sein Inneres nach außen kehren. Dabei nickte er seinem Vater zu, während Emme ihm beruhigend die Schulter streichelte.

»Du kannst dir gewiss denken, dass ich dagegen bin.«

Natürlich. Emme herzugeben wäre so, als risse man einen blühenden Rosenstock im Winter aus dem kalt gefrorenen Erdboden. Niemand tat derlei freiwillig, wenn die Blüten dann für ihn verwelkten. Warum also sollte der Ravensberger seine Tochter ziehen lassen?

»Andererseits weiß ich um die Abenteuerlust meiner Tochter.« Warm war sein Lächeln. »Ja, ich denke, der Plan ist des Nachdenkens wert.«

Berengar atmete erleichtert auf. Seine Befürchtung, der Ravensberger Graf könne Roberts Meinung vertreten, war unbegründet.

»Aber lasst uns zunächst speisen. Du wirst nach der langen Reise hungrig sein, mein Sohn. Erzähl mir, was sich Neues bei dir zugetragen hat.« Er warf Berengar einen knappen Blick zu. »Über die Reisevorbereitungen können wir morgen sprechen.«

Berengar neigte den Kopf. Nur zu gern. Aus den Augenwinkeln beobachtete er, wie Emme sich neben ihren Bruder auf den freien Platz schob. Richenzas Hand krallte sich in die Kutte ihres Enkels. Auch sie schien dafür zu sein, dass Emme die Ritter begleitete.

Wahrhaft, eine Familie mutiger Sturköpfe!

Berengar war dankbar darum. Er hoffte nur, Emme werde sich weniger halsstarrig zeigen, wenn er ihr näherzukommen versuchte. Zuletzt hatte sie seine Blicke gemieden, hatte das Wort nicht an ihn gerichtet und auf seine Fragen einsilbig geantwortet. Und vorhin im Hof, da hatte er schon gefürchtet, sie ganz verloren zu haben, so sehr schien sie bestrebt, mit ihrem Bruder in die Halle zu gelangen und nicht länger mit ihm reden zu müssen.

Nun, auf dem Weg nach Akkon blieb ihnen mehr als genug Zeit, so manches Gespräch zu führen, zu dem es bisher nicht gekommen war.

Und wenn in Akkon tatsächlich die immer wieder heraufbeschworenen Reichtümer auf ihn warteten, dann könnte er vielleicht sogar um Emme freien. Dieser Kampf lohnte mehr als jeder andere. Er war bereit zu warten.

Nach dem abendlichen Mahl geleitete Emme ihren Bruder hinauf zu den Gemächern. Sie war froh, den Blicken der Ritter zu entkommen. Auch unter den anderen Kämpfern hatte sich die Nachricht schnell verbreitet, dass nicht nur der Abt sie ins Heilige Land begleiten würde, sondern auch seine Schwester. So manchem war der schwere Rheinwein, den Otto von Ravensberg zur Feier des Tages ausschenken ließ, zu Kopf gestiegen, und sie hatte mehrere zotige Sprüche aufgefangen.

»Bist du mir böse?«, fragte Hermann. Sein Schritt verharrte auf der Treppe, und er drehte sich halb zu Emme um.

»Warum sollte ich dir böse sein?« Emme wartete geduldig, bis Hermann weiterging.

»Weil ich dich mitnehmen will.«

Sie biss sich auf die Unterlippe. Was wäre das doch für ein schönes Abenteuer!, dachte sie. Auf Reisen zu gehen in ferne Länder, derweil mich hier nichts erwartet. Es hätte schlimmer kommen können.

»Nein, ich bin dir nicht gram«, beruhigte sie ihn.

Sie erreichten Hermanns Kammer. Früher war dies die Kammer der Jungen gewesen, in der Hermann, Ludwig und der dritte Sohn Otto schliefen, bis Ludwig und Otto als Knappen auf andere Burgen zogen und Hermann den geistlichen Weg einschlug.

»Ich will dich nicht quälen, wenn ich dich bei mir haben will.« Schwer sank Hermann auf die breite Bettstatt, die von den dienstbaren Geistern für ihn hergerichtet und mit frischen, duftigen Laken bezogen worden war. Er schien in sich zusammenzufallen. Seine fleischige Hand ruhte auf dem Bettpfosten. Er atmete schwer.

Emme stand neben ihm. Sie wusste nicht, was sie sagen noch tun sollte.

»Setz dich.« Mit der freien Hand klopfte er neben sich auf das Kissen.

Widerstrebend setzte Emme sich. Hier oben war es eiskalt. Sie hätte die Mägde anweisen sollen, ein Kohlenbecken heraufzutragen, um die Kälte aus dem Gemäuer zu treiben.

»Ich bin krank«, sagte Hermann leise. »Seit Jahren schon, nur ist es jetzt so schlimm geworden, dass ich fürchte ...«

Er sprach nicht weiter.

»Was fürchtest du?«, flüsterte Emme, weil ihr das Schweigen zu lang wurde.

»Ich fürchte, es geht zu Ende. Darum will ich dich bei mir haben.«

Sie konnte es nicht begreifen. Stumm hockte sie neben ihm.

»Ist schon gut«, flüsterte er. »Mir ist mit dem Gedanken auch nicht wohl. Ob die Kreuzfahrer mittlerweile Jerusalem befreit haben, dass ich dorthin pilgern kann, wenn wir Outremer erreichen? Das wäre schön. Vielleicht werde ich dort wieder gesund.«

Emme war starr vor Sorge. »Was ist das für eine Krankheit?«, fragte sie. »Warum redest du so?«

»Ich hatte oft diesen Husten, weißt du noch? Als Kind war ich immer der Schwächste. Inzwischen huste ich Blut, und an schlechten Tagen fällt es mir schwer, mich aus dem Bett zu erheben. Ich schwinde dahin, Emme. Auch wenn man's jetzt noch nicht sieht.« Er klopfte sich auf den Bauch.

»Du stirbst nicht. Du hast dich verkühlt, das ist alles. Du wirst genesen, ehe wir aufbrechen. Vom Sterben will ich nichts mehr hören, ja?«

Sie sprang auf. Sogleich wollte sie eine der Mägde aufwecken, damit sie noch ein Kohlenbecken heraufschaffte und Hermann einen Kräutersud kochte, den Oda stets allen verabreichte, denen die Nase übermäßig lief. Das war doch keine Krankheit, die zum Tode führt, so eine Erkältung! Dass er ihr so einen Schreck einjagen musste, war nicht recht, befand sie.

»Emme.« Er hielt sie am Ärmel fest. »So ging es mir auch zu Anfang, als ich nicht glauben wollte, dass es zu Ende geht. Aber schau«, er zog ein Leinentuch aus dem Ärmel seiner Kutte. »Sieh nur. Ich huste Blut.«

»Du stirbst nicht«, wiederholte sie. »Hast du gehört? Das lass ich nicht zu.«

Hermann lächelte traurig und sagte nichts.

Emme merkte, wie Verzweiflung in ihr aufstieg. Der eine

Bruder krank, der andere im fernen Outremer als Geisel genommen. Die Welt zerbrach. Sie wollte beisammenhalten, was sich nicht mehr beisammenhalten ließ.

»Hältst du durch? Bis ins Heilige Land?«

Er nickte entschlossen. »Für Ludwig. Wenn du bei mir bist.«

»Ich werde auf dich aufpassen«, versprach sie ihm.

»Es darf nur sonst niemand erfahren«, flüsterte er eindringlich. »Wenn sie davon erfahren, lässt Vater mich vielleicht nicht mitgehen.«

»Von mir erfährt er nichts.« Sie drückte seinen Arm. »Ich bringe dich nach Jerusalem. Und dort wirst du gesund werden.«

Kapitel 5

Treppauf, treppab stieg Emme in den nächsten Tagen, immer in Gedanken vor sich hin flüsternd, welche Erledigung sie vor der Abreise keineswegs vergessen durfte.

Mit dem Machtwort des Vaters war's beschlossene Sache: Sie begleitete Hermann. Bis zu ihrem Aufbruch ritt ihr Vater jeden Morgen weiterhin zu seinen Burgen und in seine Dörfer, um weiteres Lösegeld zu sammeln. Manches Mal blieb er auch über Nacht fort.

Das waren die Nächte, in denen sie neben all den Verpflichtungen als Haushaltsvorstand und den Reisevorbereitungen auch noch ihre Stiefmutter beruhigen musste.

»Was geht da vor?«, wollte diese wissen. »Warum ist mein Mann schon wieder weg? Warum erzählt mir niemand, was geschieht?«

Es fiel Emme schwer, sich auf den Schemel neben das Bett zu setzen, Odas kalte Hand zu halten, die nur fünf Sommer älter war als sie, und ihr in aller Ruhe zu erzählen, was außerhalb ihrer Kammer geschah.

Die letzte Geburt hatte an Oda gezehrt. Sie kam dieses Mal schwerer auf die Beine als die Male davor, und die Wehfrau, die alle zwei Tage den beschwerlichen Weg vom Dorf heraufstieg, verordnete ihr kräftigende Kräuteraufgüsse und strenge Bettruhe. Es erschreckte Emme, wie hohläugig und müde Oda aussah.

»Vater ist heute weit geritten, um Geld einzufordern.«

»Und kommt er nicht heim?«

»Morgen kehrt er zurück.« Und hoffentlich hatte er dann endlich so viele klingende Münzen im Beutel, dass sie aufbrechen konnten. Es hielt sie nichts mehr auf der Ravensburg, seit sie wusste, dass sie wahrhaftig reisen durfte.

Wie hatte sie Ludwig beneidet, dass er in ferne Länder hatte reisen dürfen! Wie hatte sie ihn bestürmt, ihr alles zu erzählen, was ihn dort erwartete, bis er sie lachend mit den Worten abwehrte, dass er das doch noch gar nicht wissen könne.

Nun sollte sie es mit eigenen Augen sehen.

Die Amme brachte Oda das Kind, das sich nicht beruhigen ließ und kläglich nach der Mutter schrie. Sein Körper wirkte winziger als der der anderen Neugeborenen, die Emme vor ihm in dieser Kammer begrüßt hatte. Sie beobachtete, wie Oda das Kind an die Brust drückte, ihm zum Trost den Finger hinhielt, damit es daran saugte. Doch immer wieder wandte es den Kopf weg und klagte nur noch jämmerlicher.

Oda streichelte das flaumige Köpfchen. »Es mag nicht trinken, und wenn, erbricht es die Milch.« Ihr Blick kreuzte sich mit dem der Amme, die kaum aufzuschauen wagte. »Geh, Linde! Ich schicke nach dir, wenn ich dich brauche.«

Erst als die Frau verschwunden war, wandte sich Oda an Emme und musterte sie mit Augen, deren Farbe von so hellem Grün war, dass sie durchsichtig wie teures Glas wirkten. »Und nun sprich! Mir sagt ja keiner etwas, dabei spüre ich doch, dass etwas im Schwange ist.«

Emme erzählte rasch, erwähnte jedoch nicht die Wirkung der blauen Augen des Bassunvillers auf sie, ebenso sparte sie das freundliche Wesen Roberts aus, der indes hatte verhindern wollen, dass sie mitkam.

»Darum also ist Hermann hier.« Abermals drückte Oda den Finger zwischen die winzigen Lippen des Säuglings, der schnaufte und daran zu saugen begann. »Gestern hat er fragen lassen, ob er mich besuchen darf. Aber ich fühle mich kaum bemüßigt, einen Kirchenmann in meinem Gemach zu empfangen.«

»Du solltest ihm die Gunst gewähren«, erwiderte Emme leise. »Er rechnet auf dieser Reise mit dem Schlimmsten.«

Die beiden Frauen schwiegen, nur das Schmatzen des Säuglings durchbrach die Stille.

»Dann wagt er viel für das Leben eures Bruders«.

Eine Zeit lang beobachteten sie nur das Kind.

»Wenn ihr heimkehrt, läuft er vielleicht schon.«

Lange ertrug es Emme nicht, still neben ihrer Stiefmutter zu sitzen und zuzusehen, wie diese sich krampfhaft an das Leben des Kinds klammerte. Sie hatte doch schon vier, da geriet eben ein fünftes auch einmal nicht so gesund. Zumal es dieses Jahr erstaunlich früh Winter geworden war und die Kälte für das Kleine nicht gut war.

»Ich schicke dir Hermann, wenn ich ihn sehe.« Emme stand auf.

Hoffentlich wurde wenigstens Oda nicht auch immer schwächer. Hoffentlich war sie noch da, wenn Emme und Hermann mit Ludwig heimkehrten.

Sie war auf dem Weg in die hohe Halle, als sie auf der Stiege dem Kaplan begegnete.

»Auf ein Wort, Frau Emme!« Er streckte die Hand aus, als wage er es, sie zu berühren. Sie blieb zwei Stufen über ihm stehen und verschränkte die Arme vor der Brust. Der Schlüsselbund an ihrem Gürtel klirrte unheilvoll.

Kaplan Hanno war mit Oda auf die Ravensburg gekommen. Zuletzt hatte er sich um das Seelenheil der gesamten Familie gekümmert und hielt den täglichen Gottesdienst in der kleinen Kapelle ab.

Der dickliche kleine Mann hatte ein finsteres Gemüt, und Emme machte keinen Hehl daraus, dass sie ihn nicht mochte.

»Mir wurde zugetragen, dass Ihr Euren Bruder nach Jerusalem begleitet.«

Dass sie eigentlich nach Akkon wollten, sagte sie nicht, sondern nickte nur.

»Nun, ich überlege, ob ich – das Einverständnis Eures Vaters vorausgesetzt – auch an der Reise teilnehmen soll. Ich könnte geistlichen Beistand leisten, sofern dieser vonnöten wäre.«

»Da fragt Ihr die falsche Person«, erwiderte Emme. »Mein Bruder wird die Reisegruppe anführen. Sprecht ihn darauf an!«

»Das habe ich bereits getan, doch er schien eher abgeneigt zu sein.«

Sie stieg eine weitere Stufe nach unten. Hanno wich zurück, doch sein Bauch war so ausladend, dass sie sich auf der schmalen Stiege nicht an ihm vorbeischieben konnte, ohne ihn zu berühren.

»Ist die Sache damit nicht geklärt? Mein Bruder hat Nein gesagt. Im Übrigen denke ich, dass ein Geistlicher uns auf dieser Reise genügen wird.«

Er faltete die Hände vor dem Leib. »Ja, aber Ihr wisst doch selbst ...« Verschwörerisch beugte er sich vor. »Seht Ihr nicht, dass die Kräfte ihn mit jedem Tag mehr verlassen? Was ist, wenn er stirbt? Wollt Ihr dann ohne den Schutz eines Geistlichen weiterreisen? Euch auf Gedeih und Verderb zwei grobschlächtigen Rittern und ihren ungebildeten Mannen ausliefern? Es könnte Euch schlimm ergehen.«

»Das lasst meine Sorge sein.« Sie zwängte sich nun doch an ihm vorbei, obwohl sie ihn dabei streifte. Die letzten Stufen eilte sie mit gerafften Röcken hinunter und betrat die Kemenate, die auf halber Höhe lag. Domäne der Frauen, vor allem aber Reich der Großmutter Richenza, einer erklärten Feindin des Kaplans. Zu ihr wagte er sich nicht mehr, seit sie ihm erklärt hatte, ihr Seelenheil sei ohnehin verloren, was kümmere sie sein Gewäsch.

»Nun mach schon die Tür zu, uns friert's!«

Hastig leistete Emme der Anweisung Folge und dachte noch immer über die Worte des Kaplans nach. In einem hatte er recht. Sie konnte nicht allein bleiben, sollte ihrem Bruder etwas zustoßen.

Aber wurde das Unglück nicht heraufbeschworen, sobald man darüber sprach? Sie mochte nicht daran denken, was Hermann alles widerfahren konnte. Lieber wollte sie in die Küche gehen und dem Koch auftragen, die dickste Henne aus dem Hühnerhof zu fangen und eine kräftigende Brühe zu kochen, die dann die Wöchnerin und ihr Zwillingsbruder zu gleichen Teilen genießen konnten. Genau das wollte sie tun.

»Siehst aus, als hätt ein Geist dir alle Seele genommen«, brummte Richenza. »Komm her, mein Täubchen! Deine Großmutter hat mit dir zu reden, bevor die Reisevorbereitungen dir über den Kopf wachsen.«

Das Huhn. Und die Pfeile musste sie noch prüfen und sortieren, zwei Bogensehnen zum Ersatz einpacken. Den Mantel ausbürsten. Das Sattelzeug ihres Zelters prüfen und flicken. Die Vorräte …

Ungeduldig klopfte die Großmutter auf die Polsterbank neben sich. »Setz dich!« Diesmal duldete sie kein Zögern und keinen Widerspruch. Emme neigte den Kopf und gehorchte.

»Hat dein Vater erst das Geld beisammen, seid ihr schneller unterwegs als der kalte Westwind. Also, wen willst du mitnehmen?«

Emme verstand nicht.

»Glaubst denn du, ich lass dich allein mit Männern reisen, so ehrenhaft sie mir auch erscheinen?«, fragte Richenza. »Damit du geschwängert und entehrt heimkehrst und kein Mann dich nehmen mag, der etwas auf sich hält?«

Emme wurde rot. Sie wusste, was ihre Großmutter dachte.

»Hab doch gesehen, wie du den Bassunviller mit seinen blauen Augen anschaust. Gäb schöne Kinder, doch leider hat er nichts, womit er standesgemäß wär für dich.«

»Aber …«

»Oder ist's der feine Herr aus dem Norden? Den mag ich nicht«, verkündete sie ungerührt. Emme wurde heiß und kalt. Sie spürte die verstohlenen Blicke der Mägde, die rasch den Kopf wandten, sobald sie in deren Richtung schaute.

»Hanno hat sich anerboten, als geistlicher Beistand mitzureisen, und nun fängst auch du davon an.«

»Den könntet ihr wirklich mitnehmen, das wär mir eine Last weniger auf meine alten Tage.«

»Ach …«

»Eine der Mägde begleitet dich aber trotzdem. Soll kein Gerede geben, und mir ist's lieber, ein Mädchen schläft an deinem Fußende, damit kein Ritter, ob aus Norden oder Süden, sich ausrechnet, er könnt zwischen deinen Schenkeln ruhen.«

Jetzt war es um die Beherrschung der Mädchen vollends geschehen. Sie kicherten und tuschelten. Richenza drosch mit dem Stock so heftig auf den Boden, dass es donnerte. »Gebt ihr wohl Ruhe, ihr Hühner! Rika, komm her!«

Ausgerechnet die dicke Rika, dachte Emme enttäuscht. Hätte sie auswählen dürfen, wär ihr die Rika als Letzte eingefallen. Sie war still, bekam kaum das Maul auf, und wenn, so plapperte sie nur Zeug, das Emme nicht verstand.

Jetzt stand sie vor Richenza und Emme und glotzte blöde.

»Kannst du's dir vorstellen? Die Frau Emme nach Outremer zu begleiten?«

Rika zuckte die Schultern, ließ sie nach vorn sinken, als trüge sie an einer schweren Last. »Meinetwegen«, nuschelte sie. Ihre Finger packten das Ende ihres Zopfs, und sie steckte ihn in den Mund, kaute drauf herum, als würde sie nicht satt in der Küche, wann immer sie Hunger hatte. Dabei hatte der Koch etwas übrig für das Mädchen, das wusste Emme, und er sorgte schon dafür, dass sie nicht hungerte.

»Nun gut.«

»Und den Hanno nehmt auch mit, ihr werdet schon Verwendung für ihn finden.«

»Das wird den Herren de Bassunville und Uppsala nicht gefallen, wenn der Tross immer größer wird«, wagte Emme einen letzten Vorstoß, um ihre Großmutter von dem Plan abzubringen.

Richenza winkte Rika, sie solle sich wieder der Näharbeit zuwenden. Dann beugte sie sich zu Emme herüber.

»Was glaubst du wohl, wer euch mehr aufhalten wird?«, flüsterte sie. »Die Rika und der Hanno, die tagelang ihre dicken Hintern auf den Mauleseln platt sitzen können? Oder unser Hermann, dem es die Lungen zerreißt, sobald er ein paar Stunden aufrecht sitzt?«

Wortlos starrte Emme die Alte an.

»Glaub mir, ich billige nicht, dass er sein Leben dafür opfert. Ich widerspreche nur nicht, weil ich weiß, dass du in seiner Todesstunde bei ihm sein wirst.«

Emme fröstelte. »Sprich nicht so!«, wisperte sie.

»Wie denn? Soll ich tun, als wäre Hermann nicht krank, sondern würde euch allen voranpreschen? Du und ich, wir wissen, wie es um ihn steht. Die Männer sind mit Blindheit geschlagen, allen voran dein Vater. Aber der sieht es vor allem nicht, weil er es nicht sehen mag. Bei der Oda sieht er auch nicht, wie er sie mit dem jährlichen Kindersegen zugrunde gerichtet hat.«

Wie betäubt schüttelt Emme den Kopf. »Sprich nicht so!«, wiederholte sie verzweifelt. »Ich muss jetzt gehen. Die Küche ...«

Das Huhn, die Bogensehnen, die Pfeile.

Sie wollte nach Hermann sehen.

Schon früh hatte Hermann gelernt, wann er störte. Es gab vieles, das ihm verwehrt blieb: wilde Jagden mit seinem großen Bruder – nach denen er immer tagelang krank im Bett liegen musste –, Bogenschießen – für das ihm die Kraft fehlte – oder einfach der übermäßige Genuss von Würzwein, der in seinem Kopf einen hämmernden Schmerz weckte.

Sein Leben hatte sich die meiste Zeit innerhalb der Burg abgespielt, ehe er auszog, Abt eines Klosters zu werden. Und auch dort wurde sein Leben von Mauern begrenzt. Das reichte ihm; er brauchte nichts von der Welt zu sehen. Ihm genügte es, seine Aufgaben mit Hingabe zu erfüllen.

Die Reisevorbereitungen waren wie die wilden Jagden seiner Kindertage: nichts für ihn. Er sah Emme den ganzen Tag umhereilen, mit jedem sprach sie, und immer hatte sie die Hand am Schlüsselbund. Das leise Klirren begleitete sie, und für Hermann wurde es bald zum Sinnbild jener Unruhe, die von der Burg Besitz ergriffen hatte.

Dennoch fand Emme hin und wieder Zeit, bei ihm innezuhalten. Auf diese Mußestunden wartete er, eifrig über seine Bibel gebeugt, seinen wertvollsten Besitz, den er nie aus der Hand gab. Dienstbare Geister umsorgten ihn mit Starkbier und Leckerbissen – die Emme den Koch vermutlich zubereiten hieß –, mit Decken und Fellen, wenn's ihn fror, mit heißen Lehmziegeln, die in Tücher gewickelt seine eisigen Füße wärmten. So konnte er es auch stundenlang in der hohen Halle aushalten, während seine Halbgeschwister um ihn herumtobten.

»Ist's erlaubt?«

Der Bassunviller wartete die Antwort nicht ab, sondern setzte sich ihm gegenüber an die Tafel. Sofort war eine Magd da, reichte ihm einen Becher und lächelte so schüchtern errötend, dass Hermann den fremden Ritter heiß beneidete. Ihm fielen die Mägde sicher in den Schoß wie reife Früchte.

Neidisch durfte er darauf nicht sein.

»Den ganzen Tag sitzt Ihr am Tisch und tut nichts, außer in Eurem Buch zu lesen. Wird's Euch nicht langweilig?«

Hermann faltete die Hände über dem Buch. »Warum sollte es langweilig werden? Dieses Buch weiß viele Geschichten zu erzählen. Bis man sie nicht nur gelesen, sondern auch ihre Botschaft verstanden hat, mag schnell ein ganzes Menschenleben verstreichen.«

Der Bassunviller nickte, als denke er über die Antwort nach. Behutsam schloss Hermann die Bibel. Die Seiten raschelten trocken.

»Aber Ihr wollt mit mir nicht über Gottes Wort sprechen, nehme ich an.«

Berengars Finger spielten mit dem Zinnbecher. Erregt war er, stellte Hermann überrascht fest.

»Ich frag mich nur … Eure Schwester.«

Ah ja, natürlich. Es hätte ihn gewundert, wenn die Aufmerksamkeit des Bassunvillers ihm selbst gegolten hätte. Nun, wenn es darauf ankam, stand immer die Schwester im Mittelpunkt.

Er neidete es ihr nicht, solange sie weiterhin zu ihm kam und ihm aufmerksam lauschte. Unter allen Menschen war sie ihm die Liebste, und manchmal hatte er das Gefühl, mit jener frühen Trennung habe die Amme verfügt, dass ein Stück von ihm in ihr blieb und ein Stück von ihr in seinem Innern haftete.

»Was ist mit meiner Schwester?«, fragte Hermann, als sein Gegenüber nicht weitersprach.

»Ach, ich habe mich nur gefragt, warum sie uns ins Heilige Land begleitet. Warum Ihr darauf besteht.«

Eine ganze Weile ließ Hermann die Frage unbeantwortet. Sein Blick ruhte auf den Händen, die er über dem Ledereinband gefaltet hatte. Schließlich räusperte er sich. »Habt Ihr Geschwister?«

Knapp nickte der Bassunviller.

»Erzählt mir von ihnen.«

»Da gibt es nicht viel, das sich zu erzählen lohnt. Mein älterer Bruder Gerard hat nach dem Tod meines Vaters alles geerbt und die Familie entzweit. Seine Schuld ist es, dass meine Schwester und ich kein rechtes Heim mehr haben. Sie gab er einem reichen Grafen, der dreimal so alt war wie sie, als er sie ins Hochzeitsbett zerrte. Mir blieben Pferd und Rüstung sowie die Gewissheit, nie mehr heimkehren zu wollen.«

»Und doch könnt Ihr die Gefühle nicht niederzwingen, weder für den Bruder noch für die Schwester.«

Widerstrebend nickte Berengar und stürzte den Wein so hastig hinunter, dass ihm einige Tropfen übers Kinn liefen.

»Mein Bruder allerdings ist mir gleichgültig«, fügte er hinzu, nachdem er den Becher auf den Tisch geknallt und der Magd gewinkt hatte, ihm nachzuschenken.

Nachsichtig wischte Hermann einen Tropfen Wein vom Leder seiner Bibel fort. »So einfach ist's wohl nie«, murmelte er. »Aber ich will nicht weiter in Euch dringen, Ihr fragtet nach meiner Schwester, Bassunviller. Wir wuchsen gemeinsam auf, und doch waren alle in diesem Haus darauf bedacht, uns zu trennen. Unsere Ammen führten einen erbitterten Streit um uns, weil meine glaubte, dass Emme mir alle Kraft raube.« Er lächelte, als er daran dachte, wie seine Amme auch in späteren Jahren – nachdem beide Frauen Frieden geschlossen hatten und als dienstbare Geister auf Ravensberg blieben – immerzu Emmes Amme übertreffen oder Hermann die größeren Leckerbissen zustecken wollte. »Wenn es stimmt, was man von Zwillingen sagt, dann ist Emme die Stärkere, die eines Tages übrig bleiben wird.«

»Ich verstehe nicht ganz …«

Nein, wieso auch? Wie sollte ein Fremder verstehen, dass

Hermann immer Angst gehabt hatte, als schwächerer Zwilling dem Tod preisgegeben zu werden? Manchmal, wenn Emme und er als Kinder gestritten hatten und sie wie ein Waldgeist davongehuscht war, hatte sie ihn ausgelacht und ihm zugerufen, sie sei die Stärkere. Sie werde überleben.

Damals waren sie Kinder, und doch … Die Worte hatten Wurzeln geschlagen in ihm. Das alles im Einzelnen darzulegen konnte er dem Bassunviller nicht zumuten.

»Sagen wir doch einfach, dass ich sie von Herzen lieb habe und nicht ohne sie leben möchte. Emme wird Euer Fortkommen auf der Reise weniger hemmen als ich. Sie ist eine ausgezeichnete Reiterin.« Er hingegen wäre früher oder später auf eine Sänfte angewiesen.

»Eigentlich wollte ich etwas anderes wissen.« Berengar de Bassunville ließ nicht locker. »Warum erlaubt Euer Vater, dass sie mit uns zieht?«

Da lachte Hermann. »Nun, habt Ihr schon einmal versucht, ihr etwas abzuschlagen?«, keuchte er. Er zog aus dem Ärmel seiner Kutte ein Leinentuch, das er sich gegen den Mund presste, um den Husten im frischen Wäschegeruch zu ersticken. Kein Blut, stellte er zufrieden fest, nachdem der Anfall abgeklungen war.

Der Bassunviller hatte den Hustenkrampf geduldig abgewartet, stand auf und nickte ein letztes Mal. Gerade wollte er gehen, als im Durchgang die hohe Gestalt des Burgherrn aufragte. Er trat zu ihnen, blickte stumm von einem zum anderen und sank auf die Bank.

Er sah müde aus. Als bräche ihm etwas Herz und Genick.

»Das Geld ist beisammen«, erklärte er mit schwerer Stimme.

»Ich wusste, dass es dir gelingt, Vater.« Und so schnell, dachte Hermann. Das verwunderte ihn ein wenig, denn er hatte damit gerechnet, nicht vor Weihnachten aufbrechen zu müssen.

»Es gibt viele Möglichkeiten, die Geldtruhe zu füllen.« Der Graf winkte ab, als die Magd ihm einschenken wollte. Er stützte sich mit beiden Händen auf die Tafel, als er sich wieder erhob, und einen Moment lang musterte er seinen Sohn.

Es ist, dachte dieser, als überlege er, ob es lohnt, das ganze Geld für Ludwigs Rettung dranzugeben. Ob nicht mein anderer Bruder oder gar ich das erbringen kann, wozu Ludwig seit dem Tag seiner Geburt berufen ist.

»Komm nachher mit deiner Schwester zu mir nach oben. Ich habe mit euch zu reden.«

Seine Schritte waren müde. Er verließ den Saal, blieb nur einmal an der Tür stehen, als die Ammen mit seinen Kindern hereinpolterten, und seine Hand legte sich auf den Kopf des Ältesten, der zu ihm aufblickte. Dann straffte er sich. »Achtet nur darauf, das Geld auf der Reise sicher zu verwahren!«

Der Bassunviller trank aus und erhob sich. »Ich gebe den anderen Bescheid. Wir reisen von heute an in fünf Tagen.«

Kapitel 6

Emme folgte Hermann die Treppe hinauf zur Kammer des Vaters. Nach jedem Schritt verharrte sie und wartete, dass Hermann die nächste Stufe bewältigte. Ihre Finger umspielten den Schlüsselring, der dabei leise klirrte.

Sie betraten das Gemach, in dem ihr Vater gemeinsam mit der Stiefmutter wohnte, sofern sie nicht gerade das Wöchnerinnenbett bezogen hatte. Kindergeschrei und Frauenleiden waren ihm zuwider, seit seine erste Frau bei der Geburt der Zwillinge gestorben war.

Er saß auf einem Stuhl am Feuer, und sie traten zu ihm. »Vater, hier sind wir.«

»Setzt euch, meine Kinder!« Neben dem Stuhl stand eine Bank, auf der die Geschwister Platz hatten. Emme spürte Hermanns warmen Körper, der sich leicht gegen sie lehnte.

Vor dem Vater auf dem Fußboden stand eine schlichte kleine Holztruhe. Er deutete ihren fragenden Blick richtig.

»Das ist es«, sagte er. »Dafür habe ich drei Burgen verpfändet.«

Emme wusste nicht, was sie sagen sollte.

»Und dies ist eure Reisekasse.« Er händigte der Tochter zwei Beutel aus, die schwer in der Hand wogen. Einen reichte sie an Hermann weiter, in den anderen wagte sie keinen einzigen Blick zu werfen.

»Näht das Geld in eure Umhangsäume ein, näht es in geheime Taschen, versteckt es gut. Es sollte reichen, bis ihr mit euren Begleitern Akkon erreicht habt. Anschließend hoffe ich auf Ludwigs Geschick, euch heil zurückzugeleiten.«

Eine Frage stellte niemand: Was war, wenn Ludwig bereits tot war? Sollte es ihnen tatsächlich gelingen, rechtzeitig in Outremer anzukommen, ehe es Saladin gefiel, den fränkischen Edlen zu ermorden?

Emme hielt es nicht aus. »Wie sollen wir heimkehren, wenn er nicht mehr lebt?«

»Daran denken wir nicht, Bäumchen.« Hermanns weiche Finger legten sich auf ihre Hand. Dankbar lächelte sie ihn an, nicht nur deshalb, weil er ihr Trost schenkte, sondern weil er den geheimen Kosenamen aussprach, den sie fast vergessen hatte. Sie war sein Bäumchen. Und er, so hatte er im Scherz stets behauptet, war ihr Mistelzweig, der sich an sie klammerte und von ihr und durch sie lebte.

Der Vater räusperte sich. Seine Hand fuhr in den dunklen Vollbart, er kratzte sich. »Dein Bruder hat recht, Emme.« Er zögerte. »Sollte es tatsächlich dazu kommen, so wünsche ich, dass ihr vom Geld Gewürze und feine Seidenstoffe kauft, die wir hierzulande gewinnbringend losschlagen können. Und bezahlt eine Handvoll guter Männer, die euch auf dem Heimweg begleiten.«

Sie nickte. »Was ist mit den beiden Rittern? Dem Bassunviller und dem Herrn von Uppsala?«

»Ja. Es ist gut, dass du fragst.« Wieder kratzte er sich. »Vertraut keinem. Auch diesen beiden nicht. Später, wenn ihr sie besser kennt, dürft ihr euch ein Urteil erlauben. Doch vorerst solltet ihr darauf verzichten, irgendjemandem Vertrauen zu schenken. Ihr habt einander, und darum bin ich froh. Euer gemeinsamer Verstand ist ausgezeichnet.« Er lächelte. »Ich vertraue darauf, dass ihr binnen Jahresfrist gesund mit eurem Bruder heimkehrt.«

»Wir werden mit ihm heimkehren«, versprach ihm Emme mit fester Stimme.

Hermann drückte sich gegen sie, als wolle er ihren Worten stumm Nachdruck verleihen.

Graf Ravensberg hatte genug gesagt. Er stand auf, die Unterredung war beendet.

»Bring mir deinen Mantel und deine anderen Kleidungsstücke, damit ich die Münzen einnähen kann«, flüsterte sie Hermann zu, ehe sie sich vor der Tür trennten.

Hermann schlich zur Schlafkammer neben der seines Vaters. Hier nächtigte er ganz allein – eine Bevorzugung, um die Emme ihn still beneidete, die ihr aber auch Sorgen bereitete, weil er stets fror und ihm die Körperwärme eines anderen Menschen fehlte.

Sie stieg noch einmal in die Küche hinunter. Am Herdfeuer saß Rika und verlas Trockenerbsen. Emme trug ihr auf, für den Bruder Ziegelsteine zu erhitzen. Erst dann war sie beruhigt und begab sich wieder nach oben. Sie betrat die Frauengemächer, in denen bereits Vorkehrungen für die Nacht getroffen wurden.

Sie war nicht müde. Wäre es nicht so unvernünftig gewesen, hätte sie sich jetzt noch hingesetzt, um die Münzen in den Saum ihres Mantels einzunähen. Es drängte sie, so rasch wie möglich aufzubrechen.

Dennoch ließ die Sorge sie nicht los. Sie hatte gesehen, wie schwer es dem Vater gefallen war, seine Kinder mit so viel Gold auf die gefahrvolle Reise zu schicken. Sie durfte ihn nicht enttäuschen. Und das hieß, dass sie ihm seinen liebsten Sohn Ludwig zurückbringen mussten, was es sie auch kosten mochte.

Es kam, wie Berengar de Bassunville bestimmt hatte: Fünf Tage später brachen sie auf.

Am Vortag bat Richenza Emme ein letztes Mal zu sich. Ihre Hand zitterte und war eisig, als sie die Enkelin auf die Polsterbank zog, die man nahe an die Feuerstelle gerückt hatte.

»So trägst du heute Abend zum letzten Mal auf lange Zeit ein Kleid«, sagte sie, um das Gespräch einzuleiten.

Verlegen strich Emme über den dunkelbraunen Rock

ihres Gewands. »So lässt es sich wohl besser reisen«, sagte sie leise.

»Allerdings! Als ich vor langer Zeit ins Heilige Land reiste, war ich froh um jeden Tag, an dem dein Großvater mir nicht unter den Rock greifen konnte.«

»Du …?« Emme war ehrlich verblüfft. Davon wusste sie nichts.

»Nun, warum nicht? Damals zogen viele Frauen mit ihren Männern. Eleonore von Aquitanien, die Mutter des englischen Königs Richard, nahm damals ihren ganzen Tross mit. Sie hielt den Franzosenkönig, mit dem sie damals vermählt war, über Gebühr auf, während unser Heer voranzog … Ah, das waren Zeiten! Du hättest ihn sehen sollen, unseren Kaiser Barbarossa! Damals war er noch jung, und ein stattlicher Mann war er ja zeit seines Lebens. Gott sei seiner unermesslichen Seele gnädig.«

»Du hast ihn gesehen?« Emme hing an den Lippen ihrer Großmutter. Warum nur hatte sie ihr nie erzählt, dass sie ins Heilige Land gezogen war? Und dass sie Kaiser Friedrich begegnet war, der im Frühsommer beim Baden im Fluss ertrunken war, als sie noch eine junge Frau gewesen war?

»Ich sah ihn, und das eine oder andere Mal konnte ich auch mit ihm sprechen. Wenn dein Großvater anderweitig beschäftigt war, wenn du verstehst …« Sie kicherte. »Er hatte etwas übrig für schöne Frauen, und ich gefiel ihm wohl. Aber als Tochter eines Ministerialen und Ehefrau eines kleinen Grafen war ich kaum geeignet, ihm nachts das Lager zu wärmen. Dafür gab's andere Frauen im Tross, die seiner Aufforderung nur allzu gern folgten.«

Emme schüttelte den Kopf. »Aber Frauen sind doch verboten auf den Kreuzzügen!«

»Damals doch nicht, Täubchen. Und das Verbot dieser Tage schert doch auch keinen. Oder ziehst du nicht ins Heilige Land?«

Emme zögerte.

»Siehst du. Ah nein, die Kirchenleute sehen's nicht gern, aber wir Frauen haben denselben heiligen Wunsch, die Stätten Jerusalems zu besuchen wie unsere Männer. Das hat uns noch nie aufgehalten.«

»Aber ... Was war mit Vater zu jener Zeit? Hast du ihn mitgenommen?«

Tausend Fragen brannten in ihr, und Emme wusste, dass sie nicht einen Bruchteil dieser Fragen beantwortet bekäme. Warum hatte sie bloß nicht früher ein solches Gespräch mit ihrer Großmutter geführt?

Richenzas runzliges Gesicht verdüsterte sich. »Ja, das war das Schlimmste. Zwei Jahre musste ich mein Kind daheim zurücklassen, es brach mir fast das Herz. Manchmal glaube ich, der Herrgott gewährt mir so viel Zeit auf dieser Welt, damit ich mit meinem Sohn nachholen kann, was ich damals versäumte.«

Sie lächelte wieder, und ihre Hand legte sich auf Emmes Knie. »Aber ich weiß, dass es für dich ein ganz anderes Reisen wird. Du lässt niemanden zurück, den du von Herzen liebst, sondern reist an seiner Seite.«

»In den letzten Tagen ging es ihm besser, fandest du nicht?«, fragte Emme. Sie meinte, mit dem Husten sei es nicht mehr so schlimm, seit einiger Zeit schon, nachdem sie dem Bruder jeden Abend warme Ziegelsteine hatte bringen lassen.

Ihre Großmutter kicherte wieder. »Immer noch das Bäumchen?«, fragte sie. »Ich dachte nicht an deinen Mistelzweig.«

»Nicht?« Aber es gab niemanden als Hermann, den sie so von Herzen liebte und der sie auf der Reise begleitete, niemanden, den Richenza meinen konnte. Blieben nicht alle anderen zurück?

Vielleicht redete die Großmutter wirr. Emme nahm die welke Hand, die vom Alter gekrümmt und fleckig war, und drückte sie gegen die Wange. »Bleib nur gesund, bis ich heimkehre!«, raunte sie.

»So alt wird nicht einmal Methusalems Ziege«, widersprach die Großmutter heftig, und ehe Emme antworten konnte, stolperte Rika herein, die Wangen so rot, der Rock derartig in Unordnung, dass Richenza unwillig mit der Zunge schnalzte.

»Hast du meinem Bruder etwas Wärmendes gebracht?«

Rika senkte den Kopf, und das offene Haar fiel ihr vor das Gesicht. »Ja«, flüsterte sie, und ihr Fuß scharrte in den Binsen. »Er schläft jetzt wohl.«

»Dann will ich mich auch zur Ruhe begeben.« Ein letztes Mal drückte Emme die Hand der Großmutter. Doch diese hielt sie zurück.

»Versprich mir eines«, flüsterte sie beschwörend. »Lass Hermann nicht allein! Nie.«

»Ich versprech's«, sagte Emme. »Wohin sollte ich denn sonst?«

Alle Vorkehrungen für die Reise waren getroffen, und im Burghof versammelten sich zur frühen Morgenstunde sämtliche Burgbewohner, um von den Reisenden Abschied zu nehmen.

Emme fror, obwohl sie ihren dicken Mantel trug und zwei Hemden übereinandergezogen hatte. Zudem hatte sie ihre Beine mit Wolle umwickelt und dann in die Stiefel gesteckt, die nun etwas zu eng waren. Aber sie stand tapfer neben ihrem Zelter, bewegte sich ein wenig, damit ihr die Glieder nicht steif froren, und wartete, dass ihr Vater von ihr Abschied nahm.

Er sprach lange und ernst mit Hermann. Dieser nickte immer wieder, und sie umarmten einander, als wollten Vater und Sohn ihre Versprechen bekräftigen.

»Man könnte meinen, Euer Bruder sei der wichtigste

Mann unserer Mission«, stieß der Bassunviller zwischen den Zähnen hervor. Er stand neben Emme, den Zügel seines feingliedrigen Rappen locker um den Arm gewunden. »Ich habe es Eurem Vater mehrmals gesagt. Es wäre besser gewesen, er hätte nur Robert und mir das Gold anvertraut. Wir wären schon halbwegs zurück in Outremer.«

Sie würdigte ihn keines Blicks. »Seid Ihr vielleicht schon auf den Gedanken gekommen, dass mein Vater Euch ebenso wenig vertraut wie dem Herrn von Uppsala?«, fragte sie und hoffte, ihm mit dieser Antwort das Maul zu stopfen.

»Glaubt Ihr denn, ein Mönchlein und eine edle Dame könnten einen von uns aufhalten, wenn wir begehrlich aufs Gold schielen würden?«

Sie wandte sich von ihm ab. Welch ein Glück, wenn auch ein bitteres, dass nun der Kaplan zu ihr trat. Hanno hatte ebenso wie ihr Bruder einen Maulesel als Reittier ausgewählt, den er nun am Zügel hinter sich herzog.

»Meine Tochter.« Immer wenn er Emme mit seiner quäkenden hellen Stimme ansprach, rann ihr ein eisiger Schauer über den Rücken. »Ihr habt die morgendliche Andacht in der Kapelle versäumt.«

»Verzeiht, ehrwürdiger Vater, ich war mit letzten Vorkehrungen für die Reise befasst.« Demütig senkte sie den Kopf. »Seid gewiss, dass ich meine Gebete gesprochen habe, wie es sich geziemt.«

»Wir werden sie von nun an regelmäßig morgens und abends sprechen. Ich bin sicher, so wird uns mit Gottes Beistand auf dieser gefährlichen Reise nichts zustoßen.«

Sie musste sich abwenden und am Zaum ihres Zelters herumzupfen, um ihm nicht ins Gesicht zu lachen. Nur der Bassunviller bemerkte es, trat neben sie und wollte ihr scheinbar zur Hand gehen. Ihr Brauner schlug mit dem Kopf, und sie biss sich auf die Unterlippe.

»Habt Ihr nichts für Gebete übrig, Jungfer Emme?«

Sie blickte zu ihm auf. »Meine Gebete sind mir heilig«, erwiderte sie scharf. »Wagt nicht, mir Gottlosigkeit zu unterstellen.«

»Das lag mir fern.«

Sie atmete tief durch. »Es widerstrebt mir nur, sie mit anderen zu teilen außer mit Gott. Unser Kaplan …« Sie verstummte. Sollte sie ihm erzählen, dass Hanno zwar ein Mann Gottes war, sich aber nicht immer gottesfürchtig verhielt? Zweimal schon hatte ihr Vater Mädchen fortgeschickt, die sich von Hanno zur Sünde hatten verführen lassen, und ein drittes hatte versucht, sich im Burggraben zu ersäufen, nachdem es gemerkt hatte, dass es ein Kind unter dem Herzen trug, das in Sünde gezeugt worden war. Halb erfroren hatte man das Mädchen aus dem februarkalten Brackwasser gezogen, es aufgewärmt und gepflegt, bis es gesund genug war, um schließlich ebenfalls fortgeschickt zu werden.

Aber das verstand der Bassunviller sicher nicht. Sie verlor sich in seinen blauen Augen und fuhr erst herum, als eine Stimme sie beim Namen rief. Oda wankte unsicheren Schritts über die glatten Eisflächen. Eine Hand hatte sie Rika gereicht, die sie stützte.

Erst am Tag zuvor war Oda das erste Mal nach der Geburt aufgestanden, und noch immer war sie blass und schwach auf den Beinen. Emme ging ihr entgegen, und die beiden Frauen umfassten einander an den Unterarmen.

»Eine gute Reise wünsche ich dir und dass du uns den Ludwig heil heimbringst«, sagte Oda ernst. Ihre hellen Augen waren blank, als hätten Tränen sie reingewaschen.

»Dass du bald gesund bist wie ehedem, das wünsche ich dir«, erwiderte Emme. Sie umarmte Oda, hielt sie ganz behutsam an sich gedrückt und vermeinte jeden einzelnen Knochen unter ihrer Haut zu spüren. Eine böse Ahnung erfasste sie. Würde sie Oda in diesem Leben noch einmal wiedersehen? Umso inniger presste sie sie an sich und hörte sie leise stöhnen.

Vielleicht wird das letzte Kind sie umbringen, dachte Emme erschrocken. Vielleicht war es zu viel für sie.

Aber dieser Gedanke war vom Übel, und Emme schob ihn weit von sich. Ein letztes Mal atmete sie tief durch und hoffte, sich auf ewig an den zarten Rosenduft zu erinnern, der Oda stets umgab, so krank und geschwächt sie auch sein mochte.

»Deine Großmutter hat es vorgezogen, in der Kemenate zu bleiben.« Der Vater trat auf sie zu. Gegen die Kälte hatte er sich in ein dickes Bärenfell gehüllt, und als Emme zu ihm aufblickte, fragte sie sich, ob auch er spürte, dass es ein Abschied für immer sein mochte.

»Wir haben uns gestern bereits auf Wiedersehen gesagt.«

Der Vater zögerte, dann umarmte auch er sie, und sie vergrub ihr Gesicht im Bärenpelz. Sein Bart kratzte sie an der Stirn, und sie vermeinte seinen Herzschlag zu hören. »Bring sie nur allesamt gesund wieder«, murmelte er, den Mund auf ihren Scheitel gepresst. »Wir wissen doch beide, dass nur du es bist, die alles zusammenhalten kann.«

Sie schluckte die Tränen hinunter, nickte in den Bärenpelz und löste sich widerwillig aus seinen Armen.

»Sobald ihr Regensburg erreicht habt, schick Nachricht. Such einen Schreiber, diktier ihm einen Brief, und gib ihn einem Boten mit, der nach Norden unterwegs ist. Dann weiß ich, dass ihr auf gutem Weg seid und ich mir keine Sorgen machen muss.«

Sie blickte zu ihm auf. »Du misstraust den Herren Bassunville und Uppsala nach wie vor?«

»Dem einen mehr als dem anderen. Aber ich verlass mich auf dich und Hermann.«

Er tätschelte ihr ein letztes Mal ungeschickt die Schulter und wandte sich hastig ab, damit Emme nicht merkte, dass er weinte. Aber es war zu spät. Sie spürte die Tränen, die aus seinen Augen auf ihren Scheitel getropft waren.

Emme zog die Gugel über den Kopf, rollte den Zopf darunter ein und atmete tief durch. Sie prüfte noch einmal Sattelzeug und Zaum und schwang sich in den Sattel. Dann blickte sie über die Reisegruppe hinweg. Die Herren Uppsala und Bassunville standen bei ihren Pferden und redeten leise miteinander, Hanno saß bereits im Sattel und verzog bei jedem Schritt seines Maulesels schmerzlich das Gesicht. Ein Berittener half Hermann auf sein Reittier. Die anderen Männer machten sich bereit, und auf dem Karren thronte Rika, die Röcke um die Füße gewickelt, weil sie kein rechtes Schuhwerk für eine so lange Reise hatte.

Der Aufbruch nahte, und doch schien es Emme, als dauere es ewig, ehe sie loskamen.

»Und ich sage es dir gern noch tausendmal, dass ich es für Wahnsinn halte, einen kranken Abt und eine junge Grafentochter auf diese Reise mitzunehmen.« Robert konnte sich nicht beruhigen. Immer wieder spähte er über den Hof, wo sich die Mitglieder der Familie zum Abschied versammelt hatten. Auch Berengar wandte den Kopf. Sohn und Tochter des Grafen zu Ravensberg hatten ihre Reittiere bestiegen, und man reichte ihnen die Kinder hinauf, die sie küssten und herzten. Der Grafensohn legte segnend die Hand auf den Scheitel eines Knabens.

Verbissen schweigend zog Berengar den Sattelgurt fest. Sein Rappe zupfte ihn am Umhang – allzu lange hatte er im Stall gestanden. Auch Berengar war ungeduldig und wollte endlich aufbrechen, doch achtete er den Wunsch des Grafen und seiner Frau, sich angemessen von den Zwillingen zu verabschieden.

Sie hätten kaum unterschiedlicher sein können, der junge Abt und seine Schwester. Er war klein, dicklich, und dennoch haftete ihm etwas Kränkliches an, wohingegen seine Schwester, schlank und kräftig, ihn um eine Handspanne überragte und so lebendig und sprunghaft wirkte, dass Berengar zumindest in dieser Frage Roberts Bedenken teilte: Sie sollte nicht mitkommen. Allerdings nicht deshalb, weil sie der Reise nicht gewachsen gewesen wäre, sondern weil er fürchtete, ihre Schönheit werde die Männer ablenken und zu Unbotmäßigkeiten reizen, die er nicht dulden konnte.

Am schlimmsten aber war ihm der Gedanke, in ihm könne sich das schmerzliche Ziehen verstärken, das er in ihrer Nähe verspürte. Er wollte ihre Stimme hören, und ihre Worte sollten an ihn gerichtet sein. Er wollte ihren Blick auf sich spüren, und etwas Zärtliches sollte darin mitschwingen. Er wollte, dass sie ihm Aufmerksamkeit schenkte, die er doch nicht so erwidern durfte, wie er es gern getan hätte.

Immer wieder musste er sich ermahnen, damit seine unkeuschen Gedanken nicht überhandnahmen. Er hoffte, am Abend in einem Gasthaus, in dem sie haltmachten, ein Schankmädchen zu finden, das sich ihm anböte.

Robert gab den Befehl zum Abmarsch. Es wurde gewunken, gerufen, und eine Frau schrie erschrocken auf – die Burgherrin, vermutete Berengar –, als der Maulesel des Kaplans loszockelte und der dickliche kleine Mann verdächtig nach links kippte.

Berengar seufzte. Das hatte er gemeint: Wenn sie mit so ungeübten Reitern auf Reisen gingen, war ungewiss, ob sie vor dem Weihnachtsfest überhaupt Regensburg erreichten.

Er ließ seinen Rappen ein Stück traben, bis er Robert erreichte. »Wenn Teile unseres Zugs so hinterherhängen, sind wir ein gefundenes Fressen für jeden Wegelagerer«, knurrte er.

Robert wandte sich um und winkte zwei Reitern, die ihre Pferde ans Ende ihres Zugs lenkten. Sie ritten durch das Tor, und für kurze Zeit schützten die Mauern die Reisenden vor dem eisigen Wind. Der Himmel war von einem hellen, Schnee verheißenden Grau, das Berengar nicht gefiel.

Es ergab sich, dass nach einigen Stunden die Grafentochter neben ihm ritt. Die Gugel hatte sie tief in die Stirn gezogen, und sie saß sehr gerade auf ihrem Braunen.

»Ich habe mich schon gefragt, ob Ihr auf den Damensitz verzichtet.«

Angesichts des Blicks, mit dem sie ihn strafte, musste er gegen seinen Willen laut auflachen.

»Dann gehört Ihr auch zu den Männern, die Frauen auf Reisen nur einen Wagen oder eine Sänfte zugestehen«, erwiderte sie scharf.

Wieder lachte Berengar. »O nein, da bin ich ganz anderer Meinung!«, widersprach er. »Und habe mir schon die Antwort gegeben, dass Ihr wie ein Mann hoch zu Ross sitzen werdet.«

Ihre Miene wurde sanfter. Fast wirkte sie verletzlich. Fest umschlossen ihre Hände die Zügel. Ihm fiel auf, dass sie keine Handschuhe trug, und ihre Finger waren inzwischen blaurot verfärbt. Unwillkürlich fröstelte er. Doch er sagte nichts.

»Wie weit werden wir heute kommen?«, fragte sie.

»Wenn wir weiterhin so langsam vorwärtskommen? Nicht weit.«

Sie nickte still.

»Ich hatte gehofft, heute Abend schon Paderborn zu erreichen, aber das wird wohl zwei Tagesreisen dauern. Und danach, bis Regensburg ... zwanzig Tagesreisen.« Und jeder Tag würde an seinem Gemüt zerren.

»Ich frage mich, was Euch zu derartig großer Eile drängt. Ist das Leben meines Bruders in so großer Gefahr, dass jeder Tag sein letzter sein könnte? Gibt es eine Frist, binnen derer das Gold zu Saladins Füßen ausgebreitet sein muss?«

Er antwortete nicht. Sollte er Ludwigs Schwester erklären, wie groß seine Schuld war? Er hatte seinen Waffenbruder im Stich gelassen, als dieser seiner Kampfkraft bedurfte. Er konnte sich erst dann von dieser Schuld freisprechen, wenn er sein Gelübde einlöste …

»Keine Frist«, erwiderte er knapp.

»Also? Was treibt Euch dann an? Euer Freund von Uppsala macht keinen halb so gehetzten Eindruck.«

Im Stillen verfluchte er sie. Frauen! Warum nur konnten sie so gut beobachten und Schlüsse ziehen?

»Das versteht Ihr nicht«, gab er knapp zurück.

»Dann versucht es doch. Versucht es mir zu erklären«, forderte sie ihn auf.

Jäh riss er seinen Rappen herum und ließ ihn in leichtem Kanter zum Ende des Zugs galoppieren. Er wusste, dass es grob unhöflich war, die Grafentochter allein zurückzulassen, und er hätte nur zu gern länger mit ihr gesprochen. Aber um nichts in der Welt wollte er ihr gegenüber seine Schuld eingestehen. Seinetwegen war Ludwig von den Sarazenen gefangen genommen worden. Es war eine schwere Schuld, mit der zu leben er nicht lernen wollte. Dieses Unrecht musste er wiedergutmachen. Und wenn es hieß, im gemächlichen Trott einer Pilgergruppe das Gold nach Outremer zu bringen, dann war dies wohl Gottes Prüfung, die ihm auferlegt war.

Dass es ihm gefiel, konnte er nicht behaupten.

Kapitel 7

Am Abend machten sie Rast in einem kleinen Gasthaus. Robert von Uppsala handelte mit dem Wirt einen guten Preis aus. Die Männer schliefen in der Schankstube, in der es angenehm warm war, und je eine Kammer unter dem Dach wurde von Emme und Rika auf der einen Seite des Flurs, von Hermann auf der anderen Seite bezogen.

Die Mahlzeit war einfach, aber schmackhaft, und schon kurz nachdem sie einen Becher Starkbier geleert hatte, spürte Emme eine schwere Müdigkeit in sich aufsteigen. Sie ging zu Bett, und Rika folgte ihr gehorsam. Sie teilten sich die Schlafstatt, denn der Wind pfiff durch die Fensterritzen und das Gemäuer, und so konnten sie ihre Körper unter den Decken aneinander wärmen. Rika schniefte und wälzte sich so unruhig hin und her, dass Emme erst spät in den Schlaf fand. Als sie von einem Geräusch aufgeschreckt wurde, war das Bett neben ihr leer.

Sie lag im Finstern und lauschte. Im Schankraum unter ihr war es still; auch die Männer hatten sich inzwischen zur Ruhe begeben. Bestimmt war Rika zum Abort geschlichen, der im Hof versteckt lag. Emme wartete einige Zeit, aber nichts geschah. Sie versuchte wieder einzuschlafen, aber nun schien das Gebälk des fremden Hauses zum Leben zu erwachen und ihr etwas zuzuflüstern.

Irgendwann ertrug sie es nicht länger. Ihr fiel Hanno ein, der sich am Nachmittag auserbeten hatte, seinen wunden Hintern auf dem Kutschbock neben Rika ausruhen zu dürfen. Während er den Karren lenkte, hatte er sich mit dem Mädchen unterhalten, und ihr Lachen war über dem ganzen Zug aufgestiegen wie Glockengeläut.

Nein, nein, nein, dachte Emme. Nicht auch noch Rika!

Sie stand auf, griff nach ihrem Umhang und warf ihn über das Hemd. Sie entzündete einen Kienspan, tappte barfuß zur Tür und schlich zur Treppe.

Im Schankraum war alles ruhig. Die Ausdünstungen eines Dutzends Männer, die schliefen, schnarchten und furzten, waberten warm aus der Tür heraus. Sie spähte hinein, wagte aber nicht, sich unter den Schlafenden zu bewegen und nach dem Kaplan zu suchen. Wenn er nicht da war, hätte sie nicht gewusst, wo sie noch suchen sollte.

»Ist es nicht ungehörig, Männer beim Schlafen zu beobachten?«, flüsterte es ganz dicht an ihrem Ohr. Mit einem leisen Aufschrei fuhr sie herum.

Berengar de Bassunville stand vor ihr, lediglich mit Hemd und Bruche bekleidet. Beschämt wandte sie den Blick ab.

»Ich suche meine Zofe«, wisperte sie.

»Und Ihr sucht sie bei den Männern?« Sie zuckte zusammen, weil er laut sprach. Ein Schlafender grunzte und drehte sich auf die andere Seite.

»Kommt!« Er wollte sie zum Hof geleiten und fasste sie am Arm, aber sie machte sich los.

»Tut mir einen Gefallen und schaut nur, ob der Kaplan schläft, wo er schlafen sollte.«

Er zuckte mit den Schultern, als wäre ihre Bitte nicht ungewöhnlich, betrat den Schankraum und bewegte sich lautlos unter den Liegenden, während sie an der Tür stehen blieb.

»Er schläft wie ein satter Säugling«, teilte er ihr nach seiner Rückkehr mit.

»Danke. Mehr wollte ich nicht wissen.«

Sie wandte sich zur Treppe um. Berengar hielt sie zurück.

»Wollt Ihr denn nicht wissen, wo Eure Zofe steckt?«, fragte er.

Sie hielt inne. Doch, eigentlich wollte sie es schon wissen, aber wenn Rika nicht bei Hanno war, musste sie sich keine

Sorgen machen, oder? Es sei denn, einer der anderen Männer …

»Fehlt sonst jemand?«, fragte sie, und ihr missfiel das selbstzufriedene Lächeln des Ritters. Er lehnte im Türrahmen zum Schankraum, und im Licht des brennenden Kienspans blitzten seine Zähne. Er grinste frech. Eigentlich hätte sie ihn keines Worts mehr würdigen dürfen.

»Alle Männer schlafen.«

»Nur Ihr seid wach, Berengar de Bassunville.« Ihr kam ein schrecklicher Verdacht. Hatte er sich mit Rika im Schatten der Nacht getroffen und lenkte Emme nun ab, damit sein Liebchen ungestört in die Schlafkammer zurückkehren konnte? »Wisst Ihr, wo sie ist?«, fragte sie herausfordernd.

Er trat ihr entgegen. »Und wenn ich's wüsste? Würdet Ihr es hören wollen?«

Sie biss sich auf die Unterlippe. Ja, schon. Aber andererseits: Nein, denn wenn er sich mit anderen Frauen vergnügte, ging sie das nichts an.

»Habt Ihr etwa …?«

»Gott bewahre.« Er stand dicht vor ihr. So nahe, dass sie seinen warmen Atem auf dem Gesicht spürte. Sie legte den Kopf in den Nacken.

»Nein? Dabei seid Ihr doch ein Mann, den selten im Bett friert, oder?«

Sein Blick wurde kalt, und er packte ihre Hand mit schmerzlich festem Griff. Sie stöhnte auf. »Merkt Euch eins, Ravensbergerin. Niemals lege ich meine Hand auf die Frau eines anderen Manns. Niemals. Und wenn Ihr nicht wisst, bei wem Eure Zofe Nacht für Nacht liegt, kann ich Euch nicht helfen.«

»Aber Ihr wisst es und sagt's mir nicht?«

»Ich glaube, er würde es Euch selbst sagen, wenn es Euch etwas anginge.«

Sie machte sich von ihm los. »Das ist nicht wahr«, keuchte sie entsetzt.

»Warum? Weil Ihr es nicht wahrhaben wollt? Weil Ihr Euren Zwillingsbruder für einen Heiligen haltet?«

»Er hätte es mir erzählt.« Noch während sie sprach, wurde sie sich der Unaufrichtigkeit ihrer Worte bewusst. Bäumchen und Mistelzweig, das waren sie einmal gewesen, ehe Hermann sich vor Jahren ins Kloster zurückgezogen hatte. Seither waren sie einander bei aller Nähe fremd geworden, und manches Mal richtete sich ihre ganze Wut gegen ihn und seine Krankheit, die sich in rätselhaften Rhythmen in seinen Körper grub.

Es schmerzte. Sie schluckte schwer und fand es unerträglich, dass der Bassunviller ihr im Licht des Kienspans jeden Gedanken auf dem Gesicht abzulesen vermochte.

»Ich möchte allein sein«, flüsterte sie.

Er machte eine einladende Bewegung zur Treppe. »Nur zu! Wenn ich recht verstehe, gehört Euch das Bett ja nun ganz allein.«

Sie spürte Tränen auf den Wangen und hoffte, dass er es nicht bemerkte. »Seid Ihr immer so?«, fragte sie.

»Wie bin ich denn?« Oh, und jetzt war seine Stimme wieder sanft und freundlich. Heuchler!

»Wie ein ... ein ...« Ihr fiel nichts ein, das ihrem Abscheu angemessen Ausdruck verliehen hätte.

»Nun?«, fragte er, als sie nicht weitersprach.

»Ach!«, rief sie bloß, wandte sich ab und stürmte die Stiege hinauf. Sie glaubte ihn lachen zu hören, wandte sich aber nicht um, sondern schlich auf leisen Sohlen zurück in ihre Kammer. An der Tür verharrte sie und lauschte, doch im Raum gegenüber war es mäuschenstill.

Es dauerte lange, bis sie wieder einschlief. Ständig vermeinte sie Geräusche aus der anderen Kammer zu hören, doch jedes Mal spielten ihre Sinne ihr einen Streich. Und wie sollte sie Schlaf finden, wenn ihre Füße eisig gefroren waren, weil niemand sie wärmte?

Mit der Kälte waren auch die Gedanken da. Wie es wohl war, für Rika und Hermann? Und ob sie nur beisammenlagen und einander wärmten oder ob sie …

Sie wollte nicht weiterdenken und konnte es so recht nicht glauben. Schließlich hatte ihr pflichtbewusster Bruder sein Keuschheitsgelübde schon vor Jahren abgelegt. Nein, nein. Bestimmt wärmten sie einander nur.

Doch diese Vorstellung war fast noch schlimmer. Früher wäre sie es gewesen, bei der er Wärme gesucht hätte.

Endlich fiel sie in einen unruhigen Schlaf.

Am nächsten Morgen ging ein feiner Nieselregen nieder, der sich wie eine nasse zweite Haut auf alles legte. In den Bäumen klirrte das Eis, das sich um jedes Ästchen legte, und unter den Hufen der Pferde zerbarst die dünne Schicht mit jedem Schritt.

Emme zog die Gugel tief in die Stirn und wandte sich im Sattel um. Am Ende des Zugs holperte der Ochsenkarren dahin, auf dem heute Hermann neben Rika Platz genommen hatte. Er hatte es damit begründet, dass das Reiten ihn erschöpfte.

Sie hatte überlegt, wie sie ein Gespräch über ihre nächtlichen Beobachtungen beginnen sollte. Ob es überhaupt Sinn hatte, mit ihm darüber zu reden? Bis gestern hätte es sie nicht im Geringsten beunruhigt, ihn neben dem Mädchen sitzen zu sehen. Nun aber wandte sie sich immer wieder um und wollte sich vergewissern, ob Rika sich an ihren Bruder schmiegte. Ob er ihren Arm streichelte.

Ärgerlich war nur, dass der Bassunviller immer, wenn sich ihre Blicke kreuzten, so unverschämt grinste. Er wusste, wie sie sich fühlte. Zwar wahrte sie das Gesicht und gab sich geradezu unberührt, doch in der letzten Nacht hatte er genau gesehen, wie sehr sie der Gedanke schmerzte, ihr Bruder könne sein Gelübde gebrochen haben. Schlimmer noch wäre jedoch der Vertrauensbruch gewesen – dass Hermann seiner Schwester die Liebschaft mit Rika verschwiegen hätte.

So verlor sie sich in düsteren Gedanken. Stellte sich vor, wie sie Hermann zur Rede stellte. Was er darauf antwortete. Es tat so weh. Und er war ihr so fremd geworden.

Als die Reisenden zur Mittagsstunde eine kurze Rast einlegten, kam Robert von Uppsala auf Emme zu. Sie saß auf einem Findling am Rand einer Lichtung und knabberte an Brot und Käse, einer Wegzehrung, die Rika aus einem Beutel an alle verteilt hatte.

»Darf ich mich zu Euch gesellen?«

Sie machte eine nichtssagende Handbewegung.

Er setzte sich. Der dunkle Mantel bauschte sich um seinen schmalen Körper, und seine grauen Augen betrachteten sie nachdenklich, während er Stücke vom Brot abriss und in den Mund schob.

»Ihr seht aus, als bedrücke Euch etwas.«

»Hat Euer wohlgeschätzter Freund nicht von meiner Dummheit erzählt?«, erwiderte sie.

Er lächelte und schwieg. Fast wirkte er verwirrt.

»Nein?«

Sie atmete tief durch. Damit hätte sie nicht gerechnet – dass der Bassunviller niemandem von der nächtlichen Begegnung erzählte.

»Wäre es wichtig?«, hakte er behutsam nach.

Stumm schüttelte sie den Kopf. Bloß nicht darüber reden!

Schweigend aßen sie. Emme mochte die Art, wie er schwieg: unaufdringlich und ohne sie ständig anzustarren, als wolle er etwas aus ihr hervorkitzeln. Sie spürte, wie die innere Anspannung nachließ.

Plötzlich entstand am Rand der Lichtung ein Tumult. Sofort war Robert von Uppsala auf den Beinen, die Hand am Dolch, den er am Gürtel trug. »Wartet hier!«, rief er ihr zu und rannte zu der Stelle, wo sich inzwischen auch die anderen Männer versammelt hatten.

Berengar de Bassunville überragte alle. Er brüllte etwas Unverständliches, und Emme vermeinte eine Stimme antworten zu hören. Sie stand auf und eilte hinüber.

»Was ist geschehen?«

»Habe ich Euch nicht gesagt, Ihr sollt zurückbleiben?« Wütend funkelte der Herr von Uppsala Emme an. Vorbei war's mit seiner Ruhe. Doch sie schob sich einfach an ihm vorbei und drängte sich in die Mitte des Kreises, den die Männer gebildet hatten.

Breitbeinig stand der Bassunviller vor einem Kind, das sich verängstigt zusammenkauerte. Ein Kind? Nein. Als das bedauernswerte, völlig verdreckte und zerlumpte Geschöpf den Kopf hob, sah Emme große blaue Augen und einen vollen, sinnlichen Mund. Eine Frau, dachte sie erstaunt.

»Hat mir im Wald aufgelauert, das Weib«, knurrte Berengar. »Fiel über mich her und wollte mir das Brot entreißen.«

Emme trat vor, ging in die Hocke und streckte die Hand nach der Frau aus. Doch die zuckte zurück. Erst als Emme ihr das Stück Brot hinhielt, von dem sie kaum gegessen hatte, kroch sie näher, schnappte das Brot und schlang es gierig hinunter.

Um ihr linkes Auge erblühte eine rote Schwellung.

»Habt Ihr sie geschlagen?« Sie blickte zum Bassunviller auf, der sichtlich verlegen wirkte.

»Kann schon sein, dass ich versucht habe, mich ihrer zu erwehren. Wir brauchen kein weiteres hungriges Maul, das es zu stopfen gilt, und schon gar keins, das aus dem Unterholz hervorbricht und einen Ritter angreift.« Er rieb sich die Hand.

Emme bedachte ihn mit einem wütenden Blick, enthielt

sich aber einer Antwort. »Komm!«, sagte sie zu der jungen Frau. »Ich will sehen, was wir noch für dich zu essen haben. Und einen Mantel. Du bist ja völlig durchgefroren.«

Sie half der Frau auf die Füße. Die Männer machten Platz, als sie die Fremde zum Karren führte.

»Wie heißt du?«, fragte Emme leise. Sie spürte die Blicke aller auf sich, aber keiner wagte, Einspruch zu erheben.

»Radegund.«

Sie kamen zum Karren. Stumm reichte Rika ihr einen Mantel, den sie in der Zwischenzeit aus einer Kleiderkiste gezogen hatte, und Emme hüllte Radegunds schmalen Körper in das Gewand ein.

»Herrin von Ravensberg!« Sie hörte den stampfenden Schritt und wartete, bis er fast heran war, ehe sie sich betont langsam zu dem Bassunviller umwandte.

»Ihr wollt etwas mit mir besprechen?«, fragte sie ruhig.

Er blieb vor ihr stehen. In seiner Wange zuckte ein Muskel.

»Was fällt Euch ein?«, brachte er schließlich wutschnaubend hervor.

»Was sollte mir einfallen?« Beschützend legte sie den Arm um Radegund, die sich bei Berengars Worten ganz klein machte.

»Dass Ihr einfach ein Weib von der Straße auflest und füttert. Die Frau werdet Ihr im Leben nicht mehr los. Wahrscheinlich ist sie ihrem Mann oder ihrem Vater weggelaufen. Was habt Ihr vor? Wollt Ihr sie nach Akkon mitnehmen?«

»Erst einmal gebe ich ihr satt zu essen. Schon da habt Ihr versagt, Herr de Bassunville. Lehrt uns nicht Gott, mildtätig zu den Armen und Bedürftigen zu sein und sein Werk an jenen zu verrichten, die unserer Hilfe bedürfen?«

»Ach! Seid Ihr so mildtätig, weil Ihr Euch um das Weib sorgt? Oder wollt Ihr anderen eins auswischen?«

»Nehmt Euch bloß nicht so wichtig!«, fauchte sie und wandte sich ab. Radegund zitterte, und sie führte die Frau zu dem Findling. Noch immer biss Radegund gierig vom Brot ab, doch kostete sie inzwischen jeden Bissen aus, kaute ihn ausgiebig, und auf ihrem Gesicht lag ein Ausdruck stillen Entzückens. Als ob sie seit ewigen Zeiten nichts so Köstliches wie einen harten Kanten Brot zu essen bekommen hatte.

»Woher kommst du?« Emme kauerte Radegund zu Füßen nieder.

Deren Antwort war ein stumm nach Osten ausgestreckter Arm.

»Hast du Familie? Einen Mann? Eltern?«

Die Frau schüttelte den Kopf. Dann antwortete sie mit rauer Stimme. »Mein Mann ist tot, und sie haben mich fortgejagt.«

»Seine Familie?«

Radegund nickte. Sie verbiss sich wieder im Brot, während dicke Tränen Rinnsale im Schmutz ihrer Wangen hinterließen.

»Willst du mit uns kommen?«, fragte Emme. »Ich könnte eine zweite Zofe gebrauchen, die sich um Wäsche und Kleidung kümmert.« Und die mich nachts nicht im Stich lässt, dachte Emme. Die neben mir schläft und wacht.

»Wohin denn?«, fragte Radegund. Sie schniefte, wischte sich mit dem Mantel den Rotz aus dem Gesicht und blickte beschämt, weil sie das neue Kleidungsstück gleich wieder verunreinigte.

»Wir reisen ins Heilige Land. Mein Bruder Ludwig wird dort von den Sarazenen gefangen gehalten, und wir sind unterwegs, um ihn freizukaufen.«

Misstrauen blitzte in Radegunds Augen auf. »So weit war ich nie von zu Hause fort.«

Hatte die Frau nicht gerade erst erzählt, dass sie kein Zuhause mehr hatte? Doch Emme schwieg dazu. »Ich auch nicht«, gab sie stattdessen fröhlich zurück.

»Und Ihr könnt mich wirklich gebrauchen? Ich mache mich gern nützlich … Ich bin geschickt …« Nur langsam wich das Misstrauen.

»Emme!« Hermann rief nach ihr. Sie richtete sich auf, legte kurz die Hand auf Radegunds Schulter. »Dann bist du uns willkommen. Lass dir von Rika alles zeigen. Kannst du reiten? Ein Maultier haben wir, das könntest du nehmen. Und heute Abend erreichen wir Paderborn. Ich sorge dafür, dass du etwas anzuziehen bekommst.«

»Emme!«

Sie drückte ein letztes Mal Radegunds Schulter, nahm deren dankbares Lächeln wohlig zur Kenntnis und wandte sich zu ihrem Bruder um. Er stand hinter ihr, die Hände in die Seiten gestemmt.

»Was soll das mit dieser Frau?«, fragte er ungeachtet der Tatsache, dass Radegund alles mit anhören konnte.

Emme umfasste seinen Arm und führte ihn beiseite. »Aber ich denke dabei doch auch an dich«, flüsterte sie. »Wenn Radegund bei uns bleibt, macht es mir nichts mehr aus, wenn Rika des Nachts zu dir schleicht.«

Er zuckte zusammen. Seine Wangen bekamen rote Flecken, und er sah sich nach allen Seiten um. »Wer weiß noch davon?«, fragte er dann.

»Der Bassunviller. Und vermutlich alle anderen, die Augen im Kopf haben.«

Hermann schwieg.

»Ich dachte, wir seien vertraut miteinander«, raunte sie. »Ich dachte, du würdest mir davon erzählen.«

»Das wollte ich, aber ich konnte es einfach nicht. Und nachdem die ersten Nächte verstrichen waren, fand ich erst recht keine Worte dafür.«

Emme schwieg, und schließlich nickte Hermann. »Also

gut, nimm die Frau in Gottes Namen mit«, murmelte er. Dann ließ er Emme stehen.

Der Bassunviller rief zum Aufbruch. Emme sorgte dafür, dass Radegund das Maultier bekam, zog sich in den Sattel ihres Braunen hinauf und zog die Gugel wieder tief in die Stirn, damit niemand sah, wie bewegt sie war.

Hermann hatte sich weiter von ihr entfernt, als sie bisher gedacht hatte. Während der Jahre im Kloster war er ein Fremder geworden.

Sie mied jede Gesellschaft. Nur Radegund ertrug sie, die ihr Maultier, wann immer der Weg es zuließ, neben Emme lenkte. Aber sie schwieg, und Emme war ihr dankbar dafür. Radegunds Schweigen war ihr lieber als die spöttischen Bemerkungen des Bassunvillers, lieber als der finstere Blick des Herrn von Uppsala. Viel lieber als der wunde Blick, den Hermann ihr zuwarf, sobald sie sich im Sattel umwandte.

Emme fühlte sich einsam.

Kapitel 8

Erst am späten Abend erreichten sie Paderborn. Emme zitterten die Knie, als sie im Innenhof des Klosters Abdinghof aus dem Sattel stieg. Eine kurze Weile ruhte sie sich aus, den Kopf an das nasse Holz des Sattels gepresst, ehe sie sich aufrichtete.

Radegund war an ihrer Seite. Sie nahm den Zügel von Emmes Braunem, und obwohl ihr die Erschöpfung erst recht ins Gesicht geschrieben stand, leuchteten ihre Augen, weil sie die Gelegenheit gekommen sah, sich nützlich zu machen. »Was kann ich tun?«, fragte sie eifrig.

»Die Reittiere den Männern überlassen und mitkommen.« Emme schob die Gugel vom Kopf. Sie seufzte, denn eine so große Müdigkeit hatte sie nach diesem Tagesritt nicht erwartet.

»Aber ich will mich doch nützlich machen.«

»Dann komm mit!« Emme schob sich zwischen Reittieren und Männern hindurch zum Gästehaus, vor dem der Bruder Portarius und der Abt die Ankömmlinge erwarteten.

»Emme!« Hermann eilte an ihre Seite, und weil sie nicht stehen blieb, packte er sie am Mantel. »Bleib doch stehen! Ich …« Was er sagen wollte, ging in einem Hustenanfall unter, der seinen Körper schüttelte. Sogleich wandte sie sich zu ihm um und legte ihm besorgt die Hand auf die Schulter.

»Hermann«, flüsterte sie.

Er schüttelte den Kopf. Aus dem Ärmel seiner Kutte zog er ein Leinentuch und drückte es gegen die Lippen. »Es … ist schon wieder gut.« Sein schwarzes Haar war nass, und seine Augen wirkten müde, als er zu ihr aufsah. »Einen Augenblick nur«, flüsterte er und hustete abermals in das Tuch.

Als er es verstohlen in den Ärmel zurücksteckte, wandte

sie sich ab. Dass sie die feinen Bluttropfen gesehen hatte, sollte er nicht merken.

Aber nun wusste sie Bescheid und wollte sich später um ihn kümmern. Die Sorge um ihren Mistelzweig verlieh ihr die Kraft, gemeinsam mit ihm den beiden Ordensmännern entgegenzutreten.

»Abt Hermann, es freut uns, Euch in unserem bescheidenen Kloster begrüßen zu dürfen.« Abt Enno vom Kloster Abdingshof streckte Hermann beide Hände entgegen. Dieser löste sich von Emme und näherte sich dem Amtskollegen in aufrechter Haltung. Besorgt beobachtete ihn die Schwester, senkte den Kopf und verharrte, bis auch sie von dem Klostervorsteher begrüßt wurde. Sie war seltsam befangen, und zugleich dachte sie nur an die Blutflecken.

»Unser Gästehaus steht Euch zur Verfügung. Es gibt oben drei Schlafkammern, die Ihr nutzen könnt.«

»Danke.« Hermann nickte. Er trat wieder neben Emme, und sie spürte seine Hand, die ihre Finger streifte.

Sie winkte Radegund, ihr zu folgen. Emme betrat das Gästehaus und stieg ohne einen Blick zurück die schmale Treppe hinauf. Sie spürte die junge Frau hinter sich, und als sie die erste Kammer linker Hand betrat, blieb Radegund vor der Tür stehen.

»Wo werde ich schlafen?«, fragte sie leise.

»Komm herein!« Emme nickte zufrieden. Das Bett war breit und wuchtig, und eine Kohlepfanne verbreitete ein wenig Wärme. Sie breitete die steif gefrorenen Hände eine Elle über der Glut aus, doch die Hitze biss ihr in die kalten Fingerglieder, und sie zog die Hände zurück. Es kribbelte.

»Du schläfst mit mir im Bett. Aber vorher haben wir noch viel zu erledigen.«

Sie fühlte sich schmutzig vom Tag. Nicht der Reisestaub klebte an ihr und auch nicht das kalte Regenwasser, sondern Hermanns Berührung, das Blut, das aus seinem Körper austrat. Sie wusste, das war kein gutes Omen. Aber sie weigerte sich, an schlechte Zeichen zu glauben.

»Im Bett?« Radegund blieb unter dem Türsturz stehen. Sie zögerte.

»Ja, im Bett. Was ist so schlecht am Bett? Nachts wird es kalt, da müssen wir einander wärmen.«

»Ich hab noch nie mit jemandem in einem Bett geschlafen.«

Emme bedachte die junge Frau mit einem nachdenklichen Blick. »Ich dachte, du warst verheiratet.«

Sie senkte den Kopf. »Schon. Mit ihm hab ich auch das Bett geteilt. Nur als er starb, da haben sie mich auf die Bank in der Küche verbannt. Hart, aber warm.«

»Und was war, bevor du deinen Mann geheiratet hast?« Es war Emme unvorstellbar, dass jemand des Nachts allein schlief.

Radegund antwortete nicht. »Was soll ich für Euch tun?«, fragte sie stattdessen.

»Ich möchte ein Bad nehmen. Und danach … danach wäre das wohl auch für dich angebracht. Außerdem bitte ich dich, zwei der Männer anzuweisen, meine Truhe vom Karren zu heben. Ich will nachsehen, ob ich ein Kleid, eine Bruche und einen Kittel habe.«

Radegund wurde rot. »Ich brauche nichts«, murmelte sie hastig. »Der Mantel ist schon mehr, als ich verdiene.«

»Willst du mir nun dienen oder mir ständig Widerworte geben?« Allmählich verlor Emme die Geduld mit diesem Weibsbild. Sie war müde und hungrig, fühlte sich schmutzig und fror. Warum konnte Radegund nicht einfach ihre Anordnungen befolgen?

»Ich schicke die Männer nach Eurer Truhe.« Hinter Radegund war der Bassunviller aufgetaucht. Er wirkte belustigt. »Hab ich's nicht von Anfang an gesagt, dass Ihr Frauen unseren Zug über Gebühr aufhalten werdet?«

»Ach, seid doch still!«, fauchte Emme. Sie hatte nun wirklich genug vom Gerede des Ritters.

»Der Bruder Portarius lässt ausrichten, dass in einer Stunde im Gastraum aufgetischt wird«, fuhr er unbekümmert fort. »Wenn Ihr wünscht, lasse ich Anweisung geben, Euch einen Badezuber und heißes Wasser zu bringen.«

»Das wäre angenehm, ja.« Sie sank auf die Strohmatratze, nachdem er verschwunden war. Hatte er wirklich irgendwann behauptet, Frauen würden den Zug über Gebühr aufhalten? Oder machte er sich nur auf mehr oder weniger gutmütige Weise über sie lustig, wie ihr Bruder Ludwig es früher so oft getan hatte?

Sollte er doch. Wenn sie nur ein heißes Bad und bald auch reichlich zu essen bekäme, durfte er über sie spotten, wie's ihm gefiel.

Er saß auf der Bettkante. Seine Hände umklammerten das goldene Kreuz, das er stets unter der Kutte auf der Brust trug. Er hatte es hervorgeholt, um in der Berührung Trost zu finden. Er spürte die Kanten, die sich in seine weichen Handflächen gruben.

Emme hatte das Blut gesehen. Das wog schwerer als ihre Worte, die ihm so unmissverständlich deutlich gemacht hatten, dass sie von Rika wusste.

Er wollte sich ihr erklären. Wollte sich entschuldigen, sein Verhalten und vor allem das des Mädchens, das sich seit einiger Zeit in den dunkelsten Stunden der Nacht an ihn drückte und seinem Körper eine Wärme schenkte, die er so seit Langem nicht mehr hatte erfahren dürfen.

Er blieb sitzen, während im Haus die Geräusche erwachten. Im Gastraum unten grölten die Männer, und er hörte auf der Stiege jemanden fluchen. Etwas polterte im Nebenraum, er hörte die helle Stimme der jungen Frau, die Emme aufgelesen hatte.

»Möchtet Ihr allein sein?« Rika stand in der Tür. Er wusste nicht, wie lange schon. Sie kaute wieder auf ihrem Zopf herum.

»Hol mir eine Schüssel und heißes Wasser, ich möchte mich waschen.«

Sie verschwand so leise, wie sie gekommen war. Hermann flüsterte Gebete, während er wartete. Nach drei Paternoster stieß Rika mit der Schulter die Tür ganz auf. Sie stellte die Waschschüssel auf den Tisch. Ein Zinnkrug stand darin, und heiß stieg der Wasserdampf daraus auf.

»Du warst schnell damit.«

»Eure Schwester hat ein Bad bestellt, darum.«

Er trat an den Tisch. Rika wich zurück. »Lass mich allein«, bat er leise, und bevor sie ging, streckte er die Hand nach ihr aus und berührte ihren Arm. »Heute Abend darfst du zu mir kommen«, murmelte er. »Sie weiß es.«

Sie nickte stumm, ehe sie floh.

Er seufzte. Dann säuberte er Hände, Arme und Gesicht mit warmem Wasser. Zum Schluss zog er das Leinentuch aus dem Ärmel und wusch die frischen Blutstropfen aus. Weil er keine Seife zur Hand hatte, blieben rosige Spuren im Gewebe haften, sosehr er den Stoff auch gegeneinanderrieb. Anschließend wrang er das Tuch aus und legte es auf dem Tisch aus, weil er nicht wusste, wo er es hätte aufhängen sollen.

Dann begab er sich auf die Suche nach Emme.

Die Tür zu ihrer Kammer war verschlossen, und er lauschte, ehe er anklopfte. Lachen erklang, etwas polterte, und dann schob sich Radegunds schmales Gesicht in den Türspalt. Die Verletzung um ihr Auge war inzwischen blauschwarz verfärbt und derartig zugeschwollen, dass sie kaum blinzeln konnte. Da hat der Bassunviller aber einen ordentlichen Schlag ausgeteilt, dachte Hermann.

»Wer ist es denn?«, hörte er Emme rufen.

»Euer Bruder, Herrin.« Radegund senkte den Blick. Sie hatte inzwischen wenigstens das Gesicht gewaschen, und Hermann fand, sie sei gar nicht so hässlich, wenn sie nur etwas mehr auf den Rippen hätte.

»Lass ihn herein!«

Radegund zögerte. »Herrin …«

»Du hast doch gehört, was deine Herrin sagt!« Hermann schob die Tür auf. Er betrat die Kammer, in der eine feuchte Wärme Einzug gehalten hatte. Unter dem Fenster, unmittelbar neben dem Kohlebecken, stand die Zinkwanne, in der Emme mit angezogenen Knien in ihrem Unterhemd saß. Sie hatte das Haar gelöst und entwirrte gerade die einzelnen Strähnen.

Er schluckte. Es war lange her, seit er seine Schwester halb nackt gesehen hatte, und damals waren sie noch Kinder gewesen. Emmes Amme hatte die Zwillinge alle paar Wochen gemeinsam in den Zuber gesteckt, auch wenn Hermanns Amme daraufhin immer Zeter und Mordio geschrien hatte, weil sie befürchtet hatte, Emme werde ihm das letzte bisschen Kraft rauben. Nun, er hatte überlebt, allen Unkenrufen zum Trotz.

Er wandte den Kopf ab. Radegund kniete vor der offenen Truhe, aus der Emmes Kleidungsstücke in wildem Durcheinander hervorquollen. »Ich hab's!«, rief sie und hielt ein Kästchen hoch.

Er fühlte sich fehl am Platze. Das Bad einer Dame war nie der richtige Ort für einen Mönch, auch wenn die Dame seine Schwester war. In jeder Bewegung der Frauen lag etwas Verführerisches.

Und als nun auch noch Rika durch die Tür hinter ihm drängte, wusste er gar nicht, wohin mit sich.

»Du wolltest mit mir reden?« Emme nahm das Kästchen, das Radegund ihr reichte. Sie öffnete es und entnahm ihm ein Stück Seife. Sofort verbreitete sich im Raum der herbe

Duft nach Lavendel. Ihr Duft. Hermann wich hinter das Bett zurück. Seine Hände spielten mit dem Kreuz.

»Ja, es ist …« War er wirklich gezwungen, diese Unterhaltung in Gegenwart anderer Frauen zu führen?

Emme gab Radegund und Rika einen knappen Wink. »Geht nach unten, es gibt sicher schon etwas zu essen. Ihr könnt baden, wenn ich fertig bin.«

Die Vorstellung, wie Rika oder Radegund in dem Zuber säßen, machte ihn noch verlegener. Erst nachdem die Frauen aus der Kammer verschwunden waren, atmete er auf.

Emme tauchte die Hände unter Wasser. Es plätscherte leise, als sie sich mit kreisenden Bewegungen wusch.

»Ja? Was ist es?« Sie lächelte.

»Wegen Rika.«

Und wegen des Bluts, aber eins nach dem andern, ermahnte er sich. Über Rika zu reden wurde ihm schon schwer genug.

Emmes Bewegungen wurden schwerfällig. Das Plätschern hörte auf, und ihre Hände ruhten im Wasser. »Du hättest es mir sagen können, Mistelzweig«, sagte sie leise.

Er atmete aus. »Ich hab's dir sagen wollen, aber …«

Sie half ihm nicht.

»Ich brauchte doch nur jemanden zum Wärmen. Und sie wärmt mich nachts und manchmal auch tagsüber mit einem Lächeln. Du lächelst mich gar nicht mehr so an, seit ich aus dem Kloster kam, nicht wie früher. Weißt du noch, wie's früher war?«

»Natürlich weiß ich, wie es früher war.« Sie wusch sich die Arme.

»Sie ist lieb, und als sie das erste Mal zu mir kam, glaubte ich, du hättest sie mir geschickt. Sie meinte, du wolltest, dass sie's mir warm macht, und das fand ich einen so schönen Gedanken, dass ich sie bat, später zurückzukommen und über Nacht … Und unsere Ahnin hat davon gewusst, du weißt doch, ihr entgeht nichts.« Er sprach immer hastiger, während sie sich scheinbar ungerührt wusch. »Was habe ich vom Leben denn noch zu erwarten? Sie wärmt mich, aber mehr geschieht nicht, das schwöre ich dir. Ich rühre sie nicht an.«

»Gut«, erwiderte sie knapp. »Das ist gut. Mir genügt schon, mit Hanno einen dieser Kuttenträger im Tross zu haben, der jedem Rock hinterhersteigt.«

In ihrer Stimme schwang eine Wut mit, die ihn wie ein Schlag traf.

»Lass gut sein«, fügte sie hinzu, als er etwas erwidern wollte. Ihr Kopf ruckte hoch. »Aber eins möchte ich dir sagen: Ich mag es nicht, wie du ständig von deinem Tod redest. Du bist mein Zwillingsbruder, mein Mistelzweig. Ich lag mit dir in einer Wiege, verteidigte dich gegen unsere älteren Brüder, wenn sie dich neckten, und halte auch jetzt schützend die Hand über dich, obgleich ich nicht gutheiße, was du tust … Also, ich mag es nicht, wenn du davon redest, dies könne deine letzte Reise sein.« Sie legte den Kopf in den Nacken und tauchte unter. Bange Augenblicke vergingen, während sich ihr Kopf vollständig unter der Wasseroberfläche befand. Hermann wagte nicht sich zu nähern, aber als die Zeit sich unmöglich dehnte und Emme den Kopf noch immer unter Wasser hielt, bekam er schreckliche Angst.

»Emme?«, flüsterte er und trat an den Zuber. Er legte die Hände auf den Rand der Zinkwanne, versuchte das von der Seife milchige Wasser zu durchdringen. Er streckte die Hand aus und berührte ihr Haar, das sich an der Oberfläche ausbreitete. Es fühlte sich lebendig an.

Mit einem Keuchen tauchte sie wieder auf. Seine Hand lag wie segnend auf ihrem Scheitel, und sie sog die Luft in die Lungen ein.

Das Hemd klebte an ihren Brüsten, und er wandte peinlich berührt den Blick ab. »Ich hatte schon Angst, du wärst ertrunken«, stieß er hervor.

Sie schüttelte den Kopf, strich das Haar aus dem Gesicht, kniff die Augen zusammen. »Nicht!«, wehrte sie ab, als er ihr aus der Wanne helfen wollte. »Wenn du unbedingt etwas tun willst, dann seif mir das Haar ein.«

Sie reichte ihm das Seifenstück. Einen Moment lang wusste Hermann nicht, was er damit anfangen sollte, aber sie wandte ihm einfach den Rücken zu, über den ihr Haar floss, und zögernd begann er damit, es einzuschäumen.

»Dann sind wir wieder gut miteinander?«, flüsterte er.

»Ich war dir doch nicht böse, Mistelzweig«, erwiderte sie nach einigem Schweigen.

»Ich dachte, wegen ...«

Sie winkte ab.

Da schwieg auch er.

Ihre Knie ragten aus dem warmen Wasser, und sie spürte die Gänsehaut, die sich auf ihrer Haut bildete. Hermann verrieb die Seife in ihrem Haar, und sie hörte ihn murmeln. Beruhigend, als wäre sie ein störrisches Maultier.

Es stimmte: Sie war ihm nicht böse. Höchstens war sie auf sich böse, weil es so schmerzte, nicht diejenige sein zu dürfen, die ihn des Nachts wärmte. Und dass er ihrer Wärme bedurfte, wusste sie nun.

»Das Blut ...«

Verbissen rieb er die Seife in ihre Kopfhaut.

»Wie lange geht das nun schon so?«

Er atmete schwer. Die Arbeit strengte ihn an. Emme streckte eine Hand nach hinten, umfasste sein Handgelenk. »Sprich mit mir, Hermann! Wie lange blutest du schon beim Husten?«

Er machte sich von ihr los. Tauchte die Hände ins Wasser und verteilte den Schaum bis in die Haarspitzen.

»Hermann …«

»Seit drei Monaten nun schon. Seit es im August so früh kalt wurde, hat sich ein Druck auf meine Brust gelegt, der sich nicht vertreiben lässt. Und seitdem huste ich Blut, ja.«

Er klang trotzig.

»Hast du … hat ein Medicus dich untersucht?«

Er zögerte. »Natürlich, Bäumchen«, sagte er schließlich leise. »Leg den Kopf in den Nacken!«

Allmählich begriff sie, was in ihm vorging. Und während er ihr den Schaum aus dem Haar wusch, lauschte sie mit geschlossenen Augen seinem Atem, der rasselnd aus seiner Brust aufstieg.

In diesem Moment bekam sie zum ersten Mal Angst, ihn irgendwann zu verlieren. Angst, ihm werde nicht mehr viel Zeit bleiben.

»Und was sagt der Medicus?«

Wieder schwieg er lange. »Hast du hier irgendwo ein Badetuch?«

Wieder musste sie sein Handgelenk packen. Er zuckte schmerzlich zusammen. »Mistelzweig.«

Er atmete tief durch. Ein Husten schüttelte ihn, und er vergrub den Kopf an der Schulter, während er weiter ihr tropfendes Haar hielt.

Sie ließ es zu. Stand auf, nahm ihm die langen Haare aus der Hand und stieg aus dem Zuber. Das Badetuch hatte Radegund ihr auf dem Schemel bereitgelegt, und sie hüllte sich darin ein, während Hermann weiter versuchte, seinen Hustenanfall zu ersticken. Schließlich trat sie zu ihm, und mit dem Zipfel des Badetuchs wischte sie ihm das Blut von den Lippen.

»Ich will's gar nicht wissen«, flüsterte sie.

Er nickte. Tränen standen ihm in den Augen, und sie wich einen Schritt zurück, weil sie fürchtete, die Nähe zu ihm werde auch sie zum Weinen bringen.

Er verließ die Kammer. Sie blieb einfach mitten in der

Kammer stehen, bis Radegund hereinschlüpfte. Sie hatte vorher schon saubere Kleidungsstücke auf dem Bett ausgebreitet, und Emme ließ zu, dass die Zofe ihr das nasse Unterhemd über den Kopf streifte, den Körper abrieb und ihr schließlich beim Anziehen half. Erst als Radegund sich daranmachte, die Knoten aus ihrem Haar zu entwirren, erwachte Emme aus ihrer Starre. »Lass!«, sagte sie nur, fasste die Strähnen zusammen, flocht einen borstigen Zopf und warf ihn über die Schulter auf den Rücken.

»Und jetzt ruf Rika, damit ihr beide auch baden könnt, ehe das Wasser eisig ist. Ich muss etwas essen.«

Die Knie zitterten ihr, und sie musste sich an der Wand abstützen, als sie die Treppe hinunterstieg. Im Gastraum herrschte Lärm, und zwei Mönche trugen gerade dampfende Schüsseln auf Brettern aus der Kälte herein. Sie wurden mit großem Hallo begrüßt, und Emme schob sich hinter ihnen in den Raum.

Die Männer saßen an einer langen Tafel. Hermann hatte sich zu Robert von Uppsala gesetzt, der mit ihm anstieß und ihm etwas zuflüsterte, während alle anderen sich hungrig über die aufgetischte Mahlzeit hermachten. Emme stand etwas verloren in der Tür, suchte die Bänke nach einem freien Platz ab, der sich aber nicht fand.

»Seid Ihr auch zu spät?« Sie fuhr herum. Der Bassunviller stand unmittelbar hinter ihr.

»Ich habe gebadet«, sagte sie entschuldigend.

Er lachte. »Davon hörte ich. Kommt, Jungfer Emme!« Er winkte zwei Männern, die bereitwillig ihren Platz räumten, nicht ohne vorher noch ein Stück Fleisch aus der Schüssel zu greifen.

»Ihr habt hoffentlich Hunger?«

Sie nickte nur. Hermann auf der anderen Seite des Tischs blickte kurz zu ihr herüber, ehe er etwas zu Robert von Uppsala sagte.

Emme faltete die Hände im Schoß. In Gegenwart des Bassunvillers fühlte sie sich seltsam verloren. Sie aß schweigend, während er mit seinen Männern schwatzte, und nachdem sie fertig war, verabschiedete sie sich hastig und murmelte, sie sei müde.

Am Fuß der Treppe holte Robert von Uppsala sie ein. »Wartet, Herrin Emme!«

Sie blieb stehen.

»Ich will mich nicht einmischen, aber was haltet Ihr davon, wenn wir für Euren Bruder eine Sänfte besorgen, in der er angenehmer reisen kann?«

»Eine Sänfte?«

Er zuckte mit den Schultern. »Es würde ihn nicht so sehr anstrengen, wenn er auf diese Art reisen könnte.«

»Und wie ich Euch kenne, habt Ihr bereits mit meinem Bruder über diese Möglichkeit gesprochen.«

»Er meinte, ich solle mit Euch reden.«

Emme schwieg. Sie überlegte, während der Herr von Uppsala bereits weitersprach. »Glaubt mir, es behagt mir nicht, wie er wenige Tage nach Aufbruch bereits alle Verantwortung für unseren Reisetrupp an Euch abschiebt, Herrin Emme. Aber er will es so, und da er Euch auserkoren hat, für ihn Entscheidungen zu treffen, stehe ich vor Euch. Mir wär's anders auch lieber, aber Ihr scheint in diese Aufgabe ja schon hervorragend hineingewachsen zu sein.«

»Wenn Ihr damit auf Radegund anspielen wollt ...«

»Das gehe mich nichts an, wollt Ihr mir doch sagen, nicht wahr? Seht Ihr, es geht mich sehr wohl etwas an, denn ich führe mit meinem Freund und Waffenbruder de Bassunville dieses Dutzend berittener Kämpfer an, die Euch mit ihrem Leben beschützen, wenn eine Horde Räuber aus dem Dickicht hervorbricht.«

»Aber ...«

»Lasst mich aussprechen!«, unterbrach er sie. »Dieses

Reich war nie sicher, und seit dem Tod des Kaisers ist es noch gefährlicher, unterwegs zu sein. Ihr aber lest vertrauensselig das erstbeste abgerissene Weib auf, das für einen Kanten Brot bereit wäre, einen Mord zu begehen. Was macht Euch so sicher, dass sie nicht zu einer Bande Strauchdiebe gehört, die uns des Wegs auflauern? Ihr werdet an meine Worte denken, wenn Radegund es ist, die Euch dann den Dolch an den Hals drückt, den Ihr ihr aus Großmut geschenkt habt.«

»Ich habe ihr keinen Dolch geschenkt, noch gedenke ich, dies zu tun«, widersprach Emme.

»Denkt an meine Worte!«, gab er nur düster zurück.

»Malt Ihr die Welt immer so schwarz?«, fragte sie ihn herausfordernd. »Ist es nicht Gottes Wille, dass die Starken die Schwachen speisen und ihnen etwas Gutes tun? Habt Ihr denn kein Herz, Herr von Uppsala?«

Seine Gesichtszüge waren im Dunkel des schmalen Gangs nicht zu erkennen, doch glaubte Emme etwas Unheilvolles in seinem Blick aufblitzen zu sehen. »Ich glaube an das Recht des Stärkeren«, erwiderte er kühl.

Es überraschte sie, wie kalt er war.

»Ich habe Euch als einen anderen Menschen eingeschätzt.«

Er zögerte und senkte den Kopf. »Ich wünschte mir auch, so sein zu können wie Ihr«, gestand er demütig.

»Ihr könnt Euch bei Radegund in Barmherzigkeit üben, wenn es Euch daran mangelt.« Gegen ihren Willen musste Emme lächeln, und auch sein offenes Gesicht hellte sich auf, als er auf sie herabblickte. »Ich gebe mir Mühe«, versprach er. »Und wenn Ihr erlaubt, kümmere ich mich jetzt um die Sänfte, damit es morgen früh keine Verzögerung gibt.«

Emme nickte ergeben. »Tut das«, sagte sie müde.

Er nickte und wandte sich brüsk ab, als hätte er nichts weiter mit ihr zu besprechen.

»Robert von Uppsala!«, rief sie ihm nach, als er schon an der Tür stand.

»Ja?«

»Was ist das?«, fragte sie. »Warum behandelt Ihr wie auch der Bassunviller mich so, als wäre ich nicht bei Verstand? Oder als wäre meine Gegenwart zu viel für Euch?«

Er wandte sich langsam zu ihr um.

»Es könnte daran liegen«, sagte er nachdenklich, »dass Eure Gegenwart tatsächlich zu viel ist. Und das meine ich nicht böse. Ihr seid eine wunderschöne Frau. Und Ihr seid die Schwester unseres Freunds, was mir zumindest jeden Gedanken verbietet, der sich aufdrängt.«

Er nickte noch einmal knapp und ließ sie sprachlos am Treppenabsatz stehen.

II. REGENSBURG

Kapitel 9

Es geschah am vierten Reisetag.

Zuerst glaubte Emme, das Rascheln im Dickicht am Wegrand stamme von einem Tier, das durchs Unterholz brach. Sie spähte nach links, woher das Geräusch kam.

Im Gebüsch blitzte etwas Braunes auf. Ein Reh, dachte sie erleichtert und wollte sich gerade zu Berengar de Bassunville umwenden, um ihn darauf aufmerksam zu machen, als plötzlich ein markerschütternder Schrei vom Ende des Zugs zu hören war.

Im selben Augenblick sprangen zwei Gestalten unmittelbar vor ihrem Zelter aus dem Dickicht hervor. Einer packte den Zügel ihres Braunen, der andere fuchtelte mit einem Messer an ihrem Bein herum, als wolle er ihr den Fuß abschneiden. Sie hieb dem Braunen die Fersen in die Flanken. Der stieg, und der erste Räuber ließ erschrocken die Zügel los, während der andere eine Hand in Emmes Beinling krallte.

Sie trat nach ihm, doch er gab nicht nach, und im nächsten Moment spürte sie einen stechenden Schmerz, als ihr die Klinge durch das Beinkleid hindurch in die Wade drang.

Emme schrie. Ringsum sah sie nichts als die beiden Räuber, die sie aus dem Sattel zerren wollten. Ihr Zelter buckelte, und diesen Moment nutzten die Räuber. Emme spürte, wie sie sich vom Sattel löste. Mit dem Rücken stürzte sie in den Schlamm, und gleichzeitig fuhr ein Vorderhuf ihres Pferds nur eine Handbreit neben ihrem Gesicht vorbei. Schlamm spritzte ihr in die Augen und machte sie blind.

Sie versuchte sich wegzudrehen, doch sofort waren die Männer über ihr. Gierige Finger griffen nach ihrem Gürtel, ein zahnloser Mund öffnete sich über ihrem Gesicht. Sie spuckte und sah mit Genugtuung, wie der Räuber sich angeekelt abwandte. Diesen Moment nutzte sie, rollte sich zur Seite und versuchte aufzustehen.

Sogleich war der zweite Mann bei ihr und zerrte sie an ihrem Zopf hoch. Wieder schrie sie, doch ihre Schreie gingen im Chaos unter, das ringsumher ausgebrochen war.

Dann wurde ihr Gesicht in den Schlamm gedrückt, sie atmete Regenwasser, geriet in Panik und schlug um sich. Doch da presste sich ihr ein Knie des Räubers in den Rücken, und sie war bewegungsunfähig. Seine Hände fuhren unter ihren Mantel, ertasteten den Beutel mit den kleinen Münzen an ihrem Gürtel, zerrten daran. Sie hörte das helle Klimpern und wollte den Kopf heben, doch er drückte sie abermals in den Schmutz der Straße. Diesmal lag sie auf dem Ohr und kam wieder zu Atem. Dumpf nahm sie die Geräusche wahr: das Klirren von Schwertern, die schrillen Schmerzschreie der Männer.

Hermann.

Sie musste zu ihm.

Sie sammelte ihre Kräfte, doch bevor sie sich erneut gegen den Räuber wehren konnte, spürte sie ihn schlaff auf sich fallen. Sie stöhnte laut auf, kämpfte sich unter ihm hervor und wandte sich um, wollte aufspringen und wurde von Neuem zu Boden gezwungen. Berengar de Bassunville kniete neben ihr, das Schwert in der Rechten, die Linke ruhte auf ihrer Schulter. »Still!«, bedeutete er ihr, und sie verharrte, während er sich nach allen Seiten umblickte.

Das Kampfgetümmel erstarb. Offensichtlich hatten die Räuber ihren tödlichen Fehler erkannt – es mit einer erdrückenden Übermacht an Gegnern zu tun zu haben – und schleppten sich mit ihren verletzten Spießgesellen ins Dickicht zurück. Die Berittenen setzten ihnen nach, und erst dann erlaubte Berengar de Bassunville Emme, sich aufzusetzen und das Schlachtfeld in Augenschein zu nehmen.

Der Räuber lag starr neben ihr, die Augen weit aufgerissen. Seine Hand umschloss ihren Beutel, und sie musste plötzlich würgen.

Berengar hielt ihr Haar, als sie sich übergab. Anschließend half er ihr auf. Verstohlen wischte sie sich den Mund mit dem Ärmel, bückte sich und riss dem Räuber den Beutel aus der Faust, die er im Tod geballt hatte, als wolle er seine Beute nie wieder loslassen. Sie wandte sich ab, ging drei Schritte und spürte, wie ihre Knie nachgaben.

Sofort war der Bassunviller wieder neben ihr. »Langsam«, beruhigte er sie.

Emme schüttelte den Kopf. Nein, nicht langsam, sie wollte zu Hermann. Sie musste wieder zu Atem kommen, musste die Übelkeit vertreiben, die sich ihrer beim Anblick des Bluts bemächtigt hatte. Es war überall: auf ihrem Kittel, ihrem Umhang, vor allem aber vermischte es sich mit dem Schlamm, in dem der Tote lag. Das Schwert des Bassunvillers war in seinen Leib gefahren wie in eine Schneewehe.

»Habt Ihr …« Sie stockte. Ihre Kehle war trocken, und würgend hielt sie erneut inne.

»Den armen Kerl umgebracht?«, fragte er.

Sie nickte.

Er hockte neben ihr, und hätte nicht der Blutgeruch an ihm gehaftet, wäre es ihr höchst angenehm gewesen, seine Hand auf der Schulter zu spüren.

»War wohl besser für ihn. Sie müssen sehr verzweifelt gewesen sein, einen Tross mit einem Dutzend Bewaffneter anzugreifen. Es ist noch früh im Winter, aber die Männer sahen aus, als stünde ihnen der Hungertod bevor.«

Sie spürte, wie jemand hinter sie trat, und blickte kurz über die Schulter. Robert von Uppsalas Stiefelspitzen waren mit Blut und Schlamm bespritzt. »Drei von ihnen sind tot, einer verreckt in Kürze, ihm hat ein Schwert die Gedärme herausgerissen. Verzeiht, Herrin Emme. Ich wollte Euer zartes Gemüt nicht damit belasten …«

Sie stand auf. Der Bassunviller hielt sie am Ellbogen fest, und sie dankte ihm mit einem zittrigen Lächeln. Dann straffte sie sich und begegnete dem Blick des Nordmanns. »Erlöst ihn von seinen Qualen!«, verlangte sie mit rauer Stimme. »Wie ist es meinem Bruder ergangen?«

Robert von Uppsala wies zu der Sänfte hinüber. Die beiden Pferde, zwischen denen die Sänfte auf einem Tragegestell ruhte, schienen von dem Kampfgetümmel erstaunlich unberührt geblieben zu sein. Hanno, die beiden Mädchen und ein Berittener drängten sich darum. Als Emme sich langsam näherte, machten sie Platz. Rika und Radegund starrten sie mit offenen Mündern an. Der Kaplan trat ihr entgegen, doch als sie unmerklich den Kopf schüttelte, trat er wie die anderen beiseite.

»Hermann«, flüsterte sie.

Vorsichtig schob die Hand des Bruders den Vorhang beiseite. Er nahm ihre Hand, die verdreckt und blutig war, und wollte sie in die Sänfte ziehen. Doch sie blieb stehen und musterte ihn forschend, ob er verletzt war.

»Geht es dir gut?«, wisperte sie.

»Besser als dir, nehme ich an.« Sein Lächeln sollte sie aufmuntern, doch es misslang. Emme löste die Finger aus seiner Hand. Sie betastete sein Gesicht, und er ließ es geschehen.

Seine Wange war blutverschmiert, ansonsten schien er unversehrt zu sein.

»Herrin Emme?«

Robert von Uppsala stand wieder hinter ihr. Sie starrte ihn einen Moment lang stumm an. Ihr war plötzlich so kalt …

»Von unseren Männern hat es einer nicht geschafft, und drei weitere haben Verletzungen davongetragen. Wie sollen wir mit den Toten verfahren?«

Sie schüttelte den Kopf. Sie verstand die Worte, doch drangen sie nicht bis in ihr Inneres vor.

»Herrin?«

»Vergrabt sie!«, murmelte sie schließlich. Doch ehe der Nordmann ging, rief sie ihn zurück. »Seid Ihr nun zufrieden, Robert von Uppsala? Zufrieden, dass Ihr recht behalten habt?«

Er blieb stehen. »Es wäre mir weitaus lieber gewesen, ich hätte mich geirrt«, erwiderte er kalt.

Nachdem die Toten verscharrt worden waren, zogen sie weiter, und im nächsten Gasthof nahmen sie für die Nacht Quartier. Emme wies Rika und Radegund an, nach einem Bader zu suchen und sich um die Verletzten zu kümmern.

Sie saß auf ihrem Bett und rührte sich nicht. Immer wieder sah sie die Fratze des Toten vor sich, und ihre Kopfhaut schmerzte, weil er so heftig an ihrem Haar gerissen hatte. Sie fuhr sich über den Scheitel, wie um sich zu vergewissern, dass sie noch Haare hatte. Im Bein spürte sie ein dumpfes Pochen.

»Jungfer Emme?« Der Bassunviller stand vor der halb offenen Tür und wünschte, eintreten zu dürfen.

»Seid Ihr verletzt?«, fragte er besorgt.

Stumm hob sie die Schultern.

»Lasst mich nach Eurem Bein sehen!« Er kniete vor ihr nieder, und seine Hände zogen ihr den Stiefel vom linken Fuß. Zischend sog sie die Luft ein. »Ihr hattet Pech. Hätte er nur wenige Fingerbreit tiefer getroffen, wäre sein Dolch am Stiefelschaft abgeprallt. So habt Ihr eine ziemlich hässliche Fleischwunde davongetragen.«

Ihr wurde schwarz vor Augen, als seine Finger die Wunde betasteten. Er schob den Beinling nach oben, und sie wandte sich ab, weil sie den Anblick ihres vom schartigen Dolch zerrissenen blutigen Fleischs nicht ertrug.

Der Bassunviller stand auf. »Wartet hier!«

Sie lachte, und es klang ihr seltsam schrill in den Ohren. »Wohin sollte ich denn weglaufen?«

»Euch traue ich alles zu«, erwiderte er ernst. »Ihr habt ja eben noch so getan, als wärt Ihr kaum verletzt. Und wie ich Euch kenne, springt Ihr bei nächster Gelegenheit auf, um nach Eurem Bruder zu sehen, dem wirklich nichts geschehen ist, außer dass Euer Blut in seinem Gesicht klebt.«

Er ließ sie allein. Emme sank nach hinten auf die Matratze. Nachdem der Bassunviller die Finger auf die Wunde gelegt hatte, spürte sie auch wieder den Schmerz, den sie zuvor erfolgreich verdrängt hat.

»Herrin Emme?« Robert von Uppsala stand in der offenen Tür. »Ich muss mit Euch reden.«

Sie richtete sich auf. Plötzlich war sie unglaublich müde, und die Aussicht auf ein Gespräch mit dem Nordmann schien ihr alles andere als verlockend.

»Es geht um Radegund, nehme ich an.« Sie schob den Beinling wieder nach unten und zuckte zusammen. Die Wunde war wieder aufgebrochen und blutete stark.

»Gut, Ihr seid eine Freundin offener Worte. Das schätze ich an Euch.«

Sie schwieg. Robert von Uppsala betrat die Kammer und schloss die Tür hinter sich. Mit der Schulter lehnte er sich gegen die Wand und verschränkte die Arme vor der Brust. »Seht Ihr nun, was es uns eingebracht hat, diese Frau aufzunehmen?«

»Ihr scheint Eurer Sache ziemlich sicher zu sein.«

»Eure Schutzbefohlene läuft da unten herum und jammert die ganze Zeit, es sei ihre Schuld, was da geschehen ist. Ihr seht also – ja, ich darf mir sicher sein. Diese Frau hat uns beinahe in den sicheren Tod geschickt.«

Emme kaute auf ihrer Unterlippe.

»Wir haben heute einen Mann verloren«, fuhr er fort,

»und drei weitere sind teils so schwer verletzt, dass wir besser beraten wären, sie zurückzulassen. Sie werden uns auf der Weiterreise fehlen.«

»Aber was soll ich denn tun?«, flüsterte sie kleinlaut. Sie wünschte, der Bassunviller käme endlich zurück.

»Ihr wollt diese Reisegruppe anführen? Dann handelt auch wie eine Anführerin.« Er stieß sich von der Wand ab und ließ sie allein.

Emme schloss die Augen. Sie lauschte, doch außer dem Rauschen ihres Bluts hörte sie nichts, bis ein Klappern sie aufschreckte.

Der Bassunviller hatte einen Schemel neben ihr Bett gestellt und eine dampfende Schüssel darauf abgestellt. Er tauchte ein helles Leinentuch ins Wasser und umfasste ihr Bein. Ihr Fuß ruhte auf seinem Schoß, während er wortlos die Wunde reinigte.

Emme biss die Zähne zusammen. Der Schmerz war schier unerträglich. Tränen flossen ihr über die Wangen, und ihrer Brust entrang sich ein tiefes Schluchzen. Das Bewusstsein drohte ihr abermals zu schwinden, doch sie grub die Fingernägel in die Handflächen, bis sie glaubte, mit diesem Schmerz den anderen zu unterdrücken.

»Ihr seid zu tapfer, Emme.« Seine vertraulichen Worte überdeckten ihre Qual, und sie vermeinte, etwas Zärtliches in seiner Stimme zu hören.

»Es wird schon besser …«, stieß sie durch die Zähne hervor. »Wenn Ihr die Wunde verbindet, kann ich morgen sicher wieder reiten.«

Er lachte leise. Ein letztes Mal träufelte er warmes Wasser über das verletzte Bein. »Das glaube ich kaum«, erwiderte er. »Aber es ist gut, dass wir eine Sänfte mit uns führen. Glaubt mir, ginge es nach Robert, würden wir Euch sofort heimschicken. Aber ich vermute, da wird er sich ebenso wenig gegen Euch durchsetzen wie in den anderen Punkten.«

»Er glaubt, Radegund habe etwas mit dem Überfall zu tun.«

»Der Gedanke drängt sich jedem vernünftig denkenden Menschen auf. Ich rate Euch, mit ihr zu reden. Wenn sie jemandem die Wahrheit verrät, dann Euch. Ihr habt sie vor dem sicheren Tod bewahrt.«

»Ihr glaubt also auch, dass sie lügt.«

»Nein. Ich glaube, sie ist ein armes Geschöpf. Ihr Glück war, von Euch aufgegriffen zu werden. Dass diese Gnade einige Menschen das Leben kostete, steht auf einem anderen Blatt.«

Sie schwieg, während er ihr Bein verband.

»So«, sagte er schließlich. »Zwei, drei Tage völlige Ruhe, dann solltet Ihr wieder reiten können.«

»Aber Hermann …«

»Euer Bruder wird's verschmerzen, wenn er für eine Weile auf dem Karren sitzt. Ihr aber müsst unbedingt ruhen.«

»Ich könnte auf dem Karren …«

»Hört auf damit!«, fuhr er sie gereizt an. »Stolz ist hier nicht angebracht. Und jetzt legt Euer Bein hoch. Ich schicke Radegund mit einer warmen Mahlzeit zu Euch herauf.« Er packte die blutigen Leintücher in die Schüssel und stand auf. »Wenn Ihr Schmerzen habt, lasst mich kommen.«

»Ich halt's schon aus«, erwiderte sie trotzig.

Er lächelte. »Daran zweifle ich nicht. Aber wie ich schon sagte: Stolz könnt Ihr Euch nicht leisten, Jungfer Emme.«

Sie legte sich aufs Bett und schloss die Augen. Sie spürte dem Schmerz in der Wade nach und versuchte ihn mit aller Kraft zurückzudrängen. Doch das schien alles nur schlimmer zu machen, denn das Pochen verstärkte sich.

»Habt Ihr Hunger, Herrin?« Radegund stand am Fußende des Betts. Auf einem Brett standen Becher und Schüssel, daneben lag ein Kanten Brot. »Es gibt nur Eintopf, aber er schmeckt sehr gut.«

Emme richtete sich auf. Radegund stellte das Brett ab, eilte näher und stopfte ihrer Herrin ein Kissen in den Rücken. Emme stöhnte, weil Radegund dabei die Stelle berührte, wo der Räuber ihr das Knie ins Kreuz gerammt hatte.

Die junge Frau zuckte zurück, als hätte sie sich an Emme verbrannt. »Es ist meine Schuld«, flüsterte sie. »Alles meine Schuld.«

Schweigend beobachtete Emme, wie Radegund die Schüssel vom Brett nahm. Sie setzte sich zu ihr auf die Bettkante, und mit dem Holzlöffel fuhr sie durch den sämigen Eintopf, in dem Wurzelgemüse und faseriges Fleisch schwammen. Dampf stieg auf. Das rotblonde Haar hing ihr ins Gesicht, und sie blinzelte heftig. »Sie haben gesagt, wenn ich beim besten Ritter bleib und ihn verletze, sobald der Kampf losgeht, dann geben sie mir was ab. Dann krieg ich meinen Anteil. Und ich hatte doch so großen Hunger, darum dachte ich …«

Emme schloss die Augen. Sie wollte es nicht hören, aber Radegund sprach unbeirrt weiter.

»Ich stamme von einem kleinen Hof. Meine Mutter war Magd, mein Vater ein Knecht, den der Bauer verjagte, als es einen Winter nichts zu beißen gab. Als ich älter wurde, merkte ich, wie sehr der Bauer mich mochte, und wenn ich brav war, bekam ich manchmal ein Stück Fleisch oder etwas Brot. Also schlief ich in seinem Bett, und weil ich ihm gefiel, hat er sich mir auch genähert, wie sich ein Mann nur seiner Frau nähern darf.«

Obwohl es ihr bei jeder anderen Gelegenheit widerstrebt hätte, gab Emme nach und ließ sich füttern. Sie fühlte sich so schwach, dass sie nicht einmal den Arm heben konnte.

»Ich hab mich gefühlt, als wäre ich seine Frau, und darum verhielt ich mich irgendwann auch so. Aber der Herrgott schaut auf jeden von uns hernieder, und weil ihm nicht gefiel, was er sah, strafte er mich. Das Kind, das ich von meinem Mann empfing, prügelte er mir aus dem Leib, weil er sich sehr wohl noch daran erinnerte, wer ich war. Und dann starb er an einem Fieber, das ihn binnen Tagen dahinraffte. Sie nannten mich Buhle, verbannten mich zurück in die Küche, wohin ich gehörte, und später sogar in den Stall, wo ich mich zwischen Kühen und Schweinen wärmte, als es Winter wurde. Und irgendwann haben sie mich nicht mal dort mehr geduldet, denn der neue Hofherr brachte eine junge Frau ins Haus, die sich vor mir fürchtete. Sie glaubte, ich hätt den bösen Blick und würde sie verhexen, damit sie kein Kind bekam. Da wurde ich fortgeschickt, und weil ich nicht aus noch ein wusste, hab ich mich den Räubern angeschlossen.«

Sie hielt inne, als müsse sie angestrengt nachdenken.

Emme verlagerte das Gewicht. Das Pochen wich einem dumpfen Schmerz, und sie hatte das Gefühl, dass ihre Wangen glühten. Sie seufzte leise, und besorgt blickte Radegund auf.

Das blau geschlagene Auge war noch immer zugeschwollen, aber das andere war von einem zahmen Dunkelbraun, in dem Emme zu versinken wünschte. Sie fröstelte.

»Friert Ihr, Herrin? Ich hole eine Decke, wartet. Ihr müsst die Suppe aber aufessen. Meine Geschichte ist auch bald zu Ende, wenn Ihr alles hören wollt.«

»Erzähl schon … die Räuber …«

Emme schmiegte sich in die Decke, die Radegund ihr bis zum Kinn hochzog. Ein Zittern hatte ihren Körper erfasst, das sie sich nicht erklären konnte, und es kostete sie viel Kraft, es zu unterdrücken.

»Sie waren nicht schlecht zu mir. Bei ihnen bekam ich nicht viel mehr zu beißen, aber ich wurde leidlich satt. Sie haben mir gedroht, wenn ich ihnen nicht helfe, wenn ich nichts zum Lebensunterhalt beitrage, dann bekomme ich nichts mehr, und dann müsste ich hungern. Ich wollte doch nicht sterben, Herrin. Ich wollte nur satt werden und es ein bisschen warm haben.«

Während sie sprach, schob sie der Kranken immer wieder unnachgiebig den Holzlöffel zwischen die Lippen, und Emme kaute und schluckte. Es schmerzte in ihrem Hals, und sie hustete. »Genug«, flüsterte sie, und Radegund ließ die Schüssel sinken. »Erzähl mir … warum hast du den Bassunviller angegriffen?« Das Sprechen fiel ihr zunehmend schwer.

»Ich hatte doch bloß Hunger. Sie haben mir gesagt, ich soll den Tross beobachten, weil sie wissen wollten, ob es sich lohnte. Aber ich hab gedacht, ich könnte ein Stück Brot ergattern. Ich hatte Hunger …«

»Iss!«, flüsterte Emme und nickte schwach. »Iss, was vom Eintopf noch übrig ist, und dann geh hinunter, hol noch mehr davon. Sag meinem Bruder …« Sie schluckte schwer. Ein Flirren legte sich über ihren Blick. »Sag ihm, ich möchte ihn sprechen.«

Im nächsten Moment versank die Welt um sie herum.

»Bist du jetzt zufrieden?« Robert setzte sich Berengar gegenüber auf die Bank. Er rührte in seinem Eintopf, und seine angewiderte Miene galt nicht nur dem zähen Fleisch, das darin mit zergekochtem Gemüse schwamm. Der Eintopf schmeckte leicht modrig, als habe der Wirt ihn mit Torf gestreckt.

Berengar lehnte sich zurück. Nachdenklich musterte er seinen Kampfgefährten.

»Dieses Weib hat von der Räuberbande gewusst, die in den Wäldern hinter uns herschlich«, fuhr Robert fort. Wütend rührte er in seinem Napf. »Und hat sie uns gewarnt? Hat sie auch nur ein Wort gesagt?«

»Sie hatte Angst, wir jagen sie fort«, erwiderte Berengar.

Er schob seine Schüssel von sich. Ihm war der Hunger vergangen.

»Ach! Nun verteidigst du schon ihre Entscheidungen. So weit sind wir also gekommen? Ich will dir was sagen, Berengar, und ich sage es dir als Freund. Es genügt, wenn du ihren Bruder verraten hast. Da brauchst du nicht auch sie dem Tod preiszugeben.«

Unvermittelt stand Berengar auf. Er hatte Hermann entdeckt, der in der Tür erschienen war und sich suchend umblickte.

»Ihr wollt sicher zu mir, oder?«, fragte der Bassunviller.

»Ja, tatsächlich.« Hermann wirkte erstaunt. »Woher wusstet Ihr …«

»Einerlei.« Er umfasste den Ellbogen des Abts und schob ihn aus der Gaststube hinaus. Er war froh, Robert zu entkommen, der ihm sonst in düsteren Farben ausgemalt hätte, was ihnen noch bevorstehen mochte.

»Emme fiebert«, murmelte Hermann.

»Ist der Bader endlich da?«, fragte Berengar.

»Rika hat ihn aufgesucht, doch er meinte, er müsse dem Dorfvorsteher erst zwei Zähne ziehen, bevor er kommen könne.«

»Dem Mann werde *ich* die Zähne ziehen, sollte er nicht bald hier erscheinen«, knurrte Berengar. Er schob sich an Emmes Bruder vorbei. Zwei Stufen auf einmal nehmend, polterte er die Treppe hinauf und holte aus seinem Zimmer die Tasche, in der er einige medizinische Kräuter und Pülverchen verwahrte. Vor den Toren einer belagerten Stadt blieb nicht immer Zeit, einen der Wundärzte aufzusuchen. Zumal er denen nicht traute, denn wer ein Skalpell halten konnte, nannte sich schon Wundarzt und versuchte, sich durch unsachgemäßes Schneiden vor dem Kampfeinsatz zu drücken. Er hatte es sich daher angewöhnt, seine kleineren Verletzungen eigenhändig zu kurieren.

Doch wie er nun verfahren sollte, wusste er nicht. Die Wunde ausbrennen, wie es die einen empfahlen? Oder das Fleisch um die Wunde herum wegschneiden, das sich vermutlich im Lauf der Nacht durch giftige Säfte erhitzen würde?

Zunächst, beschloss er, wollte er das Fieber senken.

Robert war ihm nach oben gefolgt. »Geht's ihr schlecht?«, fragte er, und Berengar nickte nur. Natürlich ging's ihr schlecht. Eine Wunde durch eine schartige, schmutzige Waffe, das wussten alle Kämpfer, war gefährlicher als die Wunde durch ein sauberes, glattes Schwert. Oder, wie sie im Feldlager vor Akkon immer scherzten: Lieber von einem Sarazenen zerschnitten, als von einem Franken getroffen.

Verbissen schweigend schritt er zu Emmes Kammer. Alle hatten sich um das Bett geschart. Hermann hielt ihre Hand, die Zofe stand hilflos hinter ihm, der Kaplan kniete auf der anderen Seite, die Hände zum Gebet gefaltet, während Radegund in der Ecke hockte und unterdrückt schluchzte. Robert schließlich hatte sich an die Wand gelehnt, die Arme vor der Brust verschränkt.

Der Bassunviller warf Robert einen Blick zu. Und diese Frau willst du auch noch bestrafen? Siehst du nicht, wie ihr das Leid ihrer Herrin das Herz zerreißt?

Sein Eintreten brachte die Menschen in der engen Kammer in Bewegung. Die Zofe wich zurück, der Kaplan rutschte auf Knien näher ans Bett, als müsse er den Anspruch der Kirche geltend machen. Abt Hermann trat beiseite und stellte sich still neben Rika, seine Buhle.

Berengar wäre es lieber gewesen, wenn sich nicht so viele Menschen um Emmes Bett versammelt hätten. Er wollte mit ihr allein sein, mit ihr reden. Wollte ihr Mut machen, nicht aufzugeben.

Als er sich über sie beugte, erschrak er. Keine zwei Stunden waren vergangen, seit er die Wunde verbunden hatte. Nun lag sie mit rissigen Lippen in den Kissen, das Gesicht bleich und mit roten Fieberflecken überzogen. Als er ihr die Hand auf die Stirn legte, spürte er das Feuer, das in ihrem Körper tobte. Die Wunde unter dem Verband war jedoch nicht erhitzt, sondern trocken und beinahe kühl.

Das war noch kein Wundbrand; der trat erst viel später auf. Sie hatte im eisigen Schlamm gelegen, und danach war weder Zeit noch Gelegenheit gewesen, die durchnässte Kleidung zu wechseln. Darum fieberte sie, und auch wenn das Fieber gut war, weil es ihren Körper von den üblen Säften reinigte, war es doch gefährlich, denn es schwächte sie.

Er wählte einige Kräuter aus seinem Beutel aus und winkte Radegund heran. Leise wies er sie an, daraus einen Sud zu bereiten. Sie schlüpfte hinaus, dankbar, etwas tun zu können.

Blieben nur noch vier, die seine Arbeit behinderten.

Robert warf ihm einen finsteren Blick zu. »Ich nehme an, an eine Weiterreise ist bis auf Weiteres nicht zu denken«, knurrte er.

»Sie kann in der Sänfte reisen«, mischte Abt Hermann sich ein. Seine Stimme war leise, aber er stand aufrecht und erwiderte herausfordernd Roberts Blick.

»Nun, wenn Ihr Euch zutraut, auf ihrem Zelter zu reiten …«, gab Robert zweifelnd zurück. Er nickte Berengar ein letztes Mal zu, dann verschwand er.

Das beständige Murmeln des Kaplans ertrug Berengar nicht länger. »Traut Ihr's Euch wirklich zu, den Zelter zu reiten?«, fragte er leise.

Der Abt ließ den Blick nicht von Emme. »Ich muss«, erwiderte er. »Für Emme muss ich's tun, denn so schnell bekommen wir keine zweite Sänfte. Und wir wissen beide, dass wir nicht ewig Zeit haben. Vor der größten Januarkälte wollten wir das Reich hinter uns lassen, nicht wahr? Ruft mich, wenn sie wach wird. Oder wenn Ihr jemanden braucht, der die Nacht bei ihr wacht.«

Auch er verließ die Kammer und nahm das dickliche Mädchen mit, das schon wieder auf seinem strohblonden Zopf herumkaute.

Als er mit Emme und dem Kaplan allein war, hob dieser den Kopf. »Glaubt nicht, ich lasse Euch mit Herrin Emme allein«, erwiderte er scharf. »Sie bedarf heute Nacht meiner Gebete mehr als Eurer Tränke, Herr de Bassunville.«

Schaden können die Gebete zumindest nicht, dachte Berengar. Er hockte sich auf den Schemel und wartete.

Kapitel 10

Die Nacht wurde Hermann lang, und er fand kaum Schlaf. Beim kleinsten Geräusch schreckte er auf, und Rikas leise Schlafgeräusche neben ihm wiegten ihn ebenso wenig zurück in das erholsame Dunkel wie ihr warmer Körper. Er lag in der Stille, die ihn schier zu ersticken drohte, presste das Tuch vor den Mund, um den nächsten Hustenanfall zu ersticken.

Bestimmt bildete er sich nur ein, dass sein Husten schlimmer geworden war, seit es Emme so schlecht ging. Es lag sicher daran, dass die Aufregung des Tags ihn über Gebühr angestrengt hatte.

Schließlich ertrug er es nicht länger. Er stand auf, und seine Füße tasteten nach den Stiefeln. Nachdem er sie nicht fand, tappte er barfuß hinüber zu Emmes Kammer.

Vor der Tür hielt er inne. Lauschte, ob drinnen Stimmen zu hören waren, aber niemand sprach, und so stieß er die Tür auf. Der Bassunviller blickte auf; seine Augen lagen in dunklen Höhlen, und er saß gebeugt, als drücke die Sorge um Emme ihn nieder.

»Schläft sie?«, fragte Hermann leise.

Berengar erhob sich. Er zögerte, dann trat er auf Hermann zu. »Sie schläft, und das Fieber fällt. Es steht nicht so schlimm um sie, wie ich befürchtete.«

»Dennoch macht Ihr Euch Sorgen um sie.«

»Ich bin nicht der Einzige. Könnt Ihr eine kleine Weile bei ihr bleiben? Ich bereite noch einmal einen Kräutersud zu.«

Hermann nickte. Der Bassunviller ging; die Tür klappte hinter ihm zu, und er war mit Emme allein. Nur Kaplan Hanno war noch anwesend, aber der schnarchte leise in einer Ecke. Das Kinn war ihm auf die Brust gesunken.

Hermann trat an das Bett seiner Schwester. Wie blass sie aussah … Sie, die sich im Schlaf immer unruhig von einer Seite auf die andere wälzte, lag still auf dem Rücken, die Hände wie zum Gebet über dem Leib gefaltet. Nur den Kopf warf sie hin und her, und unter ihren Lidern bewegten sich die Augäpfel in wildem Traum.

»Emme«, flüsterte er. Schwerfällig ging er neben dem Bett auf die Knie, und seine Hand legte sich auf die ihre. Die Finger waren eiskalt. »Bäumchen.«

Ihre Lider flatterten. Er beobachtete ihr Gesicht, das von Schmerz und Erschöpfung gezeichnet war. Das verschwitzte und zerzauste dunkle Haar umrahmte das bleiche Gesicht, das ganz spitz und klein wirkte. »Bäumchen«, flüsterte er erneut, obwohl er zugleich dachte, es sei nicht klug, sie zu wecken. Aber da öffnete sie schon die Augen, und ihr Blick glitt suchend durch die Kammer, bis er ihn fand. Ihre Finger schlossen sich um seine Hand, und ihre Stimme war rau. »Mistelzweig.«

»Du gehst nicht, hörst du? Du musst bleiben.« Seine Stimme bebte, und er schluckte die Tränen hinunter, die ihm in der Kehle brannten. »Du musst leben. Versprichst du mir das?«

Sie lächelte schwach. »Wenn du's mir auch versprichst, ja.«

Er schüttelte den Kopf. »Nein«, sagte er. »Das kann ich dir nicht versprechen.«

Und dann vergrub er das Gesicht in den Decken, und die Tränen brachen aus ihm hervor. Ihre Hand berührte sein Haar, federleicht wanderten ihre Finger über ihn hinweg.

Ihre Berührung tröstete ihn. Sie konnte ihm die Angst nicht nehmen, die sich seiner bemächtigte, wenn die Gebete nicht mehr halfen. Wenn er spürte, wie die Kraft seinen Körper verließ, wenn das Blut seinen Lungen entströmte. Er hatte schon vor langer Zeit gelernt, mit diesem Verfall zu leben, und vielleicht hatte er sich deshalb darauf eingelassen, ins Heilige Land zu ziehen. Noch immer hoffte er verzweifelt auf Heilung. Eine Heilung, die ihm nicht zuteilwerden würde, weil er dem Tod geweiht war. Weil es Gott gefiel, ihn leiden zu sehen.

Aber wenn es Gott gefiel, Emme zu sich zu nehmen ... Nein. Dagegen wehrte sich alles in ihm. Es kostete ihn viel Kraft, sich dem Unausweichlichen zu stellen. In den dunklen Nächten geriet er manches Mal in Panik, weil er glaubte, bereits tot zu sein. Aber er hatte gelernt, die Zeit, die ihm blieb, als Geschenk anzunehmen. Er durfte wieder bei Emme sein, und obwohl sich so vieles verändert hatte zwischen ihnen, blieb Emme sein Baum.

»Ich will nicht sterben«, hörte er sich flüstern.

»Ich weiß«, erwiderte Emme, sein Bäumchen, sein Halt, sein Zwilling. »Das weiß ich doch, Hermann.«

Er spürte den Luftzug, dann die schweren Schritte des Bassunvillers. Nur widerstrebend hob er den Kopf und begegnete dem Blick des Ritters.

Was bewog einen wie ihn, die ganze Nacht am Bett einer kranken Grafentochter zu wachen?

Hermann glaubte die Antwort zu kennen, und obwohl der Stachel der Eifersucht sich in seine Eingeweide grub, war er zugleich sehr froh. Sie wäre nicht allein, wenn er starb.

Der Bassunviller legte ihm eine Hand auf die Schulter. »Ihr solltet versuchen, noch ein paar Stunden zu schlafen, Abt Hermann.«

Schwerfällig kam er auf die Füße. »Ihr habt recht«, sagte er leise. »Ich danke Euch, dass Ihr für Emme da seid. Passt nur recht gut auf sie auf, versprecht Ihr mir das?«

Ernst blickte der Bassunviller ihn an. Dann nickte er. »Ich versprech's«, sagte er, und Hermann wusste, dass sie beide nicht nur von dieser Nacht sprachen. Er hätte gern mehr gesagt, aber Emmes wacher Blick ruhte auf ihnen.

Hermann nickte ihr ein letztes Mal aufmunternd zu, dann kehrte er zurück in seine Kammer. Rika lag quer im Bett, und er schmiegte sich an sie. Bald kam der Schlaf, und ehe er in der dunklen Welt der Träume versank, dachte er froh, dass Emme in dem Bassunviller einen Freund hatte, der sie sicher nach Akkon geleiten würde.

»Herrin Emme? Wir müssen reden.«

Sie öffnete die Augen. Der Bassunviller und der Herr von Uppsala standen vor ihrem Bett. Draußen war es bereits hell.

»Müssen wir schon weiter?«, fragte sie. Wie ein fremdes, pelziges Tier lag die Zunge ihr im Mund. Sie hatte Durst. Mühsam richtete Emme sich auf und zog die Decken hoch.

Der Bassunviller drehte sich um und stapfte aus der Kammer. Robert von Uppsala blieb. Er starrte Emme undurchdringlich an.

»Was geschieht mit Radegund?«, fragte er.

»Was soll mit ihr sein?«

»Ihr wollt das Mädchen sicher hier zurücklassen.« Er verschränkte die Arme vor der Brust.

»Sicher nicht.« Sie schwang die Beine über die Bettkante und setzte sich auf. »Radegund bleibt.«

»Sie hat Euch verraten, Herrin Emme.«

»Und?«, erwiderte sie herausfordernd. »Sie bereut zutiefst, was sie getan hat. Das reicht mir.«

Er warf in gespielter Verzweiflung die Hände hoch. »Wenn Ihr meint! Aber ich sage Euch, diese Frau wird nichts als Ärger machen.«

»Das lasst nur meine Sorge sein. Ihr habt selbst gesagt, dass ich nun diejenige bin, die unsere Reisegruppe führt. Dann solltet Ihr mir auch vertrauen, wenn ich Entscheidungen treffe, findet Ihr nicht?«

Robert von Uppsala schwieg verbissen.

»Und jetzt wäre ich Euch verbunden, wenn Ihr Radegund sucht und zu mir schickt. Ich möchte mich anziehen und mein Morgenmahl zu mir nehmen, damit wir danach weiterreiten können.«

Er ging und knallte die Tür hinter sich zu. Emme zuckte zusammen.

Sollte er ihr doch grollen. Sie vertraute auf ihr Bauchgefühl, und das sagte ihr, sie müsse von Radegund nichts fürchten.

»Ihr geht mir aus dem Weg, Ravensbergerin.«

Sie ließ ihrem Braunen die Zügel schießen, der daraufhin rascher ausschritt. Robert von Uppsala ritt selten an ihrer Seite; dafür hatte sie in den letzten Tagen und Wochen Sorge getragen. Seine Anwesenheit beunruhigte sie.

»Es geschieht nicht mit Absicht.«

»Nicht? Mir kam es so vor, als zögt Ihr die Gesellschaft meines Freunds vor.«

Sie lächelte nur.

»Dann habe ich wohl im Rennen um Eure Gunst verloren.«

»Ich wusste nicht, dass Ihr und der Bassunviller einen Wettstreit austragt«, erwiderte sie.

Da lachte er, und sie blickte sich suchend nach Berengar de Bassunville um. Er ritt neben der Sänfte, sprach leise mit Hermann, der mit der Hand den Vorhang offen hielt.

»Ihr macht Euch Sorgen um ihn.«

Sie wandte den Kopf ab. Das ging Robert von Uppsala nichts an, oder? Doch es stimmte: Seit sie zwei Tage lang in der Sänfte gereist war, ging es Hermann schlecht. In Fulda hatten sie eine Rast von drei Tagen einlegen müssen, ehe er sich so weit erholt hatte, dass sie weiterreisen konnten. Inzwischen trennten sie nur noch wenige Wegstunden von

Regensburg und einer längeren Rast, aber die Sorge ließ Emme nicht los. Sie waren alle müde.

»Ich wäre ihm eine schlechte Schwester, würde ich mir keine Gedanken um ihn machen.«

Daraufhin schwieg Robert von Uppsala recht lange.

Emme hob den Kopf. Seit den frühen Morgenstunden schneite es leicht, und der Reisezug bewegte sich noch langsamer als bisher. Am Abend sollten sie Regensburg erreichen, das hatte Berengar ihr morgens versprochen, ehe sie in den Sattel gestiegen waren. Es sei nicht mehr weit, doch der Schnee verzögerte das Vorwärtskommen erheblich.

Der Schnee und Hermanns Krankheit.

»Und wenn er in Regensburg zurückbliebe?«, wagte der Herr von Uppsala einen für ihn ungewöhnlich dreisten Vorstoß. »Er könnte in einem der zahlreichen Klöster unterkommen, könnte einen guten Medicus konsultieren …«

»Nein«, erwiderte Emme ungewohnt heftig. »Diese Reise haben wir gemeinsam angetreten, und wir werden sie auch gemeinsam durchstehen.«

»Ich dachte nur …«

Sie hieb dem Braunen die Fersen in die Flanken und trieb ihn zum scharfen Galopp an, obwohl auch er müde war. Dennoch ließ sie ihn an den anderen Reitern vorbeiziehen. Sie hörte Rufe hinter sich, jemand schrie mit schriller Stimme ihren Namen, und ihr gefror schier das Blut in den Adern, während sie sich tief über den Hals des Zelters beugte und die Hände im schwarzen Mähnenhaar vergrub.

Warum nur wollte jeder irgendetwas von ihr? Täglich fühlte sie sich von allen Seiten bedrängt, ob es nun um die Wahl des Nachtquartiers ging oder um die nächste Rast, um die Verteilung der Wegzehrung oder darum, welche ihrer Zofen den alten roten Kittel bekam, der ihr zerrissen war, als sie unweit von Hersfeld bei der Jagd im Unterholz an einem Ast hängen geblieben war. Sie spürte die Verantwortung schwer auf ihren Schultern lasten. Nun sogar von Robert von Uppsala bedrängt zu werden behagte ihr nicht im Geringsten. Ebenso wie sein Waffengefährte Berengar de Bassunville wäre er doch viel besser geeignet gewesen, die Reisegruppe anzuführen, als sie selbst. Hätte Hermann es ihr erlaubt, hätte sie die Verantwortung gänzlich in die Hand des Bassunvillers gelegt. Aber sie dachte auch an die mahnenden Worte ihres Vaters.

Sie parierte den Braunen durch und blickte über die Schulter zurück. Sie hatte den Tross weit hinter sich gelassen; von der Hügelkuppe aus sah sie zu, wie sich die Pferde, der Karren und die Sänfte langsam heraufkämpften. Auf halbem Weg machte sie einen Reiter aus, der ihr in schnellem Trab nachsetzte.

Sie wartete, bis der Bassunviller fast heran war, ehe sie sich umwandte. »Ich kann gut auf mich aufpassen!«, rief sie ihm zu.

»Das glaube ich Euch nicht«, erwiderte er lachend.

Seit er die Nacht an ihrem Bett verbracht hatte, war etwas zwischen ihnen anders geworden. Er behandelte sie wie ehedem mit dem Respekt, der einer Grafentochter zustand, doch zugleich war eine gewisse Nähe zwischen ihnen entstanden. Sie genoss es, mit ihm allein zu sein.

»Wir sollten dennoch zu den anderen zurückkehren«, bemerkte er. »Das letzte Mal, als ich nicht auf Euch aufpasste, hätte es übel enden können.«

Sie ließ den Braunen wieder ausschreiten. »Ich bin so froh, endlich Regensburg zu erreichen«, sagte sie leise, als Berengar zu ihr aufschloss. »Wir bleiben dort für einige Tage, nicht wahr?«

»Das Weihnachtsfest können wir dort feiern. Danach aber sollten wir weiterziehen.«

»Das ist gut.« Sie nickte zufrieden. »Ich konnte seit Tagen meinen Bogen nicht mehr spannen.«

Er lachte. »Ist das Eure einzige Sorge?«

Sie blickte über die Schulter nach hinten. Der Tross fiel immer weiter zurück. »Er braucht Ruhe.«

»Die er nicht bekommen wird, wenn Ihr vorausreitet und Wegelagerer Euch für leichte Beute halten.«

Sie zügelten ihre Pferde. Emme stützte sich auf das Sattelhorn. Sie legte den Kopf in den Nacken, streckte die Zunge heraus und schmeckte die Kälte des Schnees, der ihr in den Mund wehte.

»Ich kann gut auf mich aufpassen.«

Berengar lachte. »Verdursten werdet Ihr jedenfalls nicht.«

»Sollen wir nicht nach Regensburg vorausreiten?«, fragte sie plötzlich. »Wir könnten ein Quartier suchen und müssten nicht hinter der Sänfte herzockeln ... Einmal wenigstens im schnellen Trab vorankommen, einmal vor allen anderen eine Gaststube betreten und heißen Würzwein bestellen, einmal nicht von der stickigen Enge erdrückt werden ...«

Berengar zuckte mit den Schultern. »Warum nicht? Robert wird den Tross sicher nach Regensburg führen.«

Sie warteten auf der Anhöhe, bis die Reihe der Berittenen, der Karren und die Sänfte heran waren. Als sie nur noch wenige Hundert Schritt entfernt waren, löste sich Robert von Uppsala aus dem Zug und trabte heran.

»Wir reiten voraus«, teilte Berengar ihm mit. »Wenn ihr heute Abend Regensburg erreicht, haben wir bereits ein Nachtquartier.«

Robert von Uppsala blickte von Emme zu Berengar. Warum war ihr nie aufgefallen, wie viel Kälte seine grauen Augen ausstrahlten? Oder lag es am Schnee, dass der helle Nordmann so eisig wirkte?

»Nun denn«, sagte er schließlich, »dann gebe ich euch zwei der Berittenen mit ...«

»Nein«, unterbrach Emme ihn hastig. »Der Tross ist ohnehin geschwächt durch den Tod der beiden Krieger. Wir kommen allein zurecht. Seht Ihr nur zu, dass Ihr heil die Stadt erreicht.« Sie wendete den Braunen, und Berengar tat es ihr gleich.

»War das klug?«, fragte er, nachdem sie die Reisegruppe hinter sich gelassen hatten.

»Sicher nicht«, erwiderte sie.

Es tat gut, in schnellem Trab zu reiten. Nach einer Weile erreichten sie eine Ebene. Der Schneefall hatte nachgelassen, und am Horizont, viel zu nahe für Emmes Geschmack, tauchten bereits die eckigen Umrisse der Stadt Regensburg auf. Sie ließen die Pferde galoppieren. Acht Hufe trommelten auf dem hart gefrorenen Boden unter der dünnen Schneeschicht. Flocken wirbelten, und Emme schrie begeistert auf. Sie war nicht mehr die Tochter des Grafen von Ravensberg, auf deren Schultern so schwer die Verantwortung lastete, zwanzig Reisende heil ins Heilige Land zu führen. Sie war Emme, das Kind, die kleine Schwester, die bewundernd zu ihrem Bruder Ludwig aufsah, während er für sie den eigens angefertigten Sattel auf den Rücken eines Ponys schnallte, ehe sie gemeinsam durch Wald und Flur galoppierten …

Der Wind trieb ihr Tränen in die Augen. Sie jauchzte, und Berengar antwortete mit einem wilden Schrei. Sein Rappe streckte sich, und er zog an ihr vorbei. Nun wusste sie, warum er diesen schnellen, zartgliedrigen Renner so sehr liebte.

Sie erreichten Stadtamhof und durchquerten die Stadt, die sich ans Nordufer der Donau schmiegte. An der Steinernen Brücke entrichteten sie den Brückenzoll und zogen in Regensburg ein.

»Macht den Mund zu, Ihr erstickt sonst noch am Schnee!«, neckte Berengar sie. »Habt Ihr noch nie eine Stadt gesehen?«

Stumm schüttelte Emme den Kopf. Wie riesig dieser Ort doch war! Sie spähte nach allen Seiten, und ihr Brauner blieb mitten auf der Straße stehen.

»He, Junge! Aus dem Weg mit dir, bevor ich dich mit meinem Karren umfahre.« Ein Händler schob seinen Karren an ihr vorbei. Er warf ihr einen finsteren Blick zu. »Euer Knappe scheint nicht der Hellste zu sein!«, rief er Berengar zu.

»Ich bin zufrieden mit ihm!«, antwortete Berengar. Er folgte der breiten Hauptstraße ins Herz der Stadt.

Der Lärm war unglaublich. Überall schwirrten die Stimmen von Menschen umher, und Emme hörte Schreie und schrilles Lachen. Hunde streunten durch die Gassen, eine dicke Sau suhlte sich im Unrat, und eine Horde Kinder heftete sich ihnen an die Fersen. Sie rangen bettelnd die schmutzigen Hände, und Berengar warf ein paar Münzen, um die sie sich im Dreck balgten. Einen Jungen winkte Berengar heran, und er starrte mit offenem Mund zu ihm auf.

»Magst dir einen Groschen verdienen?«

Der Kleine verschluckte sich fast an seinem eifrigen Nicken.

»Komm mit, damit du siehst, wo wir Quartier beziehen. Später wird eine Reisegruppe über die Steinerne Brücke kommen. Geleite sie zum Gasthof, und du bekommst den Groschen.«

Berengar ritt weiter, und der Junge folgte ihren Pferden, schob sich durch die Kinderschar, die sich um ihn drängte, als färbe seine Ehre ab.

Emme lächelte Berengar an. Müde sieht er aus, befand sie überrascht. Er war wohl ebenso froh wie sie, dass sie das erste Etappenziel der langen Reise heil erreicht hatten.

Unweit des Doms fanden sie in einer Seitengasse ein großes Gasthaus, in dem sie nach einigen Verhandlungen mit dem Wirt Quartier für die nächsten Tage nahmen. Emme bezahlte den Mann aus ihrem Beutel. Langsam ging das Geld darin zur Neige. Sie beschloss, am Abend einige Münzen aus ihrem Umhang zu lösen. Bis auf die Sänfte hatte diese Reise bisher nicht so viel gekostet wie befürchtet. Sie wollte die Münzen gleich morgen in einer Wechselstube tauschen, damit sie vor der Weiterreise Vorräte kaufen konnten. Berengar hatte sie darauf vorbereitet, dass sie bald dünn besiedelte Landstriche durchqueren würden. Sie durften nicht länger hoffen, jede Nacht ein Dorf oder einen Gasthof zu finden, erst recht dann nicht, wenn der Winter sie vor sich hertrieb.

Bis der Tross eintraf, blieb ihnen etwas Ruhe. Nachdem Emme ihre Kammer gesichtet und für leidlich sauber befunden hatte – was ihr fehlte, mochte Radegund erledigen –, begab sie sich in die Gaststube. Der Wirt tischte sauren Kohl mit kleinen Würsten auf, und dazu gab es Starkbier, das sie durstig tranken.

»Wie ich Euch kenne, seid Ihr mit unserem Vorankommen längst nicht zufrieden.« Emme sprach ruhig, aber sie ließ Berengar nicht aus den Augen.

Er lehnte sich zurück, unterdrückte ein Aufstoßen und winkte dem Wirt, ihnen einen weiteren Krug Bier zu bringen. »Nun ja, es entspricht gerade eben noch meinen Erwartungen.«

»Wie Ihr das sagt, klingt es … geringschätzig.«

»Was ist falsch daran, wie ich es sage?« Er grinste.

»Ihr drückt es höflich aus und doch so, als wärt Ihr nicht zufrieden.«

»Ich mache mir Sorgen um Euren Bruder, das ist alles.«

»Um Hermann?«, fragte sie, doch während sie den Namen aussprach, wusste sie, wen er tatsächlich meinte. »Ludwig.«

»Irgendwann wird die Schlacht um Akkon entschieden. Und ob wir nun gewinnen oder nicht, Ludwigs Leben gerät in Gefahr. Verlieren die Sarazenen, bringen sie ihre Geiseln um, oder sie nutzen sie als Druckmittel, um sich freies Geleit zu erpressen. Gewinnen sie, wäre Ludwig erst recht nutzlos für sie, es sei denn, wir sind zur Stelle und legen ihnen das verlangte Gold vor die Füße. Ihr seht … ja, ich mache mir Sorgen. Es war meine Schuld, dass es geschah, und ich denke nicht daran, mich dieser Verantwortung zu entziehen. Nie.«

Emme aß schweigend. Der Wirt brachte einen weiteren Krug Bier und einen Korb mit dunklem Brot, mit dem sie die letzten Krautstücke aus ihrer Schüssel wischte.

»Jetzt sagt Ihr gar nichts mehr. Seid Ihr mir böse?«

»Böse? Nein, nicht böse. Ich frage mich nur, was genau damals geschah, als Ludwig gefangen genommen wurde. Ihr habt mir davon nichts erzählt, und den Herrn von Uppsala brauche ich gar nicht erst danach zu fragen …«

»Robert hat mehr für Ludwigs Rettung getan als ich«, murmelte Berengar. Er blickte beiseite. Die gute Laune war ihm abhandengekommen, er schenkte den Becher voll und stürzte den Inhalt hinunter, als könne er damit die bitteren Schuldgefühle wegspülen.

Sie beugte sich vor, legte eine Hand auf die seine. Er blickte zu ihr auf, und in seinen blauen Augen las sie von dem tief verborgenen Schmerz, mit dem er rang, seit er ihren Bruder aus den Augen verloren hatte.

»Macht es mir nicht zu leicht«, sagte er rau.

»Was mache ich Euch zu leicht?«, fragte sie leise.

»Ihr seid die Tochter eines Grafen. Ich bin nur der mittellose Sohn eines Edlen aus dem Süden Italiens, und ich habe nicht mehr als mein Pferd und meine Rüstung. Ihr hingegen …«

Sie zog die Hand zurück und schwieg atemlos. Aber er sprach nicht weiter, und sie hätte ihn am liebsten geschüttelt, damit er etwas sagte.

»Ich glaube, ich muss nach meinem Pferd sehen. Vorhin im Galopp hatte ich das Gefühl, ein Eisen könnte sich gelockert haben.« Brüsk erhob sie sich. Ihre Wangen glühten. Was hatte sie getan? Sie hatte ihn trösten wollen, aber in ihrem Leib war eine Wärme für ihn erwacht, die mehr von ihr forderte, als bloß ihre Hand auf die seine zu legen. Sie wandte sich von ihm ab, und er starrte in seine Schüssel, als würde ihre Berührung ihm Schmerzen bereiten.

An der Tür stieß sie mit Rika zusammen, die sie sogleich am Arm fasste. »Es ist Hermann!«, schrie sie, ohne sich um irgendwelche Höflichkeiten zu scheren. »Er bekam plötzlich keine Luft mehr. Herrin …« Sie weinte.

Emme schob sich an ihr vorbei. Sie eilte in den Hof, wo sich Pferde und Maultiere drängten. Über dem Lärm der Ankömmlinge hinweg hörte sie den keuchenden Husten ihres Bruders.

Rücksichtslos bahnte sie sich einen Weg zu seiner Sänfte. Kaplan Hanno, der sich sogleich wieder neben dem Kranken niedergelassen hatte, kniete mit verzücktem Gesichtsausdruck im Schnee, die Hände zum Himmel erhoben, und murmelte Gebete. Emme stieß ihn so heftig beiseite, dass er beinahe gestürzt wäre. Sie schob die Vorhänge beiseite. »Hermann!«

Er starrte sie an. Das Gesicht war bleich, der Mund rot verschmiert. Das Tuch, das er gegen die Lippen presste, schien den Blutstrom nicht mehr zurückhalten zu können.

»Es geht zu Ende«, wisperte er. »Bäumchen, jetzt geht's zu Ende.«

Er schloss die Augen.

Emme schrie.

Kapitel 11

Stunden später stand sie vor der verschlossenen Tür einer Kammer. Sie atmete tief durch, ehe sie anklopfte und, nachdem jemand sie hereinbat, die Tür öffnete.

Robert von Uppsala hatte die Kohlenpfanne dicht an den Tisch gezogen, auf dem er gewissenhaft seine Habseligkeiten ausbreitete. Er blickte auf, als sie zögernd an der Tür stehen blieb.

»Ich glaube, ich muss mich bei Euch bedanken«, sagte sie leise.

»Kommt herein, Herrin Emme!«

Sie betrat die Kammer, die der ihren auf der anderen Seite des Flurs ähnelte.

»Setzt Euch doch!«

Sie ließ sich auf dem freien Schemel nieder, während der Nordmann hierhin und dorthin ging, etwas aus einem Beutel zog, auf den Tisch legte oder sorgfältig verstaute. Stumm beobachtete sie ihn, bis er aufblickte. »Nun?«

»Danke«, flüsterte sie. »Ihr habt ihm das Leben gerettet.«

Er hielt inne. »Wenigstens das eine Mal habe ich nicht versagt, einen Eurer Brüder zu retten«, sagte er leise, ehe er einen kleinen Beutel auf den Tisch legte. »Dankt mir lieber, wenn es uns gelungen ist, Ludwig zu retten. Denn das wird eine größere Heldentat sein, als drei kopflose Weiber davor zu bewahren, alle anderen verrückt zu machen.«

Verlegen senkte sie den Blick. »Sonst bin ich nicht so«, brachte sie kleinlaut hervor.

»Das glaube ich Euch gern. Aber heute wart Ihr's, und Ihr werdet es immer und immer wieder sein, wenn Euer Bruder einen schlechten Tag erwischt. Versteht mich nicht falsch,

Herrin Emme.« Er trat zu ihr und blieb unmittelbar vor ihr stehen, sodass sie zu ihm aufblicken musste.

Trotzig erwiderte sie seinen Blick. »Was soll ich nicht falsch verstehen?«

Er rang nach den richtigen Worten.

»Nun sagt schon! Immerhin habt Ihr mir vorhin eine schmerzhafte Ohrfeige verpasst, damit ich endlich still war. Da können ehrliche Worte kaum so viel Schaden anrichten.«

»Ihr wisst, was ich vorschlagen will.« Er ließ sie nicht aus den Augen, und sie spürte, wie ihr Lächeln erstarb.

»Wir sollen ihn zurücklassen.« Sie blickte auf ihre Hände. Trauerränder aus Blut hatten sich unter den Fingernägeln gebildet.

»Es wäre für uns alle das Beste.«

»Ihr kennt meine Antwort.«

Er seufzte.

»Und ich kann Euch nicht zwingen, bei uns zu bleiben, obschon wir Euch sehr vermissen würden. Es steht Euch frei zu gehen, Robert von Uppsala. Kein Eid bindet Euch an uns.« Sie stand auf. »Ich danke Euch noch einmal, dass Ihr uns alle heute vor einer Katastrophe bewahrt habt. Aber erwartet nicht, dass ich mich deswegen in meinen Entscheidungen von Euch beeinflussen lasse.« Sie bebte, ballte die Fäuste, damit er's nicht merkte. »Und jetzt entschuldigt mich. Mein Pferd hat heute gelahmt, ich muss nach ihm sehen.«

Sie stand schon an der Tür, als er weitersprach. »Es ging mir nicht darum, Euer Gehör zu finden«, sagte er bedächtig. »Einst schwor ich Eurem Bruder Ludwig die Waffentreue, und dieser Eid bindet mich. Ich werde mit Euch reiten, doch verzeiht mir, wenn ich ab und an meine Meinung kundtue. Es steht Euch frei, mit meinen Äußerungen zu verfahren, wie es Euch beliebt. Obschon es mich schmerzt, wie Ihr immer und immer wieder meinem Gefährten Berengar Aufmerksamkeit schenkt statt mir.«

»Es tut Euch weh, wenn ich einen anderen bevorzuge?« Sie traute ihren Ohren nicht.

Er zuckte mit den Schultern. »Nun ist es heraus, ja. Aber ich klage nicht. Ich werde weiterhin alles tun, was Ihr von mir verlangt. Ich bin Euch ebenso treu ergeben wie Eurem Bruder Ludwig, Herrin Emme.«

Sie dachte über seine Worte nach, als sie den Stall betrat. Die Pferde standen in Reihen angebunden, nur Berengars Rappe hatte einen eigenen Verschlag bekommen. Sie trat neben ihren Braunen, der sie mit einem leisen, dunklen Wiehern begrüßte.

Nach kurzer Untersuchung wusste sie, dass sich tatsächlich ein Hufeisen gelockert hatte. Ein geschickter Schmied konnte das rasch in Ordnung bringen. Darum würde sie sich gleich morgen kümmern. Wie um zahllose andere Pflichten …

Sie lehnte sich mit der Schulter gegen ihr Pferd und vergrub das Gesicht in der Mähne. »Ich bin so müde«, flüsterte sie, als könne der Braune sie verstehen. Er brummte dunkel, und sie fühlte sich ermutigt weiterzureden. »Wie kam es bloß dazu, dass alle Verantwortung auf meinen Schultern ruht? Warum können die Herren Ritter nicht ihren Teil tragen? Warum bürden sie mir immer noch mehr auf?« Sie bekam keine Luft mehr und spürte Tränen über das Gesicht rinnen. Es tat gut, dem Schmerz freien Lauf zu lassen. Es reinigte sie, und danach konnte sie gewiss wieder klar denken.

»Jungfer Emme?«

Sie fuhr herum. Berengar de Bassunville stand im Stallgang, einen Eimer mit Hafer in der Hand.

»Geht es Euch gut?«

Hastig wischte sie sich mit beiden Händen die Tränen von

den Wangen. »Alles gut, alles wunderbar«, beeilte sie sich zu sagen. Aber der Bassunviller hatte den Eimer bereits abgestellt und trat näher. Sie wich in den Schatten zurück.

»Mir war, als hätte ich eine Stimme gehört. Und ein Schluchzen.«

»Das müssen die Stallgeister sein«, antwortete sie mit gekünsteltem Lächeln.

Er schob sich an der Kruppe des Braunen vorbei, der unruhig mit dem Schweif schlug. »Ja, die Stallgeister. Gut möglich.« Dann stand er unmittelbar vor ihr. »Aber Ihr weint.«

Sie wandte den Kopf ab. Ihre Hand fuhr zum Hals, und sie nestelte mit der anderen am Halfter ihres Zelters. »Es ist nichts«, sagte sie erstickt. »Lasst mich einfach allein, es geht schon irgendwie vorbei.«

Nun stand er hinter ihr. Sie spürte ihn, sie roch ihn. Sie wollte sich ihm an die Brust werfen, wollte bei ihm den Trost suchen, den sie früher immer bei Ludwig gefunden hatte. Und doch waren es völlig andere Gefühle, die sie durchströmten. Es war keine geschwisterliche, verehrende Liebe, sondern ... Nun ja, sie konnte es nicht in Worte fassen, weil es ihr so fremd war. Aber sie wusste, wenn er sie jetzt berührte, erfüllte er ihren größten Wunsch und ihre größte Angst.

»Emme ...« Seine Hand ruhte auf ihrer Schulter. Sie verbrannte unter seiner Berührung, eine sengende Hitze durchfuhr sie. Stumm schüttelte sie den Kopf. Er sollte gehen, sollte sie allein lassen! Es war nicht recht, dass er sie berührte.

»Geht!«, flüsterte sie.

Er blieb.

Sie atmete tief durch. Das Zittern blieb.

»Emme, seht mich an!«

Trotzig schüttelte sie den Kopf.

»Ich weiß, davon wollt Ihr nichts hören, weil es zu weit in der Zukunft liegt. Aber meint Ihr ... wenn wir heimkommen aus dem Heiligen Land ... vielleicht habe ich dann etwas Geld ... und wenn ich dann zu Eurem Vater ginge, meint Ihr, er gäbe mir Euch zur Frau? Ich bin nur ein niederer Edler, und wenn Ihr sagt, ich sei's nicht wert, die Tochter eines Grafen zu heiraten, dann habt Ihr sicher recht.«

Er sprach weiter, aber sie hörte ihm nicht länger zu. Seine Worte rauschten wie in einem Traum an ihr vorbei, und jetzt hob sie doch den Kopf, starrte ihn sprachlos an, weil er wagte, von etwas zu träumen, das in ihren Träumen keinen Platz mehr hatte.

»Mein Vater kann mir keine Mitgift geben, müsst Ihr wissen«, wisperte sie. »Ludwigs Geiselnahme hat alles verändert. Vater hat drei Burgen verpfändet, hat seine Grafschaft ausgeblutet, und auf Jahrzehnte hinaus wird meine Familie darunter leiden. Meine Schwestern können von Glück sagen, dass sie noch Kinder sind. Bis sie das heiratsfähige Alter erreichen, gibt es vielleicht wieder genug Geld, um die eine oder andere zu verheiraten. Bis dahin bin ich eine alte Frau, und kein Mann wird mich noch wollen.« Sie drückte sich an ihm vorbei. »Ihr habt schöne Träume, Bassunviller. Nur haben sie nichts mit mir zu tun. Schlagt Euch das aus dem Kopf.«

Sie weinte noch heftiger, als sie den eiskalten Hof überquerte. Sie rutschte aus, stürzte auf die Knie und verschluckte sich an ihren Tränen. Dann nahm sie alle Kraft zusammen, stand auf und humpelte ins Gasthaus.

Der Bassunviller hatte sich die Falsche ausgesucht, um sie mit schönen Worten zu betören. Die Falsche ... und doch wünschte sie sich, die Richtige für ihn zu sein.

Nach jenem Anfall erholte Hermann sich nur langsam. Täglich kam der Medicus, ließ ihn zur Ader, verschrieb ihm widerlich schmeckende Arzneien und verordnete strikte Bettruhe. Radegund und Rika wechselten sich mit der Pflege ab, und Emme saß oft bei ihm, erzählte ihm Geschichten oder hielt einfach seine Hände, die eiskalt waren und sich wie sein ganzer Körper durch nichts erwärmen ließen.

Und wenn sie nicht bei ihm war, vermisste er sie.

Es genügte ihm, einfach die Augen zu schließen und zu lauschen, wie sich leise raschelnd die Frauen um ihn bewegten. Rikas schwere, Radegunds leichte Schritte, und Emme erkannte er, weil es Emme war und weil er die ihren unter allen Schritten dieser Welt herausgehört hätte. Zudem humpelte sie leicht, seit sie auf dem eisglatten Hof ausgerutscht und gestürzt war.

Manchmal hörte er, wenn er mit gefalteten Händen und flach atmend auf dem Bett ruhte und die Augen fest geschlossen hielt, die schweren Schritte von Kaplan Hanno, der es sich nicht nehmen ließ, seine Nähe zu suchen, und auf ein gutes Wort von ihm hoffte. Aber der Mann war ihm zuwider, und das nicht nur, weil Emme ihm erzählt hatte, wie viele Mädchen dieser Mann schon ins Unglück gestürzt hatte, nachdem sie sich von seinen salbungsvollen Worten hatten einlullen lassen.

Irgendwann, so glaubte Hermann, waren alle Gebete gesprochen, die seine Heilung befördern mochten. Es war ein ketzerischer, ein gottloser Gedanke. Aber mit jedem Tag spürte er seinen Körper schwinden, und mit jedem Tag wurde der Husten ärger, als fräße er ihn von innen her auf.

Am vierten Tag ihres Aufenthalts in Regensburg erschien der Medicus zur Non und brachte wieder die kleine goldene Schüssel mit, in der er das Blut auffing, das er aus Hermanns Adern ließ. Emme saß bei ihm, während Hermann gehorsam den Arm ausstreckte, damit der Medicus den Schnitt setzen konnte.

»Geht es Euch inzwischen etwas besser?«, fragte der

dicke kleine Mann, nachdem er sich überzeugt hatte, dass das hellrote Blut ungehindert in die Schüssel tropfte.

»Mit jedem Tag ein bisschen besser«, log Hermann. »Ich glaube, Eure Behandlung entfaltet langsam ihre Wirkung.«

Zufrieden nickte der Medicus. Das schwarze Haar stand ihm in alle Richtungen vom Schädel ab, obschon er die Angewohnheit hatte, es ständig mit den Händen zurückzustreichen. »Gut, gut. Dann können wir heute versuchen, noch mehr Blut zur Ader zu lassen, damit die Säfte in Eurem Leib schneller wieder fließen können.«

Der Medicus hatte eine Stauung der Blutflüsse diagnostiziert. Dies sei der Grund, weshalb das Blut in den Lungen aufstieg. Durch regelmäßigen Aderlass und stärkende Medikamente sei dem sicher bald beizukommen, hatte der Medicus versprochen.

Aber das Gegenteil trat ein.

Solange Emme zugegen war, sagte Hermann nichts davon. Erst als der Arzt sie hinausschickte, damit sie eine größere Schüssel holte, wagte er sich vor.

»Ich mag's in Gegenwart meiner Schwester nicht aussprechen, die sich ohnehin schon über die Gebühr sorgt, aber es geht mir seit Tagen immer schlechter.«

Der Medicus, der ihm vorhin noch versichert hatte, eine Besserung seines Zustands sei ein gutes Zeichen, strahlte ihn an. »Wunderbar, Herr Abt, das ist eine hervorragende Entwicklung. Die schlechten Säfte hinterlassen in Eurem Körper eine Lücke. Seht nur, wie abhängig Ihr davon wart! Bald wird es Zeit, Euch auf Schmalkost zu setzen, damit Euer Körper sich erholt.«

»Schmalkost?« Hermann verstand nicht recht, was der Medicus damit meinte. Die Aderlässe schwächten ihn. Er aß kaum noch.

»Ihr müsst Euch keine Sorgen darum machen. Ich werde dem Gastwirt Anweisungen geben, wie er Eure Speisen zubereiten soll.« Zufrieden betrachtete der Medicus das hellrote Blut, das aus Hermanns Ader sickerte. »Das sieht gut aus, Herr Abt. Seht Ihr? Es ist hell, nicht wie an den anderen Tagen. In Eurem Körper tritt bereits eine Besserung ein.«

»Und warum fühle ich mich nicht besser?«

Der Medicus ließ diese Frage unbeantwortet. Ehe Hermann sie wiederholen konnte, kehrte Emme mit einer größeren Schüssel zurück. Sie blieb, bis der Arzt fertig war und zufrieden den Schnitt abband. Zwei, drei Tage noch, befand er, dann komme Hermann wieder ganz in Ordnung.

Er hörte den Mann mit Emme flüstern, bevor er ging. Aber die Worte rauschten an ihm vorbei. Er fühlte sich leicht wie eine Schneeflocke im Wind. Die Wärme in der Kammer tat ihr Übriges, und er schlief ein.

Als er aufwachte, war es dunkel. Er blinzelte. Eine Öllampe blakte auf dem Tisch, die Fensterläden waren geschlossen, doch von draußen drang nur Schwärze durch die Ritzen herein. Rika saß am Tisch und flickte die Kittel der Männer.

Er wollte sie mit ihrem Namen ansprechen, aber kein Laut kam ihm über die Lippen, und als er versuchte, die Hand zu heben, versank er in der wattig weichen Schwärze. So ließ er's, schloss die Augen und spürte sein Herz, das unnatürlich laut und schnell pochte.

Die Tür knarrte. Ein Flüstern drang ihm ans Ohr. »Schläft er?«

Er lächelte. Emme. Immer war sie um ihn besorgt, immer schaute sie nach ihm. Er hätte jetzt gern ihre Hand genommen.

»Der letzte Aderlass hat ihn sehr erschöpft, Herrin.«

Etwas klapperte. »Ich habe uns Essen mitgebracht. Wenn du magst, kannst du ein wenig an die frische Luft gehen.«

»Ich hab gehört, wie der Medicus mit Euch geredet hat,

Herrin. Er sagt, es ist nichts Ansteckendes, was er hat. Er vergiftet doch nicht die Luft, dass wir auch krank werden, oder?«

»Dieses Leiden hat er seit vielen Monaten, und niemand außer ihm ist krank geworden«, beruhigte Emme die junge Frau. »Er hat mir versichert, dass es eine Krankheit seines Leibs ist, die nicht auf andere abstrahlt. Und das ist gut, weißt du? Das ist gut, weil es heißt, er muss nicht fort. Er müsste sonst ins Siechenhaus zu den anderen Kranken, und das ließe ich nie und nimmer zu.«

Danach hörte er lange nichts und stellte sich vor, wie Rika stumm den Kopf schüttelte. Liebes Mädchen, dachte er zärtlich. Sie wich kaum von seiner Seite. Er musste unbedingt mit Emme reden, dass sie Rika gut behandelte und auf sie aufpasste.

»Lassen wir ihn schlafen. Komm, ich helfe dir bei der Näharbeit.«

Wieder musste er über die Worte seiner Schwester lächeln. Er wusste, wie sehr sie die Näharbeit verabscheute. Nicht, weil sie ihr keine Freude bereitete, sondern weil sie sich zu oft in den Finger stach.

»Seid Ihr mir böse, Herrin Emme?«

»Warum sollte ich dir böse sein?«

»Weil Euer Bruder und ich ... Ich hab gehört, Ihr habt's nicht *so* gemeint, als Ihr mir aufgetragen habt, es ihm warm zu machen. Ich war so dumm.«

»Das war nicht dumm. Du schenkst ihm Wärme, und das ist gut so.«

»Aber er ist ein Herr Abt, und ein Herr Abt darf doch nicht bei einem Weibe liegen, heißt es.«

»Ja, so heißt es. Aber er liegt nicht bei dir, wie ein Mann einer Frau beiwohnt, oder?«

Er konnte sich vorstellen, wie Rika rot wurde und den Kopf senkte. Emme sprach weiter. »Und weil du ihm nur das Bett wärmst, ist es recht. Ich bin froh, wenn jemand da ist für ihn, weil ich's ja nicht mehr darf.«

»Ihr dürft's nicht?«, fragte Rika.

»Er ging vor Jahren fort, da warst du noch nicht auf Burg Ravensberg. Mit den Jahren können die Menschen einander fremd werden, auch wenn sie sich einst so vertraut waren, dass sie die Wiege teilten. Das macht die Zeit mit uns. Der eine Bruder sitzt in der Fremde in Gefangenschaft, der andere ist mir fremd geworden. Und manchmal, da fühle ich mich ein wenig einsam deswegen.«

»Ihr findet bestimmt eines Tages einen großen, starken Ritter, der Euch zur Frau nimmt, Herrin Emme«, versuchte Rika sie zu trösten.

Emme lachte auf. »Etwa den Herrn von Uppsala, der mit seinen eisgrauen Augen jedes Mädchen verführen könnte?«

»Ich dacht da eher an den Herrn de Bassunville. Er guckt Euch immer so an.«

Hermann hielt den Atem an. Die Geräusche verstummten, als habe Emme ihr Nähzeug sinken lassen.

»Wie guckt er denn?«

»So, wie der Hermann mich manchmal anguckt. Oder Kaplan Hanno jedes Mädchen, das dann einige Monate später verjagt wird, weil er ihm ein Kind in den Bauch gepflanzt hat. Oder wie Euer Vater Eure Mutter betrachtet.« Rika schwieg. »Wie ein Mann eine Frau anschaut, die er lieb hat«, fügte sie schließlich hinzu.

O ja, dachte Hermann zufrieden. Der Bassunviller, der wäre schon einer, der meinem Bäumchen die Stirn bieten könnte. Und da Emme lange schwieg, schien ihr der Gedanke auch zu gefallen.

»Aber wie zeigt man jemandem, dass man ihn von Herzen lieb hat?«, fragte Emme.

Die Antwort hörte er nicht, nur ein Flüstern drang zu ihm herüber. Er schämte sich, weil er lauschte, und darum rang er nach Luft. Sogleich musste er husten, und die beiden Frauen tauchten neben seinem Bett auf. Links Rika, rechts Emme. Er tastete nach Emmes Arm, keuchte und flüsterte, er wolle etwas trinken.

Daraufhin verschwand Rika, um etwas zu holen. Er beugte sich ein wenig vor, seine Hand tastete nach der ihren. Er drückte sie fest. »Was hat sie dir gesagt?«, flüsterte er.

Sie strich ihm das verschwitzte Haar aus dem Gesicht. »Wusste ich's doch, dass du wach bist, Mistelzweig.« Dann schwieg sie. »Sie sagte, ich solle ihn küssen«, fuhr sie nach einer Weile fort. »Dann wüsste ich schon, woran ich bin.«

Lächelnd sank er zurück. »Tu's bald«, hauchte er. »Ich möchte auch wissen, woran du bist.«

Sie schüttelte den Kopf. »Ach, du … stirbst mir nicht, schläfst nicht für immer ein, hörst du? Der Medicus ist doch frohen Muts.«

»Das muss er sein, er verdient sein Geld mit der Hoffnung auf Genesung.« Der Husten packte ihn von Neuem, und diesmal war er zu schwach, die Hand mit dem Tuch vor den Mund zu drücken. Emme half ihm, wischte ihm die Lippen und musterte ihn ernst. Ihre Augen wirkten im schwachen Licht so dunkel wie Basaltsteine. »Du wirst gesund«, beschwor sie ihn. »Wir reisen gemeinsam weiter. Und wenn du an diesem Medicus zweifelst, werde ich einen zweiten konsultieren.«

Er nickte, denn Widerspruch half nicht bei seiner Schwester. So wird es auch dem Bassunviller ergehen, dachte er.

Kein Widerspruch möglich.

Kapitel 12

Drei Male hatte sie ihm wiederholen müssen, wie sie den Weg zum Siechenhaus fand. Als aber Radegund durch die Straßen der riesigen Stadt eilte, fühlte sie sich von den Menschen, vom Lärm und vom Chor so vieler Stimmen schier erdrückt. Als ein Karren vorbeigeschoben wurde, verharrte sie unter dem Vordach einer Bäckerei. Bevor sie weiterlief, zog sie die Gugel tiefer ins Gesicht.

Er hatte sie ermahnt, sie dürfe sich nicht dabei erwischen lassen, schon gar nicht von ihrer Herrin Emme. Ihr hatte es missfallen, wie er sie angestarrt hatte, ehe er sie in die Winterkälte hinausgeschickt hatte.

Aber was blieb ihr übrig? Er hatte sie in der Hand.

Sie hastete weiter. Die Menschen waren anders in dieser großen freien Stadt. Keiner zog den Kopf ein, niemand fürchtete sich vor dem anderen. Sie waren stolz und aufrecht, und bestimmt fiel sie auf, wie sie sich an der Wand entlangdrückte.

An der nächsten Kreuzung wandte sie sich nach links. Erleichtert atmete sie auf; hier war es etwas ruhiger.

Sie stellte sich einem Mann in den Weg. »Das Siechenhaus«, sagte sie leise.

Er blickte sie prüfend an, doch da sie wohl gesund aussah, wies er ihr den Weg. Am anderen Ende des kleinen Platzes, unweit der Stadtmauer, erstreckte sich das große Gebäude mit zwei gemauerten Stockwerken. Unter dem Vordach hockten zwei vermummte Gestalten am Boden, einige Schritte entfernt vom Eingang, und als sie sich näherte, rasselten sie mit ihren Lepraschellen.

Radegund zuckte zusammen und beäugte die beiden Gestalten misstrauisch. Eine alte Frau und ein junger Mann, glaubte sie unter den Kapuzen zu erkennen. Sie sahen sich ähnlich, offenbar handelte es sich um Mutter und Sohn.

Seine Worte kamen ihr wieder in den Sinn. »Wenn du nicht tust, was ich dir sage, wird's dir schlecht ergehen. Dann lassen wir dich in dieser Stadt zurück. Du weißt schon, was dir dann blüht.«

Sie betrat das Siechenhaus, ohne die Leprösen noch eines Blicks zu würdigen. Sie kam sich schäbig vor, weil sie ihnen nichts gegeben hatte, aber viel schlimmer wog die Schuld, die sie mit diesem Botengang auf sich nahm.

»Was suchst du?« Nicht unfreundlich sprach ein Mann sie an und musterte sie prüfend. Aber auch er schien zufrieden, dass sie gesund aussah.

»Ich suche jemanden, dem ich ... etwas melden kann.« Sie hielt den Kopf gesenkt und umklammerte die Hände.

»Was möchtest du denn melden?« Er trat näher. Sie hob den Blick. Schöne Augen hatte er, so graubraun wie der Waldboden unter dem Schnee. Seine Nase war gerötet, und ihr schlug der Fuselgeruch in seinem Atem entgegen. »Ist jemand krank? Dein Mann oder dein Kind? So ein hübsches Mädchen hat doch bestimmt Mann und Kind.« Leutselig legte er ihr eine Hand auf die Schulter.

Stumm schüttelte sie den Kopf, biss sich auf die Unterlippe und blickte beiseite, hinein in den großen Raum, in dem die Siechen lagen. »Jemanden vom Rat. Weil ... da ist jemand sehr, sehr krank, und er kommt von weit her. Ich weiß nicht, vielleicht ist es ansteckend, was er hat.«

Seine Hand zuckte zurück, als hätte er sich an ihr verbrannt. Er trat drei Schritte von ihr weg. »Krank, eh? Ansteckend, sagst du?«

»Weiß nicht. Mein Herr sagt, es sei so. Wir kommen von weit her, und unser Mitreisender will sich nicht ins Siechenhaus begeben.«

Misstrauisch musterte der Mann die junge Frau. »Da liegt ein Kranker in einem Wirtshaus, statt sich ins Siechenhaus zu begeben?«

Radegund fragte sich, warum der Mann wohl hier arbeitete, wenn er doch offenbar vor Ansteckung Angst hatte. Aber sie sprach hastig weiter, weil sie es schnell hinter sich bringen wollte. »Im Gasthaus am Dom sind wir abgestiegen, das kennt Ihr sicher. Mein Herr sagt, wenn er so uneinsichtig ist, müssen wir ihm zu seinem Glück verhelfen. Darum bin ich hier.«

»Ich werde mich drum kümmern.« Der Mann wandte sich um und verschwand im Krankensaal. Sprachlos starrte ihm Radegund nach. Kam er denn nicht sofort mit? Wie sollte sie ihrem Herrn beweisen, dass sie den Auftrag so ausgeführt hatte, wie er's ihr befohlen hatte?

Sie folgte dem Mann. Er war neben einem Strohlager in die Hocke gegangen und untersuchte eine alte Frau, die mit krallenartig gekrümmten Fingern seine Hand umklammerte, während er beruhigend auf sie einredete.

»Ihr müsst mitkommen.« Radegund tippte ihm behutsam auf die Schulter. »Mein Herr hat gesagt, wenn ich nicht mit Euch zurückkehre, dann … dann …« Sie schluchzte auf. Ach, hätte sie doch irgendjemandem die ganze Wahrheit erzählen können! Hätte sie doch nur die Schuld von den Schultern werfen können! Aber es wurde mit jedem Tag schlimmer, und nun hatte sie sich sogar dazu hinreißen lassen, ihre Herrin und deren Bruder aufs Schändlichste zu verraten.

Der Siechenarzt – vermutlich war er das – erhob sich, wischte sich die Hände am dunklen Kittel ab, ehe er sein stoppeliges Kinn rieb. »Also gut. Sag deinem Herrn, ich schicke am Abend jemanden.«

»Ihr müsst Bewaffnete schicken. Der Sieche hat mächtige Freunde, die ihn nicht ziehen lassen wollen und behaupten, was er hat, mache andere nicht krank.« Sie fingerte den kleinen Geldbeutel vom Gürtel. »Es soll nicht zu Eurem Schaden sein. Die gleiche Summe erhaltet Ihr, wenn Ihr uns von diesem kranken Geist befreit.«

Der Siechenarzt nahm den Beutel. Er wog ihn nachdenklich in der Hand und ließ ihn in den Falten seiner Kleidung verschwinden. »Ich kümmere mich darum«, beruhigte er sie und legte ihr die Hand auf die Schulter. »Weine nicht! Es wird alles gut. Und wenn du bis jetzt nicht von den verseuchten Dämpfen seiner Krankheit vergiftet wurdest, wird es auch hinkünftig nicht geschehen.«

»Danke«, stammelte sie, umfasste seine schwielige Hand und drückte ihre Lippen darauf. »Ich danke Euch. Gott segne Euch, guter Mann.«

Sie rannte fast, und hätte sie nicht aufgepasst, wäre sie mit der leprösen Frau zusammengestoßen, die sich schwerfällig erhob.

Radegund floh. Sie drängte sich durch die Menschenmenge, und mancher pöbelte sie an, weil sie rücksichtslos alle Menschen beiseitestieß, die ihr in die Quere kamen. Sie rannte, bis sie in der Seite ein Stechen verspürte und atemlos stehen bleiben musste. Dann lief sie weiter, blickte sich immer wieder um, als fürchte sie, verfolgt zu werden.

Der Hof des Gasthauses war leer. Sie betrat das Haus, schlich die Treppe hinauf und schlüpfte in die Kammer ihrer Herrin. Hoffentlich hatte niemand bemerkt, dass sie aushäusig gewesen war.

Hoffentlich hatte niemand bemerkt, dass sie ausgezogen war, ihre Herrin zu verraten.

Emme wartete bis zum folgenden Tag, ehe sie allen Mut zusammennahm und Radegund auftrug, den Bassunviller zu suchen und zu ihr zu schicken.

Es war früher Abend. Sie hatte den ganzen Tag in Hermanns Kammer gesessen, und die üble Luft in dem beengten Raum erstickte ihre Gedanken. Sie betrat ihre Kammer, goss Wasser in die Waschschüssel, die Radegund ihr bereitgestellt hatte, und wusch sich das Gesicht. Sie band den Halsausschnitt ihres Kittels auf. Die Schnüre reichten fast bis zum Bauchnabel, und sie wusch den Oberkörper mit einem weichen Tuch ab. Alles fühlte sich finster an, als begrübe sich die Welt. Die kurzen Tage um die Weihnacht hatten begonnen.

Als er klopfte, schloss sie eilig ihr Hemd und legte das Tuch in die Waschschüssel. Ein letztes Mal strich sie sich über das Haar, das sie dieser Tage zumeist zum Zopf geflochten trug. Keine Zeit, es zu lösen und auszukämmen, bis es ihr in schwarzer Flut über den Rücken fiel. Keine Zeit auch, ein Kleid anzuziehen.

Emme ging zur Tür und öffnete. Der Bassunviller trat ein.

»Ihr wollt mich sprechen, Jungfer Emme.«

Stumm machte sie ihm Platz, und er trat ein. Sie wies einladend auf den einzigen Schemel, und weil sie nicht wusste, wohin mit sich, blieb sie an der Tür stehen.

War es nicht ein törichter Einfall, ihn herzubitten? Seit jenem Gespräch im Stall hatte sie seine Gesellschaft gemieden, obwohl er einige Male versucht hatte, sie in ein Gespräch zu verwickeln, in der Gaststube, in Hermanns Kammer, die er regelmäßig aufsuchte, um sich nach dem Kranken zu erkundigen. Trotzig hatte sie geschwiegen, und auch jetzt fiel ihr so recht nichts ein.

»Nun?«, fragte er, als ihr Schweigen sich dehnte.

»Ja, ich … unser Gespräch«, begann sie. »Vor ein paar Tagen. Ihr wisst schon«, fuhr sie ermutigt fort, nachdem er genickt hatte.

»Ja, ich meine mich zu erinnern.«

Sie blickte auf. Er grinste! Da saß er und lachte sie frech an. Seine Augen funkelten vergnügt, und er fuhr sich mit der

Hand durch den braunen Schopf. »Es tut mir leid, wenn ich Euch damit zu nahe getreten bin.«

Sie ging einen Schritt auf ihn zu. »Nein, nein! Es war nur so ... überraschend«, stammelte sie. »Und verwirrend.«

»Ich verstehe.« Er wurde ernst. »Und inzwischen ist es nicht mehr verwirrend?«

»Nein ... doch ... ach ...« Sie stand ganz nahe vor ihm, und er erhob sich, legte die Hände um ihre Hüften, zog sie an sich.

Erschrocken wollte sich Emme wehren, aber dann war es doch gar nicht so schlimm. Zwischen ihre Körper passte kein dritter, er stand ganz dicht vor ihr. Sie spürte seinen Atem auf ihrem Gesicht.

»Also?«, fragte er leise. »Ist es noch immer verwirrend?«

Statt einer Antwort hob sie die Hände, legte sie auf seine Wangen und drückte ihm hastig einen Kuss auf die Lippen. Er schmeckte süß, und sie hätte gern mehr davon genossen, aber schon bei diesem kühnen Vorstoß errötete sie bis an die Haarwurzeln.

Sie wollte etwas sagen, aber ihr blieben die Worte in der Kehle stecken. So sah sie bloß zu ihm auf, und in seinem Blick las sie eine große Zärtlichkeit. Offenbar hatte ihr Vorstoß ihn nicht allzu sehr erschreckt.

»Also?«, flüsterte sie schließlich.

Er fuhr ihr mit dem Finger über die Wange. »Du bist eine starke Frau, Emme. Du weißt, was du willst ...«

Dann küsste er sie und raubte ihr den Atem. Seine Zunge fuhr ihr in den Mund, und sie starrte ihn verwirrt an. Aber er hielt die Augen geschlossen, und so machte sie's ihm nach. Sie ließ sich fallen, und im Fallen dachte sie noch, dass sie nicht die erste Frau war, die er küsste ...

Plötzlich war ein Poltern an der Tür zu hören, sie fuhren herum und wichen einen Schritt auseinander, bevor die Tür aufgerissen wurde. Robert von Uppsala trat ein. Sein Blick richtete sich auf Emme und schien nur zu deutlich ihre innere Unordnung zu durchschauen.

»Es ist Hermann«, sagte er nur. »Zwei Stadtwächter und der Siechenarzt sind hier. Sie sagen, er leide an einer ansteckenden Krankheit und müsse ins Hospital gebracht werden.«

»Woher wollen sie das wissen?«, fragte Emme, wartete die Antwort aber gar nicht ab. An Robert vorbei eilte sie hinaus, öffnete Hermanns Kammer und stieß mit der Tür in den Rücken eines Stadtwächters.

In seiner dunklen, muffigen Kammer beugte sich ein fremder Mann über Hermanns Krankenlager. Hanno kniete am Boden und betete laut, während Rika leise schluchzend am Fenster stand.

Der Mann von der Stadtwache fuhr zu ihr herum. Er maß sie mit kurzem Blick, doch schien die junge Frau in Kittel und Beinlingen ihm nicht besonders gefährlich zu sein, weshalb er sich sogleich wieder abwandte.

»Was geht hier vor?« Ihre Stimme bebte vor Zorn.

»Alles in Ordnung, Bäumchen. Der Herr Doctorus untersucht mich nur, ob mein Leiden für andere gefährlich ist.«

»Aber das hat uns der Medicus doch bereits bestätigt!«, rief sie. »Hört, guter Mann, fragt Euren Kollegen, er wird Euch bestätigen, dass das Leid meines Bruders weder die Luft ringsum vergiftet noch andere Menschen ergreift.«

Der Siechenarzt richtete sich auf. Sein blondes Haar hing ihm in die Stirn, und das kantige Kinn machte eine ruckartige Bewegung in Richtung der beiden Stadtwächter. »Schafft das Weib hinaus!«

Emme wehrte sich gegen die Männer, die sogleich Hand an sie legten. Sie wand sich, versuchte den Mann zu beißen, der sich in ihren Oberarm krallte. Er zuckte zurück, und auch der andere wirkte verunsichert.

»Was fällt euch ein?«, fauchte sie.

»So könnt Ihr die Tochter des Grafen von Ravensberg doch nicht behandeln!«

Überrascht fuhr Emme herum. Neben ihr hatte sich Rika entschlossen aufgerichtet, die Fäuste in die Hüften gestemmt. »Los, schert euch hinaus! Dieser Mann Gottes ist krank, aber wir leben seit Jahren mit ihm unter einem Dach. Wäre die Krankheit giftig, dann wären auch wir siech. Und ein jeder würde ebenfalls sterbenskrank, wenn er sich allzu lange in dieser Kammer aufhielte.«

Bei so viel Widerstand fühlten sich die beiden Stadtwächter sichtlich verunsichert. Doch erst als Berengar und Robert von Uppsala herbeieilten und die Männer am Kragen packten, ließen sie sich ohne Murren aus der Kammer drängen. Sie schienen geradezu erleichtert, als Robert von Uppsala ihnen vorschlug, mit ihm in der Schankstube einen Humpen Bier zu teilen.

Berengar trat von hinten an Emme heran. Sie verschränkte die Arme vor der Brust, spürte seine Nähe im Rücken. Plötzlich bereute sie, was vorhin geschehen war. Noch schlimmer fand sie den Umstand, dass Robert von Uppsala sie beim Küssen ertappt hatte.

Der Siechenarzt richtete sich auf. »Hier ist der Kranke nicht gut aufgehoben«, befand er.

Emme wollte vorspringen, doch Berengar kam ihr zuvor. »Dann sind durch seine Krankheit auch andere gefährdet?«, fragte er, und seine Stimme klang so ruhig, dass sie ihm dankbar war.

Der Siechenarzt kratzte sich das stoppelige Kinn. »Wohl nicht, aber es geht zu Ende mit ihm. In unserem Spital ist er besser aufgehoben.«

Emme wurde die Brust eng. Sie ließ Berengar stehen und sank neben Hermanns Bettstatt auf die Knie. Stumm streichelte sie sein Gesicht, während er sie aufmunternd anlächelte.

Sie hörte nicht, wie Berengar mit dem Arzt diskutierte, sie hörte nicht Rikas schrilles Wehklagen, und die Welt hätte beben können in diesem Augenblick, auch davon wäre ihr nichts im Gedächtnis haften geblieben. Es gab nur Hermann. Ihren Mistelzweig. Seine Hand suchte die ihre, und sie ließ zu, dass er ihre Finger umklammerte, bis sie schmerzten.

»Sie nehmen mich mit«, flüsterte er.

Stumm schüttelte sie den Kopf.

»Doch, das tun sie. Du weißt es, Emme. Sie nehmen mich mit ins Siechenhaus.«

»Aber wie soll ich dich dort pflegen? Wie soll ich für dich sorgen, wenn du am andern Ende der Stadt mit Dutzenden anderer Kranken in einem Raum liegst, nicht einmal im eigenen Bett, vielleicht mit Fremden zusammen auf einem Strohsack ...« Sie barg den Kopf in seiner Hand. Sein Atem rasselte, er streichelte ihren Kopf. »Zahl ihnen, was du entbehren kannst, dann hab ich's dort genauso gut wie hier.«

Aber warum? Was sollte diese Umstandskrämerei? Wieso musste man ihn in dieses fremde Haus schaffen? Keiner von ihnen war krank, es war ein Gift, das seit Jahren in seinem Körper schlummerte.

Sie richtete sich auf, um das Wort an den Siecharzt zu richten. Aber hinter ihr stand nur Berengar.

»Es ist besser so«, sagte er bloß.

Sie starrte ihn an.

»Hör zu – wenn er sich nicht ins Siechenhaus bringen lässt, kommt der Fall vor den Burggrafen von Regensburg. Und der wird nur so entscheiden, wie es seiner Meinung nach das Beste für seine Stadt ist. Wir sind Fremde, Gäste. Durchreisende.«

»Aber ich lasse ihn nicht ins Siechenhaus!« Emme schrie fast und wandte sich in einer heftigen Bewegung zu Hermann um.

Er lächelte nur still. »Doch«, flüsterte er. »Du lässt mich gehen.«

Die Männer saßen ruhig in der Gaststube. Sie würfelten um Pfennige, manchmal blickte einer auf. Keiner grölte, keiner schrie nach einem weiteren Humpen Bier. Als sei mit Abt Hermann auch die Lebendigkeit aus dem Gasthaus gewichen.

Am anderen Ende des Raums saßen Einheimische, hatten sich zusammengerottet und starrten finster herüber. Manchmal trank einer, aber keiner sagte ein Wort.

Berengar beobachtete diese Entwicklung mit Sorge. In den letzten Tagen hatte niemand Anstoß daran genommen, dass die Fremden hier nächtigten. Im Gegenteil, sie waren freundlich aufgenommen worden, und manchen Humpen Bier hatte man geteilt.

Er stand auf und verständigte sich mit Robert durch ein leichtes Nicken. Kaplan Hanno saß dicht neben Radegund, die sich offenbar nicht wohlfühlte in seiner Gegenwart, aber dennoch zuließ, dass seine Hand sich um ihre Taille stahl. Er beugte sich vor und flüsterte ihr etwas ins Ohr, worauf sie zaghaft lächelte.

Brüsk wandte Berengar sich ab und stieg die Treppe hinauf. Er klopfte an Emmes Tür, aber sie antwortete nicht. Vielleicht war sie im Stall. Zuletzt hatte er sie dort angetroffen, nachdem ihr alles zu viel geworden war.

Wie vermutet fand er sie dort. Doch diesmal lehnte sie sich nicht Halt suchend an ihren Braunen, sondern war in den Verschlag seines Rappen geschlüpft, der dunkel wieherte, als er ihn kommen hörte. Berengar blieb vor dem Verschlag stehen.

Sie hockte im Stroh, den Rücken an die kalte Außenwand gelehnt. Als sie ihn bemerkte, hob sie den Kopf, und er glaubte, Tränen in ihren grünen Augen glitzern zu sehen.

Einbildung, dachte er, während er zu ihr trat, seinem Schwarzen beruhigend über die Nüstern strich und neben ihr ins Stroh sank.

»Rika ist heute Nacht bei ihm.«

Sie war verstummt. Der Kampf um Hermann schien sich in dem Verlust zu spiegeln, dass er nicht mehr in der Kammer neben der ihren lag. Sie bewegte sich nicht, neigte sich nur unmerklich Berengar entgegen. Inzwischen trug sie ein Kleid aus weicher, fest gewebter Wolle, das sich an ihren Leib schmiegte. Er legte den Arm um sie, und ihr Kopf ruhte an seiner Brust, während er sie einfach hielt, wie er sie ewig hätte halten können. Sie schniefte nur leise und tat so, als weine sie nicht, sondern habe sich verkühlt.

»Und wenn er heut Nacht stirbt?«

»Wenn er stirbt, lässt Rika dich vorher rufen. Emme, du bist seine Schwester, und du wirst die Letzte sein, deren Antlitz er erblickt, ehe er diese Welt verlässt.«

Sie hob den Kopf und blickte zu ihm auf. »Der Kuss vorhin …«

Er legte ihr einen Finger auf die Lippen. »Nicht.«

»Aber …«

Um sie zum Schweigen zu bringen, küsste er sie sanft auf den Mund. In seinen Armen wurde sie ganz weich. Ihr Zittern nahm zu, und er bekämpfte ihre Angst mit einem langen Kuss, bis sie sich von ihm löste.

Fürsorglich legte er ihr seinen grünen Mantel um die Schultern, umhüllte sie mit seinem Duft und seiner Wärme. Sie schmiegte sich an ihn, und wenig später verrieten ihm regelmäßige Atemzüge, dass sie eingeschlafen war.

Er blieb sitzen und wachte über ihren Schlaf. Ihr Kopf ruhte an seiner Schulter, ihr Körper schmiegte sich an ihn. Was sie taten, war vielleicht nicht verboten, aber zumindest war es nicht recht. Dennoch ließ er sie schlafen, und die Nacht trat zurück. Manchmal kam sein Rappe zu ihm, schnoberte in der Dunkelheit in seinem Haar und zog sich wieder zurück.

Konnte er ihr etwas bieten? Ein Leben an seiner Seite, das ihrer würdig war? Konnte er für sie kämpfen?

In dieser Nacht wollte er es glauben, in dieser Nacht, in der sie in seinen Armen schlief.

Kapitel 13

Der Morgen aber kam, unerbittlich, selbst nach der längsten Nacht des Jahrs. Er weckte sie, als der Sohn des Wirts in den Stall kam, um die Pferde zu versorgen. Emme schüttelte die Müdigkeit ab und stand vorsichtig auf. Die steif gewordenen Glieder schmerzten, doch der Ausdruck in Berengars Blick wog alle Schmerzen auf.

Sie streichelte die Nüstern seines Rappen, ehe sie den Verschlag verließ. Das Herz war ihr noch immer schwer, doch gleichzeitig fühlte sie sich leichter als am Tag zuvor. Sie brauchte Berengar nur anzusehen, wie er vor ihr den Stallgang entlanglief, wie er grüßend dem Sohn des Wirts zunickte, als sei es das Selbstverständlichste der Welt, sich frühmorgens mit einer Frau im Stall aufzuhalten, die seinen Mantel um die Schultern trug.

Sie traten in die Dezemberkälte hinaus. Ihr Atem formte Wölkchen, die in der Luft zu erstarren schienen. Er blickte sie an. »Nun?«, fragte er.

Sie atmete tief durch, bis ihr die Kälte in die Lungen biss. »Ich muss zu ihm«, sagte sie.

Er nickte. »Warte noch – später begleite ich dich zum Hospital.«

»Nein«, widersprach sie. Plötzlich wusste sie ganz genau, was sie tun musste. Auf keinen Fall durfte Hermann auch nur eine Stunde länger in diesem Siechenhaus bleiben; das ließ sie nicht zu.

Er lächelte angesichts ihrer Entschlossenheit. »Du solltest erst frühstücken. Dann kleidest du dich wie eine Dame, damit man weiß, mit wem man es zu tun hat.«

Emme runzelte die Stirn. »Ändert sich etwas, wenn ich angetan mit feinem Geschmeide jenes Haus betrete, in das die Menschen dieser Stadt ihre Lieben bringen, damit sie sterben? Das Haus, in dem die Armen in Einsamkeit warten, bis ihre letzte Stunde schlägt? Ich hätte nicht zulassen dürfen, dass man ihn dorthin bringt.«

Sie wusste selbst nicht, woher sie die Kraft nahm, diese Worte auszusprechen. Aber um nichts in der Welt hätte sie auch nur eines davon zurücknehmen wollen. »Hilfst du mir?«, fügte sie noch hinzu, als falle ihr die Frage erst jetzt ein.

Wie angewurzelt blieb Berengar stehen, wandte sich um und packte Emme am Handgelenk. Es tat weh, aber sie verzog keine Miene, erwiderte trotzig seinen Blick, der in ihrem Gesicht forschte. Vielleicht suchte er darin den Wahnsinn, der ihr diese Frage eingab.

»Hilf mir!«, wiederholte sie flehentlich. »Er darf nicht dort sterben.«

Der Bassunviller zögerte, als sie ihn aber weiterhin unverwandt anblickte, lief ein Ruck durch seinen Körper.

»Gut«, sagte er. »Aber erst isst du etwas. Dann reitest du los und holst ihn.«

Endlich ließ er ihr Gelenk los, das er immer noch umklammert hatte, und sie drückte ihm dankbar die Hand. Schweigend stellte sie sich auf die Zehenspitzen und küsste ihn auf die kratzige Wange.

Im Schankraum erhoben sich die Männer von ihrem Nachtlager, streckten sich und traten steifbeinig vor die Tür, um hinter dem Haus ihr Wasser abzuschlagen. Emme setzte sich auf eine Bank. Der Schlafgeruch eines Dutzends Männer hing noch unterm Gebälk, als der Wirt ihr eine Schale Grütze brachte und sagte, der Graf de Bassunville habe ihn darüber unterrichtet, man werde heute aufbrechen. Ob sie ihm dann wohl die Rechnung begleichen werde. Sie versprach, das Geld zu bringen, sobald sie mit dem Essen fertig sei. Derweil kam Radegund in die Stube und wirkte überrascht, Emme bei guter Laune anzutreffen. Doch sie fragte nicht, wo sie die ganze Nacht gewesen war. Vielleicht war ihr der grüne Mantel des Bassunvillers auch Antwort genug.

Kaplan Hanno setzte sich zu ihnen, und so blieb keine Zeit, Radegund von den neuen Umständen in Kenntnis zu setzen, denn sogleich redete er auf Emme ein.

»Beim Morgengebet habe ich Euch vermisst«, tadelte er. Seit Antritt der Reise bestand er darauf, jeden Morgen und jeden Abend mit allen Reisenden die Gebete zu sprechen. Die Männer hatten sich erfolgreich dagegen gewehrt, doch Emme war keine Ausrede eingefallen, wie sie sich dieser Pflicht hätte entziehen sollen. »Und Eure Zofe hat mir zudem erzählt, Ihr hättet nicht in Eurer Kammer geschlafen.« Er beugte sich vor. »Der Bassunviller lag auch nicht in seinem Bett.«

Emme atmete tief durch. Sie wollte schon darauf antworten, als Berengar an den Tisch trat. »Wenn Ihr uns nicht angetroffen habt, liegt es wohl daran, dass wir unsere Abreise vorbereitet haben. Packt lieber Eure Habseligkeiten zusammen, Kaplan. Wenn die Männer vom Markt zurück sind, werden wir alles auf den Karren verladen und weiterziehen.«

Hanno verschluckte sich fast an der Hafergrütze. »Äh ... ich dachte, wir bleiben zum Christfest in der Stadt ...«

Der Nächste, von dem Emme einen bissigen Kommentar ob der überhasteten Abreise erwartete, war Robert von Uppsala. Er betrat den Schankraum, kam zu ihnen herüber und setzte sich Emme gegenüber neben Hanno. »Wir reisen weiter, habe ich gehört«, sagte er nur.

»Ich hoffe, Ihr seid nicht gekommen, um mir deshalb Vorwürfe zu machen.« Emme löffelte ihre Grütze, obwohl der Appetit ihr abhandengekommen war. Sie lächelte still. Mochten sie alle grollen und murren. Berengar war auf ihrer

Seite. Und er hatte sie geküsst, zweimal sogar. Vielleicht hatte Rika recht. Mut wurde belohnt.

»Vorwürfe? Von mir hört Ihr keinen einzigen Vorwurf. Es sei denn, Ihr wollt mir sagen, dass Euer Bruder weiterhin mit uns reist.«

Sie lächelte noch immer. Heute vermochte nicht einmal der Nordmann sie aus der Ruhe zu bringen. »Wir holen ihn aus dem Siechenhaus.«

»Verzeiht mir, aber Ihr seid von Sinnen, Herrin Emme.« Er schüttelte den Kopf. »Was erhofft Ihr Euch davon? Dass er uns auf der Straße krepiert? Oder wartet Ihr auf ein Wunder, wenn Ihr einen halb toten Leib bis ins Heilige Land schleift?«

Sie blickte auf. Ernst war er, und keine Spur von Zorn las sie in seiner Miene. »Es ist Ludwig, nicht wahr? Ihr verzehrt Euch danach, ihn zu befreien, weshalb Ihr uns Tag für Tag dermaßen hetzt und jagt, dass selbst der stärkste Mann und das kräftigste Pferd über Erschöpfung klagen würden, wenn Ihr nur zuhören würdet. Und glaubt mir, meine Brüder liebe ich, den einen wie den anderen. Mir zerreißt es jeden Tag schier das Herz, wenn ich an Ludwigs Schicksal denke. Aber zugleich sehe ich Hermann leiden, und ich sähe ihn noch schrecklicher leiden, ließe ich ihn im Siechenhaus zurück. Ihr habt ein Ziel, Herr von Uppsala: den Freikauf meines Bruders Ludwig. Den will ich auch. Aber ebenso sehr will ich meinem anderen Bruder seinen letzten Wunsch erfüllen, ins Heilige Land zu pilgern, denn er erhofft sich genau dieses Wunder. Wer bin ich, ihm diese letzte Hoffnung zu nehmen?«

Robert von Uppsala starrte sie an. Schließlich hielt er ihrem Blick nicht länger stand. Er neigte den Kopf, das blonde Haar umschmiegte seine Wangen. »Ihr habt recht«, murmelte er schließlich. »Ich sehe zu oft meine eigene Schuld und vergesse, wie ich Euch dienen kann.«

»Dann dient mir, denn ich brauche alle Kraft und vor allem Eure Erfahrung, um unsere Reisegruppe heil nach Outremer zu führen.«

Er nickte. »Ich tue alles für Euch«, versprach er. Seine Hand fuhr über den Tisch, und er zögerte, ehe er ihre Finger umfasste. »Alles, Herrin Emme.«

Sie erstarrte. Seine Berührung durchfuhr sie, aber es war anders als bei Berengar. Etwas in ihr erschrak vor Robert von Uppsala.

Unsinn, sagte sie sich. Bestimmt war es nur die Müdigkeit, denn gut geschlafen hatte sie nicht an Berengars Schulter. Bloß das Glück, das konnte sie den ganzen Tag nicht aus dem Gesicht wischen.

Rika hatte neben seinem Strohlager geschlafen, auf dem nackten Steinboden, weil ihr die Brüder keine Matratze zugestanden hatten, schließlich hatte sie nicht dafür bezahlt. Seine Matratze war dünn, sie stank und ließ die Kälte des Bodens durch, sodass er die halbe Nacht wach lag. Irgendwann kroch sie neben ihn, aber der Platz war knapp, und da er unmittelbar an der Wand lag, in der Ecke des Raums, rutschte sie irgendwann von der Matratze und schmiegte sich in ihren Mantel. Er lag auf dem Rücken und lauschte dem Rasseln in der Brust, das mit jedem Atemzug aufstieg und sank.

Es war nie still in diesem hohen, kalten Raum. Immer wieder stöhnte einer, oder ein anderer klagte laut, weil ihn die Schmerzen quälten. Still bewegten sich Schatten zwischen den Reihen der Siechen, verteilten Kräutersud und machten Umschläge, verabreichten Medizin und spendeten Trost.

Nur ihn ließen sie in Ruhe, als gehöre er nicht zu denen, auf deren Überleben man hoffte. Irgendwann begann er zu beten, lauschte auf die Glockenschläge von einer nahen Kirche und schloss jeden in seine Gebete ein, an den er sich zu erinnern vermochte. Er hoffte, irgendwo betete auch jemand für ihn.

Als die Nachtschatten dem Morgen wichen, kam Bewegung in den Saal. Sieche erhoben sich und schlurften in einen Nebenraum, in dem ihnen ein Morgenmahl gereicht wurde. Andere, die nicht mehr aufstehen konnten, warteten, bis ihnen etwas gebracht wurde. Rika blinzelte den Schlaf aus den Augen, streichelte ihm stumm die Schulter und stand auf, um sich um sein Frühstück zu kümmern. Beide wussten, was Emme nicht hatte erfahren dürfen: dass er kaum aß, dass sein Körper unter der Kutte mit jedem Tag weniger wurde, dass er das Schwammige, Volle verlor und sich mit jedem rasselnden Hustenanfall mehr verzehrte.

Sie brachte ihm Brot und Grütze, aber weil er nur wenig Hunger hatte, aß sie das meiste, dicht neben ihm. Er liebte ihre Fülle, sie wurde nie satt. Hoffentlich kam Emme bald. Er musste ihr auftragen, gut für Rika zu sorgen, wenn er nicht mehr war.

Und es würde nicht mehr lang dauern. Er war zu schwach, um aufzustehen, und Rika schaffte es nicht allein, ihn auf die Füße zu stellen. Sie bat einen der mildtätigen Brüder um Hilfe, doch beschied er ihr nur, da müsse sie warten, bis für diesen Dienst bezahlt sei. Dabei hatte sie ihm gestern drei Silberpfennige gegeben, die sie von Emme erhalten hatte, doch schien das Geld bereits mit der Matratze und der dünnen Decke aufgezehrt zu sein.

»Eins versteh ich nicht.« Rika blies auf den Brei, bevor sie ihm den Löffel hinhielt. Gehorsam schluckte er. »Warum liegen wir mit allen anderen Kranken im großen Saal, wenn doch deine Krankheit so ansteckend ist, dass du nicht in deiner Kammer im Gasthaus bleiben darfst?«

Müde schloss Hermann die Augen. Er wusste die Antwort nicht, aber eine Ahnung hatte ihn schon gestern beschlichen, und die gefiel ihm nicht. »Vielleicht wollte mich jemand aus dem Weg haben.«

Er dachte an den Bassunviller. Den er oft aufmerksam beobachtet hatte, weil Emme sich so häufig im Sattel nach ihm umgewandt hatte. Weil sie in seiner Gegenwart ganz anders wurde. Weicher. So hätte sie als Schwester ihm gegenüber sein sollen, aber nur der Bassunviller brachte diese Veränderung zustande. Hermann neidete ihm Emmes Aufmerksamkeit, denn er befand, der Mann habe nichts getan, um ihre Zuneigung zu verdienen.

Ehe er sich in diese brütenden Gedanken weiter vertiefen konnte, trat just in diesem Augenblick der Bassunviller ein. Er entdeckte Hermann und eilte zu ihm, kniete an seinem Krankenlager nieder und griff ungefragt nach seiner Hand. »Wollt Ihr zurück zu Eurer Schwester?«, fragte er, worauf Hermann nur stumm nickte. »Könnt Ihr laufen?«

Er versuchte es. Der Bassunviller stützte ihn, damit er sich aufrichten konnte, und er stützte sich schwer auf diesen Mann, dem er noch vor wenigen Augenblicken um ein Haar schlimme Leiden an den Hals gewünscht hätte. Rika folgte den beiden, ebenso ratlos wie Hermann, was es mit dem überstürzten Aufbruch auf sich haben mochte.

»Wohin?«, fragte der Kranke atemlos.

»Aus Regensburg hinaus. Eure Schwester erträgt es nicht, Euch einen Tag länger im Siechenhaus zu lassen, und ich muss ihr darin recht geben. Da seid Ihr auf der Straße noch besser aufgehoben als in diesem Hort giftiger Krankheitsdämpfe.«

Bei den Worten des Südländers musste Hermann lächeln. Sie gelangten in den Vorraum, wo sich ihnen der Siechenarzt in den Weg zu stellen versuchte.

»Mein Patient ist noch nicht wieder gesund«, wandte er ein, doch der Bassunviller schob ihn einfach beiseite. »Und seine Krankheit erfasst jeden, der sich ihm nähert.«

»So?« Jetzt hatte der Bassunviller genug. Er winkte Rika, die ihm sogleich zur Seite sprang. Hermann legte ihr den Arm über die Schultern und versuchte, sich nicht zu schwer auf sie zu stützen. Dennoch ächzte sie unter seinem Gewicht.

»Wenn Ihr meint, die Krankheit sei so ansteckend, warum habt Ihr den Herrn Abt dann mit den anderen Siechen in einen großen Saal gelegt? Man könnte glauben, Euch sei daran gelegen, die Kranken noch kränker zu machen. Oder Ihr glaubt selbst nicht an die Mär eines todbringenden Bluthustens, der jeden befällt, sobald er zu lange in der Nähe dieses Kranken weilt.«

Der Bassunviller holte Luft und wollte noch mehr sagen, doch da wurde der Siechenarzt leichenblass. »Ich ... es ist nur ...« Er schien sichtlich in Bedrängnis zu geraten. Nun sollte der Ritter nur noch ein wenig nachhaken, um die wahren Hintergründe dieser überaus merkwürdigen Angelegenheit zu erfahren, dachte Hermann. Doch der zuckte bloß mit den Schultern.

»Darum werden wir Euer ungastliches Haus und diese unglückliche Stadt hinter uns lassen, in der uns weder geholfen noch ein sicheres Obdach gewährt wurde, sondern wo man versuchte, einen wichtigen Mann zu ermorden. Seid froh, dass wir in einer dringlichen Angelegenheit unterwegs nach Outremer sind, sonst ...« Statt den Satz zu vollenden, löste er Rika wieder ab, die von Hermanns Gewicht sichtlich erschöpft war. Sie verließen das Haus, und die Schellen der Leprösen waren ihre Musik, als der Bassunviller ohne viel Federlesens Hermann in die Sänfte hob, die wieder zwischen den Pferden hing.

»Danke«, konnte er nur flüstern, ehe er in die Kissen sank. Rika hielt ihm das blutbefleckte Tuch hin, in das er die ganze letzte Nacht gehustet hatte.

Es war mehr rot als weiß.

Kapitel 14

Sie warteten vor dem Roselinttor, bis die vier Reiter und die von zwei Pferden getragene Sänfte sich aus dem Schatten der Stadtmauer lösten und ihnen entgegenstrebten. Erst dann traute sich Emme durchzuatmen und Robert von Uppsala anzulächeln.

»Sie haben es geschafft!«, jubelte sie, hieb dem Braunen die Fersen in die Flanken und galoppierte ihnen entgegen.

Aber es blieb keine Zeit, die Wiedersehensfreude auszukosten. Berengar mahnte zur Eile, und in dieser Hinsicht war er sich ausnahmsweise mit Robert einig. Also beschränkte Emme sich darauf, kurz Hermanns Hand zu halten. Sie sah, dass das Leinentuch in seiner Linken blutig war, und zog ein frisches unter ihrem wattierten Wams hervor. Erst dann stieg sie wieder in den Sattel, lächelte ihm aufmunternd zu.

Doch im Herzen blieb sie bang, und den ganzen Weg über hielt sie sich dicht neben der Sänfte, während Rika auf der anderen Seite barfuß einherstolperte. Der Aufenthalt in Regensburg hatte mehr gekostet, als gut für sie war, und als Berengar sie zur Non fragte, ob sie mit ihm auf die Hasenjagd gehen wolle, um die Vorräte aufzustocken, trennte sie sich schweren Herzens von ihrem Bruder.

Sie holten Pfeile und Bogen vom Wagen, die in einem genähten Futteral sicher verwahrt waren. Die Sehnen trug Emme immer am Körper, damit sie in der Winterkälte nicht brüchig wurden. Sie wandten sich vom Fluss ab, an dessen Lauf der Weg schnurstracks nach Südosten führte, und ritten in den Wald hinein.

Das Jagdglück war ihnen hold, und sie schossen drei Hasen. Berengar stieg jeweils vom Pferd und sammelte die

Beute auf. Emme stützte sich auf ihren Sattel und beobachtete ihn. Sie konnte sich nicht sattsehen an seinen Bewegungen, und sei es nur, dass er ihren Pfeil aus dem Leib des toten Tiers zog, ihn von der Spitze bis zum gefiederten Ende überprüfte, ehe er ihn ihr wieder heraufreichte.

»Das sollte erst einmal als Vorrat genügen«, erklärte er und blieb neben ihrem Braunen stehen. »Reiten wir wieder zum Tross!«

Sie wollte noch nicht zurück. Wollte nicht erneut die Bürde der Verantwortung für den Zug nach Outremer übernehmen.

»Lass uns nur noch ein Weilchen hierbleiben!«, schlug sie vor. Ihre Hand sank nieder, er nahm sie, und dann war es ganz einfach. Er half ihr aus dem Sattel, sie ließ den Braunen stehen, der sogleich zu grasen begann, ergriff seine Hand und ging einige Schritte, ehe sie sich an ihn schmiegte. Seine Arme und sein Mantel umschlossen sie. Sein Geruch kitzelte sie in der Nase, Männerschweiß, Rauch, Pferd und der süße, wilde Blutgeruch, die sich zu einem unwiderstehlichen Aroma vereinten. Sie barg das Gesicht an seiner Brust. Wieder musste sie an Hermann denken, an das Blut, das er spie.

»Ich wünschte, wir wären die Einzigen auf dieser Reise«, flüsterte sie und bereute schon im nächsten Moment ihre Worte.

»Ich weiß.« Er drückte seinen Mund auf ihren Scheitel und atmete tief durch. »Lass uns einfach eine kleine Weile hier stehen, ohne dass wir an die Verantwortung denken.«

Sie hielt es nicht lange aus. Kurz darauf saßen sie wieder in den Sätteln und ritten den Gefährten hinterher.

Kurz bevor sie sie eingeholt hatten, parierte Berengar seinen Rappen durch. »Komm heute Nacht zu mir!«, sagte er leise.

Sie blickte ihn an. War es ihm so ernst? Sie ließ ihn hinter sich und schloss zu den anderen auf.

Sie wurden mit großem Hallo begrüßt, und die erfolgreiche Jagd bestimmte die Gespräche an diesem ereignislosen Reisetag, an dem der Himmel sich niedrig über den Köpfen duckte, als wolle er sich zu ihnen herabneigen und den einen oder anderen zu sich hinaufheben.

Wenige Stunden später erreichten sie einen einsam gelegenen kleinen Hof und beschlossen, um ein Nachtlager zu bitten. Der Bauer war bereit, gegen klingende Münze in seinem Stall Platz zu schaffen, und so fanden alle unter dem Dach des Hofs ein Plätzchen. Die Reisenden steuerten zudem genügend Fleisch und Zwiebeln, Getreide und Rüben aus ihrem Vorrat bei, sodass die Bäuerin einen dicken Eintopf kochen konnte, von dem sowohl die drei Kinder und die Eltern des Bauern als auch zwei Knechte und die Magd satt wurden. Der Zungenschlag dieser Menschen klang noch fremder in Emmes Ohren, als es bei den Regensburgern der Fall gewesen war. Nicht mehr lange, und sie käme mit ihrer eigenen Sprache nicht mehr weit. Dann bliebe ihr nur noch das Französische und die Hoffnung, auf Menschen zu treffen, die dieser Sprache mächtig waren.

Ihre Hoffnung, sie könne sich an diesem Abend zu Berengar stehlen, wurde enttäuscht. Die Bauersleute waren peinlich darauf bedacht, den Höchstgestellten die besten Räume zuzuweisen, und da Emme eine Grafentochter war, wurde sie in die Kammer gesteckt, in der sonst die Alten schliefen, die dafür ohne Murren zu den Jungen zogen. Nur seine Bauersfrau selbst schien nicht so recht damit einverstanden zu sein, denn sie meinte, ein Herr Abt müsse doch ebenso eine eigene Kammer und ein eignes Bett haben wie eine Grafentochter.

Emme befreite die guten Leute von ihrem Konflikt. Sie verkündete, Hermann könne bei ihr schlafen, wie sie es als Kinder doch bereits getan hätten. Der Bruder pflichtete ihr sogleich bei, das sei eine wunderbare Lösung, und schließlich war's beschlossen. Während Berengar und Robert es sich mit den Kriegern im Stall oder in der Stube bequem machten, verschwanden Rika und Radegund mit den Mägden in der Küche, wo sie's auf den Bänken zumindest über Nacht schön warm hatten.

Emme wartete, bis Hermann sich ächzend ins Bett gelegt hatte. Fürsorglich fragte sie ihn, ob er mit allem versorgt sei.

»Mir ist kalt«, murmelte er.

»Das ändern wir bald«, versprach sie ihm. »Ich wärme dich.«

Das müde Lächeln, das er ihr im schwachen Schein des Pechlichts schenkte, erwiderte sie so aufmunternd wie möglich. Dann entkleidete sie sich rasch, bis sie nur noch das Unterhemd trug, und schlüpfte zu ihm unter die Decke. Sie lag links, er rechts, und sie wandten einander Gesicht und Körper zu. Emme hatte beide Hände unter eine Wange geschoben und betrachtete ihn. So hatten sie vielleicht einst in der Wiege beisammengelegen, und gewiss waren sie sich schon im Mutterleib so nahe gewesen, Gesicht an Gesicht, bis die Geburt sie getrennt hatte.

»Bist du müde?«, flüsterte sie.

Er nickte, schüttelte gleich darauf aber den Kopf, als falle ihm ein, dass ihm nicht nach Schlaf zumute sei. »Ich möchte die ganze Nacht mit dir wach liegen.«

Sie zog die Hände unter der Wange hervor und umschloss seine Wangen. Er blinzelte bloß, und seine Augen glänzten feucht. »Was soll ich tun, wenn der Bluthusten kommt?«

Wieder glitzerte es in seinen Augen, und sie erkannte, wie mühsam er die Tränen zurückdrängte. Ihre Fürsorge und ihre Nähe stürzten ihn in Verlegenheit, und auch sie fühlte sich seltsam befangen. Sie zog die Hände zurück, schloss die Augen, und tief ein- und ausatmend stellte sie sich schlafend.

Sie wusste nicht, ob er das wirklich glaubte, aber seine Stimme war kaum mehr als ein Hauch. »Halt mich fest!«

Sie rückten näher zusammen, und ihr Arm legte sich um seinen Leib. Vor Wochen noch, als er nach Ravensberg gekommen war, war sein Körper eher füllig gewesen. Davon war nichts geblieben, und sie spürte unter dem kratzigen Stoff der Kutte seine Knochen, die zart waren wie die eines Vögelchens. »Schlaf!«, murmelte sie.

Dann war sie tatsächlich in die Welt der Träume hinübergeglitten.

Um die dritte Nachtstunde durchbrach sein Husten die Stille der Nacht. Emme schrak hoch, das Pechlicht war erloschen, stockfinster war es in der Kammer, und ihre Hände suchten nach Hermann, der sich mit Beginn des Hustenkrampfs von ihr abgewandt hatte, um sie nicht im Schlaf zu stören oder um einfach die Laute zu ersticken, die in seiner Lunge tobten und daraus aufstiegen. Sie hielt seine Schultern, flüsterte beschwichtigend seinen Namen, aber als er nur nach Luft ringend auf der Seite lag, bekam sie's mit der Angst zu tun.

»Sag doch etwas!«, flehte sie, und ihre Hände schoben sich nach vorn, umschlossen seinen leichten Körper mit beiden Armen. »Sag doch etwas!« Stumm schüttelte er den Kopf, weil es keine Worte mehr gab für das Schreckliche, das ihm widerfuhr. Ein neuerliches Husten und Keuchen schüttelte seinen Körper, schüttelte ihren Körper mit dem seinen, und sie spürte etwas Heißes, das ihre nach oben gehobene Handfläche traf und träge daran hinablief. Sie tastete im Dunkeln nach einem der Tücher, die ihm nun zum ständigen Begleiter geworden waren. Seine Finger fanden ihre Hand, pressten den nassen, warmen Lappen hinein, und vor Schreck schrie sie auf.

Sie verharrten reglos. Sein Atem rasselte im Brustkorb, und sie war ebenso atemlos. Der eigene Herzschlag dröhnte ihr in den Ohren, und der seine flatterte unter ihrer Hand, die sie ihm auf die Brust drückte, als wolle sie damit Blut und Husten in ihm zurückhalten. Irgendwo im Haus hörte sie Stimmen, dann schwere Schritte auf der Stiege. »Verzeih«, flüsterte sie, »ich wollt nicht schreien …«

Er legte seine Hand auf die ihre. »Weine nicht!«

Sie schluchzte auf. Warum hatte sie ihn nicht so beschützt, so umsorgt, wie er's verdiente? Warum hatte sie mit ihrem Schrei das ganze Haus geweckt? Warum lagen sie jetzt reglos aneinandergepresst und warteten, dass jemand die Kammer betrat? Zitternd atmete Emme durch.

Die Tür öffnete sich. Schwaches Licht drang aus dem zugigen Flur herein, und flackernde Schatten huschten über die Wände. »Emme?«

Vor Erleichterung seufzte sie auf. Ihr Griff lockerte sich. »Berengar.«

Sie spürte, wie Hermann sich in ihren Armen versteifte, und sogleich begriff sie: Er wollte nicht so gesehen werden, schon gar nicht von dem Ritter, den er als krasses Gegenstück zu sich empfinden musste: gesund, stark, mutig.

»Berengar, kannst du uns das Licht lassen? Kannst du es auf den Boden stellen?«

Er schwieg kurz. »Ist alles in Ordnung bei euch?«

Sie nickte, ohne sich zu ihm umzudrehen. Hermann wurde weich in ihren Armen. Beruhigend fuhr ihre Hand über seine Brust, sie summte leise.

»Ich hörte dich schreien.«

»Es war so dunkel, und ich hatte einen bösen Traum.«

Er blieb noch eine Weile stehen, dann hörte sie, wie er das Schälchen mit dem Pechlicht auf den Boden stellte. »Wenn ihr mich braucht …«

»Ja. Danke.«

Erst nachdem er die Tür hinter sich zugezogen hatte, als seine Schritte auf der Stiege längst verhallt waren, rührte Hermann sich. Behutsam löste Emme sich von ihm, schob ihm ein Kissen unter den Kopf, half ihm auf und besah sich die Folgen des Hustenanfalls.

Er war blutbesudelt, und das Tuch war rot durchtränkt.

»Ist dir wieder besser?«, fragte sie leise, und er nickte stumm. Atmete tief durch. Der Blutsturz war vorüber, und er lebte noch.

»Wir müssen dich säubern.« Sie stand auf. Da erst bemerkte sie die Blutflecken auf ihrem Hemd. Krug und Waschschüssel hatte die Bauersfrau ihnen hingestellt, und Emme wusch den befleckten Lappen aus, ehe sie Hermanns Gesicht, Hände und Brust reinigte. Er lag ganz still, beobachtete sie aus halb geöffneten Augen. Sein Atem ging wieder ruhig, aber unter der Haut war die Hitze erwacht. Er fieberte.

Sie gab ihm einen neuen Lappen. Besorgt beobachtete sie ihn, aber er hatte die Augen geschlossen.

In ihrer Satteltasche fand sie ein leidlich sauberes Unterhemd. Sie zog das befleckte Kleidungsstück über den Kopf und warf es in das Waschwasser. Es sog sich voll, wirkte rosig wie Hundsrosen, wenn sie das erste Mal ihre Knospen öffneten, daheim, an der Mauer der Ravensburg. Emme zog das neue Hemd rasch über.

»Du bist schön geworden«, wisperte ihr Zwillingsbruder.

Sie wandte sich halb zu ihm um.

»Davon träumte mir manches Mal«, fuhr er fort. »Wie du zur Frau wurdest. Wie du wohl unter der Kleidung aussiehst. Ich erinnerte mich daran, wie du als kleines Mädchen warst, mit deinen Zöpfen, die dir deine Amme um den Kopf wickelte und feststeckte. Wie es aussähe, wenn du das Haar lösen würdest und …«

Als er nicht weitersprach, trat sie wieder zum Bett. Das Hemd reichte ihr bis zu den Knien, es war aus Wolle und wärmte sie angenehm. Sie kroch unter die Decke, schmiegte sich an den Bruder. »Ich hab dich all die Jahre vermisst«, wisperte sie. »Deine Amme, die Elisabeth, die sagte immer, ich sei nicht gut für dich, und darum hielt ich mich von dir fern. Ich wollte dir nicht schaden. Darum hängte ich mich an Ludwig, und darum lernte ich alles, was du nicht lernen konntest, weil du immer so müde warst.«

»Ich habe ihn stets beneidet«, gab er zu.

Emme schluckte schwer an diesem Geständnis. Sie wusste nicht, was sie darauf erwidern sollte, und so lagen sie den Rest der Nacht halb wach, halb schlafend unter der Decke, und sie wärmte seinen Körper, wenn der Schüttelfrost ihn packte, und legte ihm feuchte Tücher auf die Brust, wenn das Fieber stieg.

Es geschah in einer Stunde des Fiebers, dass er ihre Hand ergriff und festhielt. »Lass mich gehen!«, flüsterte er. »Lass los, Emme!«

Danach weinte sie sich in einen erschöpften Schlaf.

Kapitel 15

»Wie kann ein Mensch bloß so lange fürs Sterben brauchen?«, murmelte Robert. Berengar beobachtete Emme, die aus dem Sattel sprang und sich in die Sänfte hineinbeugte, in der ihr Zwillingsbruder sich Blut und Seele aus dem Leib hustete. Der Tross war wieder einmal zum Stehen gekommen, und die Krieger nutzten die Pause auf ihre Weise und schlugen sich ins Gebüsch, während Robert seinen Braunen neben Berengars Rappen trieb und mit finsteren Blicken beobachtete, was ringsum geschah.

»Es kann nicht mehr lange dauern«, sagte Berengar leise. »Lass sie!«

»Klug wär's gewesen, wir hätten ihn in Regensburg oder bei den Bauersleuten zurückgelassen. Die hätten ihn schon zu Tode gepflegt, und die dicke Zofe hätte auch dort bleiben sollen.«

Robert nickte zu Rika hinüber, die, auf den Karren verbannt, neben Hanno saß und wie üblich auf ihrem Zopf herumkaute. Ihre Augen waren völlig verheult, und das seit Tagen. Seit die Schwester beschlossen hatte, Hermanns Pflege obliege allein ihr.

Der Hustenanfall war vorbei, sie stieg wieder in den Sattel und gab das Zeichen zum Weiterreiten. Zwei Krieger stürzten aus dem Unterholz hervor, in das sie sich in der Wartezeit geschlagen hatten. Dem einen hing die Bruche halb zwischen den Beinen, und er musste sich den derben Spott seiner Kameraden anhören, dass er nicht schnell genug geschissen habe.

Berengar missfiel Emmes Fürsorge aus anderen, ganz und gar eigennützigen Gründen. Seit sie Regensburg verlassen hatten, fand sich keine Gelegenheit mehr, mit ihr allein zu sein. Sie wachte halbe Nächte bei ihrem Bruder, und die Müdigkeit grub Spuren in ihr ebenmäßiges Gesicht. Manchmal schwankte sie im Sattel, als habe sie jeden Halt verloren und werde gleich zu Boden stürzen.

Aber sie ritt weiter und trieb alle zu noch größerer Eile an. An diesem Tag wollten sie Passau erreichen, und Emme hatte einen Reiter vorausgeschickt, der in der Bischofspfalz vorsprechen und für einige Tage um ein Nachtlager bitten sollte.

Berengar vermisste sie. Und ja, er neidete dem Sterbenden ihre Fürsorge. Zwar schalt er sich einen Narren, doch änderte es nichts daran, dass er liebend gern der Mann gewesen wäre, dem ihre ganze Sorge galt.

»Ist es noch weit?« Radegund, die inzwischen ebenfalls ein Pferd bekommen hatte, auf dem sie recht anständig saß, ritt neben dem Bassunviller. Robert fiel zurück.

»Nur noch zwei Stunden, schätze ich.«

Sie nickte.

Auch Radegund war durch Emmes Entscheidung, die Nächte bei ihrem Bruder zu verbringen, in eine neue Lage geraten, die sie aber mit erstaunlichem Langmut meisterte. Zumeist schlief sie gemeinsam mit Rika bei den Männern im großen Raum, weil Emme befand, es sei Geldverschwendung, für zwei Zofen eine eigene Kammer zu mieten. Doch anderweitig gab sie das Geld mit vollen Händen aus; fast schien es, als eile ihr der Ruf einer Verzweifelten voraus, denn in jedem Dorf, in jedem Städtchen, in dem sie eine Rast einlegten, versammelten sich Leute, die behaupteten, heilkundig zu sein, und der weit gereisten Dame und ihrem Bruder zahllose Tinkturen, Kräuter, Salben und Säfte gegen den Bluthusten anboten. Emme feilschte nur mit halbem Herzen, sie raffte an sich, was sie bekommen konnte, als könne irgendetwas den Tod von der Schwelle vertreiben, auf der er Nacht für Nacht lauerte.

»Kannst du heute Nacht beim Herrn Abt bleiben?«, fragte der Bassunviller die junge Frau. »Deine Herrin ist müde, sie braucht Erholung.«

Radegund nickte eifrig. Für Emme hätte sie alles getan.

Er hoffte nur, Emme werde darauf eingehen, wenn er ihr vorschlug, sich wenigstens eine Nacht lang Erholung und Schlaf zu gönnen.

Sie erreichten Passau im letzten Licht des Tags. Blau war die Luft, und sie schmeckte frisch und nach Schnee. Der Berittene, den Emme vorausgeschickt hatte, erwartete sie am Stadttor und teilte mit, der Bischof sei vor Kurzem im Heiligen Land verstorben, doch sein Nachfolger, Wolfger von Erla, heiße sie von Herzen in seinem Haus willkommen.

Die Gassen Passaus ragten eng und hoch rings um die Ankömmlinge auf, und doch lief ein Aufatmen durch ihre Reihen. Wieder war eine Etappe bewältigt, wieder konnten sie ausruhen, ehe sie schon bald das Herzogtum Bayern hinter sich lassen und das Land der Babenberger durchqueren würden. Mancher fragte sich, wie weit es wohl noch sein mochte bis ins Heilige Land, ohne eine Vorstellung von der Weite der Welt jenseits des Reichs zu haben.

Aber nun war es an der Zeit, den Staub von Stiefeln und Gesichtern zu waschen, im Bischofspalast zu speisen und zu saufen, die Huren der Stadt mit einem Besuch zu beehren und das Leben zu feiern. Ja, man musste das Leben feiern, wenn der Tod als Begleiter mitreiste.

»Ihr müsst die Gräfin Emme von Ravensberg sein. Ich habe Euch schon erwartet.«

Der das sagte, stand licht und hell vor ihr, als Emme verschwitzt und mit Straßenstaub bedeckt aus dem Sattel stieg. Das blonde Haar reichte ihm lockig bis auf die Schultern, die Augen waren von einem so strahlenden Blau, dass alles um ihn herum verblasste, und seine schmale Nase kräuselte sich anmutig, wenn er lächelte. Und er lächelte, als sei sie die Schönste, die er jemals erblickt habe.

Sie blickte zu ihm auf. »Und Ihr seid …?«

Er verbeugte sich artig und mit weit ausholender Bewegung. »Albrecht von Johansdorf, Euch zu Diensten, hohe Dame. Des Bischofs Diener bin ich wie auch der Eure.«

Seine Worte stürzten sie in Verlegenheit. So lange war sie schon auf den Straßen unterwegs, dass ihr höfische Umgangsformen gänzlich entglitten waren. Als er ihr nun die Hand reichte, um sie in den Palast zu geleiten, zögerte sie. »Verzeiht, aber mein Bruder bedarf ärztlicher Hilfe.«

»Dann werde ich mich freilich sogleich darum kümmern.« Er winkte zwei Männern, die in der Nähe herumlungerten, wies sie an, Hermann in die Gastgemächer zu geleiten und den Medicus des Bischofs zu rufen, damit dieser den Kranken untersuche. »Seid Ihr nun zufrieden, edle Dame? Gewährt Ihr mir die Ehre, Euch in die bescheidene Hütte des Dieners Gottes zu führen?«

Lachend legte sie Albrecht die Hand auf den Unterarm, blickte dann aber besorgt zurück. Die beiden Männer, die Hermann aus der Sänfte halfen, gingen jedoch behutsam zu Werke, und Rika sah ihre Gelegenheit gekommen, sich wieder zwischen die Geschwister zu drängen.

»Ihr habt einen weiten Weg hinter Euch, soweit ich's vernahm, und einen viel weiteren habt Ihr noch vor Euch.« Eleganten Schritts geleitete der Johansdorfer Emme über den Hof, so als wandelten sie durch einen sommerlichen Rosengarten. »Kürzlich erst bin ich aus Outremer zurückgekehrt, nachdem unser Bischof dort vor Akkon verstarb.«

»Ja, Ihr erwähntet es bereits, und es betrübt mich, dies zu hören«, murmelte Emme. Der hübsche Mann erregte zunehmend ihre Aufmerksamkeit. Outremer hatte er gesehen, da wusste er bestimmt viel zu erzählen. »Dann ist der Bischofsstuhl also verwaist?«

»O nein! Natürlich wurde sogleich ein neuer Würdenträger berufen – Ihr werdet ihn bald kennenlernen. Wolfger von Erla heißt er und ist ein guter Mann. Er wird Euch gefallen.«

Während er so gefällig plauderte, führte er sie ins Innere der Bischofspfalz und eine breite Treppenflucht hinauf zu den Gemächern, die den edlen Gästen vorbehalten waren. Linker Hand betraten sie einen Raum, in dem bereits zwei Mägde eilig die Daunendecken aufschüttelten. »Wir haben nicht so früh mit Eurer Ankunft gerechnet, daher verzeiht bitte die Unordnung. Natürlich stehen die beiden holden Mädchen ganz zu Eurer Verfügung, und sollten Eure Wünsche die Grenzen ihrer Befugnisse überschreiten, dann fühlt Euch frei, mich darum zu bitten.« Er zwinkerte ihr zu.

Emme spürte, wie sie errötete.

»Und nun lasse ich Euch allein, obwohl ich gar zu gern sähe, welch schöne Formen Ihr unter Eurer Männerkleidung verbergt.« Trotz seiner dreisten Worte schaffte der Johandorfer es, mit einer galanten Verbeugung die Anzüglichkeit so stark abzumildern, dass Emme laut lachen musste. »Ich hoffe, Eure Reisetruhen bergen auch ein hübsches Kleid, das Ihr heute Abend mir zu Ehren tragen werdet, wenn ich Euch zu Tisch führe.«

Ehe sie darauf noch etwas erwidern konnte, zog er sich zurück. Die Mägde kicherten, und die eine knuffte die andere, ehe sie unter Emmes scharfem Blick die letzten Kissen nur noch eifriger aufschüttelten.

Nicht lang darauf lag Emme in einem riesigen Badezuber. Das Wasser war heiß, und eine Magd goss dampfendes Wasser nach. Ihre Reisetruhe war inzwischen heraufgeschafft worden, und Radegund verteidigte eifersüchtig ihre liebsten Aufgaben vor dem Zugriff der Mädchen, die sich darum rissen, einer Gräfin von Ravensberg zu Diensten zu sein, obschon sie keine Ahnung hatten, wo dieses Ravensberg lag.

Nachdem Emme gebadet war, nachdem ihr Haar ausgekämmt und frisiert worden war und sie sich angekleidet hatte, verließ sie ihr Gemach. Im Gang stieß sie auf Robert von Uppsala, dessen Gesicht ein Lächeln erhellte, als er sie erblickte. »Die Rose von Ravensberg«, begrüßte er sie. »Ihr seht wahrhaftig aus, wie man sich eine edle Dame nur erträumen kann.«

»Wisst Ihr, wo mein Bruder untergebracht wurde?«, fragte Emme. Er wies ihr den Weg, und sie musste ihm versprechen, beim Gastmahl neben ihm Platz zu nehmen.

Sie klopfte an die Tür von Hermanns Gemach und wartete. Rika streckte den Kopf heraus, und als sie Emme erblickte, wurde ihre Miene finster. »Der Medicus ist bei ihm«, erklärte sie knapp.

»Ich möchte trotzdem zu ihm«, forderte Emme entschlossen.

Rika machte ihr Platz, da ihr wohl kein rechter Grund einfiel, ihrer Herrin den Zutritt zu verwehren. Hermanns Gemach war ähnlich wie das ihre prachtvoll eingerichtet. Er saß aufrecht im Bett, eingehüllt in dicke Decken und Felle bis unter die Arme, während ihm Daunenkissen den Rücken stützten. Aufmerksam lauschte er den Ausführungen des hutzeligen kleinen Medicus, der gerade einen merkwürdigen Gegenstand aus einem Kasten hervorzog und in den Händen drehte.

»Emme! Sieh dir das an, dieser Herr Medicus hat etwas ganz Wunderbares, das uns beiden die Nächte erleichtern wird.«

Rika verzog den Mund, wohl weil sie geglaubt hatte, mit der Ankunft in Passau sei sie wieder für Hermanns Nächte verantwortlich. Emme raffte die ungewohnten langen Röcke ihres Kleids und trat näher. Der Medicus neigte den Kopf. Kahl war sein Schädel, von Altersflecken überzogen, und sein Bart war fleckig grau. »Gräfin von Ravensberg, ich zeigte Eurem Bruder gerade, wie ein solcher Schlafschwamm zu verwenden ist.«

Sie nahm den steinförmigen Gegenstand entgegen. Verwundert wog sie das geringe Gewicht in der Hand. »Wozu ist der gut?«

»Dieser Schwamm wurde mit einer Tinktur aus Mandragora und Bilsenkraut getränkt. Die Stoffe trockneten darin ein, doch wenn man den Schwamm mit warmem Wasser benetzt, entfaltet er seine Wirkung und verhilft dem Patienten zu ruhigem Schlaf. Ich empfehle ihn, damit Euer Bruder sich des Nachts besser erholt.«

Sie betrachtete Hermanns Gesicht. In seinen Augen glühte ein undeutbarer Funke. Nein, die Freude, endlich wieder durchschlafen zu können, war es nicht. Etwas anderes, beinahe Dunkles hatte sich auf seine Seele gelegt.

»Ich verstehe.« Sie legte den Schwamm wieder in das Kästchen, zurück zu den anderen Schwämmen, die darin ruhten. »Geht die Wirkung nach der Anwendung verloren?«

»Ja, aber man kann den Schwamm abermals mit der Tinktur tränken und zur Anwendung bringen, falls dies gewünscht wird. Doch die Dosierung ist heikel …«

Emme ließ Hermann nicht aus den Augen. »Erklärt mir, wie man es macht!«, verlangte sie. »Wir haben eine lange Reise vor uns, und ich will nicht, dass mein Bruder leidet.«

Der Medicus katzbuckelte eifrig und versprach, bei seinem nächsten Besuch eine ausreichende Menge der Tinktur mitzubringen. Bevor er ging, drückte ihm Emme eine Münze in die Hand.

»Kannst du mich zum Gastmahl begleiten?«, fragte sie ihren Bruder leise, als sie allein waren.

Der schüttelte den Kopf. »Rika holt mir etwas zu essen und leistet mir Gesellschaft, wenn du erlaubst.«

»Ich bleibe nicht allzu lange«, versprach sie ihm. Dann

trat sie an sein Bett, kniete neben ihm nieder und küsste ihn auf die Stirn. Er hob die Hand, und sie legte ihre Stirn an die seine, während er ungeschickt ihre Wange streichelte.

»Ich gehe nicht«, versprach er.

Sie atmete durch. »Ich weiß.«

Sie wusste, dass er mit dem Sterben warten würde, bis sie zurück war. Bis sie beide zum Loslassen bereit waren.

Es würde nicht mehr lange dauern.

Sie wusste nicht, wann in ihr die Gewissheit erwacht war, dass Hermann Outremer nie erreichen würde. Später war Zeit, darüber nachzudenken. Später würde sie herausfinden, dass es die Nacht im Haus der Bauersleute gewesen war, in der er so viel Blut gehustet hatte, in der er dem Tod näher gewesen war als seiner Schwester. In jener Nacht hätte sie ihn gehen lassen sollen, doch sie hatte ihn zurückgehalten.

Emme betrat den Festsaal. Von der Wand stieß sich die hochgewachsene Gestalt des Johandorfers ab, als habe er auf sie gewartet. »Ich wusste es«, verkündete er, als wäre es sein Verdienst. »Ihr seid die Schönste, die diese Bischofspfalz je betrat.« Seine Finger berührten ihre Hand, und sein Lächeln rührte ihr Herz. Suchend blickte sie sich um, aber weder Berengar noch Robert von Uppsala waren in der Nähe.

»Erlaubt mir, Euch zu Tisch führen zu dürfen. Mein Herr, der Bischof Wolfger, möchte Euch kennenlernen und Euch seinen Sohn vorstellen.«

Just in diesem Augenblick betrat Kaplan Hanno den Saal, und Emme war so froh, ein bekanntes Gesicht zu erblicken, dass sie ihn herbeiwinkte. Er eilte an ihre Seite.

»Ah, Ihr müsst der geistliche Beistand dieser Rose von Ravensberg sein«, begrüßte der Johandorfer ihn überschwänglich. »Kommt, ich stelle Euch dem Bischof vor.«

Hanno, der gerade noch missbilligend das Gesicht verzogen hatte, dass Emme offenbar innige Bekanntschaft mit diesem leichtfertigen Burschen geschlossen hatte, schnurrte nun wie ein Kätzchen, als dieser ihn zur hohen Tafel geleitete. Mit seinen Männern saß dort bereits der Bischof, und leise Lautenklänge durchwehten die Halle. Der Johandorfer stellte vor, und voller Neugier musterte sie den Bischof.

Wolfger von Erla war ein hochgewachsener, schlanker Mann mit dichtem braunem Schopf, welcher von grauen Strähnen durchzogen war. Gütige braune Augen blickten zu Emme auf, ehe er sich erhob und sie begrüßte. Er strahlte eine herzliche Wärme aus.

»Gräfin«, begrüßte er sie. Emme versuchte gar nicht erst, ihn daran zu erinnern, dass ihre Stiefmutter die Gräfin war und sie nur die Grafentochter. Aber jeder der hier Anwesenden schien zu vermuten, dass sie die Herrin über jene weit entfernte Höhenfeste war.

»Bischof von Erla, ich habe erst heute vom Tod Eures Vorgängers erfahren.«

»Ja, er starb vor Akkon«, bestätigte der Bischof betrübt. »Ich hätte mir andere Umstände gewünscht, um an meine Berufung zu gelangen.«

»Viele gute Männer starben bereits vor Akkon.« Sie nickte mitfühlend. Ihn schien der Tod seines Vorgängers ehrlich getroffen zu haben.

»Mein guter Albrecht erzählte mir, dass Ihr dorthin unterwegs seid, um Euren Bruder Ludwig freizukaufen.«

»Er ist Saladins Gefangener, ja.«

Sie wollte noch etwas hinzufügen, aber just in diesem Augenblick betraten auch Robert und Berengar die hohe Halle, und als der Bassunviller Emme im Kreis der Männer erblickte, eilte er sogleich auf sie zu.

Sie hatte ihn noch nie in höfischer Kleidung gesehen. Bisher war er immer mit derben Stiefeln, Beinlingen aus grober Wolle und einem dick wattierten Wams bekleidet gewesen und hatte stets den leuchtend grünen Mantel darübergeworfen. Nun trug er grüne Beinlinge, feine Schuhe mit modisch gebogener Spitze und filigraner Stickerei. Das Hemd war blau, das Wams darüber ebenso grün wie der Mantel. Anmutig verbeugte er sich vor Emme. »Du bist schön wie immer«, flüsterte er ihr zu. »Darf ich dich zur Tafel führen?«

Obwohl er leise sprach, hatte der Johansdorfer seine Worte gehört. »Die Gräfin von Ravensberg hat bereits mir diese Ehre zuteilwerden lassen«, verkündete er, und besitzergreifend legte er die Hand auf Emmes Arm, die gar nicht wusste, wohin sie blicken sollte.

Zumal es albern war, sich darüber zu streiten, wer sie zu Tisch führen durfte, da die lange Speisetafel vor ihnen gerade aufgebaut und gedeckt wurde. Emme wandte sich an Berengar, wollte sich bei ihm entschuldigen, doch als sie seine finstere Miene sah, erschrak sie.

»Nun gut«, sagte er bloß.

»Begleitest du mich später zu Hermann?«, fragte sie hastig, nicht nur um irgendetwas zu sagen, sondern weil es ihr auch wirklich am Herzen lag.

»Radegund kann heute Nacht bei ihm bleiben«, knurrte er und wandte sich ab. Er ließ Emme mit dem Johansdorfer stehen, wandte sich dem Bischof zu, der bereits angeregt mit Robert von Uppsala plauderte, und nahm einen Becher Wein entgegen, den ihm ein Diener kredenzte.

Verwundert sah ihm Emme nach.

»Zu Tisch! Ihr seid sicher hungrig nach der Reise«, lud der Bischof seine Gäste ein.

Emme warf einen letzten Blick zurück, als Albrecht sie an die Tafel führte. Aber Berengar beachtete sie nicht, und das tat ihr weh.

Es war schwer, Emme nicht zu beachten.

Bischof Wolfger erwies sich als höflicher Gastgeber und stellte kluge Fragen nach Weg und Ziel der Reise. Er nickte verständig, und auch sein Sohn, der ihm wie aus dem Gesicht geschnitten war, wusste Beeindruckendes zum Gespräch beizutragen.

Berengar überließ es Robert, das Gespräch zu führen, und der Kaplan warf immer wieder vermeintlich gescheite Bemerkungen ein, als wolle er den Beweis dafür antreten, ein gebildeter Gottesmann und dem Bischof ebenbürtig zu sein. Dieser lächelte höflich zu allen vulgärlateinischen Sprüchlein und richtete das Wort bewusst an den dicken Hanno, worauf dieser plapperte und es Berengar vollends ersparte, selbst reden zu müssen.

Das dunkle Blau ihres Wollkleids schmeichelte Emmes blasser Haut, und ihr rabenschwarzes Haar glänzte. Rostrot war ihr Unterkleid, und wenn sie die Hand hob, rutschte der weite Ärmel ein Stück zurück. Berengar mochte es, wie sich ihre schlanken Finger um den Silberpokal legten, wie sie den Kopf dem Johansdorfer zuneigte, wie sie lächelte – nein, das hingegen gefiel ihm ganz und gar nicht, denn ihr Lächeln galt diesem eitlen Pfau, der sie unentwegt angrinste. Er machte ihr schöne Augen, und sie so fröhlich zu erleben versetzte ihm einen Stich.

Er beendete die Mahlzeit vorzeitig, entschuldigte sich bei den hohen Herren, denn man könne auch am morgigen Tag noch so manches bereden, es bleibe ja genügend Zeit. Der Bischof nickte, Robert hob verwundert den Kopf.

Emme sah auf, als er auf sie zutrat.

»Du wolltest mit mir doch noch zu deinem Bruder.« Den Johandorfer strafte er mit Nichtachtung.

Sie runzelte die Stirn. »Schon …«

»Nun, warum nicht gleich?«

Ein Blick flog von ihr zu ihrem Tischherrn und zurück.

Albrecht von Johansdorf hob die Schultern. »Nach dieser Stunde mit meiner Muse wollte ich mich ohnehin noch der Kunst widmen«, bemerkte er fröhlich. Liebenswürdig verabschiedete er sich von Emme, die bei diesen Worten fleckig rote Wangen bekam.

»Muse – meinte er dich damit?« Doch Berengar wartete die Antwort nicht ab, sondern stürmte aus dem Festsaal hinaus. Ein Hund, der ihm in den Weg lief, knurrte und wich mit eingekniffenem Schwanz unter den Tisch zurück. Ihm war danach, den Köter zu treten.

Emme folgte ihm und holte ihn an der Treppe ein. »Was soll das?«, fragte sie.

Er gab keine Antwort. Schweigend stiegen sie nebeneinander die Treppe hinauf. Aus den Augenwinkeln bemerkte er, wie sie immer zögernder einen Fuß vor den anderen setzte. Auf der letzten Stufe blieb sie stehen.

»Ich muss dir etwas sagen«, sagte sie leise. »Bevor wir zu ihm hineingehen.«

»Nun?«

»Er hat den Medicus um Schlafschwämme gebeten. Und darum, mehr von der Tinktur zu bekommen. Er will nicht mehr, Berengar.«

Er begriff nicht, was sie meinte.

»Er will nicht mehr leben«, fügte sie hinzu, und ihre Stimme klang erstickt. »Er will, dass es endlich zu Ende geht.«

»Aber …«

Das war ein Gedanke, der ihm nie in den Sinn gekommen wäre.

»Es ist eine Sünde.« Mehr fiel ihm dazu nicht ein.

»Er will nicht mehr …«, wiederholte sie. Ihr Blick schweifte ins Leere.

»Emme, hör mir zu!« Er packte sie an den Oberarmen und schüttelte sie, bis sie ihn ansah. »Das darfst du nicht zulassen, verstehst du? Er darf sich nicht an seinem eigenen Leben versündigen.«

Der Blick ihrer grünen Augen richtete sich voll auf ihn. »Was weißt du schon davon?«, fragte sie herausfordernd.

Er wusste eine Menge. Vor Akkon starben die Ritter zu Hunderten, sie gaben ihr Leben im Heiligen Krieg, und er wusste, was Sterben hieß. Nie hatte er gehört, wie einer darum flehte, endlich sterben zu dürfen, obwohl ihn doch die bessere Welt im Jenseits erwartete.

»Das darfst du nicht zulassen«, wiederholte er beschwörend.

Sie ließ ihn stehen.

Plötzlich kam er sich schäbig vor, weil er einer jungen Frau, die wusste, dass der Bruder bald gehen würde, das Vergnügen eines Lächelns missgönnte, das sie mit dem falschen Mann teilte.

Kapitel 16

Ihre Finger schlossen sich um das Fläschchen. »Nur zehn Tropfen dürft Ihr auf den Schwamm träufeln, und lasst ihn lieber trocknen, ehe Ihr den Patient den Dämpfen aussetzt«, erklärte ihr der Medicus. »Haltet Euch daran! Andernfalls könnte Schlimmes passieren, und das wollt Ihr doch gewiss nicht.«

Stumm blickte sie den Arzt an. In ihrem Kopf klaubte sie Worte zusammen, die keinen Sinn ergaben.

»Schon so mancher ist nach der Anwendung des Schlafschwamms nicht mehr aufgewacht«, wiederholte er eindringlich.

»Ja«, sagte sie bloß. »Danke. Ich werde auf die richtige Dosierung achten.«

Hermann saß wieder im Bett, und Rika hockte auf einem Schemel neben ihm. Emme würde Rika fortschicken, ebenso alle anderen. Den letzten Weg würde sie mit ihrem Bruder allein gehen.

Der Medicus grinste, als sie ihn mit einer Münze entlohnte. Hatte sie ihm zu viel gegeben? Aber dann betrachtete sie Hermann, der sich heute früh nicht einmal hatte erheben können, um den Nachttopf zu benutzen. Eine Goldmünze mehr oder weniger machte keinen Unterschied mehr.

Nichts machte einen Unterschied.

Nichts.

Die letzten Tage verbrachten die Geschwister so, wie Hermann es sich gewünscht hatte. Emme brauchte nicht viel mit ihm zu reden – sie wussten beide, dass die Schlafschwämme ihre Wirkung tun würden. An einem der Abende zuvor hatte Hermann die Ausdünstungen eines der Schwämme eingesogen und danach tief und entspannt geschlafen. Am Morgen allerdings hatte ihn der Bluthusten heftiger denn je gemartert. Hermann und Emme hatten sich über das Tuch an seinen Lippen hinweg angeblickt und stumm beschlossen, es zu tun.

Rika war bei ihnen. Wann immer sie glaubte, Hermann habe Hunger, holte sie ihm rasch etwas zu essen. Er ließ sie gewähren, denn sie spürte auch, dass es zu Ende ging, und wollte die letzten Stunden in seiner Nähe verbringen. Am Nachmittag lag sie ein letztes Mal mit ihm unter der Decke, und Emme nutzte die Gelegenheit, den Abort aufzusuchen. Sie fühlte sich körperlich seltsam geschwächt.

Am Abend, nachdem Emme an Hermanns Bett gegessen hatte, wollte dieser beichten. Auf seinen Wunsch hin kam der Bischof zu ihm herauf. Emme wartete derweil vor der Tür, und als er nach einer Zeitspanne, die sich für sie nach einer Ewigkeit anfühlte, wieder erschien, war er sichtlich bewegt. »Euer Bruder ist ein weiser Mann«, sagte er leise. »Wenn Ihr meinen Beistand braucht, wisst Ihr, wo Ihr mich findet.«

Hatte Hermann ihm etwa erzählt, was sie planten? Wusste er von der Sünde, die sie gemeinschaftlich zu begehen gedachten, um ihn von seinen Qualen zu erlösen?

Emme wollte mit niemandem darüber sprechen, am wenigsten mit ihrem Beichtvater. Sie fürchtete sich, was der Kaplan davon halten mochte. Es war schließlich eine Sünde, Gott ins Handwerk zu pfuschen.

Aber für ihren Mistelzweig würde sie diesen Weg gehen.

Hermann saß aufrecht im Bett; die Hände lagen gefaltet auf der Decke. Leise schloss sie die Tür hinter sich. »Nun?«, fragte sie.

Er nickte. Ganz anders als in den letzten Tagen durfte sie ihn heute erleben. Er schien von einem inneren Frieden erfüllt zu sein, den sie nur allzu gern auch selbst verspürt hätte.

»Ich bin bereit.« Hermann lächelte. »Wenn du es auch bist …«

Sie schluckte. Nein, bereit wäre sie nie, ihn gehen zu lassen.

»Wie ist's dir recht? Soll ich alle noch einmal herbitten, damit sie sich von dir verabschieden?«

Entschieden schüttelte er den Kopf. »Das haben wir so nicht besprochen.«

Sie hatten gar nichts besprochen. Sie hatten nur in blindem Einverständnis beschlossen, es sei genug.

»Dann nur wir beide.« Sie atmete tief durch.

»Bäumchen und Mistelzweig.«

Sie trat an den Tisch und entnahm dem Kästchen einen der Schwämme. Die Flasche mit der Tinktur war mit einem Wachsstopfen verschlossen, und als sie das Behältnis öffnen wollte, stellte sie sich ungeschickt an. Ein Fingernagel riss ein, sie blutete.

»Emme, lass es sein, wenn du's nicht kannst.«

»Doch, ich muss«, widersprach sie entschlossen. Endlich war das Fläschchen offen. Sie vermied es, an der Tinktur zu riechen, denn der Medicus hatte sie davor gewarnt. Dann trat sie ans Bett und reichte Hermann den getränkten Schwamm. Fortwährend ruhten seine Blicke auf ihrem Gesicht. Sie stellte das Fläschchen auf den Hocker neben dem Lager, kroch zu ihm auf die hohe Bettstatt und schmiegte sich an ihn.

»Wenn ich einschlafe, musst du mir den Schwamm weiter an den Mund und die Nase drücken, bis ich nicht mehr atme.«

Sie nickte. Sein Atem ging ruhig. Seine Hand umschloss den Schwamm, und er rutschte auf der Matratze nach unten, bis er dicht neben ihr lag. Sie wandten sich einander zu. Sein Blick versenkte sich in den ihren, und sie schluchzte auf. Wollte ihn festhalten, wollte ihn nicht gehen lassen. Er schien ihre Zweifel zu spüren, denn seine freie Hand fand die ihre, und er umklammerte sie.

»Tu's für mich, Bäumchen«, flüsterte er. »Ich habe dich so lieb.«

Er drückte den Schwamm vor Mund und Nase, nahm den ersten kräftigen Atemzug. Keuchte, hustete. Dabei ließ er sie nicht aus den Augen, seine Hand hielt die ihre unnachgiebig umklammert. Emme umarmte ihn und lauschte dem eigenen Herzschlag. Seine Lider flatterten, dann schlossen sie sich. Seine Hand mit dem Schwamm sank auf die Bettdecke.

Er schlief.

Und wenn sie ihn einfach schlafen ließ? Wenn sie ihn morgen weckte, wenn sie ihn doch mitnahm ins Heilige Land? Bis hierher hatte er es doch geschafft, da mochte das nächste Stück Weg doch auch zu bewältigen sein …

Nein. Er wollte nicht mehr.

Wer war sie, ihm diesen letzten Wunsch zu verwehren?

Ohne seine Hand loszulassen, wandte sie sich halb um und griff nach dem Fläschchen mit der Tinktur. Sie träufelte die zähe, dunkle Flüssigkeit Tropfen für Tropfen auf den Schwamm, der in seiner schlaffen Rechten lag. Dann drückte sie ihm den Schwamm wieder vor Mund und Nase. Er atmete tief, ein und aus, und sie lauschte seinen Atemzügen. Wiederholte die Prozedur, bis seine Atmung sich verlangsamte. Bis seine Hand in der ihren irgendwie anders wurde, bis sie vermeinte, etwas Kühles streiche durch den Raum, berühre ein letztes Mal wie zum Trost ihre Wange, ehe es davonschwebte.

Sie forschte in seinem ruhigen, stillen Gesicht nach Leben. Im Tod war es entspannt, nicht mehr so spitz, nicht mehr so gequält. Seine Haut wurde wächsern, und sie spürte, wie sein Körper erkaltete.

Sie schmiegte sich an ihn, drückte ihren Körper so fest an

den seinen, als könne sie ihn mit ihrer Wärme bei sich behalten. Sie zog die Decke über sich und den toten Bruder. Der Schwamm lag zwischen ihnen, und die Dämpfe umnebelten ihre Sinne.

»Emme?«

Zuerst glaubte sie, es sei Hermanns Stimme. »Schlaf«, flüsterte sie, strich ihm beruhigend über das dunkle Haar. »So schlaf doch endlich.«

Dann erst merkte sie, dass sie nicht mehr allein war mit ihm. Sie richtete sich auf.

Berengar stand am Fußende des Betts.

»Er ist fort.«

Berengar nickte. Er trat zu ihr, setzte sich neben sie. Seine Arme umschlossen sie, und mit sanfter Gewalt zog er sie von Hermann weg. »Lass los!«, flüsterte er, wiegte sie, weil sie plötzlich weinte wie ein kleines Kind. »Lass ihn gehen!«

Er hielt sie in den Armen, während sie von Trauer überschwemmt wurde. Jetzt war sie ganz allein.

Nur Berengar war da.

Als sie sich ausgeweint hatte, wischte er ihr die Tränen aus dem Gesicht. »Wir müssen es den anderen sagen«, murmelte er. »Bist du stark genug? Sie werden kommen, sie werden um ihn weinen, und für dich wird kein Platz mehr sein, auch wenn sich alle um dich scharen werden.«

»Ich bin bereit«, versprach sie.

Es wurde eine lange Nacht, in der sie keinen Schlaf fand.

Rika und Radegund kümmerten sich um den Leichnam. Rika wirkte seltsam gefasst und schien nicht sonderlich überrascht, dass Hermann verstorben war. »Ihr seid so mutig, Herrin. Ich hätte es nicht vermocht. Darum hat er ja Euch gebeten und nicht mich«, flüsterte sie, als Emme ihr ein Hemd reichte, das dem Verstorbenen als Totenhemd dienen sollte.

Emme versuchte zu lächeln.

Auch Radegund schien in dieser schweren Stunde über sich hinauszuwachsen. Sie legte Emme das Kästchen mit den Schwämmen in die Arme. »Das braucht Ihr nun wohl nicht mehr.«

Als Letzter kam Robert von Uppsala. Er sank vor Emme auf die Knie, wie damals, als sie einander vorgestellt worden waren. »Welch schwerer Verlust«, flüsterte er mit dunkler Stimme. Emme drückte seine Hand, und er stand wieder auf. Sein Blick fiel auf Berengar, der wie ein Schatten hinter ihr stand. Aber er schwieg, und Emme war ihm dankbar dafür.

Die Weiterreise sollte sich um weitere Tage verzögern. Es zerrte an ihr, denn nachdem sie Hermann verloren hatte, war mit ihrer Trauer um ihn auch die Angst um Ludwig erwacht, den letzten Bruder, der ihr geblieben war, den Bruder, den zu retten sie in der Hand hatte.

Sie wandte sich an Berengar. »Wenn wir ihn begraben haben, reiten wir weiter, und ich möchte, dass wir dann schneller vorankommen.«

»Emme …«

»Nein, hör mir zu! Er wird nicht wollen, dass wir um seinetwillen verweilen, denn wenn wir zu lange warten, ist Ludwigs Leben in Gefahr. Vorausblicken sollen wir, hörst du?«

Er legte ihr eine Hand auf die Schulter. »Das alles hat Zeit bis morgen.«

Sie verzweifelte an seiner Gelassenheit, ihre Trauer zerschellte an seiner Ruhe.

Die Nacht war tief und lang, und während andere die Totenwache hielten, ertrug Emme die Kammer nicht länger, ertrug die Bettstatt nicht, auf der er so still und bleich lag. Brüsk wandte sie sich ab und trat aus der Tür.

In ihrem Gemach war es still und kalt, dunkel und leer.

Niemand atmete mit ihr, niemand warf ihr diese Blicke zu, voller Mitleid und unverhohlenem Abscheu.

Sie sank auf die Bettstatt, zog die Decke zu sich heran und vergrub das Gesicht darin. Sie schloss die Augen.

So war's besser. Oder … vielleicht auch nur erträglicher.

Die Tür wurde geöffnet und geschlossen. Sie wusste, wer zu ihr gekommen war, und sie streckte die Hand nach ihm aus.

»Komm!«, flüsterte sie.

Er setzte sich zu ihr aufs Bett. So gern hätte sie seine blauen Augen gesehen, aber die Dunkelheit war verräterisch genug. Sie berührte seine Hand, er streichelte ihren Arm hinauf bis zur Schulter.

»Ich möchte dich nicht allein lassen heute Nacht.«

Sie schwieg. Die dunkle Stille umhüllte sie.

Es schien ihr ganz natürlich, dem sanften Druck nachzugeben, den er auf ihre Schultern ausübte. Es war richtig, seinen Mund zu suchen. Seine Lippen auf ihren zu spüren. Seine Hände, die über ihren Körper fuhren, ließ sie gewähren, weil jede Berührung ihr ein kleiner Trost war, jede Liebkosung ein wärmendes Feuer in ihr entzündete, damit sie in dieser Stunde nicht an ihrer eigenen Kälte erfror.

Sie half ihm, als er die Bänder löste und ihr das Kleid von den Schultern schob. Sie legte sich zurück aufs Bett, und er stand auf, als wolle er sich zur Tür wenden.

»Geh nicht!«, flüsterte sie deshalb, richtete sich auf und streckte die Hand nach ihm aus.

Er lachte rau. »Glaubst du, ich könnte jetzt noch gehen?« Im Dunkeln hörte sie das Rascheln seiner Kleidungsstücke, die er nacheinander ablegte. Seine Bewegungen spürte sie, und dann gab die Matratze unter seinem Gewicht nach, als er sich niederließ. Sie trug nur noch ihr Unterhemd, und auch er war fast nackt.

Emme schloss die Augen.

Sie wusste, was jetzt folgte. Aber er überraschte sie. Er legte sich einfach neben sie, zog sie so fest an sich, dass ihr Gesäß an seinem Unterleib ruhte. Er umschloss sie mit den Armen. »Du zitterst ja.«

Sie zogen die Decke über sich, aber Emme konnte das Beben nicht unterdrücken, es kam und ging in Wellen, wie der Schmerz und die Erinnerung kamen und gingen. Und jedes Mal, wenn sie glaubte, vor Erschöpfung einzuschlafen, erwachte das Zittern in ihrem Leib von Neuem und schüttelte sie.

Seine Hände liebkosten sie. Seine Stimme tröstete sie. Sein Körper umfing sie.

Sie hätte ewig so liegen mögen, doch nicht deshalb hatten sie sich ausgezogen und zu Bett gelegt. Sie bewegte sich leise, rieb ihren Körper an ihm, und überrascht spürte sie, wie er ihr Hemd hochschob, und sie ertrank in dem berauschenden Gefühl, das seine Berührungen auf ihren Oberschenkeln und ihrem Leib entfachten.

Sie wandte sich ihm zu, er küsste sie. Das Salz ihrer Tränen vermischte sich mit der Süße seines Geschmacks, den sie bei den ersten Küssen schon kennengelernt hatte. Ein bekanntes Sehnen, dem sie sich immer ungestümer hingab, bis er sie sanft aufhielt.

Was jetzt kam, war völlig neu für sie. Seine Hände drangen weiter vor, und er berührte sie an Stellen, die sie nie als berührenswert empfunden hatte. Seine Finger belehrten sie eines Besseren. Sie kam ihm entgegen, und im Dunkeln fanden ihre Körper bald so zueinander, wie Mann und Frau seit der Schöpfung zueinanderfanden. Emme wimmerte, als der Schmerz kam, aber er beruhigte sie mit Küssen auf die Schläfe. Und danach folgte etwas, das keinen Namen hatte. Für das sie auch keine Worte finden wollte.

Er bewegte sich langsam. Er ließ ihr Zeit. Sie glaubte, das Blau seiner Augen im Dunkeln strahlen zu sehen, und sie hielt sich an ihm fest. Ihre Beine umklammerten ihn. Sie wollte ihn nie mehr loslassen.

Danach schmiegte sie sich an ihn. Ihr Körper war schweißüberströmt, und fürsorglich deckte er sie zu. Ihr Kopf ruhte an seiner Brust, sein Herzschlag hämmerte gegen ihr Ohr. Und als sich das beständige Pochen verlangsamte, glitt sie in den Schlaf.

Sie lag ganz still im Bett und wagte kaum zu atmen.

Er schlief neben ihr.

Mit dem Tageslicht war auch die Angst zurückgekehrt. In der vergangenen Nacht hatte sie mehr schwere Sünden begangen als in ihrem ganzen bisherigen Leben, und in ihrem Kopf wirbelten die zahllosen Pflichten umher, die ihrer harrten. Ihr fehlte die Kraft, aufzustehen und die Aufgaben anzugehen.

Sie musste einen Schreiber finden und ihm einen Brief nach Hause diktieren. Ihr Vater musste über den Fortgang der Reise ebenso in Kenntnis gesetzt werden wie über Hermanns Tod. Sein Begräbnis musste geplant werden, das Totenmahl, die Klageweiber … Ihr schwirrte der Kopf, und sie zwang sich zum Innehalten.

Schlimmer war, dass Berengar neben ihr lag. Dass er schlief und dass eine überwältigende Zärtlichkeit sie überflutete. Was sie getan hatten, war nicht rechtens, und es wäre das Beste gewesen, es sofort zu vergessen und nie wieder darüber zu sprechen.

Emme berührte ihn an der Schulter. Sogleich schlug er die Augen auf und betrachtete sie mit verhangenem Blick, bevor er offenbar gänzlich erwachte. Stumm blickten sie sich an.

»Ich gehe wohl lieber …«, begann er.

Sie war ihm dankbar, dass er sofort verstand.

Er kleidete sich an und wollte die Kammer verlassen,

doch zu spät. Als er die Tür öffnete, stand Robert davor, die Hand erhoben, um anzuklopfen.

Wortlos musterten sich die drei. Emme setzte sich auf und zog die Decken bis zum Kinn hoch.

»Was willst du?«, fragte Berengar, als wär's das Selbstverständlichste der Welt, dass er die Nacht bei Emme verbracht hatte.

»Mit Herrin Emme reden. Es geht um ihren Bruder.«

So einfach also kehrte die Welt da draußen zurück in ihr Gemach. »Ich komme gleich«, sagte Emme.

»Es geht um die Bestattung, und der Herr Bischof möchte Euch sprechen.«

»Ja«, sagte sie nur. »Ja. Schickt mir Radegund, damit sie mir beim Ankleiden hilft.«

Robert neigte den Kopf, trat beiseite, und Berengar verließ die Kammer. Einen Moment lang blieb Robert noch mit gesenktem Kopf unter dem Türsturz stehen, als wolle er Emme nicht in Verlegenheit bringen.

»Gibt's noch etwas?«, fragte Emme, der sein Schweigen unangenehm auf der Haut kribbelte.

»Was gedenkt Ihr zu unternehmen?«

Sie überlegte lange, weil sie nicht wusste, ob er damit Berengar meinte oder ihre Reise nach Outremer. »Habt Ihr einen Vorschlag?«

Er hob die Schultern. »Euer Bruder ist tot. Er war derjenige, der uns nach Akkon führen sollte.«

»Aber Ihr wünscht, Ludwig freizukaufen.«

»Nur deshalb sind wir nach Ravensberg gekommen, das ist Euch bekannt. Und wir beide wissen, dass Ihr uns bis hierher geführt habt. Euer Bruder war zu krank und zu schwach. Warum also solltet Ihr diese Aufgabe nicht weiterhin übernehmen, bis wir in Akkon eintreffen?«

Emme seufzte und konnte sich seinen Beweisgründen nicht verschließen. Allerdings erweckte der Gedanke, weiter mit Berengar unterwegs zu sein, ein merkwürdiges Ziehen in ihrem Innern. Sie wollte ihm nahe sein, aber sie durfte es nicht, um keinen Preis.

Es wäre wohl besser gewesen, auf die heimatliche Burg und zu ihrer Familie zurückzukehren.

Robert von Uppsala bedachte sie mit einem Blick, den sie so recht nicht zu deuten wusste. »Wenn Ihr wegen Berengar zögert, dann könnte ich dafür sorgen, dass er sich zukünftig von Euch fernhält.«

Sie hätte ihm gern etwas Bissiges erwidert, aber ihr fiel nichts ein.

Sie schämte sich.

Wie hatte sie nur so grenzenlos dumm sein können? Wie hatte sie zulassen können, dass Berengar zu ihr kam, dass er sie tröstete? Wie hatte das alles nur geschehen können?

Radegund drückte sich an Robert von Uppsala vorbei ins Gemach. Der Ritter schien noch etwas sagen zu wollen, aber dann stapfte er wortlos davon.

Emme ließ sich von Radegund ein Kleid heraussuchen. Als sie die Bettdecke zurückschlug, fiel ihr der Blutfleck auf, der mitten auf dem Laken eingetrocknet war. Radegund sah es auch und versprach eilig, sich um frisches Bettzeug zu bemühen. Ob die Herrin auch etwas brauche, um den Blutfluss aufzufangen, fragte sie.

Stumm schüttelte Emme den Kopf. War der Fleck die Folge des Schmerzes gewesen, den sie gespürt hatte, als Berengar sie gestern Nacht in den Armen gehalten hatte? Gehörte das Blut dazu? Sosehr ihr das Folgende gefallen hatte, widerstrebte ihr doch die Vorstellung, nach jedem Zusammensein mit ihm erneut solchen Zeugnissen ihrer Leidenschaft ausgesetzt zu sein. Auch deshalb durfte sich eine ähnliche Begegnung nicht wiederholen.

Aber an wen sollte sie sich halten, wenn nicht an Berengar?

Hatte der Herr von Uppsala seine Worte aufrichtig gemeint? Er war der Helle, Lichtere der beiden, derjenige, der immer ein flottes Sprüchlein auf den Lippen hatte. Er verehrte sie auf zurückhaltende Art, und sie hatte sich an ihn gewöhnt. Sie mochte ihn. Ja, vielleicht wäre es besser, zukünftig seine Nähe zu suchen, nachdem sie anfänglich doch allzu schnell mit ihm aneinandergeraten war.

Radegund kämmte ihr Haar, steckte es hoch und bedeckte es mit einer kleinen Haube. Emme ließ sie gewähren. Erst als Radegund an ihrem dunkelbraunen Kleid herumzupfte, riss sie sich ungehalten los. »Das reicht«, befand sie in harschem Ton.

Ein letztes Mal betrat Emme das Gemach ihres Bruders und stand an seinem Bett. Ein letztes Mal beugte sie sich über seinen Leichnam, küsste seine kalte, kalte Stirn und löste die Kette mit dem Aureus vom Hals, die sie trug, seit Robert von Uppsala sie ihr gebracht hatte. Sie legte die Münze in Hermanns Hände, schlang ihm die Kette um die Finger und wandte sich ab, damit Rika und Radegund ihre Tränen nicht sahen.

Sie fand Robert von Uppsala im Festsaal, wo er sich lebhaft mit dem Bischof von Passau unterhielt. Wolfger von Erla schien über Nacht gealtert zu sein, und unter dem Blick, mit dem er sie maß, erwachte die jähe Angst in ihr, ihm sei bekannt, was Hermann und sie getan hatten.

Es war eine Sünde, wenn ein Mensch sich selbst das Leben nahm. Schlimmer war nur die Sünde, der Emme sich schuldig gemacht hatte, weil sie ihm bei dieser Tat helfend zur Seite gestanden, ja, die letzten Schritte durchgeführt hatte, als er bereits nicht mehr dazu in der Lage gewesen war.

Sie hielt den Kopf gesenkt und trat an die Tafel.

»Setzt Euch zu mir!« Er winkte sie zu sich heran.

Robert von Uppsala erhob sich. Er musterte Emme ein letztes Mal, das nahm sie aus den Augenwinkeln wahr. Ein aufmunterndes Lächeln. Dann ging er, und sie sank auf die Bank. Ihr war seltsam beklommen zumute. Alle Sünden, die sie seit Anbruch des gestrigen Tags begangen hatte, kamen ihr in den Sinn. Das Abendgebet hatte sie ebenso versäumt wie die morgendliche Andacht in der Kapelle der Bischofspfalz.

»Wir werden Euren Bruder heute im Dom aufbahren, und er wird morgen bestattet, wenn Ihr das wünscht.«

»Ihr wollt sicher wissen, ob ich seinen Leichnam zurück nach Ravensberg bringe.«

»Das wäre meine Frage, ja.«

Sie betrachtete ihre Hände. »Ich täte es so gern. Aber wir sind mit einem Auftrag unterwegs, und es wäre nicht im Sinne meines Bruders, wenn ich nicht vollenden würde, was wir gemeinsam begonnen haben. Dennoch fühle ich mich schuldig, wenn ich ihm nicht den letzten Dienst erweise und ihn heimbringe ...«

Begütigend legte ihr der Bischof eine Hand auf den Arm, und sofort flossen ihre Tränen. »Lasst Euch mit dieser Entscheidung Zeit. Ihr habt das Richtige getan, Herrin Emme.«

Sie hob den Kopf. »Wie meint Ihr das?«

Er zog die Hand zurück, faltete die Hände wie zum Gebet und lehnte sich in seinem Sessel zurück, der am Kopfende der Tafel stand. Ein Nicken genügte, und ein Diener eilte dienstbeflissen herbei und nahm die Bitte seines Herrn um einen Becher Wein für die Gräfin – wie er Emme nannte – und sich selbst entgegen. Als er den Saal verlassen hatte, schweiften Bischof Wolfgers Blicke durch die Halle.

»Ich besaß einmal eine Familie. Meinen Sohn habt Ihr kennengelernt, und bis vor einigen Jahren hatte ich auch eine Frau, die ich so sehr liebte, wie ein Mann seine Frau lieben sollte.«

Emme lauschte geduldig. Sie wusste nicht, was der Bischof

ihr sagen wollte, aber seine leise, dunkle Stimme wirkte seltsam beruhigend auf sie.

»Meine Frau wurde krank, und kein Medicus vermochte ihr zu helfen. Keiner linderte ihre Schmerzen, und irgendwann wussten wir, dass es mit ihr zu Ende ging. Wir wussten, es blieben ihr nur noch Tage, vielleicht Wochen, in denen sie sich unendlich würde quälen müssen. Es war etwas Fremdes in ihrem Körper, das ihren Leib aufblähte und ihr jeden Atemzug beschwerte. Was sie aß, erbrach sie. Es war schrecklich.« Er schüttelte den Kopf. »Als wir wussten, dass es zu Ende ging, bat sie mich, ihr zu helfen.«

Ja, jetzt wusste Emme, was er ihr sagen wollte. Sie senkte den Kopf. Hatte er schon die Stadtwache bestellt und ließ sie festnehmen, weil sie mit diesem Verbrechen zu viel Schuld auf sich geladen hatte? Sie hielt den Atem an, aber ehe er weitersprach, brachte der Diener zwei Becher mit heißem Würzwein.

»Trinkt!«, sagte Bischof Wolfger so leise und geduldig, dass ihr ein Schauer über den Rücken rann. Gehorsam nahm sie einen Schluck und verbrannte sich prompt die Zunge.

»Ich konnte es nicht«, fuhr er fort, nachdem der Diener wieder in die Schatten zurückgewichen war. »Ihre Schreie in den letzten Tagen zu ertragen, ihr Wimmern ... zu wissen, dass es in meiner Hand lag, sie von dem Schmerz zu befreien ...« Müde schüttelte er den Kopf. »Ihr seid eine starke Frau, Gräfin Emme. Ich weiß, Ihr hadert mit Euch selbst und fragt Euch, ob Ihr das Richtige getan habt.«

Er musterte sie mit prüfendem Blick, und sie nickte leicht.

»Wenn Ihr Euer Gewissen erleichtern wollt, stehe ich Euch als Beichtvater zur Verfügung. Das wollte ich Euch nur sagen.«

»Danke«, flüsterte sie.

»Kann ich sonst etwas für Euch tun?«

Sie schüttelte den Kopf, doch dann fiel ihr etwas ein.

»Einen Schreiber benötige ich, dem ich einen Brief diktieren kann.«

»Ich bitte Albrecht von Johansdorf, Euch zur Verfügung zu stehen.«

Und noch etwas wünschte sie sich, doch sie wusste, dass der Bischof ihr das nicht geben konnte. Inneren Frieden.

Seine Worte aber hatten die aufgepeitschte See ihrer Ängste, den Aufruhr in ihr ein wenig beruhigt.

Albrecht von Johansdorf spitzte die Feder und breitete ein Pergament auf dem Pult aus. Er tauchte die Federspitze in die Tinte und blickte Emme erwartungsvoll an. »Nun?«

Sie wusste nicht, wie die Worte lauten sollten. Wusste nicht, was sie mitteilen wollte. Lange überlegte sie, ehe sie es ihm in die Feder diktierte. »Geliebter Vater, liebste Mutter.«

Die Feder kratzte über das Pergament. Der Johandorfer schrieb konzentriert, die Zungenspitze lugte ihm dabei aus dem Mundwinkel. Erwartungsvoll blickte er auf.

»Wir haben vor wenigen Tagen Passau erreicht«, sagte Emme rasch, »und in der Pfalz des Bischofs herzliche Aufnahme gefunden. Hermann …«

Da war sie wieder, die Dunkelheit. Emme schluchzte auf.

Behutsam legte Albrecht die Feder beiseite, verließ seinen Platz hinter dem Pult und trat zu ihr. Er nahm sie einfach in die Arme, und sie weinte.

»Wollt Ihr, dass ich den Brief für Euch fertig schreibe?«, fragte er, nachdem sie sich beruhigt hatte.

Sie wischte sich mit dem Ärmel Rotz und Tränen aus dem Gesicht und nickte dankbar. »Das wäre wohl besser«, flüsterte sie. »Schreibt ihnen von seinem Tod und dass ich dennoch weiterreise. Schreibt auch, dass ich den Herren de Bassunville und von Uppsala vertraue.«

»So werde ich es niederschreiben und lese Euch den Brief dann später vor.«

Emme nickte, machte auf dem Absatz kehrt und stürmte aus der Schreibstube – geradewegs in Berengars Arme.

»Du reist mit uns?«, fragte er.

Hatte er also gelauscht! Sprachlos starrte sie ihn an, dann versetzte sie ihm eine Ohrfeige. »Scher dich aus dem Weg!«, schrie sie, entschlüpfte seinen Händen, die sie festzuhalten versuchten, und stürmte die Treppe hinauf. Sie wollte allein sein, auch wenn sie in ihrem Gemach vermutlich keine Ruhe fände. Dort wäre die Erinnerung noch zu lebendig, wie sie in seinen Armen gelegen hatte.

»Emme!«, rief er. Seine Schritte polterten auf der Treppe, eine Magd mit einer Waschschüssel konnte ihm gerade noch ausweichen, doch ein Großteil des Schmutzwassers ergoss sich auf die Steinstufen. »Emme, bleib stehen!«

An der Tür zu ihrem Gemach holte er sie ein. Um nicht noch mehr Aufsehen zu erregen, blieb sie stehen.

»Bitte, hör mir zu! Du darfst nicht mitkommen.«

Sie öffnete die Tür und betrat ihre Kammer. Er folgte ihr, obwohl sie die Tür zudrückte, und packte ihren Arm. »Hör mir zu, in Gottes Namen!«

Sie zuckte zusammen. Starrte ihn so wütend an, dass er sie losließ.

»Hör mir bitte zu«, wiederholte er leiser. »Es ist gewiss das Beste, wenn du heimreist. Gib mir die Truhe – oder gib sie Robert, wenn du ihm mehr vertraust. Aber du hast selbst gesagt, du vertraust uns. Wir werden diesen Auftrag für dich ausführen, hörst du?«

»Jetzt schickst du mich fort?«, fragte sie. »Nach allem, was geschehen ist, willst du mich fortschicken?«

Sein Gesicht wurde hart, wie aus Stein gemeißelt. »Es ist besser für dich«, beharrte er. »Outremer ist kein Ort für Frauen. Die Frauen, die man dort antrifft, sind Huren, oder sie sind mitgereist, weil sie glaubten, es sei ein Spaß, Sarazenen abzuschlachten. Ich will dich nicht vor den Toren

Akkons sehen. Ich hätte zu große Angst, dir könne etwas Schlimmes widerfahren. Und es sind nicht die Sarazenen, die ich am meisten fürchte.«

So viele Worte waren ungewöhnlich für ihn, ungewöhnlich auch die Heftigkeit, mit der er sprach.

Emme schüttelte jedoch entschieden den Kopf. »Ich reise, ob es dir gefällt oder nicht. Du kannst dort gern über mich wachen, aber ich passe schon gut auf mich selbst auf.«

Er wollte etwas erwidern, aber dann sank er in sich zusammen. »Das kannst du eben nicht«, widersprach er leise. »Glaub mir, Emme, das ist eine Welt, in der Ritterlichkeit und Minne nichts zählen. In jener Welt kämpft jeder ums Überleben. Akkon ist eine eingeschlossene Stadt, und unsere Stellungen werden ebenso von den Sarazenen belagert, wie wir diese Stadt belagern, gegen deren Mauern wir immer wieder anstürmen.«

»Und trotzdem hattest du bis gestern nichts dagegen, dass ich mitkomme.«

Ein Muskel in seiner Wange zuckte. »Die Lage hat sich geändert.«

Sie wandte sich ab. »Geh!«, sagte sie nur.

»Emme …«

»Geh!« Sie würdigte ihn keines Blicks. Warum glaubte er, sie schonen zu müssen? Hatte Hermanns Tod einen solchen Sinneswandel bewirkt?

Sie kannte die Wahrheit. Sie hatte sich zu diesem schrecklichen Fehler hinreißen lassen, den auch er bereute. Darum wollte er sie aus dem Weg schaffen, wollte ihr nicht mehr begegnen müssen und ständig daran erinnert werden, was sie getan hatten.

Sie hatten sich *geliebt*.

Mädchen, die sich mit Hanno einließen, wurden fortgeschickt, wenn es herauskam.

Wie aber sollte Emme mit sich selbst verfahren?

Sie musste sich von ihm fernhalten und hoffen, dass diese Nacht folgenlos blieb. Andernfalls wäre sie kaum besser als die gefallenen Mägde auf der Burg Ravensberg.

Dann wäre sie vor Akkon bei den Huren gerade recht gut aufgehoben.

III. KONSTANTINOPEL

Kapitel 17

Die Hauptstraße des Dorfs lag verlassen da. Kein Mensch wagte sich bei Nacht und im Schneesturm noch hinaus. Berengar stapfte durch den frisch gefallenen Schnee, bot dem scharfen Wind, der von den Bergen herabpfiff, entschlossen die Stirn. Er hätte vielleicht doch im Gasthaus bei den anderen bleiben sollen, doch er ertrug es nicht, mit ihr allzu lange in einem Raum zu sein.

Der Wirt hatte offenbar verstanden, wonach er suchte, obschon sie sich nur mit Händen und Füßen hatten verständigen können. Aber es gab geheime Zeichen, die jeder Mann verstand, ob im Orient oder Okzident.

Die Hütte, zu der ihn sein Weg schließlich führte, war kaum mehr als ein Verschlag, der sich an das größte Steinhaus im Ort schmiegte. Berengar klopfte die Stiefel ab und stampfte mehrmals auf, ehe er gegen die niedrige Tür hämmerte und Einlass begehrte.

Eine zahnlose Alte öffnete ihm. Sie musterte ihn stumm, dann redete sie in ihrer Sprache schnell auf ihn ein.

»Ich versteh dich nicht«, knurrte er bloß, und sie winkte ihn herein.

Die Hütte war größer, als er sich vorgestellt hatte. Der Vorraum diente allen Familienmitgliedern zum Kochen und Essen, und auf einer Schlafstatt wälzte sich ein alter Mann neben einem Säugling so unruhig hin und her, dass der Besucher schon fürchtete, er könne das Kind im Schlaf erdrücken. Zwei Ziegen drängten sich aneinander, eine meckerte erbost, weil mit dem Besucher ein kalter Wind hereinwehte.

Berengar blieb an der Tür stehen. Durch einen Vorhang war der zweite Raum der Hütte abgeteilt. Von dort hörte er ein verhaltenes Stöhnen und dann das Lachen einer Frau.

Er wollte schon umkehren und die Hütte verlassen, aber die Alte hielt ihn am Arm fest.

»Warten«, sagte sie in ungeschlachtem Französisch. »Bald.«

Also wartete er. Die Alte bot ihm den Melkschemel zum Sitzen an und servierte ihm einen Becher Ziegenmilch. Er bedankte sich mit einem Lächeln, das seine Augen nicht erreichte, sondern eher einem Zähnefletschen glich. Dass sie die wertvolle Milch mit ihm teilte, rührte ihn. Sie tat alles, damit er blieb. Vermutlich glaubte sie aufgrund seines feinen Wollmantels, er werde ordentlich zahlen.

Nun drangen Stimmen aus dem Nebenraum, dann wurde der schäbige Vorhang beiseitegeschoben, und ein dunkelhaariger, schnauzbärtiger Kerl durchquerte mit zwei Schritten den kleinen Raum. Er bellte der Alten einige Worte zu, die daraufhin eine Antwort murmelte. Die Tür knallte hinter ihm zu.

Berengar blieb sitzen.

»Herr?« Die Alte stand wieder vor ihm. »Jetzt. Ihr könnt. Meine Tochter.«

Ihm war die Lust vergangen. Dennoch stand er auf, zückte den Geldbeutel und drückte ihr eine Münze in die Hand. »Ist das genug?«, fragte er.

Sie betrachtete die Münze und schob sie geschwind in eine Falte ihres schäbigen Rocks. »Ganze Nacht, viel genug«, murmelte sie mit einem schiefen Lächeln.

Die ganze Nacht hielt er's hier bestimmt nicht aus.

Er betrat den zweiten Raum. Außer einem breiten Bett gab es hier keine Möbel, und auf dem Bett saß eine junge Frau, fast noch ein Mädchen, das ihn mit großen Augen angstvoll anstarrte.

Ach, so etwas hatte er schon oft erlebt! Sie gaben sich erst unschuldig, behaupteten, Angst vor ihm und seinem Gemächt zu haben, aber sobald sie erst auf dem Rücken lagen und die Beine für ihn öffneten, waren sie die geübtesten Huren von allen. Er nickte ihr zu, und sie rutschte auf dem Bett nach vorn. Ihr Hemd glitt von den Schultern, und er erhaschte einen Blick auf pralle Brüste. Sie hatte dunkle Haut und schwarzes Haar, und ihre dunklen Augen ließen nicht von ihm, während er seinen Mantel ablegte und sich entkleidete. Sie war hübsch, allerhöchstens zwanzig Sommer zählte sie, und sie erregte ihn.

»Starker Mann«, flüsterte sie, und ihre Augen weiteten sich in gespielter Überraschung, als er sich seiner Beinlinge entledigte. Er setzte sich zu ihr auf die Bettstatt, und sie schmiegte sich an ihn, gab leise, gurrende Geräusche von sich und wollte ihn mit der Hand befriedigen. Er schob ihre Hand beiseite und streichelte ihr Haar.

Sie roch nicht unangenehm. Sauber. Nur der Duft des Freiers haftete an ihr, aber daran gewöhnte man sich besser, wenn man zu Huren ging. Berengar schob sie aufs Bett, und sie zog ihn auf sich. Sie wusste, wie sie es schnell zu Ende brachte, und dafür war er ihr dankbar. Sie merkte wohl, dass er nichts vorgespielt haben wollte, und so hielt sie sich einfach an ihm fest, während er seine Lust befriedigte.

Nach dem Akt sank er neben ihr aufs Bett. Sie stand auf, hockte sich in die Zimmerecke und entfernte das Essigschwämmchen, das sie zur Verhütung einer ungewollten Schwangerschaft in die Scheide eingeführt hatte. Er schloss die Augen und erlaubte sich, kurz wegzudämmern. Sie würde ihn schon wecken, wenn sie genug von ihm hatte oder wenn der nächste Kunde neben den Ziegen saß.

Aber sie ließ ihn schlafen, und als er viel, viel später aufwachte, lag sie an ihn geschmiegt, und es war stockdunkel. Die kleine Ölfunzel hatte sie wohl gelöscht, nachdem sie sich zu ihm unter die Decke gelegt hatte.

Leise stand Berengar auf, kleidete sich an und verließ die

Kammer. Im vorderen Raum verbreitete die Glut im Herd einen schwachen rötlichen Schimmer. Die Alte wurde wach, richtete sich auf und starrte ihn an. Er legte einen Finger auf die Lippen und nickte ihr zu. Sie strahlte ihn zahnlos an, und er schlüpfte hinaus in die Kälte.

Er drehte sich nicht um.

Seine Fußstapfen waren längst zugeschneit, und erst wusste er nicht, in welche Richtung er sich wenden sollte. Doch nachdem er sich eine Weile durch den Schnee gekämpft hatte, entdeckte er das vertraute Holzschild über dem Eingang des Wirtshauses, ging darauf zu und trat ein.

Und stand Emme gegenüber.

Sie kam gerade die Stiege herunter, verharrte auf der letzten Stufe, und einen Moment lang musterten sie einander stumm.

»So«, sagte sie nur und schritt an ihm vorbei in den Hof.

Berengar starrte ihr nach. Alle Hochgefühle waren verflogen, und die Befriedigung, die er bei der Hübschlerin gefunden hatte, bekam einen bitteren Beigeschmack. Er wartete im engen Vorraum auf Emme, lehnte mit dem Rücken an der Wand und schloss die Augen.

»War sie hübsch?«, fragte sie, als sie zurückkam. Im Schein des kleinen Talglichts, das sie trug, wirkten ihre Augen wie funkelnde Smaragde. Der Docht blakte und rußte stark, und der Rauch biss ihm in die Augen, bis sie tränten.

»Emme«, sagte er, wollte die Hand nach ihr ausstrecken, aber sie hielt ihm das Talglicht wie eine Fackel entgegen, um sich vor seiner Berührung zu schützen.

»Lass das!«, erwiderte sie. »Ich habe schon verstanden. Für dich war ich nicht mehr als ein Abenteuer, stimmt's? Und seit Passau gab es mehr als genug Abenteuer für dich, in den Betten all dieser Huren. Wie dumm von mir, auf deine schönen Worte hereinzufallen.«

Jäh wandte sie sich ab und erklomm die Stiege. Er sah ihr lange nach.

So schön war sie, dass es ihm den Atem verschlug. So schön war sie, dass er es nicht ertrug, Tag für Tag an ihrer Seite zu reiten. Seine Sehnsucht nach ihr schmerzte, und bei den Huren suchte er des Nachts nur, was er bei ihr nicht fand. Erlösung. Er wollte, dass es aufhörte. Er wollte sie nicht länger so sehr begehren, dass er jede Nacht in die Arme einer anderen Dirne getrieben wurde, die ihm schale Befriedigung bot. Das half ihm nicht, denn er vermisste sie. Ihr Lachen, ihre Worte, ihre Tränen, ja, sogar ihren Zorn vermisste er.

Sie war kälter als die Februarnacht. Sie war starr und eisig, und dafür liebte er sie nur noch mehr.

Berengar betrat die Schankstube. Die Männer lagen auf dem Boden, sie schnarchten, furzten und stöhnten im Schlaf. Er tastete sich zu den Tischen vor, die man an die Wand geschoben hatte, und fand, was er suchte. Einen Krug Wein, fast noch voll, und einen Becher, in den er immer wieder nachgoss, in schneller Folge.

Irgendwann musste der Schmerz doch aufhören. Irgendwann musste er begreifen, dass nur die Trauer sie in seine Arme getrieben hatte.

Es war Radegund, nach der Emme hatte sehen wollen. Denn auch wenn diese glaubte, es falle ihrer Herrin nicht auf, wusste Emme, dass die Zofe nachts nicht immer bei ihr schlief. Manchmal schlich sie sich aus der Kammer, blieb eine Weile weg und kehrte ebenso leise zurück. Für den Besuch des Aborts war sie zu lange fort, für etwas anderes zu kurz.

Schon Rika hatte sie nachts im Stich gelassen.

Nach Hermanns Tod hatte Emme alles veranlasst, um den Leichnam heim nach Ravensberg zu schicken. Rika taugte nicht mal mehr zum Wäschewaschen, seit Hermann gestorben war, die Trauer beugte sie nieder, dass Emme fürchtete, sie würde brechen. Darum hatte sie ihre Zofe mit Hermanns sterblichen Überresten heimgeschickt, mit einem halben Dutzend Männern und einem Brief an ihren Vater, in dem sie ihm vieles verschwieg.

Und nun ließ auch Radegund sie allein.

Mittlerweile hegte sie Misstrauen gegen alle, und an manchem Tag fühlte sie sich so einsam, dass sie ihre Reizbarkeit rücksichtslos an allen ausließ, die sich ihr vermeintlich in den Weg stellten. Heute Abend war es einer der Männer gewesen, der ihren Zorn erregt hatte, als sie ihre Kammer aufsuchen wollte. Erst hatte sie ihn angeschrien und dann, als sie endlich allein war, haltlos geweint und gewünscht, irgendjemand möge sie einfach in den Arm nehmen.

So einsam fühlte sie sich.

Emme zog sich die Decken über den Kopf und versuchte, ihren Körper wieder aufzuwärmen.

Es war besser, über Radegunds Verschwinden nachzudenken als darüber, wo sich Berengar nachts herumtrieb.

Sie wollte es gar nicht wissen. Aber die Männer redeten natürlich, trieben grobe Scherze mit ihm und neckten ihn, er als großer Kreuzritter habe in jedem Dorf ein Liebchen, und wenn er noch mehrere Male zwischen dem Frankenreich und Akkon hin- und herreise, werde es bald überall blauäugige Kinder mit braunem Lockenschopf geben.

Sie hasste sich, weil sie ein einziges Mal zugelassen hatte, dass er ihre Schwäche ausnutzte.

Die Tür knarrte leise, und nackte Füße tappten über die Bodendielen. Die Decke wurde gelüpft, und dann schmiegte sich Radegund an ihre Herrin und seufzte leise.

»Wo warst du?«, flüsterte Emme.

Sie spürte, wie Radegund neben ihr steif wurde, sich ertappt fühlte. Gut so.

»Auf dem Abort«, wisperte sie schließlich.

Emme richtete sich auf. »Da habe ich nach dir gesucht. Du warst nicht dort.« In der Dunkelheit konnte sie Radegunds Silhouette ausmachen. Sie starrte die junge Frau an, als könne ihr Blick die Wahrheit aus ihr heraussaugen. »Also?«

Lange schwieg Radegund. »Ich kann's Euch nicht sagen, Herrin«, presste sie schließlich hervor. »Bitte. Wenn ich's Euch sage, werdet Ihr mich dafür hassen, und das ertrage ich nicht. Ihr seid doch die Einzige, die ich lieb habe, und wenn ich Euch nicht mehr hab, dann kann ich mich gleich im Fluss ertränken, oder ich geh da draußen in die Winterkälte und warte, bis es vorbei ist.«

»Hör auf mit dem Unsinn!« Unwirsch warf Emme sich auf die Matratze zurück.

»Aber es ist wirklich ...«

»Genug! Lass mich schlafen, wenn du schon die halbe Nacht durchs Haus geisterst. Wirklich, ich verstehe nicht, warum du mir das antust. Bei Rika habe ich's verstanden, aber ich dachte, du seist mir zugetan.«

»Bin ich doch«, heulte Radegund.

Emme schloss die Augen. Konnte das dumme Ding nicht endlich das Maul halten? Aber Radegund sprach weiter, von Schuld, die sie auf sich geladen habe, von Verrat, von Leidenschaft ...

Emme hielt sich die Ohren zu.

Sie wollte es nicht hören. Was kümmerte sie das alles?

Dennoch nagte es an ihr. Und sie lag noch lange wach, nachdem Radegund wieder eingeschlafen war. Wo hatte sich ihre Magd herumgetrieben?

Hatte sie sich mit dem Kaplan eingelassen? Inzwischen war er der Einzige, der auf dem Karren saß, denn Radegund zog es vor zu reiten. Doch manchmal war sie müde, und dann war der Platz neben Hanno ihr ebenso recht. Emme hatte ihn im Blick, weil sie jede Annäherung zwischen den beiden verhindern wollte.

Vielleicht war's einer der anderen Männer. Aber warum machte sie dann ein Geheimnis daraus? Das kam also auch nicht infrage.

Blieben nur Robert und Berengar.

Robert war, wie sie fand, über jeden Zweifel erhaben. Sie mochte ihn. Er kümmerte sich auf zurückhaltende Art um sie, und wenn sie seinen Rat suchte, hatte er immer ein offenes Ohr und brauchbare Vorschläge. Auf ihn baute sie, seit sie Passau hinter sich gelassen hatten. Er hatte nicht nur für Hermanns Heimkehr gesorgt, sondern ihr auch in der Zeit der Trauer vieles abgenommen, das sie sonst versäumt hätte. Ihm war wohl zu verdanken, dass sie weiterhin so schnell vorankamen, obwohl der Winter hart war und eine Eiseskälte herrschte. Es waren nur noch wenige Tage, bis sie Konstantinopel erreichten, und dort, das hatte er ihr versprochen, würden sie für mehrere Tage bleiben, ihre Vorräte aufstocken und ausruhen.

Also Berengar? Konnte es sein, dass Berengar sich gar nicht bei einer Hure im Dorf herumgetrieben hatte, sondern sich heimlich mit Radegund traf? Vergnügte er sich mit ihr in einer dunklen Stallecke, wo sie es schön warm hatten? Plötzlich hatte sie das Bild vor Augen, wie Radegund an einer Mauer lehnte, die Röcke gerafft, ein Bein um seinen Körper gelegt, während er …

Nein.

Und doch passte alles zusammen: Sie hatte ihn ertappt, als er aus der Kälte zurückgekommen war. Er war verlegen gewesen, weil er es unter ihren Augen mit der Zofe getrieben hatte. Und Radegund … Am liebsten hätte Emme sie aus dem Bett geworfen.

So trieb sie auf den Wellen dieser düsteren Gedanken und nährte ihre Wut und ihre Enttäuschung, bis der Morgen graute.

Emme erhob sich vor Radegund. Eine Weile saß sie auf der Bettkante, dann sprang sie plötzlich auf und übergab sich schwallartig in die Waschschüssel. Sie würgte, bis ihr Magen nichts mehr hergab.

Sie merkte erst, dass sie weinte, als Radegund tröstend die Arme um sie legte. Emme wollte sich wehren, aber unnachgiebig hielt die junge Frau sie fest und strich ihr über das wirre Haar. »Ist schon gut. Das geschieht nun mal, wenn das Kindlein wächst. Nach den ersten Wochen ist es vorbei, so war's auch bei mir.«

Emme starrte sie an. »Wovon redest du?«, fragte sie fassungslos.

»Habt Ihr es denn noch nicht gemerkt? Dass Euch morgens nicht wohl ist, dass Ihr erschöpft seid und jeden anraunzt, der Euch zu nahe kommt?«

Emme zuckte mit den Schultern. »Ich bin müde. Wir sind lange unterwegs.«

»Aber so wart Ihr nicht mal, als Euer Bruder starb.«

Wie betäubt schüttelte Emme den Kopf. »Das kann nicht sein.«

»Euer letzter Blutfluss …«

Emme hob die Hand. »Nein. Genug davon. Kein Wort mehr.« Sie stand auf und kleidete sich an. Plötzlich hatte sie Heißhunger und wollte so rasch wie möglich nachsehen, ob es in der Schankstube schon etwas zum Morgenmahl gab.

Es durfte nicht sein.

Aber tief in ihrem Innern schienen Radegunds Worte eine dunkle, dumpf klingende Glocke angeschlagen zu haben, und sie wusste, dass es stimmte.

Ein Kind.

Von Berengar.

Wie schrecklich, dachte sie.

Wie wunderschön.

Kapitel 18

Der Lärm und Schmutz in Konstantinopel waren um ein Vielfaches schlimmer als in Regensburg. Dabei hatte Emme geglaubt, mit Regensburg bereits eine der größten Städte der Christenheit kennengelernt zu haben. Als sie Robert, der neben ihr am Ende des Trosses ritt, ihre Gedanken mitteilte, lachte er gutmütig.

»Das mag ich an Euch«, sagte er. »Dass Ihr Euch das Staunen eines Kinds bewahrt habt.«

Kind.

Wieder musste sie an das Kind denken. In den letzten Tagen hatte sie ihren Körper genauer beobachtet und ihre Entdeckungen mit den zahlreichen Beschwerden verglichen, über die Oda stets geklagt hatte, wenn sie wieder guter Hoffnung gewesen war.

Radegund hatte vermutlich recht. Sie trug ein Kind unter dem Herzen. Berengars Kind.

Bei der wöchentlichen Beichte hatte sie keine Worte dafür gefunden. Es war ihr schon schwergefallen, dem Bischof von Passau, dessen Angebot sie dankbar angenommen hatte, nicht nur ihre Mithilfe bei Hermanns Tod zu gestehen, sondern auch das Geschehen der darauf folgenden Nacht. Erleichtert hatte sie sich danach überhaupt nicht gefühlt, und die Buße, die er ihr auferlegt hatte, hatte sie als lächerlich harmlos empfunden.

Und als Robert von Uppsala sie nun wieder an die Schande erinnerte, verlor sie sich im Schweigen.

Die Menschen, die ihr in den letzten Wochen unterwegs begegnet waren, hatten einen immer fremdartigeren, immer seltsameren Eindruck gemacht. Sie hatten dunkle Gesichter, schwarzes Haar und trugen seltsame Kleidung. Die Sprache war nicht zu verstehen und klang manchmal geradezu beängstigend ungewohnt in den Ohren. Als Emme sich nun in Konstantinopel umblickte, verstärkte sich das Gefühl, in der Fremde zu sein. Lautstark wurde an jeder Ecke gefeilscht, eine Hure kreischte, als zwei Männer sich um sie stritten, verschleierte Frauen eilten über die breite Prachtstraße, die die Stadt in zwei Hälften zu teilen schien.

Sie wusste gar nicht, wohin sie zuerst sehen sollte.

Aber dann entdeckte sie zwei Männer, deren Anblick plötzlich ein heimatliches Gefühl in ihr hervorrief. Ritter, auf deren wattierte Wämser rote Kreuze genäht waren. Sie nickte in Richtung der Männer. »Seht nur, Kreuzritter!«

Robert folgte ihrem Blick. Die Männer verschwanden in einer Seitengasse. »Ja, und wer seid Ihr Eurer Meinung nach, Herrin Emme?«

»Wer sollte ich denn sein?«, fragte sie verblüfft, denn darüber hatte sie noch nie nachgedacht.

»Ihr seid eine Kreuzfahrerin. Wie Berengar, ich und alle unsere Männer habt Ihr das Kreuz genommen. Ihr tragt es nicht offen auf Eurem Umhang, aber Ihr gehört dazu, allein weil Ihr auf dem Weg ins Heilige Land seid.«

»Das wusste ich nicht.« Sie fand den Gedanken schmeichelhaft, wenngleich auch etwas bedrohlich. Schließlich wollte sie nichts anderes, als Ludwig freikaufen und anschließend so schnell wie möglich heimkehren.

»Keine Angst, Ihr müsst nicht kämpfen.« Robert von Uppsala lachte, und sie stimmte in sein Lachen ein. »Euer Kaiser Friedrich Barbarossa erließ ohnehin ein Gesetz, demzufolge Frauen nicht an Kreuzzügen teilnehmen durften. Allerdings hielt sich niemand daran. Allein die Strafen, die er festlegte, falls es während der heiligen Unternehmung zur Unzucht kommt, werden verhängt und auch vollstreckt.«

Emme blieb das Lachen im Hals stecken. Strafen? Unzucht? Sie schluckte. »Was … heißt das?«

»Wenn ein Mann und eine Frau auf dem Kreuzzug beisammenliegen, wie Mann und Frau es im Ehebund tun, aber nicht verheiratet sind, steht darauf die Prügelstrafe«, erklärte Robert, als habe er das Gesetz auswendig gelernt. »Aber da müsst Ihr keine Angst haben.«

Emmes Finger krampften sich um die Zügel. Robert wusste schließlich, was in Passau geschehen war. Aber bisher hatte er nie ein Wort darüber verloren.

»Ich habe keine Angst«, behauptete sie übertrieben munter.

»Ich dachte, Ihr sorgt Euch um Radegund«, fuhr er fort, und sie hätte vor Erleichterung fast laut aufgelacht. »Sie ist ein gutes Mädchen, und ich glaube, sie hält sich brav zurück. Obwohl ich weiß, dass der eine oder andere unserer Männer einen Blick auf sie geworfen hat. Wer weiß, vielleicht nimmt einer sie nach dem Kreuzzug mit heim und macht sie zu seiner Linken zur Frau. Etwas Besseres könnte ihr gar nicht widerfahren.«

»Wenn er ein guter Mann ist, sicher.« Emme wagte nicht, Robert anzusehen.

»Was geschieht mit der Frau, wenn es herauskommt? Ich meine … Sicher gibt es Fälle, in denen die Frau schwanger wird und so die Schande offenbar …«

Sie bogen in eine schmalere Gasse ein, die in einen großen Innenhof mündete, und das Schild über dem Tor verhieß, dass Reisende hier ein Nachtlager fanden. Laut klapperten die Hufe auf dem Kopfsteinpflaster.

»Natürlich werden beide bestraft«, erwiderte Robert. »Die Frau jedoch erst später, nachdem sie das Kind geboren hat, weil die Kirche sagt, man müsse das ungeborene Leben schützen, auch wenn es in Sünde gezeugt wurde. Bis dahin wird sie jedoch streng bewacht.«

Die Hufschläge dröhnten ihr im Kopf, und sie hörte nicht, was Robert sie als Nächstes fragte.

Beide werden bestraft. Die Frau jedoch erst später, nachdem sie das Kind geboren hat …

Sie musste sich zurückhalten, um nicht eine Hand schützend auf den Unterleib zu legen.

Bisher hatte sie keinen Gedanken daran verschwendet, welche Folgen es haben mochte, wenn sie das Kind zur Welt brachte. Was danach mit ihr und dem Kind geschehen sollte. Tief im Innern ahnte sie, dass sie nicht nach Ravensberg zurückkehren konnte. Vielleicht schickte man sie in ein Kloster, oder ihr Vater verfügte, dass sie in Zukunft nicht mehr auf dem Stammsitz wohnte, sondern in irgendeinem abgelegenen Winkel. In einer Hütte im Dorf, weil er es nicht ertrug, ihr täglich zu begegnen. Sie stellte sich vor, wie sie winters barfuß zur Burg hinaufstapfte, das schreiende Kind im Arm, um am Tor mit anderen Armen Almosen zu erbetteln. Wie Oda aus dem Tor trat und Brot aus einem Korb verteilte, wie sich die Blicke der beiden Frauen trafen …

»Weint Ihr, Herrin Emme?«

Hastig wischte sie sich die Tränen von den Wangen. »Es ist nichts«, behauptete sie.

»Ich hätte Euch nicht davon erzählen dürfen«, sagte Robert von Uppsala mit sanfter Stimme. »Das sind keine Geschichten für Frauen. Aber macht Euch keine Sorgen. Solche Fälle sind gottlob nur selten.«

Ihr wurde schwindelig, und nur mit Mühe vermochte sie sich am Sattelhorn festzuhalten. Sobald sie in den Innenhof des Gasthauses eingeritten waren, glitt sie aus dem Sattel, hielt sich an ihrem Braunen fest und versuchte das Zittern zu bezwingen, das sie erfasst hatte.

Todesangst. So musste es sein, wenn man plötzlich Todesangst hatte.

Sie blieb stehen, während alle anderen bereits ihre Pferde in den Stall brachten. Radegund trat zu ihr. Immer war sie zur Stelle, wenn Emme sie brauchte. Aber Radegund wusste von ihrem Geheimnis, hatte es vor ihr erahnt, weil sie ihre Herrin beobachtet hatte, weil sie sich auskannte mit diesen Frauendingen.

Bestimmt wusste sie auch, wie man ein ungewolltes Kind loswurde.

»Herrin, Ihr seid müde.« Nachsichtig lächelnd half Radegund ihr auf eine Bank an der Stallwand. »Ich kümmere mich um Euren Braunen.«

Sie schnallte das Bündel vom Sattel, in dem Emme ihre wichtigsten Habseligkeiten verpackt hatte.

Emme umklammerte den Beutel. Unter dem Leder spürte sie das Kästchen mit den Schwämmen. Von der Tinktur war noch genug übrig, um ihr den Todesschlaf zu bescheren. Aber wie sollte sie das Kind im Leib in den Tod wiegen?

Konstantinopel hatte den Vorteil, groß zu sein. Mehr als groß. Er konnte sich in den Gassen verlieren, konnte in jedes dritte Haus stolpern und wurde mit großem Hallo von den Huren begrüßt. Er konnte sein letztes Geld den Kurtisanen in den Ausschnitt stecken, ehe sie die Röcke für ihn hoben.

Konstantinopel hatte den Nachteil, dass er Emme in dieser Stadt nicht entkommen konnte. Sie war allgegenwärtig. Der Hüftschwung einer Tänzerin, die Augen einer Wirtstochter, die Lippen einer Straßenhändlerin und der Duft der Frauen erinnerten ihn daran, wie anders sie war. Wie sehr er sich danach sehnte, Frieden mit ihr zu schließen.

Solange es aber keinen Frieden gab, blieb ihm nichts übrig, als sich immer wieder den Huren, Wirtstöchtern, Händlerinnen und Tänzerinnen zu nähern. Er stürzte sich in die nächtlichen Vergnügungen, wie es so viele seiner Kampfgefährten vor der nächsten Schlacht taten. Er wollte sich wieder spüren und nicht länger beherrscht werden von seiner Sehnsucht nach Emme.

Erst am dritten Abend ließ Berengar sich überreden, im

Gasthof zu bleiben, aber nur deshalb, weil ihm das Geld ausging und der Kaplan ihn großzügig auf einen Krug Wein einlud.

Der Gasthof unterschied sich von denen, die sie unterwegs bewohnt hatten. Er war großzügig, behaglich, und im Winter blieben nur wenige Gäste über Nacht. In dieser Zeit reiste niemand gern, wenn es nicht zwingend notwendig war, und so stand jedem ein Schlafplatz im oberen Stockwerk zur Verfügung. Die Schankstube war also nicht mit Schlafenden belegt, und bis spätabends konnte sich Berengar am Kamin wärmen, den Rücken an die Wand lehnen und die beiden Wirtstöchter beobachten, die mit wiegenden Hüften, wehenden Röcken und herzlichem Lachen alle Männer bedienten, als hätten sie sich in jeden einzelnen verguckt.

Die Ältere gefiel Berengar. Sie hatte blonde Zöpfe, Grübchen in den rosigen Wangen, wenn sie lächelte, und ihre Augen waren von einem strahlenden Blau. Sie beugte sich besonders aufreizend vor, als sie ihm einen neuen Krug Wein brachte.

Hanno schnalzte mit der Zunge. »Ein solches Mädchen hättet Ihr sicher gern im Bett«, raunte er dem Bassunviller grinsend zu. Die Wirtstochter schien zwar die Worte nicht zu verstehen, den Sinn dahinter aber zu erraten, denn beim Kaplan verfuhr sie ähnlich und zwinkerte ihm verschwörerisch zu.

»Wenn ich nur dürfte, Schäfchen, dann würde ich dich gleich heut Nacht noch ordentlich einreiten«, murmelte der Kaplan vor sich hin und warf Berengar einen entschuldigenden Blick zu. »Natürlich ließe ich Euch den Vortritt, wenn diese hier Euch lieber ist, Herr Berengar. Die andere genügt mir auch, die ist noch draller, und das mag ich.«

»Ihr geht recht offen mit derlei Dingen um, wenn man bedenkt, dass Ihr ein Mann Gottes seid.«

»Hätte Gott gewollt, dass ich enthaltsam lebe, hätte er meine Triebe gedämpft. Es war nie mein Wunsch, Kaplan zu werden. Sich ständig anhören zu müssen, was die Herrschaften an lässlichen Sünden zu beichten haben, während sich in mir die wahren Sünden ansammeln, kann überaus ermüdend sein.« Er zuckte mit den Schultern.

Hatte der Kaplan schon genug getrunken, um so freimütig daherzureden?, fragte sich Berengar. Da ihm dies indes nur zum Vorteil gereichen konnte, schenkte er aus seinem Krug kräftig nach. Sein Gegenüber prostete ihm sogleich fröhlich zu und nahm einen tiefen Schluck.

»Nun, wusstet Ihr, dass manche Frauen es für eine Sünde halten, sich einmal kurz im Spiegel zu betrachten? Eitelkeit, ja, aber doch nur, wenn man sich übermäßig putzt und den ganzen Tag nichts anderes treibt. Das ist nun wirklich nichts, womit man mich belasten muss, oder? Und wie enttäuscht sie gucken, wenn ich keine ordentliche Buße auferlege für diese Untaten! Dann durchbohren sie mich mit vorwurfsvollen Blicken, als hätte ich ihnen etwas Wertvolles genommen.«

Berengar schwieg. Überhaupt schien es ihm das Beste, zu schweigen und Kaplan Hanno reden zu lassen. Vielleicht kam er dann irgendwann auf das Thema zu sprechen, das ihn wirklich und wahrhaftig bewegte.

»Und so geht das, Woche für Woche, tagein, tagaus. Mir reicht es, mit ihnen jeden Tag zu beten, danach bin ich bedient. Ich muss den frommen Pfaffen mimen, ich muss Strenge zeigen, ihnen eine angemessene Buße auferlegen. So sieht es aus. Und die Männer, die haben sowieso nichts zu beichten, zumindest denken sie das. Schaut mich an! Was ich zu beichten hätte, das würde für zehn andere genügen.« Er trank weiter, plauderte und zwinkerte den Mädchen zu, die sich nicht lumpen ließen. Vermutlich ahnten sie nicht einmal, dass sie, wenn sie den Kaplan ermutigten, früher oder später einem eindeutigen Angebot ausgesetzt wären. Berengar überlegte noch, was die Mädchen darauf wohl erwidern mochten. Vielleicht war es für sie auch nichts Ungewöhnliches, dass Gottesmänner sich mit ihnen vergnügten.

Da ergriff der Kaplan erneut das Wort. »Die Herrin Emme allerdings ist anders als die meisten Weiber. Die beichtet nur das, was sich zu beichten lohnt.« Bei diesen Worten musterte er Berengar von der Seite, als erwarte er eine Antwort.

Der Bassunviller starrte auf den blank polierten Tisch. Also hatte Emme berichtet, was zwischen ihnen geschehen war. Doch vom Kaplan darauf angesprochen zu werden war mehr als unangenehm. Sehnlich wünschte er sich, Hanno möge Ruhe geben.

»Manchmal natürlich auch solcherlei ... wie es ... bei Frauen nun einmal ... üblich ist ...« Mittlerweile lallte der Kaplan. Berengar war sicher, er würde sich morgen nicht mehr daran erinnern, was er heute erzählt hatte. Vielleicht war es auch besser so. Er wollte den Mann nicht in die Verlegenheit bringen, am nächsten Tag zu wissen, dass er Unerlaubtes ausgeplaudert hatte.

»Was beichtet sie denn so?«, fragte er scheinbar beiläufig.

Der Kaplan glotzte ihn über den Rand des Bechers hinweg an. »Dachtet Ihr, ich erzähle Euch einfach davon?« Er kicherte. »Also wirklich. Ihr seid ein schlechter Mensch, Bassunviller. So etwas fragt man den Beichtvater einer jungen Edeldame doch nicht.«

Durstig blickte er in sein Krüglein, das bereits wieder leer war, und ehe er die Wirtstochter heranwinken konnte, die ihn nur über Gebühr abgelenkt hätte, schob ihm Berengar rasch seinen Krug hinüber, der noch fast voll war.

»Ich will's Euch sagen, aber ... pst!« Hanno legte den Finger an die feuchten Lippen. »Sie beichtet Merkwürdiges, Eure Herrin Emme. Zuletzt erzählte sie ...« Wieder musste er kichern, als sei das alles unglaublich lustig. Berengar wartete, obwohl seine Geduld langsam ausgereizt war.

»Sie beichtet mir, sie fühle sich schuldig am Tod ihres Bruders. Er sei von ihrer Hand gestorben, das beteuert sie immer wieder, und wenn ich nachfrage, zählt sie alles Mögliche aus weiter Vergangenheit auf. So habe sie ihm als kleines Kind, als Neugeborenes, die Milch der Amme weggetrunken, sodass eine zweite geholt werden musste, damit beide Kinder satt wurden. Sie schlief mit ihm in einer Wiege und raubte ihm alle Kraft, bis seine Amme ihn ihr entriss. Sie ärgerte ihn, sie neckte ihn, weil er nicht mithalten konnte, und so weiter.« Hanno verdrehte die Augen. Dabei goss er sich nach, und unauffällig winkte Berengar der Blonden, weiteren Wein zu bringen.

»Und?«, fragte er, weil der Kaplan nicht weitersprach.

»Ja, das ist das Merkwürdigste. Zuletzt hat sie bei der Beichte fast geweint.« Hanno schüttelte den Kopf. »Sie wird verrückt, wenn Ihr mich fragt. Das Schuldgefühl, ihren Bruder getötet zu haben, zerreißt sie. Dabei stimmt es doch gar nicht.«

Er schien noch etwas sagen zu wollen, aber der neue Weinkrug fesselte seine Aufmerksamkeit, und während er immer weiter über der Tischplatte hing, lauschte Berengar in sich hinein.

Er hatte gesehen, wie Emme mit ihrem Bruder auf dem Bett gelegen hatte. Ein Bild, das sich ihm eingebrannt hatte und das zu vergessen ihm unmöglich war.

Sie hatte ihn nicht umgebracht. Glaubte Berengar.

Sie hatte ihn nur das letzte Stück des Wegs begleitet.

Und auch wenn die Kirche erklärte, es sei eine der schwersten Sünden, sich selbst zu töten, schien es nach längerem Nachdenken in seinen Augen ein Akt der Gnade, einem Sterbenden zu helfen. Doch diese ketzerischen Gedanken behielt er lieber für sich.

»Und manchmal«, gluckste Hanno, »manchmal behauptet sie, Gott habe nicht gewollt, dass sie und ihr Bruder leben. Gott wollte nur, dass einer von beiden lebt, und darum muss sie jetzt leben.« Er schüttelte den Kopf. »Hat man so viel Unsinn schon einmal aus einem Mund gehört?«

»Sonst sagte sie nichts?«, fragte Berengar.

»Was soll sie denn noch sagen? Reicht das nicht?«

Doch, es war sogar mehr als genug. Aber nicht das, was er erwartet hatte. Er hatte befürchtet, vom Kaplan auf die Ereignisse jener Nacht angesprochen zu werden, als Hermann starb. Vielleicht wusste Hanno davon, und er schwieg taktvoll, weil er sich einen letzten Rest Verstand bewahrt hatte.

»Oh, jetzt verstehe ich, was Ihr wollt. Mich aushorchen!« Hanno versetzte dem Ritter einen Stoß. »Hat sie's Euch angetan, die hübsche Grafentochter? Mal was Besseres als diese Dirnen alle, was? So unverbraucht und unschuldig.« Er grinste breit in seinen Becher, zufrieden mit sich und seiner Welt, weil er glaubte, Berengar auf die Schliche gekommen zu sein.

»Ich weiß nicht, was Ihr meint.«

»Nun, schlagt sie Euch besser aus dem Kopf. Mir deucht, sie hält sich lieber an Euren Freund aus Uppsala. Dem scheint sie von Herzen zugetan zu sein.«

Berengar biss die Zähne aufeinander. Ja, natürlich war ihm das auch aufgefallen. Und es gefiel ihm nicht, wie sie sich von Robert beschützen ließ. Sie hielt sich von dem Bassunviller fern, und Robert half ihr, so als wisse er, was zwischen Emme und ihm stand.

Mit einer forschen Geste winkte Hanno die Blonde zu sich heran, und als sie näher kam, wandte er sich ein letztes Mal an Berengar. »Ihr habt nichts dagegen, oder? Wenn ich die Blonde nehme?«

Berengar machte eine Handbewegung, als gebe er sie frei.

Sie lächelte ihn hoffnungsvoll an, doch er hatte die Arme vor der Brust verschränkt und beobachtete, wie der Kaplan das Mädchen umwarb. Es dauerte nicht lange, bis sie lachte, ihrer Schwester etwas zurief und dem Kaplan von der Bank half. Schwer stützte er sich auf ihren Arm, als beide aus der Stube wankten.

Ihm blieb an diesem Abend viel Zeit zum Nachdenken. Er bestellte einen weiteren Krug, und die nächsten Stunden saß er in seiner Ecke, brütete über dem Becher und der Maserung der Tischplatte, während die Gäste ringsum mit zunehmendem Weingenuss laut und lauter wurden. Immer wieder kam die dralle Wirtstochter zu ihm an den Tisch. Heute nicht, heute wollte er allein ins kalte Bett kriechen und sich daran erinnern, wie es gewesen war, nicht allein einzuschlafen. Wie es gewesen war, sie im Schlaf zu beobachten.

Warum nur konnte er das alles nicht endlich vergessen?

Emme kniete vor ihrem Bett, die Hände aneinandergelegt, die Ellbogen auf die Matratze gestützt. Sie schloss die Augen. »Bitte, lieber Gott«, flüsterte sie, doch es kam ihr merkwürdig vor, so zu Gott zu beten.

Gott hatte ihr alles genommen. Heimat und die beiden liebsten Brüder. Und dafür hatte er ihr etwas gegeben, womit sie nichts anzufangen wusste.

Ein Kind unter dem Herzen und eine verzehrende Liebe zu einem Mann, der ihre Schwäche ausgenutzt hatte.

Hinter ihr klappte die Tür zu. »Radegund«, murmelte Emme, ohne die Augen zu öffnen oder sich umzudrehen.

»Ich bin hier, Herrin.«

»Ich habe einen Auftrag für dich.« Ohne ihre Haltung zu verändern, sprach Emme weiter. »Kannst du dich mit den Schankmädchen verständigen? Oder mit irgendjemandem sonst in dieser Stadt?«

»Die Wirtstöchter. Sie sprechen unsere Sprache, das weiß ich.«

Emme öffnete die Augen. Sie starrte auf die Wand hinter dem Bett. Weiß getüncht, darin eingelassen ein kleines Fenster, einer Schießscharte ähnlich. Nur wenig Winterlicht fiel tagsüber in die Kammer, und jetzt, im Morgengrauen, war das Fenster wie ein rötlich schimmerndes Sonnenauge, das ihr zuzwinkerte. »Ich dachte, sie verstehen kein Wort.«

Sie spürte Radegunds Zögern.

»Also?«

»Sie verheimlichen es den Männern. Sie sagen, so ist es einfacher, die Männer rumzukriegen für ...« Radegund verstummte, peinlich berührt.

»Du brauchst nicht weiterzusprechen.« Wofür schon? Sie konnte es sich vorstellen. Schlimmer: Sie konnte sich allzu gut vorstellen, wie die hübsche Blonde mit Berengar beisammenlag, wie sie unter ihm stöhnte und sich wand, wie sich ihre Finger in seinen Rücken krallten und wie ihre weißen Schenkel ihn umklammerten, während er sich in ihr bewegte.

»Dann geh zu einem der Mädchen, und frag nach einem Kräuterweib.«

»Ist Euch nicht gut, Herrin?«

Emme stand auf. Sie klopfte sich den Staub vom Rock und wandte sich zu Radegund um, die sich gegen die Tür presste.

»Doch«, sagte sie nur. »Es geht mir hervorragend. Das ist es ja. Das soll sich ändern.«

Sie starrten einander an.

»Das kann ich nicht«, sagte Radegund schließlich. »Herrin, Ihr wisst doch, meins haben sie mir aus dem Leib geprügelt, und ich mag nicht, wenn Ihr diese schwere Sünde begeht. Bestimmt gibt's andere Wege.«

»Wenn es die gäbe, würde ich sie wählen.« Emme drückte

Radegund eine Münze in die Hand. »Geh und sag, ich brauche etwas, das ich allein anwenden kann. Ein Kraut, irgendetwas ...«

Radegund schien hin- und hergerissen. »Niemand muss es erfahren«, versuchte sie es noch einmal. »Wenn Ihr wollt, nähe ich Eure Kleider so um, dann sieht man's noch etliche Monate nicht.«

Entschlossen schüttelte Emme den Kopf. »Unmöglich«, sagte sie leise. »Wenn jemand davon erfährt, werden sie ihn auspeitschen – und mich auch, nachdem das Kind geboren ist. Ihm mag ich das nicht antun, obschon ich bereit wäre, es auszuhalten.«

Radegund gab nicht nach. »Ihr könntet Euch verstecken«, schlug sie vor.

»Nun geh schon!«, herrschte Emme die Zofe an. »Ich will es heute noch hinter mich bringen.«

Sie kniete abermals vor dem Bett nieder, faltete die Hände und schloss die Augen. In Gedanken zwang sie Radegund, sie endlich allein zu lassen. *Bitte, lieber Gott, gib mir Kraft, meinen Sünden eine neue hinzuzufügen. Gib mir Mut, das Kind zu verlieren. Ich muss es loslassen, lieber Gott.*

Aber die Vorstellung, wie ein Kind in ihren Armen lag, das seine blauen Augen und sein rötlich braunes Haar hatte, war ihr schier unerträglich.

Wenig später kehrte Radegund zurück. Sie wartete, bis Emme ihr Gebet beendet hatte.

»Sie sagt, Ihr müsst mitkommen zu der Kräuterfrau. Sie macht's nicht, dass sie irgendwem Kräuter gibt. Das ist zu gefährlich.«

Emme seufzte. »Also gut.« Sie nahm ihren Mantel, wog prüfend ihren Geldbeutel in der Hand und folgte Radegund nach unten in die leere Schankstube.

Das blonde Mädchen schrubbte die Tische. Sie richtete sich auf, wischte sich das Haar aus dem Gesicht und warf den Lappen in einen Eimer. Schwarzes Wasser schwappte auf den Boden.

»Am besten gehen wir sofort. Es dauert manchmal länger, bis es wirkt.«

»Ich bin bereit«, sagte Emme. Sie atmete tief durch. In ihr breitete sich ein Flattern aus, und sie presste die Hand auf den Unterleib. Das kann noch nicht das Kind sein, redete sie sich ein. Dafür war's zu früh, das wusste sie von Oda, auf deren Leib sie manchmal die Kindsbewegungen erfühlt hatte.

Sie folgte der Blonden in die Kälte hinaus. Es schneite, und sie zogen die Kapuzen tief in die Stirn. Die Blonde blickte zurück, trat neben Emme und passte ihre Schritte an.

»Der Ritter, der mit Euch reist. Der dunklere ...«, begann sie unvermittelt.

»Ja? Was ist mit ihm?«

»Er sieht so traurig aus. Hat er einen lieben Menschen verloren? Frau und Kind? Viele Ritter betrauern Kameraden, das sieht man ihnen an. Dieser aber wirkt so betrübt, darum fragte ich mich ...«

»Ich wüsste nichts von Frau und Kind.« Wieder das Flattern im Leib.

»Also ist er allein?«

Nein, allein ist er nie. Jede Nacht liegt eine andere in seinen Armen. Und manche bereut es danach und weint.

»Er ist allein.«

»Das ist gut!«, rief das Schankmädchen fröhlich und schritt rascher aus. Offenbar hatte sie erfahren, was sie wissen wollte.

Wenig später erreichten sie ein Haus am Ende einer schmalen Gasse. Die Wirtstochter klopfte, die Tür öffnete sich einen Spaltbreit, und sie redete offenbar mit einer Frau, ehe sie Emme heranwinkte.

»Zwei Goldfiorin will sie für ihre Dienste«, übersetzte das Mädchen.

Ohne Zögern griff Emme in ihren Beutel. Sie reichte das Geld weiter, ohne sich um die erstaunten Blicke zu scheren, die beide Frauen ihr zuwarfen.

Die Tür wurde geöffnet, und die Kräuterfrau winkte sie herein. Sie lächelte, und Emme erwiderte das Lächeln, obwohl ihr nicht danach zumute war.

»Ihr müsst Euch ausziehen, damit sie Euch untersuchen kann.« Die Wirtstochter wies auf den Küchentisch in der Mitte des Raums.

Gehorsam legte sich Emme auf den Tisch. Die Frau trat zu ihr, stellte ihre Füße auf den Tisch, raffte ihre Röcke und untersuchte sie. Nach einer ganzen Weile schnalzte sie mit der Zunge und redete rasch auf die Wirtstochter ein, die ebenso schnell antwortete. Schließlich schüttelte sie den Kopf.

»Sie sagt, sie kann's nicht machen«, sagte die Wirtstochter. »Ihr seid bereits zu weit. In den ersten Wochen ist es noch möglich, aber alles, was über drei Monate hinausgeht, schadet der Mutter und kann ihren Tod bedeuten.«

Emme setzte sich auf. »Sag ihr, dass sie ihr Handwerk nicht versteht, wenn sie nicht sieht, dass dieses Kind erst Anfang dieses Jahres gezeugt wurde.«

Die Wirtstochter übersetzte, die Kräuterfrau rang die Hände und antwortete mit erregter Stimme.

»Und sag ihr auch, sie muss nichts fürchten, nur weil ich eine edle Dame bin.«

Immer wieder aufs Neue schüttelte die Kräuterfrau den Kopf, aber die Wirtstochter redete so lange auf sie ein, bis sie sie überzeugt hatte, dass ihr keine Strafe drohte, wenn sie Emme half.

Derweil hatte Emme Zeit, sich in dem Raum umzusehen. Es sah nicht so schlimm aus, wie sie es sich vorgestellt hatte.

Die Küche wirkte sauber, und von der Decke hingen die Kräuter in Bündeln herab. Auf einem Bord standen zahlreiche Töpfe und Tiegel. Hinter einem Vorhang befand sich vermutlich eine Vorratskammer, und eine weitere Tür führte in den restlichen Teil des Hauses.

»Sie macht's«, teilte die Wirtstochter Emme mit. »Findet Ihr den Weg zurück allein?«

Emme nickte. Das Flattern in ihrem Unterleib verstärkte sich.

»Es wird ein paar Stunden dauern, so lange sollt Ihr hierbleiben.«

Wieder nickte Emme. Sie ließ die Kräuterfrau nicht aus den Augen, auch als diese sich bekreuzigte.

»Gut.« Die Wirtstochter schien noch etwas sagen zu wollen, aber dann nickte sie bloß, rief der Kräuterfrau noch etwas zum Abschied zu und schlüpfte hinaus.

Emme wartete. Sie rutschte vom Tisch hinab und beobachtete, wie die Kräuterfrau hin und her eilte, den Wasserkessel niedriger übers Feuer hängte, aus verschiedenen Töpfen eine Kräutermischung zusammensuchte und die Mischung mit einem Stößel im Mörser zerkleinerte. Dann bedeutete sie Emme, sich wieder auf den Tisch zu legen. Sie gab einen Batzen streng riechendes Schmalz auf eine Hand, schob die Hand unter Emmes Rock und rieb ihr damit den Leib ein.

Emme ließ es geschehen. Das Flattern hatte aufgehört, und nun gab es für sie kein Zurück mehr. Nur noch wenige Stunden, dann wäre sie von der Sorge befreit.

Als Nächstes reichte die Frau Emme einen Becher mit Kräutersud und bedeutete ihr, ihn zur Neige auszutrinken. Das Zeug schmeckte bitter, und sie würgte es hinunter. Leider schien ein Becher nicht zu genügen, denn in der Folge zwang ihr das Kräuterweib zwei weitere Becher von dem Gebräu auf, bis sie zufrieden nickte. Dann wies sie mit nachdrücklicher Handbewegung auf den Vorhang. Anfangs wusste Emme diese Geste nicht zu deuten, aber dann verstand sie, dass sie sich in den Verschlag dahinter begeben sollte.

Als sie den Vorhang beiseiteschob, entdeckte sie in einer Nische eine Matratze mit Decke und Kissen. Da alles einen sauberen Eindruck machte und sie sich inzwischen recht unwohl fühlte, nahm sie das Angebot dankbar an. Sie legte sich nieder und wartete.

Kapitel 19

Am frühen Abend klopfte sie an seine Tür.

Als er öffnete, verfinsterte sich seine Miene, denn er wollte nicht, dass man sie zusammen sah. Das hatte er ihr immer wieder eingeschärft, aber diesmal wusste Radegund sich nicht anders zu helfen.

»Was ist?«, fragte er und gab sich den Anschein, sie sei nur die Magd der Gräfin, die auf Botengang zu einem der Ritter geschickt worden war.

»Die Herrin.«

Er wartete.

»Sie ist nicht da.«

»Und wo ist sie?«

Radegund schlug die Augen nieder. Wie ungeduldig er wieder mit ihr war! Es missfiel ihm, wie langsam ihr Geist war und wie schwer sie manches nur dann begriff, wenn er es ihr zweimal oder noch öfter erklärte.

»Bei einem Kräuterweib. Die Wirtstochter hat sie hingebracht, und die ist auch schon in Sorge. Sie sagt, so lange sollt's eigentlich nicht dauern, und ich finde auch, es ist zu lang. Darum mach ich mir Sorgen.«

Robert von Uppsala verschränkte die Arme vor der Brust. »Was will sie denn beim Kräuterweib?«

Radegund schüttelte den Kopf. »Kann ich nicht sagen.«

»Das musst du mir schon erklären, sonst weiß ich nicht, ob ich eingreifen soll.«

Abermals schüttelte Radegund den Kopf und hörte ihn seufzen.

So war's, seit sie mit der Reisegruppe unterwegs war. Erst hatte sie geglaubt, er möge sie, und sie hatte sich die Hoffnung erlaubt, er werde ihr irgendwann ein wenig mehr Zuneigung zeigen. Er holte sie nicht in sein Bett, sondern schmeichelte ihr nur mit Worten und steckte ihr Naschwerk zu. Schnell war der Weg geebnet, dass sie ihm Einzelheiten verriet, die sie lieber für sich behalten hätte. Aber als sie erst einmal damit begonnen hatte, ließ er nicht nach, sie weiterhin auszufragen. Wo die Herrin Emme sich aufhielt, wollte er meist wissen. Wohin sie ging, mit wem sie sprach. Was sie tat. Radegund teilte ihm mit, was sie mitteilen konnte, ohne in den Nächten neben Emme vor Scham zu vergehen. Und letztens, da hätte sie es ihrer Herrin fast gestanden, nachdem die sie erwischt hatte, wie sie sich des Nachts fortgeschlichen hatte, weil sich tagsüber keine Gelegenheit ergeben hatte.

Sie hätte der Heimlichtuerei gern ein Ende bereitet, doch inzwischen ließ es sich leichter weitermachen als aufhören.

»Sie ist bei dem Kräuterweib, und sie hätte vor Stunden schon zurück sein müssen«, versuchte sie es noch einmal. »Bitte, Herr Robert, Ihr habt gesagt, wenn es was Wichtiges ist, kann ich jederzeit zu Euch kommen. Und jetzt ist es wichtig, und wenn Ihr nicht mitkommt und helft, dann weiß ich nicht weiter, weil ich keine Ahnung hab, wo diese Frau wohnt und ihrem Gewerbe nachgeht.«

Herr Robert seufzte. Er schien zu überlegen, ob es wichtig genug war, aber Radegund zupfte ihn am Ärmel, um ihren Worten Nachdruck zu verleihen.

»Bitte! Ich hätt das nie tun dürfen, Euch so viel von ihr erzählen. Aber jetzt braucht sie Eure Hilfe.«

»Also gut«, sagte er. »Warte unten!«

Er schloss die Tür.

Sie lief eilig nach unten und suchte nach der Tochter des Schankwirts.

Die saß auf dem Schoß eines Gasts und lachte gurrend, während er sie unter dem Kinn kitzelte. Im nächsten Moment verschwand seine Hand in ihrem Mieder, und gespielt empört schlug sie ihm auf die Finger. Doch als sie sich von Radegund beobachtet fühlte, sprang sie auf und kam zu ihr herüber.

Radegund flüsterte ihr zu, einer der Ritter werde gleich kommen, damit sie gemeinsam zu der Kräuterfrau gehen könnten. Entsetzt starrte die Wirtstochter die Zofe an, zog sie in eine Ecke und wisperte ihr zu, sie könne unmöglich mitkommen. Und was bloß in Radegund gefahren sei.

Ehe diese antworten konnte, betrat der Bassunviller die Schankstube. Radegund merkte, wie die Blonde errötete, und sie sah die Gelegenheit gekommen, alles zum Guten zu wenden.

Aus der Ecke heraus rief sie den Ritter an.

»Kommt Ihr auch mit, um nach meiner Herrin zu suchen?«

Er wandte sich um. »Ist sie denn verschwunden?«, fragte er erstaunt.

Radegund nickte eifrig und freute sich, dass sich alles so fügte, wie sie es sich erhofft hatte, während die Wirtstochter neben ihr knallrot wurde. »Seit heute früh. Wir wollten gerade los und warten auf Euren Freund.«

»Und wisst Ihr denn, wo wir suchen müssen?«, fragte der Ritter.

Die Wirtstochter meldete sich zu Wort. »Ich hab sie hingeführt, Herr.« Sie lächelte verlegen.

Falls es den Bassunviller wunderte, dass die junge Frau seiner Sprache mächtig war, ließ er es sich nicht anmerken. Es kam noch zu einer kleinen Auseinandersetzung zwischen ihm und seinem Freund, als dieser endlich erschien, und die ganze Zeit trat Radegund unruhig von einem Fuß auf den anderen. Sie fürchtete, zu spät zu kommen, und in Gedanken malte sie sich das Schlimmste aus. Nie hätte sie ihre Herrin einfach so gehen lassen dürfen! Warum hatte sie sie nicht begleitet, um notfalls Hilfe zu holen? Dass bei dem

Vorhaben ihrer Herrin irgendetwas gründlich schiefgegangen war, stand für sie außer Frage.

Das Dunkel hielt Emme umfangen und krallte sich in ihren Körper. Sie krümmte sich auf dem Lager zusammen und empfand nichts als Übelkeit. Das Flattern in ihrem Leib war zu einem schmerzhaften Wüten geworden, das sich nicht bezähmen ließ.

So erlebte sie es Stunde um Stunde.

Das Kräuterweib sah hin und wieder nach ihr, ging neben ihr in die Hocke und streichelte ihr beruhigend über den Leib, als könne sie dadurch den Fortgang der Behandlung beschleunigen. Immer wieder flößte sie ihr von dem bitteren Kräutersud ein, doch nach dem fünften Becher erbrach sich Emme, sobald sie nur einen Schluck zu sich nahm. Und so schüttelte sie nur stumm den Kopf, wenn ihr der Becher hingehalten wurde.

Das Murmeln der Frau klang besorgt, doch immer wenn Emme sie fragte, ob alles in Ordnung sei, ob es so wehtun müsse, lächelte diese, schüttelte den Kopf und verfiel in einen beruhigenden Singsang.

Inzwischen wälzte sich Emme nur noch stöhnend hin und her. Ihr war heiß und kalt zugleich, sie schwitzte und fror, ihre Gliedmaßen waren schwer, als wären Arme und Beine mit Mühlrädern beschwert, die sie in dunkle Tiefen zogen. Sie heulte und schrie, bettelte und flehte, aber nichts half, bis sie nur noch erschöpft dalag und alles über sich ergehen ließ.

Manchmal kniete die Frau zwischen ihren Schenkeln nieder, stellte ihre Füße auf, raffte die Röcke bis zur Hüfte hoch und untersuchte Emme. Sie bohrte die Finger tief in sie hinein, aber jedes Mal schnalzte sie nur mit der Zunge, als sei sie mit dem Fortschritt alles andere als zufrieden.

Irgendwann ahnte Emme, dass die Behandlung nicht den

erhofften Verlauf nahm. Das Kind schien sich in ihren Leib zu krallen und sich mit aller Macht dagegen zu wehren, von ihr gelöst zu werden. Es wollte leben. Oder dieses Weib war schlichtweg unfähig und hatte sie mit dem ekligen Kräuterzeug vergiftet.

Sie setzte sich auf. »Ich habe Durst.«

Der Vorhang wurde beiseitegeschoben.

»Durst. Trinken.« Emmes Kehle war wie ausgedorrt, und sie zitterte am ganzen Körper. Sie hob die Hände, als wolle sie einen Becher zum Mund führen. »Wasser.«

Die Frau verschwand und kehrte kurz darauf mit einem gefüllten Becher zurück. Streng beobachtete sie Emme, während diese trank.

Ich muss hier weg. Wie sie mich anstarrt! Als wäre ich eine Hexe, die ihren eigenen Leib verzaubert hat, damit das Kind nicht abgeht.

»Ich gehe«, sagte sie laut. Schwerfällig erhob sie sich von dem Lager. Alles fühlte sich plötzlich riesig und geschwollen an. Unförmig. Sie blickte an sich hinunter, entdeckte aber nichts Ungewöhnliches.

Das Kräuterweib stellte sich Emme in den Weg. Unverständliche Worte prasselten auf sie nieder, und eine Hand legte sich auf ihren Unterarm. Sie zuckte zurück, denn die Berührung schmerzte. Unter ihrer Haut kribbelte etwas.

Vergiftet. Ich werde sterben. Nur fort von hier!

Sie stieß die Frau beiseite und wankte auf die Tür zu. Doch plötzlich verlor sich die rußgeschwärzte Wand und kippte einfach beiseite. Die Frau schrie, doch zu spät. Emme stürzte zu Boden, und ehe sie aufschlug, konnte sie nur noch denken: *Jetzt. Jetzt geht's dahin.*

Sie lag am Boden, und das Blut rauschte ihr in den Ohren. Die Frau zeterte und kreischte, irgendwoher hatte sie einen Schmiedehammer, mit dem sie auf Emmes Schädel einschlug. Sie fühlte sich benommen, aber das Gefühl wich, und aus dem unerträglichen Hämmern wurde ein Klopfen. Jemand war an der Tür und begehrte Einlass.

Emme blieb am Boden liegen. Die Frau versuchte, sie wieder in den Verschlag zu hieven, und das Kleid rutschte dabei hoch. Emme war's gleichgültig, sie war zu müde, um sich darum zu scheren. Sie ließ zu, dass die Frau ihr fast den Arm auskugelte und an ihr zerrte, und sie schaute zur Tür, die unter den Schlägen im Takt ihres Herzschlags erbebte.

Plötzlich sprang die Tür auf. Zwei große Gestalten standen in der Küche, machten sie ganz eng und winzig. Die Kräuterfrau kauerte sich zu Boden, hielt die Arme über den Kopf und stieß kehlige Laute aus. Emme wandte den Kopf und beobachtete staunend, wie ein blonder Mann neben dem Weib niederkniete und ihm eine schallende Ohrfeige versetzte. Als dies nichts half, packte er die Frau und schüttelte sie.

Robert.

Das Kreischen verstummte.

Eine Stimme war dicht an ihrem Ohr, flüsterte ihren Namen. Sie schüttelte den Kopf: *Seid still!* Sie wollte hören, was Robert sagte. Was das Weib antwortete. Weitere Menschen drängten in die Küche, und Emme meinte, Radegund zu erkennen, aber sicher war sie nicht, nur die Wirtstochter erkannte sie, und sie fragte sich, wo Berengar wohl war, denn die Wirtstochter mochte er doch. Undeutlich glaubte sie sich an etwas zu erinnern.

»Emme. Hörst du mich?«

Sie wandte den Kopf und wollte dem Fragenden, der die Arme um sie legte, wütend zurufen, er solle das Maul halten. Dann aber versank sie in zwei blauen Augen und flüsterte erstickt seinen Namen. Im nächsten Augenblick versank sie in der blauen Tiefe, in deren Mitte es ganz schwarz war.

Während Berengar noch versuchte, zu Emme durchzudringen, zeterte hinter ihm das Kräuterweib wieder los.

»Herrgott, was plärrt sie da?«, grollte Robert. Die Wirtstochter drängte sich an Berengar vorbei, stellte der Frau eine Frage und übersetzte den Wortschwall.

»Sie sagt, es gehe nicht mit rechten Dingen zu. Sie habe es mit verschiedenen Kräutern versucht, aber es hat sich nichts getan, außer dass sich Frau Emmes Zustand verschlechtert hat. Es geht nicht weg, sagt sie. Es ist ein starkes Kind.«

Ein starkes Kind.

Berengar begriff nicht, was die Worte bedeuten sollten. Robert aber fragte nach, ebenso fassungslos wie Berengar. Der kniete am Boden, hielt Emme in den Armen, seine Emme, und spürte unter ihrer Haut ein Flattern und Zucken, während sie ganz kalt wurde.

»Ein Kind?«

Er hüllte sie in seinen grünen Mantel. Umfing sie mit den Armen, beugte sich über sie, während hinter seinem Rücken der Wortwechsel fortgeführt wurde.

»Schaut mich nicht so an, Herr Robert! Mir hat sie verboten, es irgendwem zu erzählen.«

»Frag sie, was sie ihr gegeben hat!«

Die Wirtstochter sprach, und die Stimme der Kräuterfrau war ein ängstliches Flüstern. Danach war es lange still, ehe die Wirtstochter wieder sprach. »Ich weiß nicht, wie der Begriff in Eurer Sprache lautet. Korn der Mutter.«

»Mutterkorn«, flüsterte Radegund. »Das treibt die Kindlein aus dem Leib.«

Ein Kind. Sie ist schwanger.

Berengar wagte nicht, Emme ins Gesicht zu sehen. Das hier war seine Schuld, wurde ihm auf einmal bewusst, und es traf ihn wie ein Schlag ins Gesicht. Stumm hob er den leblosen Körper auf und bedeutete Radegund mit einem Nicken, ihm zu helfen.

Keinen Augenblick länger durfte sie in dieser Hütte bleiben! Sie brauchte einen richtigen Medicus, einen, der sie wieder gesund machte. Keine Wehfrau, die ihr Mittelchen gab, an denen sie zugrunde ging.

Der Schnee knirschte unter seinen Stiefeln. Schweigend trug er sie, und obwohl sie so schmal und klein war, wurde sie ihm schon bald schwer. Nach zwei Straßen musste er verschnaufen, blieb an einer Hausecke stehen und lehnte sich dagegen.

Radegund folgte ihm wie ein Schatten, bis er das Wirtshaus erreicht hatte und die Treppe hinaufstolperte. Sie öffnete ihm Türen, schlug Bettzeug zurück und stand hilflos neben dem Lager, als er Emme niederlegte und zudeckte.

»Einen Medicus? Soll ich einen holen?«, fragte Radegund, aber er schüttelte nur den Kopf.

Wenig später kam auch Robert und blieb an der Tür stehen. »Ich habe das Weib mitgebracht. Habe ihr gesagt, wenn Frau Emme nicht überlebt, bleibt auch ihr nicht mehr viel Zeit. Das habe ich ihr geschworen und bin bereit, sie eigenhändig zu richten, wenn's sein muss.«

»Sie soll Emme untersuchen und sie dann nie wieder berühren.« Müde fuhr sich Berengar mit beiden Händen über das Gesicht.

Robert trat auf die andere Bettseite und schaute auf Emme nieder, ehe sich sein Blick auf Berengar richtete. Kein Vorwurf lag darin, keine Anklage, kein Zorn. Nichts. Wie schon vor einigen Wochen, als er in Passau morgens vor Emmes Kammer gestanden hatte. Ausdruckslos.

Robert kannte die Wahrheit. Aber er schwieg.

Fühlte er sich schon wieder von einem Freund betrogen? War auch Berengar für ihn kaum mehr wert als der Dreck unter seinen Stiefeln, wie es schon Ludwig ergangen war?

»Sieh mich nicht so an!«, stieß der Bassunviller zwischen den Zähnen hervor.

»Wie sehe ich dich denn an?«

»Als hätte ich ihr etwas angetan.«

Robert schwieg rücksichtsvoll.

»Wo bleibt nur dieses Weib?«, knurrte er. An irgendjemandem musste er seine Wut auslassen. Es war seine Schuld, und er konnte es kaum wiedergutmachen. Sie hatte versucht, sein Kind loszuwerden. Das fühlte sich nicht gut an, doch nun verstand er wenigstens, warum sie ihn gemieden hatte. Er wusste nur zu gut, was Frauen und Männern drohte, die sich auf dem Kreuzzug zur Unzucht hinreißen ließen.

Er hielt wieder ihre Hand. Kam's denn darauf noch an? Ihre Finger waren eisig, doch das rührte nicht von der Kälte her, denn sie waren nicht gerötet. Er murmelte beschwichtigende Worte, während Robert die Kammer verließ, um nach dem Kräuterweib zu sehen.

Die Frau schlotterte vor Angst, als Robert sie endlich über die Schwelle stieß. Sie wagte keinem in die Augen zu sehen, und die Untersuchung Emmes nahm sie rasch und mit zitternden Händen vor. Dann öffnete sie einen Beutel am Gürtel, nahm ein Döschen heraus und reichte es Robert. Mit Gesten gab sie ihm zu verstehen, das Pulver in Wasser einzurühren und Emme zu trinken zu geben.

Er aber schüttelte den Kopf. »Das erledige gefälligst selbst!« Mit diesen Worten gab er ihr das Döschen zurück.

Berengar nahm es ihr aus der Hand, warf Robert einen müden Blick zu und stieg die Treppen hinunter, um Wasser zu holen. War es tatsächlich seine Aufgabe, jeden Handgriff selbst auszuführen, damit Emme gerettet wurde? Dann sollte es ihm recht sein. Nur wünschte er, an ihrer Stelle auf dem Bett zu liegen und die Schmerzen zu ertragen.

»Was können wir noch tun?«, fragte er das Weib nach seiner Rückkehr, und als sie nur hilflos die Schultern hob, nickte er Robert zu. »Hol die Wirtstochter, sie soll übersetzen.«

»Wir müssen darüber reden«, verlangte Robert.

»Später«, knurrte Berengar.

Er wusste, was sein Freund ihm sagen wollte.

Er entkam seiner Bestrafung nicht. Jetzt nicht mehr.

Dieses Später kam, aber erst am nächsten Morgen. Zunächst blieb Berengar nachts bei Emme, und weil er sich erinnerte, wie sie sich damals neben ihren Bruder gelegt und ihm Wärme und Geborgenheit gespendet hatte, erhob er sich in der kältesten Stunde von seinem Hocker, achtete nicht auf Radegunds Blicke und bettete sich neben der Geliebten. Dann, so schien es ihm, fand sie endlich Ruhe.

Morgens überließ er es Radegund, die Kranke zu waschen und ihr ein frisches Hemd überzuziehen, weil sie das andere durchgeschwitzt hatte. Derweil kehrte er in seine eigene Kammer zurück, kleidete sich um und wusch sich.

Er fürchtete sich nicht vor dem, was ihm drohte.

Radegund blickte auf, als er wieder in Emmes Kammer trat. Stumm musterte sie ihn.

»Und?« Seine Stimme klang rau.

»Sie hat es nicht verloren, Herr.«

Er nickte. Wenigstens das. Doch er war nicht sicher, ob es gut war für Emme, wenn sie das Kind behielt. »Pass auf sie auf.« Dem Drang, Emme ein letztes Mal über das verschwitzte Haar zu streichen, widerstand er. Sie war nun in Radegunds Obhut, und er musste darauf vertrauen, dass sie ihre Aufgabe zuverlässig erledigte.

Sie warteten im Gastraum auf ihn.

Er trat auf Robert und Kaplan Hanno zu, die an einem Tisch saßen. Als verlangten sie Rechenschaft von ihm. Der Wirt, der an der Stirnseite des Tischs gehockt und leise auf die beiden Männer eingeredet hatte, erhob sich rasch und verschwand.

»So«, sagte Berengar nur. Er setzte sich.

»Nun?«, fragte Robert. »Was sollen wir tun?«

Der Bassunviller hob die Schultern. So einfach wollte er es ihnen nicht machen. Leugnen würde er nicht, doch er war ebenso wenig bereit, Emmes Schande zu verraten und seine Schuld einzugestehen.

»Wir haben darüber nachgedacht, wie weiter zu verfahren ist«, begann der Kaplan. »Ihr wisst sicher, dass wir den Vorfall melden müssen.«

»Ja, das weiß ich.«

»Immerhin ist sie eine Edeldame.« Hanno schmatzte genüsslich. Es hörte sich an, als sauge er Essensreste aus den Zahnlücken. Ganz offensichtlich gefiel er sich darin, den Moralapostel herauszukehren.

»Also?« Berengar zeigte wenig Lust, die Verhandlung unnötig in die Länge zu ziehen.

»Sie werden wissen wollen, wer's gewesen ist«, sprach Hanno eifrig weiter und beugte sich gewichtig vor. »Beiden droht Bestrafung.«

Berengar erwiderte Hannos Blick. Könnte ich ihm doch mit einem Fausthieb das selbstzufriedene Grinsen aus dem Gesicht schlagen!, dachte er angewidert. Aber er schwieg nur.

»Vielleicht war's der Johansdorfer«, wandte Robert ein. »Er ist kein Kreuzfahrer, und dann wär's wohl nicht gegen das Gesetz, das Friedrich Barbarossa einst erließ.«

Berengar erwiderte nichts darauf. Die Erinnerung daran, wie Emme mit dem Minnesänger beim abendlichen Festmahl gelacht und geschäkert hatte, war tief in seinem Innern vergraben. Sein Stolz wehrte sich gegen die Vorstellung, sie könne einem anderen zugetan sein. Auch deshalb blickte er Robert an, hielt dessen grauen Augen stand, in denen er die stumme Frage las, ob auch dieser Freund ihn enttäuschen werde. Ob auch Berengar ihn belog, wie Ludwig es bereits vor vielen Monaten getan hatte.

»Wir kennen doch die Wahrheit, oder?«, fragte der Bassunviller an Robert gewandt. »Was bringt es, noch länger um eine Tatsache herumzuschleichen, die uns beiden nur allzu bekannt ist? Schicken wir Hanno, damit er im Haus der Kreuzfahrer darum bittet, ein Gericht abzuhalten und den Fall zu verhandeln. Ich habe Unzucht getrieben mit ihr und bin bereit, meine Strafe anzunehmen. Aber ich bitte euch: Verschont sie. Sie hat schon genug gelitten.«

Für eine Weile schwiegen die drei Männer.

»Das zu entscheiden werden wir anderen überlassen«, verkündete Hanno. Er sprang auf, war mit wenigen Schritten an der Tür und raffte seinen Umhang enger um die Schultern. »Ihr passt mir auf, dass der Herr de Bassunville nicht stiften geht, Herr von Uppsala!« Dann stürmte er hinaus.

Sie waren in der Stube allein. Berengar wich Roberts Blick aus, ahnte er doch, dass darin nichts als Fragen lauerten. Er stand auf, ging zu dem Türsturz zur Küche, in der sich der Wirt und seine Töchter emsig beschäftigt gaben.

»Ich hätte gern ein Morgenmahl«, sagte er, und drei Köpfe ruckten hoch. Sofort sprang die Dunkle auf, die Blonde aber blieb am Waschzuber stehen und kratzte die Essensreste in einen Eimer, als koste es sie größte Aufmerksamkeit. Der Wirt nickte Berengar zu, doch in seinen Augen lag nichts Freundliches mehr. Wer eine edle Herrin schändete, hatte wohl kein nettes Wort mehr verdient.

Es fängt schon an, dachte er. Plötzlich fühlte er sich wie ein Aussätziger, und der Gedanken an Essen schlug ihm auf den Magen.

Seine Henkersmahlzeit. So fühlte es sich an.

Sie kamen zu dritt und befahlen dem Wirt, außer einem Tisch alle Tische und Bänke beiseitezuräumen. Männer hatten Zutritt zu der Verhandlung, Frauen waren ausgeschlossen, außer sie mussten als Zeuginnen aussagen. Inmitten der aufgeregten Betriebsamkeit blieb Berengar sitzen und beobachtete scheinbar gelassen die Vorbereitungen zu seiner Gerichtsverhandlung.

Der Älteste, ein Mann in den besten Jahren, schien auch Wort- und Verhandlungsführer zu sein. Er hatte rötliches Haar, das bereits ergraute, und sein Vollbart war fast gänzlich weiß. Seine blauen Augen musterten Berengar prüfend, als er die Handschuhe vor sich auf den Tisch legte. Neben ihm nahm ein dunkelhaariger Jüngling Platz, schraubte ein Tintenfass auf und spitzte die Federn. Er entrollte ein Pergament, lehnte sich zurück und wartete mit verschränkten Armen.

Der Dritte war's, vor dem Berengar sich fürchtete, obwohl er die Furcht aus seinen Gedanken hatte verbannen wollen. Der hatte ein spitzes Gesicht und fettig schwarzes Haar, das er sich ständig aus der Sirn strich. Seine beängstigend hellgrauen Augen waren starr auf Berengar gerichtet, und als er sprach, klang seine Stimme hoch und schrill.

Berengar trat den drei Männern entgegen.

»Ihr seid der Herr Berengar de Bassunville?«, fragte der Mittlere. Er kratzte sich den Bart. Der Linke beugte sich vor und wartete mit gezückter Feder auf Berengars Antwort.

»Der bin ich«, sagte er.

Die Feder kratzte übers Pergament.

»Und Ihr seid hier, weil Ihr beschuldigt werdet, Unzucht getrieben zu haben mit einer Frau, die ebenso wie Ihr das Kreuz genommen hat.«

»Das ist richtig.«

»Wie heißt die Frau?« Er wandte sich an Robert.

»Sie ist die Tochter des Grafen von Ravensberg. Emme von Ravensberg.«

»Emme von Ravensberg also. Schreib das auf!« Berengar glaubte, ein Zögern zu bemerken, als sei dem Mann der Name bekannt.

»Sie ist schwanger«, fügte Robert hinzu, als handle es sich dabei um eine wichtige Einzelheit.

»Schwanger auch noch, ja?« Der Kreuzritter durchbohrte Berengar mit finsteren Blicken. »Was Ihr zu Eurer Verteidigung vorbringen könnt, will ich eigentlich gar nicht hören.«

»Ich gedenke mich auch nicht zu verteidigen.« Berengar senkte den Kopf. »Ich will es hinter mich bringen, mehr nicht.«

»Ihr leugnet nicht, das gefällt mir. Ist der Ehemann der Emme von Ravensberg zugegen, um die Anklage zu erheben?«

Betretenes Schweigen senkte sich über den Raum. Schließlich räusperte sich Kaplan Hanno und trat vor. »Wenn Ihr erlaubt ...«

»Was denn, die Gräfin von Ravensberg ist mit einem Pfaffen vermählt?« Der Kreuzritter war erstaunt.

»O nein, nein! Ich bin nur ihr Beichtvater und seit ihrer Geburt vertraut mit der Herrin von Ravensberg. Darum erlaubt, dass ich auch in dieser Sache das Wort erhebe und Zeugnis ablege.«

Der Bärtige winkte ab. »Das wird nicht nötig sein, ich werde die Herrin Emme später noch befragen.«

»Das wird schwerlich möglich sein, sie liegt krank danieder, nachdem sie vergebens versuchte, sich ihrer Leibesfrucht zu entledigen.« Mit sich und diesem Satz zufrieden, an dem er vermutlich den ganzen Morgen schon gefeilt hatte, faltete Hanno die Hände über dem feisten Wanst.

Berengar schloss die Augen. Er hatte gehofft, wenigstens dieses Detail verschweigen zu können, da auf den Versuch, das Kind aus dem Leib zu treiben, vermutlich auch Strafe drohte.

Aber der Kreuzritter schien kein Interesse zu haben, diesen Aspekt zu erörtern.

»Also? Wo ist der Ehemann der Gräfin?«

Berengar blickte auf. »Sie ist unverheiratet, hoher Herr.«

Unverwandt begegnete er dem Blick des Mannes. An wen erinnerte der ihn bloß? Etwas Stolzes, Ungebeugtes umgab ihn. Ein Edelmann, der eine natürliche Würde ausstrahlte.

»Dann habe ich hier einstweilen alles Nötige in Erfahrung gebracht.« Er nickte noch einmal in die Runde und stand auf. »Führt mich nun zur Gräfin Emme, damit ich auch sie befragen kann.«

Robert neigte den Kopf. Einladend wies er zur Tür, und sie verließen den Raum. Kaum waren sie verschwunden, als sich ein Summen und Säuseln erhob, und die Wirtstöchter huschten herein, um die Bestellungen der Männer entgegenzunehmen.

Die Verhandlung hatte alle durstig gemacht.

Kapitel 20

Als Emme das erste Mal das Gefühl hatte, wieder bei Sinnen zu sein, spürte sie einen Körper neben sich, der sie berührte und wärmte. Sie glaubte an einen Traum, doch sie genoss diesen Traum, weil sie ahnte, dass die Wirklichkeit nicht so angenehm wäre.

Beim nächsten Aufwachen war es die Kühle eines feuchten Lappens, der über ihren Körper strich und ihren Sinnen ins Hier und Jetzt zurückhalf. Radegund wusch sie, und Emme lag mit geschlossenen Augen da. Sie stellte sich schlafend, und irgendwann begann die Zofe zu flüstern.

»Das habt Ihr nicht recht gemacht, Herrin Emme. Der liebe Herrgott wollte nicht, dass Ihr das Kindlein loswerdet, er wollte dieses Kindlein. Meins wollte er damals nicht, und ich hab's nicht verstanden, wie er zuließ, dass mein Liebster es mir aus dem Leib prügelte. Aber jetzt weiß ich es, denn Gott hat mich zu Euch geführt. Er wollte, dass ich auf Euch aufpasse.« Und so leise, dass Emme es kaum verstand, fügte sie hinzu: »Das hat auch der Herr de Bassunville gesagt. Dass ich auf Euch aufpassen soll.«

Emme schluchzte auf. Radegund zögerte, aber da Emme die Augen geschlossen hielt, fuhr sie fort. »Und ich werde aufpassen, damit Euch kein Leid mehr geschieht. Ich hab Schuld, dass Ihr so krank seid, ich hätt Euch nicht erlauben dürfen, mit der Wirtstochter zu gehen. Ich hätt bei Euch bleiben müssen, Herrin. Ich bin an allem schuld.«

Statt sich weiter schlafend zu stellen, suchte Emme ihre Hand. »Keine Schuld«, flüsterte sie. Ihre Zunge fühlte sich pelzig an und lag ihr schwer im Mund. Im Kopf schien alles verklebt zu sein, und es kostete sie viel Kraft, die richtigen Worte zu finden. »Dich trifft keine Schuld.«

»Schlaft, Herrin. Schlaft.« Beruhigend streichelten die abgearbeiteten Finger über ihre Hand, und Radegund summte ein Wiegenlied, das Emme wieder in den Schlaf half.

Als sie zum dritten Mal erwachte, schien es ein weißer Wintertag zu sein, und ein Schneesturm rüttelte am Fenster. Sie wandte den Kopf, weil sie Radegund um Wasser bitten wollte. Ihr Blick traf den eines Fremden, der auf einem Schemel dicht an ihrem Bett hockte. Er musterte sie prüfend, dann stand er stumm auf und brachte ihr einen Becher Wasser. Sie wollte sich aufsetzen, aber ihrem Körper fehlte der innere Zusammenhalt, und sie sank geschwächt in die Kissen zurück. Er half ihr, und erst als sie ihren Durst gestillt hatte, sprach er sie an.

»Ihr seid Emme von Ravensberg.«

Sie nickte stumm. Noch immer konnte sie nicht von seinen blauen Augen lassen. Etwas an ihm gefiel ihr. Wie er sich bewegte, wie er sprach. Wie er sie anschaute. Das Blau seiner Augen erinnerte sie an ein anderes Paar Augen, das sie sehr gut kannte. Aber sie konnte es nicht benennen, es entglitt ihr immer wieder. Wer war er? Woher kam er?

Warum saß er an ihrem Bett?

»Man nennt mich Friedrich, Chevalier de Akkon.«

»Ihr kommt aus Akkon?«

Er neigte den Kopf und lächelte. »Überrascht Euch das?«

Sie dachte nach, schüttelte schließlich den Kopf.

»Ich habe einige Fragen an Euch. Fühlt Ihr Euch dazu in der Lage? Oder soll ich lieber später wiederkommen?«

»Redet nur.« Langsam ahnte sie, warum er hier war. Sie hatte das Kreuz auf seinem Wams entdeckt.

»Mir wurde gesagt, Ihr seid die Gräfin de Ravensberg. Stimmt das?«

Sie schloss die Augen. »Mein Vater ist Graf von Ravensberg, seit mein Großvater vor vielen Jahren starb.«

»Ah«, machte er. »Dann seid Ihr die Tochter von Otto de Ravensberg?«

Sie nickte. Ihre Neugier war geweckt. »Kennt Ihr ihn?«

»Nicht persönlich …« Er zögerte. »Und Eure Großmutter, die Herrin Richenza de Ravensberg. Ist sie wohlauf?«

Nun war Emme vollends überrascht. »Woher kennt Ihr meine Großmutter?«

»Ist sie wohlauf?«, wiederholte er.

»Als wir abreisten, erfreute sie sich guter Gesundheit, auch wenn das Alter sie manchmal plagt. Sie sieht nicht mehr besonders gut.«

»Dann hat sie ein stolzes Alter erreicht.« Er wirkte zufrieden. »Später müsst Ihr mir mehr von ihr erzählen, wenn es Euch recht ist. Aber eigentlich bin ich aus einem anderen Grund hergekommen. Dort unten sitzt ein Mann, der mit Euch angeklagt wurde, gegen das Verbot der Unzucht verstoßen zu haben. Ich wollte von Euch wissen, ob es stimmt, dass Berengar de Bassunville und Ihr …«

Er sprach nicht weiter, sondern blickte sie wieder so eindringlich an, dass sie den Kopf abwenden musste. Wäre es leicht, ihn zu belügen?, fragte sie sich.

Sie konnte es nicht. Sie konnte nicht, weil sie damit Berengar und sein Kind verleugnet hätte. Natürlich war ihr der Gedanke schon früher gekommen, wie einfach es wäre, allen zu erzählen, der Johansdorfer und sie seien sich auf unschickliche Weise nähergekommen. Doch was half es, wenn sie der Wahrheit die Ehre geben wollte?

»Das stimmt, ja.«

»Ich gebe zu, ich hatte mir eine andere Antwort erhofft. Ihr wisst, was nun geschehen wird?«

Sie sah ihn an. Er war aufgestanden.

Genug geredet, dachte sie. Er erwartete keine Antwort auf diese Frage.

»Wenn Ihr erlaubt, komme ich danach wieder, und wir reden weiter.«

»Warum?«, fragte sie, aber er hob die Schultern.

»Ich erzähle Euch später davon. Nun solltet Ihr besser schlafen.«

Sie war wieder allein und schrak aus Träumen hoch, in denen ihre Großmutter den Kopf geneigt hielt. *Schlimme Nachrichten reisen schnell, so schnell …* flüsterte sie.

Sie hörte Bewegungen im Gebälk. Das Gebäude summte aufgeregt. Emme zog die Decke bis zum Kinn hoch. Alles in ihr fühlte sich wund an, vor allem ihr Unterleib. Radegund schlich um sie herum, legte ihr etwas aufs Bett. Emme zog es näher zu sich heran und schmiegte das Gesicht hinein.

Es war Berengars grüner Mantel, an dem sein Duft haftete. Sein grüner Mantel. Sie schlief ein, und der Geruch schien über ihren Schlaf zu wachen.

Das Summen verstärkte sich. Stimmen rissen sie aus dem Schlummer, und sie richtete sich auf. »Radegund?«, flüsterte sie in das Dunkel hinein. Inzwischen war es Abend geworden.

Niemand antwortete ihr.

Sie zwang die Beine über die Bettkante und setzte sich vorsichtig auf. Alles drehte sich um sie, aber sie wartete geduldig, bis das Schwindelgefühl nachließ. Sie zog Berengars Mantel vom Bett, hüllte sich in das weite Gewand und tappte barfuß zur Tür.

Der Gang war leer und still. Die Stimmen waren verstummt. Niemand schien in der Nähe zu sein. War sie allein im Haus? Wohin waren die anderen gegangen?

Unsicher tastete sie sich vorwärts, erreichte die Treppe und stieg hinab. Stufe um Stufe, und immer wieder musste sie innehalten, weil ihr Herz so raste. Auf ihrer Haut brach kalter Schweiß aus, und ihr wurde schlecht. Aber sie musste weitergehen, weil sie ahnte, dass etwas Schreckliches vor sich ging.

Die Schankstube. Niemand da, außer dem Säufer, der Abend für Abend in seiner Ecke hockte und einen Becher Wein nach dem anderen in sich hineinschüttete. Nicht einmal der Wirt oder seine Töchter waren zu sehen. Emme ging weiter, stützte sich an der Wand ab. Die Tür zum Hof war nur angelehnt, und da hörte sie die Stimme des Chevaliers, der sie am Nachmittag besucht hatte.

»... wurde beschuldigt, Unzucht mit der Emme de Ravensberg getrieben zu haben. Darum wird Berengar de Bassunville zu dreißig Peitschenhieben verurteilt. Der Schuldige möge vortreten und seine Bestrafung empfangen.«

Sie stieß die Tür einen Spaltbreit auf. Die Knie zitterten ihr, und sie lehnte sich gegen den Türrahmen.

Der Innenhof des Gasthauses war überfüllt. Dutzende Männer standen beisammen, drängten sich um einen Platz in der Mitte. Dort stand der Chevalier de Akkon, neben ihm der blonde Hüne Robert von Uppsala.

Berengar trat in den Kreis. Vor dem Chevalier sank er auf die Knie.

»Ich bin bereit!«, rief er laut und vernehmlich.

Sieh mich an! Sieh her, Berengar de Bassunville!

Hätte er doch nur ihre Gegenwart gespürt! Hätte er doch nur herübergesehen! Aber seit gestern schienen die letzten Fetzen des Bands, das sie einmal verbunden hatte, zerrissen zu sein. Er erhob sich.

Man hatte einen Pfahl herbeigeschafft, an den er nun trat. Robert und einer der Krieger begleiteten ihn. Er zog das Hemd über den Kopf und ließ es zu Boden fallen. Als er unmittelbar vor dem Pfahl stand, der ihn um Mannslänge überragte, streckte er beide Hände vor, damit Robert sie fesselte.

Sie banden ihn an den Pfahl. Emme wischte sich über die

Wangen. Haltlos flossen die Tränen. So tapfer schritt er seiner Bestrafung entgegen. So mutig übernahm er die Verantwortung für sein Tun. So ritterlich.

Leichter Schneefall setzte ein. Fackeln wurden von Hand zu Hand gereicht, und einer der Männer brachte die Peitsche und reichte sie einem Mann, den Emme noch nie gesehen hatte. Doch sie spürte in ihm die Freude am Quälen. Ein Mann, der es genoss, anderen Schmerz zuzufügen.

Sie klammerte sich an den Türrahmen. Berengars Rücken war nackt und bloß, verletzlich. Die Muskeln spielten unter der Haut, der Fackelschein tanzte darauf.

Schweigen senkte sich über die Menge.

Die Peitschenschnur sauste durch die eisige Winterluft. Klatschte auf den Rücken.

Berengar blieb stumm.

Der nächste Hieb traf seinen Rücken. Er stöhnte leise.

Emme schluchzte auf. Aber sie verließ ihren Platz nicht, sie blieb stehen, sie wurde Zeugin, wie er bestraft wurde.

Sieh's dir gut an, das steht auch dir bevor, sobald das Kind geboren ist.

Zum ersten Mal war sie froh, dass es dieses Kind gab. Sie war nicht sicher, ob sie die Schmerzen würde ertragen können.

Ein Hieb nach dem anderen sauste auf Berengars Rücken nieder. Inzwischen schrie er vor Schmerzen auf, während ein junger Kreuzritter laut die Schläge mitzählte. Robert stand etwas abseits; er hatte die Arme verschränkt und spähte über die Menge hinweg. Plötzlich spürte Emme, dass sie beobachtet wurde, und als sie aufsah, begegneten sich ihre Blicke.

Er schüttelte leicht den Kopf.

»Dreiundzwanzig ...«

Er wollte, dass sie ging. Aber sie blieb, während der Kreuzfahrer mit gleichmütiger Stimme die Schläge zählte.

»Vierundzwanzig …« Berengar schrie. Ein tierischer Laut, der sie bis ins Mark erschütterte. Fast wäre sie geflohen, aber sie blieb. Das war sie ihm schuldig. Er hatte nicht gezögert. Er nahm diese Strafe auf sich.

Sie liebte ihn.

Jeder Peitschenhieb zerriss ihr das Herz, denn sie liebte ihn. Wäre sie in den letzten Wochen doch nicht so grausam zu ihm gewesen! Hätte sie ihm die Trauer um Hermanns Tod und den Zorn über die gemeinsame Nacht nur nicht so deutlich gezeigt! Für sie war Berengar an ihrem Unglück schuld gewesen.

»Fünfundzwanzig …«

Wenn sie ihn liebte, durfte sie ihm nicht länger grollen. Sie wollte ihn pflegen, sobald er die Züchtigung überstanden hätte, seine Wunden versorgen und ihm das Blut vom Rücken waschen.

»Sechsundzwanzig …«

Sie tat einen Schritt nach vorn. Bald war's vorbei.

Bald hast du's überstanden, Liebster. Bald kümmere ich mich um dich.

»Siebenundzwanzig …«

Hatte er sie gehört? Berengar wandte den Kopf. Im selben Augenblick sauste die Peitsche erneut nieder, zerschnitt Luft, die Haut seiner Wange und den Rücken. Er brüllte auf. Er schrie. Er kämpfte gegen die Fesseln an, denn dieser Schmerz war zu viel. Zu überwältigend. Ein roter Schnitt zerteilte sein Gesicht in zwei ungleichmäßige Hälften.

»Achtundzwanzig …«

Die Stimme des Kreuzritters blieb ungerührt. Aber inzwischen blickte niemand mehr auf Berengar. Alle wandten sich zu Emme um, die barfuß in der Tür stand, in Berengars Mantel gehüllt. Erst da erschauerte sie vor Kälte.

Radegund löste sich aus der Menge, eilte zusammen mit der blonden Wirtstochter auf Emme zu. Beide wollten sie ins Hausinnere ziehen, aber Emme wehrte sich mit aller Kraft gegen die Bevormundung. Sie wollte es bis zum bitteren Ende mitansehen, sie wollte es ertragen, weil er noch viel Schlimmeres ertrug.

»Neunundzwanzig ...«

Er schrie etwas, und sie glaubte ihren Namen zu verstehen. »Verschwinde!« War es das, was er schrie? Sie konnte ihn nicht alleinlassen, jetzt nicht und nie wieder. Er ging für sie durch diesen Schmerz.

»Dreißig!« Ein letztes Mal zischte die Peitschenschnur herab.

Dann herrschte Stille.

Nach und nach zerstreuten sich die Männer und suchten die Gaststube auf. Die Wirtstochter ließ Emme los, konnte sie sich das gute Geschäft doch nicht entgehen lassen. Sie drängte an ihnen vorbei ins Haus. Radegund schob Emme nach drinnen, doch die schüttelte die Hände ab. Gegen den Strom der Männer drängte sie zur Mitte des Hofs. Robert löste die Fesseln, und Berengar sank auf den hart gefrorenen Boden. Emme kam gerade noch rechtzeitig, um ihn gemeinsam mit Robert aufzufangen.

»Achte auf seinen Rücken«, warnte Robert. »Ein Medicus muss her.«

Zu oft hatte sie diesen Satz in den letzten Wochen gehört. »Radegund«, murmelte sie daher, und die Zofe, die sich dicht hinter ihr hielt, nickte bloß. Doch sie blieb, weil sie vermutlich nicht wusste, wo sie einen Medicus auftreiben sollte.

»Ich kann Euch helfen.« Der Chevalier de Akkon trat zu ihnen.

Emme nickte, ohne aufzublicken. Sie strich das Haar aus Berengars Gesicht. Er lag auf der Seite, sein Kopf ruhte in ihrem Schoß. Die linke Wange war von dem Peitschenhieb zerrissen.

»Er wird eine Narbe zurückbehalten«, erklärte Robert.

Als ob ihr das wichtig gewesen wäre. Eine Narbe war ihr mehr als gleichgültig. Es ging darum, seine Schmerzen zu lindern. Seine Wunden zu versorgen, damit sie sich nicht entzündeten.

»Helft mir, ihn ins Haus zu schaffen!«

»Ihr solltet Euch wieder hinlegen, Herrin Emme.« Robert hockte sich neben sie. »Wir kümmern uns um ihn. Versprochen.«

Sie schüttelte den Kopf. Berengar hielt die Augen geschlossen, die Lippen hatte er sich blutig gebissen im Versuch, seine Schreie zu unterdrücken. Mit einer Hand fuhr sie ihm über die rechte Wange.

»Es ist besser, wenn Ihr geht«, wiederholte Robert von Uppsala eindringlich. »Ich verspreche Euch, ihn zu versorgen.«

Sie blickte auf. Inzwischen waren sie allein im Hof. Der Chevalier war mit Radegund gegangen.

Sie gab nach. Ihre Knie zitterten, als sie sich erhob, und vorsichtig bettete sie Berengars Kopf in den Schnee. Robert führte sie zurück zum Haus und geleitete sie die Treppe hinauf. Auf halber Strecke hielt sie sich an seiner Hand fest. »Geht zu ihm! Ich schaff's schon allein.«

Er nickte nur und stieg wieder nach unten.

In ihrer Kammer sank sie aufs Bett. Fest in Berengars Umhang gewickelt, rollte sie sich ein und schloss die Augen.

Der Schlaf kam sogleich mit verführerischer Kraft.

»Ist sie fort?«

Der Wind pfiff in den Ecken des Hofs, fegte den Schnee zusammen und häufte ihn um Berengars Körper auf. Die Kälte verstärkte die Schmerzen, doch er rührte sich nicht, sondern wartete die Antwort ab.

»Ja.«

»Gut.« Er sammelte seine Kräfte, stemmte sich hoch, verharrte und zog die Knie unter den Körper. Wieder wartete er und hielt die Augen geschlossen. Sein Atem pfiff wie in ungleichem Wettstreit mit dem Wind.

»Wenn du mir noch einen Freundschaftsdienst erweisen willst, sattle mein Pferd.«

Robert kniete neben dem Freund und zögerte. »Sattle mein Pferd«, wiederholte Berengar. Mit geschlossenen Augen wartete er, dass die Schmerzen verebbten. Dann richtete er sich auf. Sein Rücken bestand aus flüssigem Feuer, aber er entschied, es ertragen zu können. Er musste es schaffen. Schließlich war er nicht zum ersten Mal verletzt.

»Ist das klug?«

»Wäre es klüger, wenn ich bliebe?«

Die beiden Männer blickten sich an. Stumm rangen sie miteinander, und schließlich nickte Robert. »Ich sattle für dich.« Bevor er ging, hielt er noch einmal inne. »Brauchst du noch etwas aus deiner Kammer?«

Berengar schüttelte den Kopf. Alles, was er brauchte, befand sich in seinen Satteltaschen, hatte er doch geahnt, was ihn erwartete. Nur der grüne Mantel lag noch auf Emmes Bett, und das Hemd hatte er vor der Bestrafung abgelegt. Den Mantel sollte sie behalten.

Erst nachdem Robert ihn allein gelassen hatte, mühte er sich, auf die Füße zu kommen. Jede Bewegung schmerzte, und wie er in diesem Zustand reiten sollte, war ihm ein Rätsel. Aber er musste fort.

Schon bald kehrte Robert zurück. Er brachte einen schwarzen Mantel, den er Berengar stumm reichte. Prüfend blickte der Freund ihn an, aber Berengar schüttelte nur den Kopf. Er wollte nicht reden, und erst recht wollte er weder mitleidige Worte hören noch irgendwelche Fragen beantworten.

Während Robert den Araber sattelte, stand Berengar in

der Stallgasse und betastete mit der freien Hand die Verletzung der Wange.

»Der hat ordentlich auszuteilen gewusst, dieser Kreuzritter. Kennst du seinen Namen?«

»Er sollte darum beten, dass ich ihn nie erfahre«, knurrte Berengar. Er zog das Hemd über den Kopf und schloss den Umhang. Dann nahm er Robert die Zügel aus der Hand. »Danke. Alles andere schaffe ich allein.«

»Wohin willst du?«

Wer weiß … Nur weg von hier. Ich habe zum zweiten Mal versagt.

»Das wird sich finden. Vielleicht zum Gut meines Vaters.«

»Nach Italien? Ein weiter Weg für einen einsamen Reiter.«

Sie standen voreinander wie Fremde. Berengar zupfte am Zaum, sein Rappe schnaubte und stampfte ungeduldig.

»Nun denn. Grüß Ludwig, wenn du ihn wiedersiehst.«

»Er wird dir danken wollen. Wenn es gelingt.«

»Sag ihm lieber nicht die Wahrheit. Du weißt, wie Männer sind, deren Schwestern sich auf den Falschen einlassen.«

Robert lachte rau. »Vergessen und vergeben. Das war es damals schon, erinnerst du dich nicht?«

»Wohl wahr.«

Als Berengar sich abwenden wollte, hielt ihn der Freund am Arm fest.

»Du weißt doch, dass ich Ludwig vergeben habe! Wäre ich sonst den Sarazenen nachgeritten? Hätte ich mein Leben für ihn gewagt und wäre in wenigen Monaten zweimal durch die halbe bekannte Welt gereist, um das Geld zu besorgen, mit dem wir ihn freikaufen können?«

Berengar wollte antworten, aber da hörten sie draußen Schritte. Der Chevalier de Akkon rief nach ihnen.

»Du willst wirklich nicht, dass der Medicus nach dir sieht?«

Berengar schüttelte den Kopf.

»Warte hier. Ich schicke sie fort.«

Es dauerte nicht lange. Robert verschwand in der Kälte und kehrte nach kurzer Zeit zurück. »Sie sind im Wirtshaus, wärmen sich auf und wollen dann die Herrin Emme aufsuchen.«

»Dann reite ich los.«

Eine Weile standen sie sich noch stumm gegenüber. Zu vieles war ungesagt geblieben, aber Berengar drängte es zum Aufbruch.

Er folgte Robert nach draußen. Ruhig trottete der Rappe am Zügel neben ihm her, als spüre er, dass er sich seinem Herrn gegenüber zurzeit nicht allzu feurig gebärden durfte. Mithilfe eines Trittsteins zog sich Berengar in den Sattel.

»Wirst du es schaffen?«, fragte Robert noch, aber Berengar nahm stumm die Zügel auf und ritt vom Hof.

Er hatte kein Ziel.

Einstweilen wollte er einfach nur fort. Später konnte er immer noch eine Entscheidung treffen.

Kapitel 21

»Bring mir die Schatulle, Radegund!«

Die Zofe zögerte. »Welche Schatulle?«, fragte sie vorsichtig nach.

»Die Schatulle mit dem Gold. Du weißt schon, sie befindet sich zuunterst in meiner Truhe.«

Emme saß in einem Sessel, in seinen Umhang gehüllt. Neben ihr der Tisch, darauf ein Becher Würzwein und ein Talglicht. Es wurde Nacht, doch sie fand nicht zur Ruhe. Robert von Uppsala hatte ihr erzählt, Berengar sei fort.

Mit ihm war auch der Hunger gegangen, und ebenso war ihr der Mut abhandengekommen. Obwohl Robert von Uppsala ihr beständig versicherte, er werde für sie sorgen und kümmere sich um die Weiterreise, konnte sie sich nicht an den Gedanken gewöhnen, dass ihr Geliebter auf und davon war.

Radegund brachte die Schatulle, und auf Emmes Nicken hin klappte sie den Deckel auf. Verführerisch funkelten die Goldstücke. Sie legte die Hand auf die kühlen Münzen, wühlte mit den Fingern in dem glänzenden Haufen, um sich daran zu erinnern, welches Ziel ihre Reise hatte.

Wie viel hatte sie verloren, seit sie von Ravensberg aufgebrochen war! Hermanns Tod hatte ihr Inneres erschüttert, sie hatte sich in Berengars Arme geflüchtet, und letztlich, wenn sie es genau nahm, hatte sie ihn vertrieben, als sie ihn am dringendsten brauchte. Zu spät war die Erkenntnis gereift, dass sie bei ihm nicht nur Schutz, sondern auch Geborgenheit und Liebe gesucht hatte.

»Herrin, wollt Ihr nichts essen?« Radegund flüsterte fast.

Sie schüttelte den Kopf.

»Der Chevalier de Akkon steht vor der Tür und wünscht

mit Euch zu sprechen. Ich hab ihm gesagt, es geht Euch nicht gut, aber er besteht darauf.«

»Lass ihn eintreten!« Emme zog den grünen Mantel enger um die Schultern. Vielleicht war ein Gespräch mit dem Chevalier die Ablenkung, die sie so dringend brauchte.

»Ich hoffe, es geht Euch inzwischen besser.« Friedrich de Akkon betrat hinter Radegund die Kammer, neigte das Haupt und ließ sich nach Emmes einladender Handbewegung auf dem Hocker nieder.

»Bring Würzwein für den Chevalier!«, befahl sie Radegund.

»Würde es Euch etwas ausmachen, wenn wir gemeinsam die Mahlzeit einnähmen?«, fragte der Chevalier.

Emme hob die Schultern. »Warum nicht?«

Erst nachdem die Tür sich hinter Radegund geschlossen hatte, sprach der Chevalier. »Ich habe gehört, Euer Freund ist verschwunden.«

»Nennt die Dinge doch beim Namen, Chevalier de Akkon. Wir wissen beide, dass er mein Geliebter war.« Sie seufzte. »Aber ja, er ist verschwunden, und ich mache mir schreckliche Vorwürfe. Ich hätte bei ihm bleiben sollen.«

»Ihr seid krank«, erinnerte er sie sanft.

Diese Augen … Sie waren von so strahlendem Blau, und doch erinnerten sie Emme eher an zwei braune Augen. Ja, das war es – er erinnerte sie an ihre Großmutter, jetzt fiel es ihr endlich ein! Es lag etwas Schalkhaftes, Lebendiges im Blick des Chevaliers. Er schien nicht so hart zu sein wie Richenza von Ravensberg, aber eine gewisse Ähnlichkeit ließ sich nicht leugnen.

»Warum habt Ihr Euch nach meiner Familie erkundigt?«, brach es aus ihr hervor.

Er lächelte fein, und die Fältchen um seine Augen vertieften sich. Friedrich de Akkon rieb sich den Bart. Er lehnte sich zurück.

»Ihr kommt schnell zur Sache.«

»Ich war zwar erschöpft, als Ihr mich befragt habt, aber ich kann mich noch gut daran erinnern, dass nicht der Fall von Unzucht Eure Aufmerksamkeit fesselte, sondern eher mein Name.«

»Ja, wobei ich schon wieder Zweifel hege, ob meine Vermutung wirklich zutrifft.«

»Wenn Ihr mir sagt, was Ihr meint, könnte ich Euch diese Zweifel gewiss nehmen. Ihr habt Euch nach meiner Großmutter erkundigt. Kennt Ihr sie?«

»So könnte man es wohl sagen.«

Emme schwieg. Wenn er sich darin gefiel, kryptische Äußerungen von sich zu geben, sollte er es ruhig tun.

Aber die Neugier stand ihr offenbar ins Gesicht geschrieben, denn der Chevalier lachte. Er nahm ihre Hand. »Ihr fragt Euch sicher, warum ich so rede. Darum verrate ich's Euch. Richenza de Ravensberg, die Frau Eures Großvaters. Eure Großmutter – sie ist meine Mutter.«

Emme starrte ihn stumm an. Unwillkürlich zog sie die Hand zurück.

»Ihr glaubt mir nicht, das befürchtete ich schon.« Seine Hand fuhr unter das Hemd und zog eine Kette hervor. »Vielleicht erkennt Ihr dies ja wieder.«

Er reichte ihr die Kette, an der ein gelochter Aureus hing. Das Gegenstück zu jener Goldmünze, die sie vor wenigen Wochen ihrem Bruder Hermann in die Kirche mit seinen Gebeinen gelegt hatte. Kurz kam ihr in den Sinn, dass der Chevalier ein Leichenschänder war, ein Grabräuber, der ein übles Spiel mit ihr trieb und sie seit Passau beständig verfolgte. Aber dann bemerkte sie die winzigen Unterschiede zu der Münze, die sie ein Leben lang begleitet hatte. Eine Einkerbung, die ihre Münze nicht aufgewiesen hatte, eine etwas anders gelagerte, leicht verrutschte Prägung, die über den Rand der Münze hinausreichte.

»Wie ist das möglich?«, flüsterte sie.

»Eure Großmutter begleitete vor vielen Jahren ihren Mann auf dem Zweiten Kreuzzug. Hat sie Euch davon erzählt?«

Emme nickte stumm.

»Ich wurde damals geboren.«

»Ich verstehe nicht ...« Sie blickte zu ihm auf. »Wenn Ihr doch der Sohn meiner Großeltern seid, warum haben sie Euch nicht wieder mit nach Hause genommen nach Ravensberg? Warum haben sie Euch im Heiligen Land zurückgelassen?«

Er seufzte. »Ihr hört mir nicht zu. *Du* hörst mir nicht zu, Emme. Ich sagte, ich sei der Sohn deiner Großmutter.«

Und dann ahnte sie die Zusammenhänge und starrte ihn sprachlos an. Er nickte, als wolle er ihr helfen, alles zu begreifen. Aber sie schüttelte nur den Kopf.

»Doch«, sagte er leise. »Ich bin dein Onkel. Deine Großmutter ließ mich in Outremer in der Obhut von Zieheltern zurück, als sie heimkehrte.«

»Aber ...« So viele Fragen. So wenige Antworten. Sie starrte auf den Aureus in ihrer Hand. »Das heißt ...«

»Du bist sicherlich aufs Höchste überrascht. Vielleicht sollten wir erst einmal etwas essen. Und dann erzähle ich dir in Ruhe alles, was ich weiß.« Er lächelte sie liebevoll an. »Du kannst dir gewiss denken, dass auch ich einige Fragen habe.«

Danach sprachen sie nicht mehr viel. Radegund brachte das Essen. Obwohl Emme geglaubt hatte, der Hunger sei ihr abhandengekommen, lud sie sich reichlich Eintopf in ihre Schüssel und löffelte ihn schweigend.

Sie war nicht allein. Sie redete sich ein, nicht allein zu sein.

Friedrich de Akkon blieb lange an diesem Abend, und als er sich verabschiedete, fragte er Emme, ob er etwas für sie tun könne.

Sie zögerte nicht, ihren Wunsch auszusprechen. »Seit Wochen habe ich nicht mehr mit Pfeil und Bogen geschossen. Gibt es in Konstantinopel einen Platz, wo ich mich darin üben kann?«

Er versprach, sich auch darum zu kümmern, er wisse eine vortreffliche Möglichkeit, die hoffentlich ihren Gefallen finde.

In dieser Nacht schlief sie zum ersten Mal seit Wochen tief und traumlos.

Er hatte ihr den Aureus überlassen, nachdem sie ihm von Hermanns Tod erzählt hatte, und sie hielt ihn in der Hand, während sie schlief. Es war, als nehme sie auf diese Weise ein letztes Mal Verbindung zu ihrem geliebten Mistelzweig auf.

Am Morgen verstaute sie die Münze in einem Beutel, den sie künftig immer am Gürtel tragen wollte. Ein Bote warte im Gastraum auf sie, teilte Radegund ihr mit. Es stellte sich heraus, dass der junge Mann, der mit hochrotem Kopf vor Emme stand und ihren Blick nicht zu erwidern wagte, von ihrem Onkel Friedrich geschickt worden war. Er erklärte, der Chevalier de Akkon habe sich erlaubt, schon früh an diesem Morgen ihrem Wunsch nach einer Lektion Bogenschießen zu entsprechen und sie einzuladen.

Emme lächelte, als der Jüngling das Wort *Lektion* aussprach. Es klang, als könne er sich nicht vorstellen, dass eine Edeldame den Bogen zu schießen verstand.

»Das ist sehr freundlich vom Chevalier«, entgegnete sie.

»Was ist sehr freundlich?« Robert von Uppsala betrat den Gastraum. Er musterte den Burschen von oben bis unten, bis dieser unter dem prüfenden Blick zusammenschrumpfte.

»Der Chevalier lädt zum Bogenschießen ein.«

Der Ritter hob die Brauen. »Ah, und Ihr wollt dorthin?«, fragte er sanft. »Ihr seid soeben erst von einer schlimmen Vergiftung genesen, Herrin Emme. Es scheint mir nicht angebracht, dass Ihr Euch schon wieder zu viel zumutet.«

»Ach was!« Mit einer Handbewegung wischte sie die Bedenken beiseite. »Kommt doch mit, wenn Ihr Euch um mich sorgt. Ich ziehe mich nur rasch um und hole meinen Bogen.«

Emme eilte die Stiege hinauf. In ihrem Herzen jubelte es leise. Zu lange war es her, seit sie sich mit anderen im Wettstreit hatte messen dürfen. Fast befürchtete sie, ihr könne die Fertigkeit des Bogenschießens abhandengekommen sein.

Sie erinnerte sich daran, wie Berengar und sie sich manches Mal von der Reisegruppe entfernt hatten, um Wild zu jagen. Darum verharrte sie an der Tür zu ihrer Kammer, und die schmerzliche Erinnerung vermischte sich mit ihrer Vorfreude.

Radegund blickte von ihrer Arbeit auf. »Was ist, Herrin?«

»Mein Bogen!«, rief sie, um ihre Hilflosigkeit rasch zu überwinden. »Und die Pfeile! Mein Onkel hat zum Bogenschießen geladen.«

Radegund eilte davon, während Emme auf einem Schemel Platz nahm und die Sehnen aus dem Beutel nahm, den sie stets in ihrem Gepäck mit sich führte.

Nachdem sie die Sehnen überprüft hatte, kleidete sie sich um. Es tat gut, wieder Beinlinge und ein wattiertes Wams zu tragen. Dann legte sie sich Berengars Mantel um die Schultern, denn sie bildete sich ein, dass er besser wärmte als ihr eigener Umhang. In Wahrheit war der grüne Mantel das letzte Andenken, das ihr von ihm geblieben war, und sie wünschte sich, ihm nahe zu sein.

Gemeinsam mit Robert von Uppsala und zwei Rittern,

die sich ihnen anschlossen, folgte sie dem Burschen durch die überfüllten Gassen Konstantinopels.

»Wisst Ihr, wo er sich aufhält?« Es kostete sie viel Kraft, den Nordmann nach Berengars Verbleib zu fragen, doch die Ungewissheit wurde ihr immer unerträglicher.

Er schüttelte bloß den Kopf, und bevor sie ihm die nächste Frage stellen konnte, fuhr er zu ihr herum. »Hört, Herrin Emme. Ich möchte Euch nur sagen, dass Ihr Euch auf mich verlassen könnt. Obwohl er es besser hätte wissen sollen, hat er etwas Schlimmes getan und Euch in eine missliche Lage gebracht. Ich bin nicht glücklich über seine Bestrafung. Aber er hat sie verdient, weil er Euch ins Unglück gestürzt hat. Ihr werdet von mir nicht hören, dass es unrecht war, wie man ihn behandelt hat. Unrecht war nur, was er getan hat. Und ich werde Euch beschützen, wie ich es Euch auf Burg Ravensberg versprach, und wenn Ihr einen Mann braucht, der an Eurer Seite heimkehrt, dann bin ich gern bereit, um Euch zu freien. Aber dann will ich nie, wirklich niemals wieder den Namen des Mannes hören, der Euch zur Unzucht verführt hat.«

Mit höchstem Erstaunen musterte sie den blonden Hünen. So heftig kannte sie ihn nicht. War er nicht immer der Ruhige, der Besonnene gewesen? War seine Freundschaft mit Berengar etwa im Streit zerbrochen?

Sie befand, es sei das Beste, nicht darauf zu antworten.

Derweil hatten sie das Haus erreicht, in dem ihr Onkel Friedrich Quartier genommen hatte. Als sie durch den Torbogen trat, stellte sie zufrieden fest, dass sich hinter dem Innenhof ein weites Gelände erstreckte, das genug Platz zum Bogenschießen zu bieten schien.

Ein schmaler Durchgang führte zwischen Haupthaus und Stallungen zu einem abgesteckten langen Platz, an dessen Ende mehrere Zielscheiben standen. Der Schnee hatte ihnen Hauben aufgesetzt, doch das mittige Rot war gut zu erkennen. Einige Ritter hatten sich dort bereits versammelt und übten sich mit dem Bogen.

Emme schnalzte mit der Zunge. Wer hatte diesen Männern bloß das Bogenschießen beigebracht? Allzu oft stiegen die Pfeile hoch in den Himmel auf und stürzten steil herab, zu oft verendeten sie geradezu auf halber Strecke und schlitterten so rasend schnell über den gefrorenen Boden, dass der Schnee aufwirbelte. Manche scherzten, andere lachten rau. Keiner schien die Übungen sonderlich ernst zu nehmen.

»Emme!« Friedrich de Akkon kam ihr entgegen. Er freute sich sichtlich, sie zu sehen. Seine Hände legten sich auf ihre Schultern, und er zog sie kurz an sich. »Gerade hat unser Waffenmeister einen Wettbewerb ausgerufen, um unsere Männer anzustacheln. Willst du dich daran beteiligen?«

Sie zögerte. Eigentlich war sie nicht gekommen, um sich im Wettstreit zu messen. Sie wünschte nur, einige Pfeile zu verschießen, damit sie nicht vollends aus der Übung kam.

»Lass nur. Ich sehe lieber zu.«

Er nickte, und Emme folgte ihm zu den anderen Männern, die sich eher gelangweilt auf ihre Bogen stützten. Als sie entdeckten, dass sich eine Frau zu ihnen gesellte, wechselten sie misstrauische Blicke.

»Nun denn, zeig uns, was du kannst!« Ihr Onkel lächelte aufmunternd.

Sie nahm sich Zeit, die Sehne aufzuspannen. Dann wartete sie, bis die Männer ihre verfehlten Pfeile eingesammelt hatten. Sie spürte die neugierigen Blicke auf sich ruhen. Der Mut verließ sie, und der erste Pfeil verfehlte die Scheibe um eine Elle. Sie atmete tief durch, ehe sie den zweiten Pfeil auflegte und schoss, ohne nachzudenken.

Er traf geradewegs in die rote Mitte.

Ein Raunen erhob sich unter den Zuschauern.

Jetzt war es leicht. Sie schoss ein Dutzend Pfeile ab, in

schneller Folge, wie sie's gewohnt war. Danach senkte sie den Bogen.

Immerhin drei hatten die rote Mitte getroffen, vier weitere verteilten sich dicht darum. Nur zwei waren nicht in die Scheibe eingeschlagen, sondern lagen auf dem Boden.

Sie schritt auf die Scheibe zu, ohne auf das Tuscheln hinter ihrem Rücken zu achten. Friedrich folgte ihr. Er half, die Pfeile aus der Scheibe zu lösen, und wie es Emmes Gewohnheit war, überprüfte auch er jeden einzelnen Pfeil, ehe er ihn an sie zurückreichte.

»Du hast dir die Achtung der Männer erworben, als hättest du jedem Einzelnen einen Pfeil ins Herz gejagt.« Er nickte, wirkte aber nicht sonderlich überrascht. »Wenn du magst, überlassen wir sie nun ihrem Wettstreit. Ich bin sicher, jeder wird sein Bestes geben.«

Emme war froh. Ihre Muskeln hatten sich gelockert, die innere Kälte hatte ihren Körper verlassen, der sich warm und geschmeidig anfühlte. Sie war bei der Schießübung ins Schwitzen geraten, aber es tat gut, und sie brannte darauf, eine zweite Reihe ihrer Pfeile auf die Zielscheibe zu jagen. Aber da sie sich nicht am Wettstreit beteiligte, beschränkte sie sich in der kommenden Stunde darauf, die Männer anzufeuern und derweil einen Becher Würzwein zu trinken, der ihr gereicht wurde. Schließlich gewann der schmächtige Jüngling, der sie morgens abgeholt hatte, im letzten Kampf gegen Robert, und als Preis wünschte er sich, gegen Emme antreten zu dürfen. Sie ging auf dieses Spiel ein. Ob es am Wein lag oder daran, dass sie nicht gewinnen wollte, jedenfalls traf sie dieses Mal bei Weitem nicht so gut wie beim ersten Durchgang, und der junge Mann ließ sich von seinen Freunden als Sieger feiern. In ausgelassener Stimmung strömten alle schließlich in den Speisesaal, in dem ein üppiges Mahl aufgetragen wurde.

»Wem gehört dieses Anwesen?«, fragte Emme, die nicht

recht begriff, was es mit dem Haus und der Anlage für das Bogenschießen auf sich hatte. Hier pflegten offenbar vor allem jugendliche Ritter ein- und auszugehen.

»Es ist mein Haus.« Friedrich lächelte, als diese Eröffnung Emme zu überraschen schien. »Du bist verblüfft, wie ich sehe. Aber auch der Bankert einer Edeldame kann es zu bescheidenem Reichtum bringen.«

»Ich wollte dich nicht verletzen«, beeilte sie sich zu sagen.

»Du hast mich nicht verletzt.« Er lächelte sie wieder an, und sein sonniges Gemüt machte sie froh. Sie beschloss, ihm diesbezüglich keine weiteren Fragen mehr zu stellen.

»Du hast mir zwar viel über dich erzählt, aber ob du Frau und Kinder hast, weiß ich nicht«, sagte sie stattdessen, denn sie wollte alles über ihn erfahren.

»Nein, mit Frau und Kindern kann ich nicht aufwarten.« Er wirkte nicht sonderlich betrübt über diesen Umstand. »Einst war ich verheiratet, aber sie starb viel zu früh und ohne mir einen Erben zu schenken. Aber das ist kein Unglück, ganz gewiss nicht.«

Emme stellte es sich sehr wohl schlimm vor, ohne Familie leben zu müssen, doch sie sprach ihre Gedanken nicht laut aus.

»Außerdem habe ich dich«, fügte er hinzu, und seine blauen Augen funkelten. »Eine Nichte, die auf dem Weg zu meinem Neffen ist. Siehst du? Ich verfüge über eine Großfamilie, von der ich bis vor Kurzem nichts wusste. Das ist doch ein wunderbares Geschenk.«

Robert beugte sich zu den beiden herüber. »Wir sollten allmählich aufbrechen«, sagte er leise. »Spätestens übermorgen wollen wir Konstantinopel verlassen. Akkon«, fügte er hinzu, als sei Akkon das Zauberwort.

Sie nickte still. Ja, Akkon. Heimat ihres Onkels und zugleich die Stadt, in der ihr Bruder gefangen gehalten wurde. Wie sehr sehnte sie den Tag herbei, an dem sie Ludwig endlich in die Arme schließen durfte! An dem sie ihm erzählen konnte, was sich seit seinem Weggang auf Ravensberg ereignet hatte und was ihr auf der Reise alles widerfahren war. Teils fürchtete sie sich vor diesem Wiedersehen, teils freute sie sich darauf.

Denn danach durfte sie heimkehren.

Sie wusste nur nicht, ob ihr Daheim tatsächlich noch der Ort war, an dem sie glücklich werden konnte. Sich vorzustellen, auf Ravensberg zu leben und ihr Kind aufzuziehen, von allen beäugt, weil dieses Kind die Frucht ihrer Schande war … Sicher, ihre Großmutter stünde ihr zur Seite, und Radegund, wenn sie sie mitnahm, ganz gewiss ebenso. Aber schon Oda, die in allem so vollkommene Oda, wäre vermutlich entsetzt, und mit ihr auch Emmes Vater.

Vielleicht brauchte sie ein neues Zuhause.

Sie kehrten zum Gasthof zurück.

Emme blieb schweigsam. Immer wieder malte sie sich ihre Heimkehr aus. Wie sie an Ludwigs Seite den steilen Weg zum Burgtor hinaufritt, wie beide glücklich lächelten, weil sie endlich wieder zu Hause waren. Wie sich die Burgbewohner vor dem Turm versammelten und wie die Blicke sich in Emmes gewölbten Leib bohrten. Oder in das Kind, das sie in den Armen wiegte. Wie alle Ludwig aufs Herzlichste begrüßten, aber niemand wusste, wie man sie begrüßen sollte.

»Dieses Uppsala, aus dem Ihr stammt …«

»Ja?« Er lächelte ihr aufmunternd zu.

»Ist es schön dort?«

Robert dachte über die Frage nach. »Im Winter ist es so hoch im Norden eisig kalt«, antwortete er ernst. »Und jeder Nordmann wünscht sich, die Dunkelheit möge endlich weichen. Im Sommer aber ist es sehr schön. Es wird Euch gefallen.«

Es wird Euch gefallen.

»Und wenn Ihr mit mir nach Ravensberg heimkehrt …«

»Ich käme als der Mann mit Euch, der um Euch gefreit hätte. Ich werde Euch heiraten, und Ihr werdet nicht in Schande leben müssen.«

»Ich denke darüber nach«, murmelte sie.

»Mehr habe ich auch nicht verlangt.«

Allein der Gedanke war Verrat.

Berengar aber hatte sie verlassen, und sie fühlte sich so allein, dass sie jeden Mann angefleht hätte, sie aus dieser Einsamkeit zu befreien.

Robert war vielleicht nicht die schlechteste Wahl.

Kapitel 22

Noch immer war sein Rücken wie von flüssigem Eisen überzogen, und er schwitzte stark, als er sich unweit des Gasthofs hinter eine hohe Mauer duckte. Angestrengt spähte er ins Dunkel. Es war jene finstere Nachtstunde zwischen Komplet und Prim, eine Zeit, zu der sich selbst in Konstantinopel kaum jemand auf den Straßen herumtrieb.

Seine Hand berührte den Schwertknauf. Er hoffte, nicht gezwungen zu werden, gegen einen seiner ehemaligen Reisegefährten die Waffe ziehen zu müssen, doch er hatte sich auch dafür gewappnet. Wenn er nur nicht Robert begegnete …

Nachdem er eine Weile im Schatten gewartet und sich davon überzeugt hatte, dass im Gasthaus niemand mehr wach war, schlich er zur Tür, die zu seiner Erleichterung nicht verriegelt war. Andernfalls hätte er den Weg über das niedrige Dach des angrenzenden Stalls nehmen und durch ein Fenster im Obergeschoss einsteigen müssen, aber er bezweifelte, dass er schon über die nötige Kraft verfügt hätte. Außerdem barg eine solche Kletterpartie die größere Gefahr, entdeckt zu werden.

So schlüpfte er ins Haus und blieb, nachdem er die Tür hinter sich zugezogen hatte, im Dunkeln stehen. Ein leises Knacken, ein lautes Schnarchen aus dem Obergeschoss – das Haus schlief, und mit ihm alle Bewohner.

Gut so.

Den Weg zu Emmes Kammer hatte er in den letzten beiden Tagen in Gedanken immer wieder zurückgelegt. Hatte sich vorgestellt, wie sie aufwachte, wenn er sich hineinschlich.

Das musste er unter allen Umständen vermeiden. Sie

durfte nicht aufwachen. Durfte nicht erfahren, was er tat. Sie hätte es nicht verstanden, und er hätte nicht erklären können, warum er sie ausraubte.

Er schlich die Treppe hinauf. Seine Augen hatten sich inzwischen an die Dunkelheit gewöhnt, und den Schmerzen zum Trotz bewegte er sich geschmeidig wie ein Tier. Er hätte gern noch ein, zwei Nächte gewartet, doch er ahnte, dass Robert zum Aufbruch drängte, nachdem Emme inzwischen genesen war. Darum blieb ihm nicht viel Zeit.

Die Tür schwang lautlos auf. Der Mond schien durch das kleine Fenster in die Kammer und warf sein silbriges Licht keilförmig auf Emmes Bett. Sie lag allein darin, die Decke war zurückgeschlagen, als hätte jemand das Bett verlassen.

Radegund.

Er atmete tief durch.

Er musste rasch handeln.

Hätte er nur gewusst, wo er suchen musste, wäre er innerhalb kürzester Zeit wieder verschwunden. Aber ihm war nur bekannt, dass sich die Schatulle in diesem Raum befand. Das war zumindest sein letzter Kenntnisstand gewesen.

Natürlich mochte Robert die Schatulle inzwischen an sich genommen haben. Dann musste Berengar so rasch wie möglich den Rückzug antreten, und alles würde nur noch schwieriger.

Er behielt sie im Auge, als er lautlos am Fußende ihres Betts auf die Knie sank. Seine Schwertscheide hielt er fest, sie klackte leise auf den Boden, aber Emme rührte sich nicht, sondern schlief friedlich weiter.

Ihr Anblick rührte ihn. Sie lag auf der Seite, beide Hände unter eine Wange gelegt. Sie wirkte so friedlich im Schlaf. Fast glücklich.

Den Deckel der Truhe hob er ganz langsam an. Im Dunkeln tastete er sich zwischen Kleidern und Beuteln bis zum Grund der Truhe vor. Dann stießen seine Finger auf die metallenen Beschläge der Schatulle. Er atmete tief durch, lauschte Emmes regelmäßigen Atemzügen und zog erst dann, als er sich überzeugt hatte, dass sie wirklich tief und fest schlief, ganz vorsichtig die Schatulle hervor. Er ging behutsam zu Werke, denn im Innern des Behältnisses klimperten verheißungsvoll die Goldmünzen. Einige lösten sich voneinander und glitten am Boden des Kastens entlang. Dabei verursachten sie einen ohrenbetäubenden Lärm. Berengar hielt den Atem an, verharrte mitten in der Bewegung und horchte.

Emme bewegte sich im Schlaf und murmelte etwas Unverständliches. Wie gern hätte er erfahren, was sie sagte, was sie dachte, was sie im Traum bewegte! Aber er musste schon froh sein, sie nicht geweckt zu haben.

Er stellte die Schatulle auf dem Boden ab. Dann stopfte er die Kleidungsstücke, die er achtlos um die Truhe verstreut hatte, wieder hinein, senkte den schweren Deckel und verschloss die Truhe.

Nun hatte er wieder freien Blick auf das Bett. Sie hatte sich im Schlaf auf den Rücken gedreht und seufzte leise. Das Haar klebte ihr an der schweißnassen Stirn, und ihre Hand fuhr unruhig über den leeren Platz an ihrer Seite.

Höchste Zeit zu verschwinden.

Er vermochte sich kaum von ihrem Anblick zu lösen. Lautlos erhob er sich, nahm die Schatulle vom Boden auf und klemmte sie sich unter den Arm. Die freie Hand ruhte auf dem Bettpfosten, und eine pulsierende Kraft schien von der Geliebten auszugehen. Er betrachtete sie stumm.

Wie schön es wäre, sie zu küssen.

Auf der Straße schrie eine Frau schrill auf, und die grölende Stimme eines Mannes antwortete ihr. Berengar zuckte zusammen, aber Emme schlief weiter.

Die Geräusche des Hauses umfingen ihn wieder. Er glaubte Schritte zu hören und schlich zur Tür. Dann schlüpfte er hinaus und wartete, bis seine Augen sich an die Finsternis gewöhnt hatten. Hier war's so dunkel, dass er die Hand nicht vor Augen sah, und fast wäre er auf dem Treppenabsatz gestolpert. Mühsam fing er sich, umklammerte das Seil, das neben der Treppe in die Tiefe führte. Noch immer blieb alles still, und er stieg geschwind nach unten, stieß die Tür ins Freie auf und entkam in die Dunkelheit.

Er drückte die Schatulle gegen die Brust, schob sie unter den neuen Mantel, der noch immer fremd roch, und marschierte den ganzen Weg zurück. Die Kälte kümmerte ihn ebenso wenig wie der eisige Wind.

Es wärmte ihm das Herz, sie ein letztes Mal gesehen zu haben, ehe er fortging und sie ihrem Schicksal überließ.

Aber er hatte sich geschworen, auf sie aufzupassen.

Er hoffte nur, dass ihm eine zweite Gelegenheit dazu gewährt wurde. Irgendwann.

»Meine Güte, Radegund! Was ist bloß in dich gefahren?« Ungeduldig riss Emme der Zofe das Unterkleid aus der Hand. Hilflos stand diese vor der Truhe, in der sie, so hatte sie Emme versichert, am Vorabend alles säuberlich gefaltet verstaut hatte, nachdem sie die Kleidungsstücke ausgebürstet und geflickt hatte.

Nun aber herrschte ein heilloses Durcheinander, das sie sich nicht erklären könne, wie Radegund immer wieder unter Tränen beteuerte.

»Wo bist du nur mit deinen Gedanken?« Vergebens versuchte Emme das Kleid glatt zu streichen, das die ganze Nacht halb aus der verschlossenen Truhe gehangen hatte. Es war zerknittert und unansehnlich. Warum war ihr das gestern Abend nicht aufgefallen, wie nachlässig Radegund mit ihren Sachen umging?

Es blieb jedoch keine Zeit, etwas daran zu ändern, denn heute sollten sie abreisen.

Eigentlich waren ihr Kleider eher gleichgültig, und in den letzten Wochen waren Beinlinge und Wams ihr ohnehin lieber gewesen als Röcke und Tücher. Aber Radegunds Unachtsamkeit ärgerte sie.

»Ich versteh das nicht, Herrin! Hab alles fein zusammengelegt, ich schwör's bei Gott. Ihr wisst doch, wie sorgfältig ich arbeite.«

»Wohl nicht sorgfältig genug. Wie auch immer, dafür haben wir keine Zeit mehr.« Sie warf das Kleid zurück in die Truhe. »Sieh zu, dass die Truhe verladen wird. Das kannst du doch wenigstens bewerkstelligen, oder?«

Sie hörte nicht auf Radegunds gemurmelte Entschuldigung, sondern stürmte aus der Kammer. Die stickige Luft darin engte sie ein.

Ein Albdruck lag ihr auf der Brust, seit sie an diesem Morgen erwacht war. Er zwang sie nieder, verschnürte ihr die Kehle, und jeder tiefe Atemzug endete in einem Schluchzer, dessen Herkunft sie sich nicht zu erklären wusste. Bis sie sich an ihre nächtlichen Träume zu erinnern versuchte, die sich mit der Wirklichkeit der zerwühlten Truhe vermischten. Schon glaubte sie zu wissen, was geschehen war, aber sobald sie den Blick darauf lenkte, verflüchtigte sich die Wahrheit wie ein Nebel. Etwas war geschehen, und sie konnte es nur benennen, wenn ihre Sinne abschweiften und die Ereignisse sich am Rand ihrer Wahrnehmung ballten. Spätestens dann war sie nicht mehr sicher, ob es sich tatsächlich ereignet hatte oder ob ihr Verstand im Traum einen groben Scherz mit ihr getrieben hatte.

Berengar. Sie hatte ihn gesehen, er war ihr ganz nahe gewesen. Hätte sie nur die Hand nach ihm ausgestreckt …

Unsinn. Sie phantasierte sich etwas zusammen, weil sie ihn hatte sehen wollen. Weil sie glauben wollte, die zerwühlte Truhe stünde in irgendeinem Zusammenhang mit ihrem Traum. Darum hatte sie Radegund so angefahren.

Robert von Uppsala erwartete sie mit ihrem gesattelten Zelter im Hof. Er half ihr aufs Pferd, erkundigte sich nach ihrem Wohlergehen und blieb neben ihr stehen, bis die Reisegruppe endlich vollständig war. Dann ritt er an ihrer Seite aus dem Hof.

Sie passierten die Kreuzung zweier Straßen, die Emme bekannt vorkam. Zwei Tage zuvor waren sie hier abgebogen, um zum Haus von Friedrich de Akkon zu gelangen. Ein Reitertrupp wartete an der Straßenecke, und ihr Herz tat einen ganz und gar verrückten Satz, als sie ihren Onkel Friedrich entdeckte, der einen dunklen Fuchshengst ritt. Das edle Pferd tänzelte, und seine Ohren spielten lebhaft, als der Chevalier es an ihre Seite lenkte. Der Tross um Robert von Uppsala kam zum Stehen.

»Wie schön, dass du gekommen bist, uns zu verabschieden!«, rief Emme glücklich. Sie bedauerte, dass die Zeit drängte. Gar zu gern hätte sie noch länger in Konstantinopel verweilt, nachdem sie in der Fremde endlich einen Menschen gefunden hatte, der zu ihrer Familie gehörte. Wäre ihnen doch mehr Zeit geblieben, diese Bande enger zu knüpfen!

»Wer spricht davon, dass wir uns verabschieden müssen?« Er lächelte sie an. Dieses zauberhafte Lächeln, dem keine Frau widerstehen konnte und das auch jeden Mann milde stimmte. Ihn musste man mögen, auch wenn man sich dagegen zu wehren versuchte.

»Du bist nicht gekommen, um Abschied zu nehmen?«

»Nun, wie mein Name es von mir verlangt, mache ich mich wieder auf den Weg nach Akkon. Wenn du gestattest, schließen sich meine Männer und ich euch an.«

Emme strahlte vor Glück und wandte sich zu Robert um. »Habt Ihr gehört? Das ist doch großartig, oder?«

Roberts Miene war versteinert. »Wunderbar«, bemerkte er nur trocken.

In ihrer Begeisterung ging sie lächelnd über seine Bedenken hinweg. »Ich habe nichts dagegen, dass ihr euch uns anschließt. Nicht wahr, Robert?«

Seine Antwort war eine nichtssagende Handbewegung.

Friedrich de Akkon nickte seinen Männern zu. Emme und Robert setzten sich wieder in Bewegung. Sie ritten dem Tross voran, in den sich nach und nach die Männer des Chevaliers einreihten, während er selbst rechts neben ihr herritt.

Das nächste Ziel war der Hafen von Konstantinopel. Während Robert sich um das Schiff für die Überfahrt kümmerte, stieg Friedrich aus dem Sattel. »Mir scheint, dein Ritter aus Uppsala ist nicht sonderlich erfreut, dass wir uns euch anschließen.«

Er half ihr vom Pferd.

»Bist du sicher, dass es recht ist? Wir können auch getrennter Wege ziehen.«

»Nein, bleibt nur!« Emme blickte zu Robert hinüber, der in einiger Entfernung erbittert um den Preis für das Übersetzen über die Meerenge feilschte. »Ich glaube, er hätte mich lieber nur für sich allein.« Rasch blickte sie zu Friedrich auf, der fein lächelte. »Jetzt denkst du sicher, ich bin auch so ein albernes Gänschen, das sich von süßen Worten beeindrucken lässt.«

»Ah, nein«, erwiderte der Chevalier, legte ihr einen Arm um die Schultern und drückte sie kurz an sich. »Ich glaube, du bist eine kluge, weitsichtige Frau, die schon weiß, wie die Männer sind.«

Wie sehr hätte sich Emme gewünscht, dass die Meinung ihres Onkels zuträfe. Aber in ihrem Innern sah es anders aus. Zu viele Fehler hatte sie in letzter Zeit begangen.

Dem falschen Mann vertraut, zum Beispiel.

Er hatte sich keinen Schlaf gegönnt.

Gegen Mittag trat er an den Kapitän eines Handelsschiffs heran, der an der Pier stand und seine Männer anbrüllte, weil sie die Ladung nicht schnell genug löschten. Wie ein finsterer Schatten erschien er vor dem vierschrötigen Kerl, der unwillkürlich zurückwich, als er mit heiserer Stimme nach einer Überfahrt verlangte.

»Wohin des Wegs?«, fragte der Kapitän.

»Outremer«, stieß er hervor.

Der Kapitän war nicht dumm, das merkte Berengar an seinem Zögern. Er musterte den Fremden von oben bis unten, erkannte wohl den Wert des edlen Pferds und des teuren Mantelstoffs. Zeichen, die auf eine edle Abstammung hindeuteten.

»Outremer, ja? Ihr vergesst, dass wir Winter haben, Fremder. Da fährt kaum einer auf kürzestem Weg bis Outremer.«

»Dann nehmt mich mit nach Zypern oder wohin Eure Reise auch führen mag, solange es nur in die richtige Richtung geht. Anderswo werde ich schon einen finden, der mich mitnimmt.«

Der Kapitän zuckte mit den Schultern. »Meinethalben gern, ich hab nichts gegen einen Passagier. Euer Pferd allerdings müsst Ihr hierlassen. Hab schon allzu oft erlebt, wie die Viecher auf See durchgingen und über Bord springen wollten. Hässliche Sache, möcht ich nicht noch mal erleben, wie sie ertrinken oder mit gebrochenem Bein über Bord hängen.«

Berengar zögerte. Zuerst wollte er heftig erwidern, ohne seinen Rappen gehe er nirgends an Bord. Aber die Zeit drängte.

»Wir bleiben noch vier Stunden an Land, bis dahin könnt Ihr ihn verkaufen. Wenn Ihr zurückkommt, nehm ich Euch mit. Wenn Ihr nicht erscheint, weiß ich, dass Ihr es Euch anders überlegt habt«, erklärte der Kapitän gleichmütig. Bevor er sich abwandte, klatschte er mit der Pergamentrolle in der Rechten auf die flache linke Hand.

»Ihr nehmt gefälligst mein Pferd und mich mit«, knurrte Berengar.

Der Kapitän grinste böse. »Wollt Ihr mich zwingen?«

Berengars Hände zuckten so schnell vor, dass sich der Kehle des Seemanns nur ein unverständliches Gurgeln entrang, als sein Hals umklammert wurde. Der Ritter drückte zu, und sofort lief das Gesicht des Kapitäns rot an. Er keuchte, seine Hände fuhren hilflos durch die Luft.

Der Ritter näherte sich dem Gesicht des Manns. »Hört mir gut zu«, zischte er leise. »Ihr nehmt meinen Rappen und mich mit, und wie ich sehe, bunkert Ihr gerade Getreide, das bestimmt nicht für Zypern, sondern eher für das ausgehungerte Outremer rund um Akkon bestimmt ist. Wenn Ihr Eures Lebens noch einmal froh werden und Euer Weib mit Eurer Manneskraft beglücken wollt, tut Ihr lieber, worum ich Euch bitte, weil ich sonst sehr lästig für Euch werde. Und erst recht, wenn meinem Pferd irgendetwas geschieht. Verstanden?«

Der Kapitän nickte angstvoll.

Berengar stieß ihn von sich. Er ekelte sich vor diesem widerlichen Kerl. Schlimmer war nur sein Ekel vor sich selbst, weil er zu solch schmutzigen Mitteln greifen musste, um sein Ziel zu erreichen.

Er redete sich damit heraus, dass er's nicht für sich tat. Die Zeit rann ihm durch die Finger.

Er musste Akkon vor Emme und Robert erreichen. Er musste da sein, wenn sie ihn brauchte.

Er hatte sie nicht im Stich gelassen. Er wachte noch immer über jeden ihrer Schritte. Was geschehen war, durfte sich nicht wiederholen.

IV. ANTIOCHIA

Kapitel 23

Sein treuester Begleiter war der Hunger.

Die Stunden zerrannen mit diesem Gefühl der Leere, mit dieser Sehnsucht nach einem Stück Brot, nach einer Orange oder nach einem kross gebratenen Hähnchenschenkel. Er lag auf einer Matte im Schatten eines Sonnensegels und hielt sich an dem kleinen Krug mit Wasser fest, der jeden Morgen aufgefüllt wurde und für den ganzen Tag reichen musste. Ihn brauchte niemand zu fesseln, längst war er zu schwach, um auch nur einen Gedanken an die Flucht zu verschwenden.

Stattdessen begab er sich in seinen Träumen auf Reisen. Es waren kühle Welten, in denen er sich im Halbschlaf verlor, knackend kalte Wintertage auf seiner heimatlichen Burg.

Doch wann immer Ludwig aus den Träumen aufstieg, um die aufgesprungenen Lippen mit Wasser zu benetzen, wusste er, dass seine Träume für andere Menschen Wirklichkeit waren. Seine Schwester Emme hatte diesen Winter vermutlich arg gefroren, ebenso wie alle anderen Burgbewohner. Er lächelte schwach, als er daran dachte, wie er selbst immer geklagt hatte, es sei viel zu kalt in jenem feuchten Gemäuer. Wie er oft halb im Scherz behauptet hatte, er werde noch das Reißen in den Gliedern bekommen, wenn er sich nicht regelmäßig im Kampf übe. Dass er von der Kälte noch ganz steif und matt werde.

Jetzt war er ganz steif und matt. Hungrig, ja, das auch, aber der Gedanke an den Hunger war in den letzten Monaten ein so beständiger Begleiter geworden, dass ihm die anderen Geiseln kaum noch auffielen, die wohlgenährt und bei Kräften an seinem Lager vorbeischlenderten.

Vielleicht träumte er diese Gestalten auch nur. Vielleicht waren sie Geister aus einer anderen Welt. Aus einer anderen Zeit.

Ein Mann hockte sich neben ihn. »Bist du wach?«, flüsterte er, und Ludwig nickte. Doch der andere schien die leichte Kopfbewegung nicht wahrzunehmen, denn er packte Ludwig an der Schulter und schüttelte ihn. »He, bist du wach, Ravensberger?«

»Ja doch«, krächzte er.

»Er will dich sehen.«

Er.

Saladin.

»Ich kann nicht.« Sagte er das wirklich, oder war es wieder nur ein Traum?

»Wirst wohl müssen, sonst verreckst du in der Hitze. Gib dir einen Ruck!« Der Mann schlug ihm nochmals leicht auf den Arm, aufmunternd, Mut machend. Dann stand er auf und verschwand. Als wäre Ludwig ein Ausgestoßener, mit dem kaum jemand etwas zu schaffen haben wollte.

Er blieb sitzen. Wenn er sich nicht bewegte, wenn er die Augen schloss und nur lange genug wartete, kam irgendwann das Gefühl, sich wie ein Falke in die Luft zu erheben und über Akkon am Himmel zu schweben. Dann konnte er im Steilflug hinabstoßen, konnte jenem Mann Krallen und Schnabel ins Fleisch schlagen, der ihn so strafte, weil er sich weigerte, auf sein Spiel einzugehen.

Saladins Spiel.

Aber Saladin hatte ihn zu sich gerufen.

Ein neuer Tag. Abermals ein Kampf, der entscheiden würde, wer von ihnen der Mächtigere war.

Bisher hatte Ludwig immer geglaubt, er könne alles aushalten. Er hatte gehungert, hatte sich mit dem Wenigen begnügt, das Saladin ihm hatte zuteilen lassen. Gerade genug zum Leben. Er hatte es sich versagt, seine Leidensgenossen um Nahrung anzubetteln. Gewiss hätten sie voller Mitleid ihre üppige Speisung mit ihm geteilt, hätte er nur darum gebeten. Von sich aus gaben sie ihm nichts, stand ihnen doch als warnendes Beispiel das Schicksal von Ludwigs Knappen Gerfried vor Augen, der seinem Ritter einen Kanten Brot zugesteckt hatte.

Schwerfällig erhob sich Ludwig.

Ich bin der Falke, und du bist meine Beute.

Ich bin der Falke und sehe dich von ferne schon.

Mein Schmerz ist dein Tod.

Es war nicht weit bis zum prachtvollen Zelt, das Saladin in der Mitte des Feldlagers für sich hatte errichten lassen. Ein heißer Windhauch trieb Ludwig auf dem kurzen Stück Wegs Sand in Augen und Nase. Es knirschte zwischen seinen Zähnen, die sich durch die Entbehrungen allmählich lockerten.

Mich besiegst du nicht, Salah ad-Din Yusuf bin Ayyub. Mich nicht.

Erst hatte er geglaubt, es sei ein Spiel, das der Araberfürst mit ihm und den anderen Männern trieb. Zu Beginn seiner Zeit als Gefangener des Sultans hatte er's nicht schlecht getroffen. Im Gegenteil, die christlichen Gefangenen im Belagerungsring, den Saladin um das christliche Heerlager gezogen hatte, waren weit besser versorgt worden als die armen Gefährten, die ihrerseits zwischen den schräg abfallenden Stadtmauern und Saladins Truppen ihre Belagerung aufrechterhielten, obwohl sie vom Feind von beiden Seiten schier erdrückt wurden. Im Winter hatten die christlichen Kreuzfahrer gehungert, und im Lager hatten sich Krankheiten ausgebreitet.

Wie viel angenehmer war doch das Leben in Saladins Lager gewesen ... und wie viel schändlicher! Bei einem seiner zahlreichen Besuche, zu denen Saladin ihn eingeladen hatte, um sich freundschaftlich mit ihm zu unterhalten, hatte Ludwig den Sultan gefragt, warum es ihm und den anderen Gefangenen so gut gehe.

Saladins Gesichtsausdruck hatte sich ihm auf ewig eingebrannt. Mit einem bösen Lächeln hatte er Ludwig eine Orange gereicht und ihn aufgefordert, sie zu schälen und zu genießen. Noch während sich Ludwig einen Schnitz jener süßen Frucht, die er in der Fremde schätzen und lieben gelernt hatte, in den Mund geschoben hatte, hatte Saladin bemerkt: »Ihr seid ungemein wertvoll für mich, Ludwig von Ravensberg, wie auch jeder andere Ritter, der mir in die Hände fällt. Ihr seid Geiseln, und Eure Familien werden Lösegeld zahlen, damit Ihr wieder freikommt.«

Auf diese Worte hin war Ludwig verstummt. Seine heitere Gelassenheit war tiefer Besorgnis gewichen. Stumm hatte er die Frucht verzehrt und die Schalen in eine Schüssel auf dem Boden geworfen. Dann hatte er Saladin lange angesehen, der seinerseits den Blick erwidert hatte. Schließlich hatte Ludwig geantwortet. »Das werde ich meiner Familie nicht abverlangen.«

Saladin hatte die Schultern gehoben. »Euch steht keine Entscheidung zu. Mir ist bekannt, dass Eure Freunde bereits in Eurem Sinn unterwegs sind. Inzwischen ist das neue Jahr schon einige Monate vorangeschritten. Noch mag es einige Wochen dauern, aber dann wird eine Nachricht oder das geforderte Gold aus Eurer Heimat eintreffen.« Sein Lächeln war breiter geworden. »Ihr versteht sicher, dass mir Letzteres lieber ist.«

Ludwig war wie versteinert sitzen geblieben. »Und Ihr versteht sicher, dass ich nicht zusehe, wie meine Familie in den Ruin getrieben wird und unser kleines Vermögen in Eurer unermesslichen Schatzkammer verschwindet«, hatte er mit kaum verhohlenem Zorn geantwortet.

»Nicht? Schade.« Saladin hatte nachgedacht. »Aber warum füttere ich Euch dann durch, überlasse Euch ein Zelt, stelle einen Eunuchen zu Eurem persönlichen Schutz ab? Ah – das kann ich mir doch sparen.«

»Das könnt Ihr tatsächlich«, hatte Ludwig zurückgegeben. Er hatte das Zelt verlassen, ohne auf die ausdrückliche Erlaubnis des Sultans zu warten, wie es sonst üblich gewesen war. Er war sein Gefangener gewesen, ja, aber nicht sein Sklave.

Nur dass ein Gefangener, der sich nicht freikaufen lassen wollte, es nicht wert war, mit Brot und Früchten versorgt zu werden.

Seit jenem Tag vor sechs Wochen hungerte Ludwig. Und seit achtzehn Tagen war er allein, nachdem Saladin seinen Knappen vor den Augen aller Gefangenen hatte köpfen lassen, weil dieser seinem Herrn einen Kanten Brot hatte zustecken wollen.

Seit jenem denkwürdigen Tag, an dem Gerfrieds Blut den Staub vor Saladins Prachtzelt rot gefärbt hatte, hatte der Sultan Ludwig jeden Morgen zu sich rufen lassen.

So geschah es auch heute.

Vor dem Zelt, das ihn mit einer Zunge aus weichen Teppichen schon einige Schritte vom Eingang entfernt begrüßte, streifte er die Stiefel ab und schlurfte weiter, Schritt um Schritt, bis er neben den beiden Wächtern stehen blieb, die ihn von oben bis unten musterten.

Aber was hatte ihr Herrscher schon von einem Mann zu befürchten, der so ausgehungert und schwach war, dass er beim Gehen über die eigenen Füße stolperte? Sie winkten ihn durch, und er trat unter das Vordach des Zelts. Der Wind frischte auf, die bunten Wimpel knallten im Wind, die Zeltbahnen tanzten wie Wellen in einer frischen Meeresbrise. Ludwig schleppte sich weiter.

Im Zelt war es kühl, obwohl ihm jedes Fleckchen kühler vorkam als sein Platz unter dem Sonnensegel oder in der prallen Sonne. Er kniff die Augen zusammen, die sich nur mit Mühe an das Dunkel im Zeltinnern gewöhnten.

»Ludwig von Ravensberg.« Es war die Stimme des Sultans, dunkel und gebieterisch. Er saß auf einem einfachen Schemel hinter einem Tischchen, und Ludwig widerstrebte es, den Blick zu heben und Saladin über die Figuren des Schachbretts hinweg anzusehen, das zwischen ihnen aufgebaut war.

Salah ad-Din Yusuf bin Ayyub war ein Mann in den besten Jahren, denen schon bald die schlechten folgen würden, in denen ihn die Lebenskraft allmählich verließ. Doch davon war an diesem Tag noch nichts zu spüren. Scharf war sein Blick, gewohnt spöttisch sein Lächeln. Mit höflicher Geste winkte er Ludwig auf einen Platz ihm gegenüber und erteilte einem Sklaven, der am Boden kniete, einen geflüsterten Befehl.

Der Sklave verschwand schnell wie der Wind, und Ludwig ließ sich widerstrebend auf dem Schemel nieder. Er unterdrückte ein Seufzen. Alle Glieder schmerzten ihn, und der Anblick der gefüllten Wasserkaraffe, die neben dem Schachbrett stand, erinnerte ihn an seinen ständigen Durst.

»Nun? Könnt Ihr Euch Euren Stolz noch immer leisten, Ritter von Ravensberg?«

Wortlos starrte Ludwig den Sultan an.

»Ich habe etwas für Euch. Bisher habt Ihr doch immer darauf bestanden, nicht freigekauft werden zu wollen.«

»Zu diesem Wort stehe ich nach wie vor.« Ludwig räusperte sich.

»Dann wird Euch folgende Nachricht wenig erfreuen, Franke: Es ist jemand unterwegs, der Euer Lösegeld begleichen wird.«

Ludwig fragte nicht nach der Quelle dieser Neuigkeit. Er hatte erfahren müssen, dass der Sultan früher oder später von fast allem Kenntnis erhielt. Saladin war ein Mann mit vielen Begabungen. Er sprach nicht nur fließend Französisch, sondern verstand es auch, sich jeden Mann nach seinem Willen zurechtzubiegen.

Fast jeden. Denn Ludwig hatte sich ihm nicht gebeugt, und er vermutete, das verdross den Sultan ungemein.

»Mein Bruder Otto?«, fragte er daher, weil er sich keinen anderen denken konnte, der um seinetwillen die weite Reise nach Outremer angetreten hätte.

Saladin lächelte fein. »O nein. Viel besser.«

Hermann etwa? Ludwig bezweifelte, dass sein jüngerer Bruder bereit gewesen wäre, eine so beschwerliche Reise auf sich zu nehmen, es sei denn, er erhoffte sich, auch der Heiligen Stadt Jerusalem einen Besuch abstatten zu dürfen. Das war erst recht absurd, schließlich befand sich diese Stadt fest in der Hand der Muselmanen.

»Ihr werdet es mir schon sagen.«

Saladin beugte sich leicht vor. »Ihr habt eine Schwester, wie ich erfuhr.«

Ludwig fröstelte. Ihm blieben Worte und Gedanken in Hals und Kopf stecken. Ja, er hatte eine Schwester. Emme, sein Ein und Alles, sein Schatten und sein Sonnenschein. Die Liebste in der Geschwisterschar, die an ihm hing, an der er so sehr hing, dass allein der Abschied von ihr ihm damals zu schaffen gemacht hatte, als er sich den Kreuzfahrern angeschlossen hatte.

»Ja«, keuchte er.

Der Sklavenjunge huschte herein und stellte ein Tablett auf dem Boden ab. Es klapperte leise. Ein verlockender Duft nach Reis, Fleisch und Früchten stieg von dem Teller auf. Saladin machte eine einladende Handbewegung. »Esst nur! Ich hörte, sie habe das Lösegeld bei sich.«

Noch immer vermochte Ludwig die Worte nicht zu ordnen, die sich in seinem Geist überschlugen. »Wie … ist sie … was …«

Saladin hob den Teller und reichte ihn Ludwig. Die köstlichen Düfte stiegen ihm unmittelbar in die Nase. »Esst nur!«, forderte der Sultan seinen Gefangenen mit sanfter Stimme auf. »Ich will Eure Fragen beantworten, so gut es mir möglich ist.«

Ludwig zögerte. Doch Saladin hielt ihm unnachgiebig den Teller hin, bis Ludwig ihn zögernd entgegennahm. Es gab keinen Löffel, und er aß mit seinen schmutzigen Fingern, stopfte sich bedächtig einen Bissen nach dem anderen in den Mund und kostete jeden Bissen aus, als sei dies sein letzter. Der erste Bissen schmeckte noch bitter nach dem Staub an seinen Fingern.

Der Teller, den man ihm serviert hatte, war nur zu einem Viertel gefüllt gewesen. Dennoch fühlte Ludwig sich gesättigt, nachdem er auch das letzte Reiskorn verzehrt hatte. Er seufzte, diesmal allerdings vor Wohlbehagen.

»Sie hält sich in Antiochia auf und hat schon eine lange Reise hinter sich. Sie erfreue sich aber guter Gesundheit, wurde mir versichert«, begann Saladin seinen Bericht. »Sie sieht Euch gar nicht ähnlich mit ihrem schwarzen Haar. Die grünen Augen aber – ich glaube, die sind Euch als Geschwister gemein. Als bemerkenswert betrachte ich vor allem den Umstand, dass sie eine hervorragende Bogenschützin sein soll. Hat sie das von Euch gelernt, Ravensberger?«

Es war tatsächlich Emme. Bisher hatte er sich einreden wollen, es könne ein Irrtum sein.

Vorbei. Sein Vater hatte sich wohl mit diesem Goldschatz ruiniert. Und warum schickte er ausgerechnet Emme?

Er konnte der Familie nie zurückzahlen, was sie für ihn opferte. Zu viel, zu viel. Seine Verwandten waren offenbar von der Hoffnung beseelt, er bringe aus Outremer große Reichtümer zurück, wie man es jedem versprach, ehe er sich das rote Kreuz ans Wams heftete.

Wie groß wäre die Enttäuschung, wenn sie erkennen

müssten, dass dieses karge Land kaum etwas bot, schon gar keine Reichtümer! Die Kreuzritter kämpften um schroffe Felsen, um Sand und Städte, deren Schönheit mit jedem Sturmlauf beschädigt wurde, den die christlichen Heere gegen die Mauern führten.

Ein wenig mehr hatte dieser Streifen Land ihm schon geboten, doch er hatte dieses Glück nicht festhalten können.

Eines Tages würde Ravensberg ihm gehören. Er würde eine ausgehungerte, kraftlose Domäne erben, sofern es dem Kaiser gefiel, das Lehen seiner Familie zu bestätigen.

Alle diese Gedanken schossen ihm wie wild durch den Kopf. Vor allem aber konnte er immer nur denken: *Emme ist hier.*

Saladin zog den weißen Königsbauern vor, als wolle er seinen Gefangenen zu einer Partie Schach auffordern. Ludwig aber schüttelte den Kopf.

»Nein«, flüsterte er und wusste nicht genau, ob er das königliche Spiel meinte oder die Tatsache, dass Emme in wenigen Wochen hier sein würde. Beides, vermutete er.

Saladin zog den Königsbauern zurück. »Ihr könnt gehen«, sagte er leise, und es bedurfte keiner nochmaligen Aufforderung.

Ludwig stürzte aus dem Zelt, fiel zwischen den beiden Wächtern auf die Knie und erbrach sich. Alles, was er vorher mit so viel Bedacht und Genuss gegessen hatte, würgte er auf den wertvollen Teppich, bis nichts mehr kam außer bitterer Galle.

Angewidert wandten sich die Wächter ab, als er auf allen vieren davonkroch. Der Wind blies ihm Staub in Mund und Nase. Er keuchte, und als er den Schutz seines jämmerlichen Sonnensegels erreicht hatte, weinte er hemmungslos.

Er war bereit gewesen, sich verloren zu geben. Sein Leben hatte er in Gottes Hand gelegt. Doch Gott hatte etwas anderes mit ihm vor. Er schenkte ihm Hoffnung.

Ausgerechnet ihm, der alles verloren hatte, wurde Hoffnung geschenkt.

Er wünschte, er wäre nicht der Einzige. Er wünschte, Ragna möge es ebenso ergehen.

Kapitel 24

Radegund klappte den Truhendeckel hoch und zog aus den Tiefen der Truhe ein leichtes Überkleid hervor, das sie ihrer Herrin reichte.

Emme lag auf dem Bett, die Hände über dem Leib gefaltet, der sich inzwischen leicht wölbte. Das Kleid, das Radegund ihr hinhielt, war hoffentlich angenehmer zu tragen als jene Gewänder aus schwerem Wollstoff, die einen Großteil ihrer Garderobe ausmachten. »Kannst du es erweitern?«, fragte sie leise, und Radegund nickte eifrig. Hastig wühlte sie in der Truhe, fand das Säckchen mit den Nähutensilien und machte sich sogleich an die Arbeit.

Emme blieb liegen.

Sie hatten inzwischen Antiochia erreicht, und es war der Fürsprache ihres Onkels zu verdanken, dass der Herrscher von Antiochia sie mit allen Ehren empfangen und Emme sogar ein Quartier in seinem ausgedehnten Palast angeboten hatte. Gemeinsam mit Radegund bewohnte sie eine Zimmerflucht, die ihr viel zu großzügig erschien, und nahm dankbar jede Einladung an, abends mit dem Stotterer Bohemund von Antiochia und seiner Frau Sybille zu speisen.

Die Verzögerung aber zehrte an ihr, denn wieder einmal saß sie in einer fremden Stadt fest. Nun gut, sie lebte behaglich, und sowohl ihre Gastgeber als auch Friedrich de Akkon und Robert von Uppsala gaben sich größte Mühe, sie vergessen zu lassen, dass sie ihrem Reiseziel zwar nahe war, dass dieses Ziel dennoch in größere Ferne gerückt war als vor Monaten. Trotz aller Ablenkung dachte sie unablässig an Ludwig und hoffte inständig, nicht zu spät zu kommen. Denn die wenigen Nachrichten, die aus dem eingeschlossenen Feldlager vor Akkon bis nach Antiochia drangen, verhießen nichts Gutes. Zwar war die Hungersnot des Winters überstanden, doch hatte sie unter den Belagerern mindestens so hohen Tribut gefordert wie unter den Bewohnern der Stadt. Und mit der Hitze breiteten sich erneut Seuchen aus.

Kein Ort für eine schwangere Edeldame. Das sagte jeder. Und jeder kannte hunderterlei Einwände, warum sie nicht weiter nach Süden vordringen sollte. Die zunehmende Hitze, die ein Reisen kaum ratsam machte, da der Juni heraufgezogen war. Ihr Zustand, den sie zwar sorgsam zu verbergen versuchte, der dennoch überall ruchbar wurde – der Klatsch blühte offenbar auch hier. Sogar Sybille, die schmallippig an den abendlichen Festmählern teilnahm, hatte sich ihr am zweiten Abend fürsorglich zugewandt und in einer nicht enden wollenden Litanei berichtet, wie es ihr bei den bisherigen Schwangerschaften ergangen war. Nicht zu vergessen die guten Ratschläge, die sie Emme erteilte. Nach Akkon weiterzureisen gehörte jedenfalls nicht dazu. Aber das hatte die Herrscherin mit fast allen anderen Wohlmeinenden gemein.

Die Reisegruppe war geschrumpft. Außer Robert waren nur noch Radegund und Kaplan Hanno bei ihr geblieben. Die Männer, die seit Ravensberg mit ihnen gereist waren, hatten es vorgezogen, bereits nach Akkon weiterzuziehen. Sie waren in den vergangenen Monaten unauffällige, stille Begleiter gewesen, Weggefährten, die Emme erst fehlten, nachdem der Staub sich hinter ihnen gelegt hatte.

Friedrich wollte mit seinen Männern ebenfalls bald weiterreiten. An diesem Abend fand ihm zu Ehren ein letztes Festmahl statt, ehe er am nächsten Morgen nach Süden aufbrechen würde.

Emme richtete sich auf. Nachdem die Hitze ihr am Tag heftiger zugesetzt hatte, als sie zugeben wollte, war mit Einbruch der Dämmerung das Gefühl von Zerschlagenheit gewichen, und auch der Hunger meldete sich wieder. »Bist du bald fertig mit dem Kleid?«

»Einen Augenblick nur, Herrin. Ich brauch noch rasch die andere Nadel.«

»Ich hole sie dir.«

Emme stand auf. Es tat gut, sich ein wenig zu bewegen. Sie wollte sich von der Schwangerschaft nicht über Gebühr behindern lassen. Schließlich hätte sie dann eingestanden, dass es tatsächlich besser gewesen wäre, auf die anstrengende Weiterreise zu verzichten und die Aufgabe in Roberts Hände zu legen.

Der Deckel der Truhe war schwer, und sie seufzte leise, als sie ihn hochgewuchtet hatte. In der Truhe herrschte ein grenzenloses Durcheinander. »Radegund.«

»Ich weiß, Herrin, ich weiß.« Radegund trat neben Emme und zog mit fahrigen Bewegungen ein Kleid nach dem anderen aus der Truhe. »Ich wollt ohnehin morgen große Wäsche machen, und alle Kleider wollt ich ausbessern und die Truhe aufräumen. War doch nie Zeit dafür.«

Sie beugte sich tief über die Truhe. Triumphierend hielt sie einen winzigen Gegenstand hoch. »Oh, da ist die Nadel ja!« Doch bevor sie die Kleider wahllos in die Truhe zurückwerfen konnte, hielt Emme sie auf. »Lass mich das erledigen«, bat sie aus einer plötzlichen Regung heraus.

Sie war nie die Ordentlichste gewesen, nun aber verspürte sie den Wunsch, endlich etwas Ordnung in ihre eigenen Sachen zu bringen.

Sie räumte alles aus. Den Kasten mit den Schlafschwämmen hielt sie eine Weile nachdenklich in den Händen, ehe sie ihn weit wegstellte. Zerrissene Hemden warf sie auf einen Stapel, und eine ganze Weile betrachtete sie Hermanns Bibel, die sie nach seinem Tod an sich genommen hatte. Ihre Finger strichen über den Ledereinband, sie blätterte das Buch durch und verlor sich zwischen den Zeilen unentzifferbarer Worte und Sätze. Die bunten Malereien zwischen den eng beschriebenen Seiten gefielen ihr, doch dann legte sie das Buch beiseite. Später wollte sie es noch einmal in die Hand nehmen, obgleich ihr nur blieb, in den Buchmalereien zu schwelgen. Lesen hatte sie nie gelernt.

Warum hatte sie nicht schon früher für Ordnung in ihrer Truhe gesorgt?

Schließlich war alles ausgeräumt. Sie zögerte. Irgendwie fühlte es sich falsch an, wie all ihre Habseligkeiten ringsum auf dem Boden verstreut lagen. Es war unglaublich viel, und doch beschlich sie das unangenehme Gefühl, dass etwas fehlte.

Sie war ratlos. Wie sollte sie diese Berge an Zeug nur wieder sorgfältig in der Truhe verstauen?

»Herrin? Euer Kleid.«

Dankbar ging Emme auf die Ablenkung ein. Sie wandte sich zu Radegund um und ließ sich beim Ausziehen helfen. Das helle Leinenkleid mit Silberstickerei lag auf dem Bett bereit; es war nun etwas ausgelassen, damit es wenigstens noch einige Wochen lang passte. Sie legte die Hände auf den Leib. Nicht mehr lange, und sie wäre unförmig und träge wie Oda. Spätestens dann wäre es mit dem Reiten und Bogenschießen vorbei.

Höchste Zeit also, vorher nach Akkon zu gelangen. Auf dem Rückweg konnte sie nochmals in Antiochia haltmachen, und vielleicht erlaubten ihr die Gastgeber, dass sie ihr Kind hier und nicht auf einer staubigen Landstraße zur Welt brachte. Aber bis dahin hoffte sie, in allen Lebenslagen Ludwigs Rat einholen zu können.

Sie trug ihr schwarzes Haar offen, als sie kurz darauf durch die hellen, kühlen Palastgänge zum großen Saal schritt. Bohemund und Sybille hatten die angenehme Angewohnheit, ihren Gästen völlige Freiheit zu gewähren – so konnten sie zu den abendlichen Festmählern kommen oder wegbleiben, wie es ihnen beliebte. Und es weilten mehr als genug Gäste in ihrem Haus in Antiochia, während weiter südlich die Schlacht um Akkon tobte.

Vor den hohen Türen zum Saal traf sie Robert, der zufällig gerade aus der anderen Richtung kam. Er streckte ihr beide Hände entgegen, die sie nur zu gern erfasste.

»Ihr seht wunderschön aus, Emme.« Er strahlte, und sie erwiderte sein Lächeln. Ihn zu sehen war nach einem anstrengenden Tag immer wieder eine Freude. »Geht es Euch gut?«

»Ich bin müde«, gestand sie. Dem Herrn von Uppsala gegenüber durfte sie ihre Schwäche zugeben. Er verstand sie, er verurteilte sie nicht. Manchmal war ihr, als nehme er ihren schwellenden Leib nicht wahr. Vielleicht betrachtete er ihre Schwangerschaft auch als etwas ganz Natürliches.

»Ihr habt Euch hoffentlich ausgeruht.«

Sie nickte.

»Hattet Ihr Erfolg?«, fragte sie neugierig.

Betrübt schüttelte er den Kopf und musterte sie nachdenklich. »Leider nicht. Ich fürchte, wir müssen nach Tyros oder Tripolis weiterreiten und dort ein Schiff nehmen. Anders ist es nicht möglich. Aber«, fügte er fröhlich hinzu, »da wir nur noch eine so kleine Reisegruppe sind, wird es nicht allzu schwer sein, eine Passage zu bekommen. Nur Euer Zustand …«

In ihr Gespräch vertieft, betraten sie nebeneinander den Festsaal. Emme hatte ihre Hand auf Roberts Unterarm gelegt. Sie lächelte ihn an. »Fangt bitte nicht auch noch damit an!«

Robert lachte. »Mir scheint, Ihr seid nicht mehr müde.«

»Nein. Eher hungrig.« Sie runzelte die Stirn. Die meisten Gäste hatten bereits gespeist, und im Saal herrschte der verspielte Lärm der Gaukler, die zwischen den Tafeln herumliefen und allerlei Schabernack trieben. Ein Zwerg sprang ihnen in den Weg und versuchte einen Blick unter Emmes Rock zu erhaschen. Robert verscheuchte den kleinwüchsigen Narren und wies Emme den Weg zur hohen Tafel, an der Sybille sie mit strahlendem Lächeln begrüßte. Bohemund erhob sich halb. Er schwankte, und der Kranz dünner brauner Haare um seinen Kopf stand wirr in alle Richtungen ab, wiewohl er beständig mit beiden Händen darüberstrich.

»Die B... Blume von Rav...vensberg!«, begrüßte er Emme stotternd und schon recht weinselig. »U... und I... Ihr, e... e... edler Ritter ...«

Emme neigte den Kopf zum Gruß, und Robert geleitete sie zu ihrem Platz. Sie setzte sich, und bewundernd schweifte ihr Blick über die festlich gedeckte Tafel. Ein Knappe kam, reichte ihr ein Becken, das mit gepunztem Gold ausgeschlagen war und in dem sie sich die Hände wusch. Bohemund, der gern mit seinem Reichtum protzte, hatte sich auch an diesem Abend etwas einfallen lassen, und so fand sie in der Schüssel eine Goldmünze, die sie überrascht aufhob.

»Ein G... Ge...schenk!«, rief der Fürst von Antiochia sogleich. »Von mir!«

»Ihr seid zu großzügig, Herr Bohemund!«, rief sie ihm übermütig zu. Sie beschloss, die Goldmünze zu jenen Geldstücken zu legen, die sie Saladin zahlen würde. In die Schatulle. Die Schatulle, die ...

Erstickt schrie Emme auf und schlug beide Hände vor den Mund. Die Münze fiel klirrend in ihren Teller. Plötzlich war es an der hohen Tafel ganz still, und die Blicke der Edlen wandten sich in ihre Richtung.

Das kann nicht wahr sein.

Robert beugte sich zu ihr herüber. »Alles in Ordnung, liebste Emme?«

Wortlos starrte sie ihn an.

Nichts ist in Ordnung. Nichts. Jetzt weiß ich's wieder,

und ich weiß es so klar, als hätte ich nicht geschlafen. Als wäre ich tatsächlich wach geworden in jener Nacht, als Berengar am Fußende meines Betts kniete. Er hat die Schatulle gestohlen. Er entwendete sie aus meiner Truhe, während ich schlief, und seit Konstantinopel habe ich nichts davon gemerkt, weil ich nur damit beschäftigt war, mich nach ihm zu verzehren. Ihn zu vergessen und alle Verantwortung in Roberts Hände zu legen.

Die Schatulle. Das Gold.

Alles fort.

»Emme? Ist Euch nicht wohl?« Robert fasste sie am Arm. Sie schüttelte den Kopf. »Möchtet Ihr lieber gehen?«

Sie wollte gerade nicken, als der Zwerg vor ihr auf den Tisch sprang. Er grinste, und sie zuckte vor ihm zurück. In seiner unverständlichen Sprache schrie er etwas, beugte sich vor und zog ihr etwas aus dem Ohr. Etwas Kühles, Metallisches.

Eine weitere Goldmünze.

Sie schloss die Augen.

Könnte er doch nur weitermachen mit diesem Zauber, dieser Illusion, könnte er mir doch Tausende aus den Ohren und der Nase ziehen, bis sie sich auf meinem Tisch türmen.

Betäubt schüttelte sie den Kopf. »Weg! Er soll verschwinden.«

Robert machte eine scharfe Bemerkung, und der Zwerg zog einen Schmollmund. Dann aber trollte er sich gehorsam.

»Ich will …« Sie schluckte. »Mir ist der Hunger vergangen.«

»Kommt!« Ohne nachzufragen, half Robert ihr von der Bank. Er verbeugte sich vor den Gastgebern, erklärte ihnen höflich, Emme sei unwohl, es sei aber nichts Besorgniserregendes.

Sybille stand auf. »Ich kümmere mich um sie«, sagte sie leise, legte den Arm um Emmes Schultern und wollte sie aus dem Saal geleiten. Robert aber schob sich zwischen die beiden Frauen.

»Das schaffen wir schon allein. Es ist nichts Schlimmes«, versicherte er der Gastgeberin. »Bleibt nur bei Euren Gästen! Der Chevalier de Akkon muss jeden Augenblick eintreffen, und er wäre schrecklich enttäuscht, Euch nicht anzutreffen, Herrin Sybille.«

»Der Chevalier hat gewiss Verständnis, wenn ich mich um seine Nichte kümmere«, gab Sybille zurück. Prüfend musterte sie Emme. Doch als diese die Fürstin von Antiochia anlächelte, nickte sie und strich ihr ein letztes Mal über die Schulter. »Also gut. Aber wenn sie etwas braucht, soll sie sich nicht scheuen, darum zu bitten.«

»Gewiss nicht, Fürstin.« Robert neigte den Kopf, bedachte auch Fürst Bohemund mit einem knappen Nicken und schob Emme vom Podium hinunter in Richtung der Türen.

Emme eilte an Roberts Seite aus dem Saal und spürte die Blicke der Anwesenden auf ihrer Haut brennen.

»Was um Himmels willen ist mit Euch?« Besorgt umfasste Robert Emmes Oberarme. Sie hatten den Festsaal hinter sich gelassen, und jenseits der geschlossenen Türen tobte bereits wieder die Ausgelassenheit. Emme und Robert standen in einem dunklen Alkoven, und als sie in die fast dunkle Sommernacht hinausblickte, glaubte sie das Flattern einer Fledermaus zu sehen.

»Gar nichts«, log sie.

»Und wegen nichts schreit Ihr alle Welt zusammen?« Besorgt streichelte er ihre Hände, eine Zärtlichkeit, die sie ihm erlaubte, wusste sie doch, dass er derlei Vertraulichkeiten niemals ausnutzen würde.

Und weil sie einsam war, seit Berengar sie verlassen hatte.

»Es ist nichts«, wiederholte sie stur. »Nur …«

Dann strömte es aus ihr heraus wie ein Sturzregen, der auf staubige, verdorrte Felder niedergeht. So ungestüm brachen die Worte aus ihrem Mund hervor, dass sie selbst kaum verstand, wie ihr geschah.

»Und ich dachte … es sei nur ein … Traum«, stammelte sie schließlich erschöpft. »Doch plötzlich ist es gar kein Traum, sondern er hat mich tatsächlich … bestohlen. Wohin auch immer er damit verschwunden ist … und ich weiß nicht, wo er ist … Doch gleichgültig … das Geld ist verloren. Ludwig ist verloren.«

Sie hatte den zweiten Bruder umgebracht.

»Nichts ist verloren.« Eindringlich blickte Robert von Uppsala Emme an. Sie dachte schon, er wolle ihr Gesicht mit den Händen umfassen. Doch dann sanken seine Arme herab.

»Erinnert Ihr Euch, was ich Eurem Vater anbot, als wir damals nach Ravensberg kamen?«

Natürlich erinnerte sie sich daran. »Mein Vater hat abgelehnt.«

»Ja, aber nur, weil er sich den Stolz damals leisten konnte.«

Obwohl sie ihn trotzig anblitzte, nahm er ihre Hand. »Hört mir zu«, bat er sie. »Ihr müsst mir nur zuhören, ja?«

Emme nickte. Etwas Feierliches lag in seiner Stimme.

»Ich helfe Euch.«

»Aber …«, wollte sie protestieren.

»Kein Aber. Ich helfe Euch«, wiederholte er. »Ich kann wohl verstehen, dass Euer Vater dagegen war. Ich war ein Fremder. Er wusste nicht, ob mir zu trauen war. Damals konnte ich seine Haltung verstehen. Aber heute liegen die Dinge anders, nicht wahr?«

Sie nickte zögernd.

»Jetzt ist es mir möglich, Euch zu helfen. Jetzt darf ich es. Weil Ihr und ich …« Er zögerte. »Für Euch täte ich's. Wenn Ihr meine Frau würdet.«

Sie schwieg.

Die Türen zum Festsaal wurden aufgestoßen, und betrunken wankten einige Feiernde in den Gang hinaus. Sie sangen und grölten, und eine Frau kreischte laut auf. Erst nachdem sie verschwunden waren, hob Emme den Kopf.

»Ich habe Euch damals geantwortet, ich würde darüber nachdenken«, sagte sie leise.

»Mehr habe ich nicht verlangt«, erinnerte er sie.

Sie nickte. Ja, das stimmte. Und seitdem war er nicht noch einmal darauf zu sprechen gekommen.

»Denkt darüber nach.« Er ließ ihre Hand los. »Und jetzt geleite ich Euch zurück in Eure Gemächer. Soll ich Euch etwas zu essen bringen lassen?«

Emme schlang die Arme um den Leib. Plötzlich war ihr kalt. »Ich habe keinen Hunger.«

»Aber Ihr solltet etwas essen«, beharrte Robert. »Das Kind …«

Das Kind, das Kind. In ihrem Leib wuchs dieses Lebewesen heran und nährte sich von ihr. Sie presste beide Hände auf den Leib, als könne sie das Kind so zwingen, klein zu bleiben oder wieder zu schrumpfen. Sie verabscheute sich plötzlich noch mehr als zuvor und verabscheute damit auch dieses Kind, dessen Bewegungen sie seit einigen Wochen spürte.

»Also gut.« Radegund konnte ja essen, was er bringen ließ. Radegund hatte immer Hunger. Und es schien ihr klüger, nachzugeben, damit Robert Ruhe gab.

Ob sie aber bereit war, Roberts anderer Bitte nachzugeben, wusste sie nicht. Zum zweiten Mal hatte er um sie gefreit.

Er bot ihr einen Ausweg, sogar im doppelten Sinn: Sie

konnte mit einem Mann an der Seite heimkehren, und sie musste Ludwig nicht verloren geben.

Warum aber verspürte sie dieses ängstliche Zittern? Warum schenkte ihr diese Aussicht keine Ruhe?

Kapitel 25

Robert bestand darauf, sie in ihr Gemach zu begleiten. Er schreckte Radegund auf, die Emmes Habseligkeiten auf Bett und Boden ausgebreitet hatte und sorgfältig jedes einzelne Kleidungsstück faltete, jeden Beutel untersuchte und alles wieder in der Truhe verstaute.

»Kümmere dich um die Herrin!«, trug Robert ihr auf. »Sie braucht etwas zu essen. Und Schlaf«, fügte er hinzu.

Radegund knickste hastig, und Emme sank aufs Bett.

Sie fühlte sich seltsam. Als hätte Robert sie in Ketten gelegt. Als sei sein Hilfsangebot ihr Untergang.

»Ich schaue später noch einmal nach Euch, meine Liebe.« Er beugte sich vor und drückte ihr seine kalten Lippen auf die Stirn. Ihre Hände ballten sich im Schoß.

Erst nachdem er fort war, nachdem seine Schritte draußen längst verklungen waren, sprach Emme. »Wo warst du?«, fragte sie.

»Aber Herrin, ich war die ganze Zeit hier und hab Eure Sachen aufgeräumt.« Radegund richtete sich auf.

Ungeduldig schüttelte Emme den Kopf. »Das meine ich doch nicht. Ich meinte, wo du in jener Nacht warst. In unserer letzten Nacht in Konstantinopel.«

»Aber ich hab doch neben Euch geschlafen, Herrin. Wie immer.«

Emme seufzte.

Vor diesem Gespräch hatte sie sich gefürchtet.

»Wohl nicht jede Nacht«, sagte sie leise. »Ich war manchmal wach, und dann lag niemand neben mir. Du kannst es mir ruhig sagen, Radegund, ich weiß ohnehin, dass du bei ihm warst.«

Radegunds Bewegungen erstarrten. Die Hände fielen, das

weiße Hemd sank vor ihr zu Boden. »Was wisst Ihr?«, fragte sie mit krächzender Stimme.

»Dass du bei ihm warst, ist doch kein Geheimnis, oder?«

Radegund war leichenblass geworden. Sie riss den Mund auf, als wolle sie was sagen, aber kein Laut drang hervor.

Es stimmte also.

Bis zuletzt hatte sie geglaubt, es sich nur eingebildet zu haben. Bis zuletzt gehofft, es sei nicht wahr, dass Radegund sich auf Berengar eingelassen hatte. Und er sich auf sie. Hatte sie ihm geholfen, das Gold zu stehlen? Hatte sie ihm die Tür geöffnet, nachdem Emme eingeschlafen war? Hatten sie geflüstert und einander zum Abschied geküsst?

Und sie konnte sich noch so oft sagen, es mache ihr nichts aus, es sei doch Berengars Sache gewesen, mit wem er das Bett teilte, und dass sie nun einmal die Dumme gewesen sei, die sich hatte hinreißen lassen. Es tat trotzdem weh.

»Geh mir aus den Augen!«, flüsterte sie.

»Aber Herrin ...«

»Verschwinde!« Emme sprang auf. »Geh mir aus den Augen, du ... du widerliche Hure!« Sie sprang vor, ihre Füße verhedderten sich in den Kleidungsstücken auf dem Boden. Sie stolperte auf Radegund zu, die in höchster Verzweiflung aufheulte.

»Ich hab nichts getan, nichts!«, kreischte Radegund.

»Mich betrogen hast du!« Emme blieb stehen. Ihr Atem ging schwer. »Geh mir aus den Augen! Verschwinde einfach.«

Radegund wich zurück. »Ich hab doch nichts verbrochen«, jammerte sie.

Mitleidlos beobachtete Emme, wie Radegund weinend einige Schritte rückwärts stolperte. »Bitte, Herrin ...«

»Geh mir aus den Augen! Ich will dich nicht mehr sehen. Du hast dich nachts zu ihm geschlichen, hast dich ihm angebiedert. Willst du das leugnen?«

Radegund schluchzte. Sie schüttelte den Kopf, stammelte Unverständliches, doch Emme wollte gar nicht wissen, was die Zofe zu sagen versuchte.

»Hinaus mit dir!«, fauchte sie.

Erst als sich die Tür hinter Radegund geschlossen hatte, atmete sie auf und sank auf die Bettstatt.

Sie haben mich alle betrogen. Alle außer Robert.

Obschon der Gedanke kaum tröstlich war. Sie fürchtete ihn. Er war so lieb zu ihr, und sie verkroch sich, weil sie nicht wusste, wie sie seiner Fürsorge angemessen begegnen sollte.

Sie hob den Kopf nicht, als jemand das Gemach betrat.

»Ich möchte allein sein.«

»Ihr habt keinen Hunger?«, fragte eine dunkle Stimme.

Verblüfft hob Emme den Kopf. Jeden anderen hätte sie erwartet, aber niemals die zarte Fürstin Sybille. An der Seite der schönen Frau stand ein Jüngling mit einem Tablett, auf dem die köstlichsten Leckereien angerichtet waren.

»Ich dachte mir, Ihr möchtet vielleicht nicht allein speisen.« Auf einen Wink der Fürstin hin stellte der Diener das Tablett auf den Tisch. Sybille näherte sich Emme, raffte die Röcke ihres zarten orangefarbenen Seidenkleids und stieg vorsichtig über die verstreuten Kleider hinweg. »Und wie ich sehe, seid Ihr tatsächlich allein. Wo ist Euer ständiger Begleiter? Der Herr von Uppsala?«

Emme schüttelte den Kopf. »Bitte«, sagte sie leise. »Ich möchte wirklich allein sein.«

»Ja, nur ist das Leben selten so, wie wir es gern hätten.« Sybille setzte sich aufs Bett. Um ein Haar wäre Emme beiseitegerückt, erinnerte sich aber im letzten Augenblick an das Gebot der Höflichkeit.

Etwas an der Fürstin war ihr unangenehm.

Sybille von Antiochia war die zweite Ehefrau Fürst Bohemunds, und wenn Emme es richtig verstanden hatte, zerriss sich das ganze Heilige Land das Maul über diese zarte, schöne Frau, die schon über dreißig sein mochte. Eine Metze sei sie, die sich dem Fürsten angedient habe, nachdem seine erste Frau gestorben war. Verschwendungssüchtig, hohlköpfig und albern, das waren die Eigenschaften, die man ihr hinter vorgehaltener Hand unterstellte.

Und sie war wunderschön.

Geziert strich Sybille eine Strähne ihres rotbraunen Haars hinters Ohr. »Ich habe mich nie daran gewöhnen können«, sagte sie.

»Woran?«, fragte Emme, obwohl sie die Antwort gar nicht wissen wollte.

»Mit einem Mann vermählt zu sein, den ich nicht liebe«, erwiderte sie sanft. »Er ist ein guter Mann, versteht mich nicht falsch. Aber er ist eben nicht derjenige, mit dem ich glücklich geworden wäre.«

Überrascht blickte Emme auf.

»Wieso sagt Ihr das?«

»Mir scheint, der Herr von Uppsala hegt ein großes Interesse an Eurer Person. Aber er ist nicht der Vater des Kindes, nicht wahr?«

Aber der Vater meines Kindes hat mich verraten und bestohlen, hat meine Zofe wie auch mich verführt. Den kann ich erst recht nicht heiraten. Und selbst wenn ich wollte, ist er ja fort.

Beide Frauen saßen eine Weile schweigend nebeneinander. Schließlich legte Sybille die Hand auf Emmes Arm. »Nun ja«, sagte sie, »vielleicht irre ich mich ja auch. Hoffentlich irre ich mich.«

Sie stand auf und ging langsam zur Tür.

»Wie stelle ich es denn an, wenn ich diesen Mann nicht von Herzen liebe? Wenn er mich nicht rührt? Ist das recht?«, rief Emme hinter der Fürstin her.

Sybille blieb stehen. Sie wandte sich um, und ihre großen

dunklen Augen forschten in Emmes Gesicht. »Wenn es so ist, wär es wie jede andere Ehe. Es gibt viele Frauen, die so leben. So ist's nun einmal. Wir können uns dagegen wehren, doch zwingen wir das Schicksal nicht in die Knie.«

»Meine Zofe hat mich betrogen. Mit dem Mann, der mir das Kind gemacht hat. Aber ich habe ihn doch so lieb. Dass sie ihm Nacht für Nacht das Bett wärmte, kümmert mich nicht, wenn er nur nicht fortgegangen wäre, als er von dem Kind erfuhr. Da wiegt gar nicht mehr so schwer, dass er mich bestohlen hat.« Sie atmete tief durch. Es tat gut, die Wahrheit auszusprechen.

Sybille zögerte. Sie schien etwas sagen zu wollen, doch dann setzte sie sich schweigend an den Tisch und wartete.

Emme gab nach. Sie durchquerte das Gemach und blieb eine Weile am Tisch stehen, ehe sie sich setzte. Sybille schob ihr das Tablett zu, und Emme nahm einen halben Granatapfel.

»Manchmal ist es allerdings leichter, mit einem Mann vermählt zu sein, den man nicht liebt. Was er Euch antut, könnt Ihr abschütteln. Es tut nicht so weh, wenn er die Nächte bei anderen Frauen verbringt. Es ist leichter, sich dem Schicksal zu beugen, das uns Frauen beschieden ist, wenn es von einem kommt, der Euch nicht das Herz mit Liebe zerfetzt.« Sybille lächelte. »Es gibt andere Verlockungen, die nicht im ehelichen Gemach warten.«

»Das verstehe ich nicht.«

»Da ist ein Minnesänger, den ich sehr lieb gewonnen habe, und das nicht nur, weil er mir schöne Lieder singt.« Sybille lachte, als Emme sie entsetzt anstarrte. »Reizend, wie unschuldig Ihr mich anseht!«

»Unschuld ist nicht gerade die Eigenschaft, die mich auszeichnet«, murmelte Emme.

»Seid Eurer Zofe nicht gram. Sie hat nicht getan, was Ihr ihr zum Vorwurf macht. Zumindest nicht mit dem, von dem

Ihr es glaubt. Und jetzt habe ich alles gesagt. Alles Weitere würde mich in große Verlegenheit stürzen.«

Emme starrte sie an. »Ihr wisst mehr und verratet es mir nicht?«

Sybille hob die Schultern. »Weiß ich denn, ob Ihr es hören wollt?«

Emme nickte entschlossen.

»Fragt sie doch, warum sie alles an Robert von Uppsala weiterträgt, was in Eurem Gemach passiert. Mehr habe ich Euch nicht mitzuteilen.«

Sie verließ das Gemach.

Emme saß wie erstarrt. Robert? Was konnte Radegund ihm schon erzählen?

Ihre Neugier war geweckt.

Sie sprang auf, stürmte aus dem Gemach und sah Sybille gerade noch am Ende des langen Korridors verschwinden. Doch Emme wandte sich nach links, den anderen Gemächern zu. Ihre Faust hämmerte gegen die Tür, hinter der Roberts Räume lagen.

»Warum?«, fragte sie ihn, als er öffnete. »Seit wann?«

»Emme.« Er lud sie zum Betreten seines Gemachs ein, und sie schritt an ihm vorbei.

»Warum?«, wiederholte sie.

Robert lehnte sich gegen die geschlossene Tür und verschränkte die Arme. Er trug ein braunes Hemd und dunkelrote Beinlinge. Sein Haar war zerzaust, als habe er sich bereits zur Ruhe begeben.

»Warum *was*?«

»Warum lasst Ihr mich von Radegund ausspionieren?«

Er zögerte. »Hat sie Euch das erzählt?«

Sie lachte auf. »Radegund würde mir nie etwas erzählen. Sie hat ja bis heute nicht den Mut gefunden, mir zu erzählen, dass sie sich auf Berengar eingelassen hat. Nein, ich habe es von der Fürstin erfahren. Offenbar verstecken sich in diesem Palast an jeder Ecke ihre Spione, und mir scheint, sie will mich vor der großen Dummheit bewahren, Euch ein Eheversprechen zu geben.«

»Wäre es dumm, Ludwig zu retten?«, fragte er leise. Er stieß sich von der Tür ab und kam auf sie zu. »Wäre es dumm, ihn zu befreien? Wenn Ihr es allein zuwege bringt, von mir aus gern. Ihr habt recht, ich habe Radegund vor einigen Tagen gebeten, auf Euch zu achten. Ich weiß, Ihr schätzt das nicht. Darum haben wir uns heimlich getroffen, als Ihr Euch mittags ausruhtet. Sie hat mir nichts von Belang erzählt, aber ich fühlte mich Euch durch dieses wenige näher verbunden. Ich glaubte, so könne ich Euch irgendwie helfen, sobald Ihr meiner Hilfe bedürftet.« Er blickte auf seine Hände. »Verzeiht. Das war nicht recht. Einer von Sybilles Spionen mag uns dabei beobachtet haben. Denn es stimmt – Dutzende von Horchern schleichen durch diesen Palast. Die Wände haben Ohren und Münder. Wie gesagt, es tut mir leid«, wiederholte er. »Es geschah nur, weil ich in Sorge um Euch war, um Euch in Eurem Zustand. Selbst für Euch ist irgendwann alles einmal zu viel.«

Emmes Wut verflog. Er war wieder so ... Oh, sie konnte ihm nicht böse sein, wenn er so zerknirscht dreinblickte.

»Ich habe so gehandelt, weil ich auf Euch aufpassen möchte. Ich weiß schon, das mögt Ihr nicht.« Er seufzte schwer. »Aber ich habe Eurem Bruder versprochen, ihn zu befreien. Ihr seid die Einzige, die mir dabei noch helfen kann.«

»Wie kann ich von Nutzen sein, nachdem das Gold entwendet wurde?«, fragte sie bitter.

»Die Umstände haben sich geändert.« Er lächelte. »Jetzt bin ich für Euch verantwortlich, und ich bin es gern. Euer Schicksal ist von nun an mein Schicksal, Emme.«

Gleich schlägt er mir vor, ich solle in Antiochia bleiben, dachte Emme. Denn das war für ihn wohl der folgerichtige

Ausweg. Sie blieb in Antiochia, während er aufbrach und Ludwig mit seinem Geld freikaufte. So klug diese Lösung zu sein schien, sie verabscheute den Gedanken. Keine Stunde länger hielt sie es in diesem Palast aus.

»Was ist?«, fragte Robert sanft. »Habe ich Euch verletzt?«

Sie schüttelte stumm den Kopf.

»Was ist es dann?«

»Ich fürchte mich vor den Worten, die Ihr als Nächstes aussprechen werdet.«

Er trat näher. »Ihr müsst nichts befürchten.« Mit einer Hand strich er ihr über die Wange. Erschöpft schloss sie die Augen. Nein, nein, so sollte es nicht weitergehen. Das durfte er nicht tun.

»Ihr fürchtet, ich könnte Euch in Antiochia zurücklassen, nicht wahr?«

Emme schluchzte auf.

»Ich lasse Euch nicht zurück. Emme!« Seine Hände umfassten ihre Schultern. »Seht mich an!«

Seine Augen waren von einem merkwürdig hellen, eindringlichen Grau. Er lächelte. »Ich lasse Euch nicht allein«, bekräftigte er. »Wir gehören doch zusammen, oder?«

Emme erschauerte.

Ja, wir gehören zusammen. Robert wird mich vor Berengar beschützen.

Denn das Gefühl, dass Berengar noch immer in der Nähe war, überkam sie immer wieder. Bisher hatte sie diese Ahnung nie ausgesprochen, weil sie Roberts Reaktion fürchtete.

»Und wenn er wiederkommt?«

Fragend runzelte er die Stirn, doch dann verstand er, wen sie meinte. »Berengar.«

»Ich habe das Gefühl, als sei er noch irgendwie ... als klebe er an mir, seine Gedanken, seine Blicke ...«

»Keine Sorge. Er wird Euch nichts antun. Ich bin da. Außerdem ist er ohnehin über alle Berge und richtet sich im fernen Süden Italiens ein Leben als Hurenbock ein.«

Behutsam schloss er Emme in die Arme. »Vertrau mir«, flüsterte er eindringlich. »Bitte, Emme, du musst mir vertrauen.«

Sie wollte es versuchen. Ja. Sie konnte nichts versprechen, aber den Versuch war's wohl wert.

Und wenn sie es recht bedachte, war seine Sorge um sie mehr, als Berengar ihr je hatte angedeihen lassen.

»Da ist noch etwas anderes«, sagte sie leise. »Sie hat mich nicht nur dieser Tage betrogen, indem sie zu dir ging. Obwohl ...«, fügte sie hastig hinzu, als sie sah, wie er bei ihren Worten zusammenzuckte. »Obwohl ... nein, da hat sie mich doch nicht betrogen, noch hast du es getan. Aber früher. In Konstantinopel und auch vorher, da wachte ich nachts manchmal auf, und sie war nicht da.« Sie erzählte, wie sie einmal auf der Suche nach ihrer Zofe Berengar begegnet war.

»Ich glaube, sie hat ihm geholfen, mich zu bestehlen.«

Robert schüttelte ungläubig den Kopf. »Ich traue ihr eine solche Tat durchaus zu. Ich war ja von Anfang an der Meinung, wir sollten sie zurücklassen.«

Emme erinnerte sich allzu gut an Roberts Bedenken.

»Was gedenkst du mit ihr zu tun?«

»Was kann ich denn tun?« Sie war verzweifelt.

»Sie hierlassen. Oder fortjagen. Sie ist eine infame Lügnerin, hat dich um Berengars Liebe betrogen und streicht dennoch den ganzen Tag um dich herum. Wie kannst du sie da länger in deiner Nähe ertragen?«

»Aber ohne sie hätte ich niemanden«, widersprach Emme.

»Ohne sie wärst du besser dran«, beschwor er sie. »Und du hast immer noch mich.«

Emme schüttelte den Kopf. »Nein, sie bleibt ...«

Vermutlich kauerte Radegund in irgendeiner dunklen Ecke des Palasts und weinte sich die Augen aus dem Kopf. Nicht weil sie sich mit dem falschen Mann eingelassen hatte. Nein, weil sie ihre Herrin enttäuscht hatte.

Das war der Grund, warum Emme sie nicht fortjagen würde. Sie hatte Radegund aus dem Schmutz der Straße aufgelesen, hatte sie zu ihrer Zofe gemacht, nachdem Rika sie im Stich gelassen hatte.

Sie grollte nicht Radegund. Sie grollte dem Bassunviller. Aber wie sollte sie ihm ihre Verachtung ins Gesicht schleudern, nachdem er sich auf und davon gemacht hatte?

»Ich werde sie suchen«, sagte sie leise. »Ach, Robert, ich komme mir immer so dumm vor. Ich will doch nur, dass wir alle heil nach Hause zurückkehren.«

Er umarmte sie abermals, und sie schmiegte die Wange an seine Brust. »Das weiß ich doch, mein Herz. Du gibst dir doch nach Kräften Mühe. Kümmere dich um Radegund. Alles Weitere werde ich bewerkstelligen.«

»Und du lässt mich nicht hier zurück? Ich muss nicht in Antiochia bleiben?«

Er zögerte. »Akkon ist nicht der richtige Ort für eine Edeldame.«

Sie blickte zu ihm auf. »Bitte!«

»In deinem Zustand ...«

Sie wiederholte ihre Bitte.

Er lächelte und strich ihr über den Kopf. »Natürlich kommst du mit«, flüsterte er. »Ohne dich kann ich überhaupt nicht mehr sein.«

Er drückte sie wieder an sich, und während sie sich in seine Umarmung schmiegte, spürte sie ihrem Gefühl nach. War das Liebe? Fand sie bei ihm jene Geborgenheit, die sie so dringend suchte?

Er gab ihr doch alles, was sie brauchte.

Aber das richtige Gefühl wollte sich nicht einstellen.

Kapitel 26

Die Hütten drängten sich im Schatten weniger Dattelpalmen zusammen. Berengar zügelte seinen Rappen auf der Anhöhe und beschattete die Augen mit der Hand.

Es hatte lange gedauert, sie zu finden. Fast hätte er die Hoffnung schon aufgegeben, und wäre es nur um ihn gegangen, wäre er schon vor Wochen umgekehrt.

Es geht nicht um mich. Emme. Es geht um Emme.

Lediglich von diesem Gedanken beflügelt, hatte er weitere Nachforschungen angestellt. Nur deshalb war er nach langem Suchen in Antiochia auf einen Mann gestoßen, der ihm für klingende Münze sein Wissen verraten hatte.

Sie musste hier sein. Andernfalls hätte er keine Ahnung gehabt, wohin ihn sein Weg als Nächstes führen sollte.

Er glitt aus dem Sattel und führte sein Pferd am Zügel den steilen Pfad hinab, der nur für Maultiere, Ziegen und Menschen gefahrlos zu bewältigen war. Vorsichtig näherte er sich dem kleinen Dorf.

Und wenn er sie hier nicht fand? Wohin sollte er sich dann wenden?

Sie musste hier sein. So viele junge blonde Frauen, die als Sklavinnen bei orientalischen Christen lebten, gab es nicht.

Man bemerkte ihn. Die Dorfbewohner versammelten sich vor der größten Hütte, die am Rand der Häuseransammlung unter zwei Palmen stand. Ein alter Mann löste sich aus der Menschengruppe. Er trat Berengar entgegen.

»Seid gegrüßt, Fremder.« Er nickte, doch Berengar merkte, dass er auf der Hut war. Darum blieb er mit seinem Pferd in angemessener Entfernung stehen und neigte ebenfalls den Kopf. »Ich grüße Euch. Finde ich bei Euch ein Lager für die Nacht und einige Erfrischungen?«

Der Mann schien nachzudenken und nickte dann. »Wer in Frieden kommt, sei uns im Frieden willkommen. Ihr werdet Euer Schwert ablegen müssen, wenn Ihr unser Gast sein wollt, Fremder.«

Berengar zögerte nicht. Er hatte schon einige hässliche Auseinandersetzungen mit anderen Dorfältesten gehabt, die ähnliche Forderungen an ihn gestellt hatten, die er damals aus Unwissenheit nicht hatte erfüllen wollen. Nun entledigte er sich seines Schwerts und legte es auf dem Boden nieder. Hinzu kam der Dolch an seinem Gürtel, und zuletzt bückte er sich und zog das kleine Messer aus einem seiner Stiefel.

Der Mann nickte zufrieden. »Du bist uns willkommen«, sagte er bloß. »Mein ältester Sohn wird sich um dein Pferd kümmern.«

Ein etwa achtjähriger Junge sprang auf einen Wink des Mannes vor. Er näherte sich Berengar. Große dunkle Augen starrten bewundernd zu ihm hoch. Nicht jeder begegnete ihm mit Furcht, viele Kinder verehrten ihn, weil er ein Kreuzfahrer war. Weil er das rote Kreuz ans Wams geheftet trug. Weil er zu jenen gehörte, die für die Christenheit kämpften.

Aber zu oft hatten Kreuzfahrer nicht zwischen Christen, Juden und Muslimen zu unterscheiden gewusst, wenn sie eine Stadt erobert und die Bewohner niedergemetzelt hatten. Dieses Misstrauen wurzelte tief im Gedächtnis der Menschen, die seit hundert Jahren, seit Generationen schon Lieder zu singen wussten von christlichen Brüdern, die ihre Nächsten ermordeten. Berengar vermutete, dass spätestens in sechs bis acht Jahren auch dieser dürre Junge, der nur aus Gliedmaßen und großen Augen zu bestehen schien, ihm auf die Stiefel spucken würde, statt seinen Hengst ehrfürchtig zur Wasserstelle zu führen.

Er folgte dem Dorfältesten, der ihn mit weit ausholender Armbewegung einlud, in sein Haus zu treten. Der Türsturz war niedrig, und in der Behausung, die aus zwei kleinen Räumen bestand, war es dunkel, aber angenehm kühl. Aus dem Nebenraum hörte er das Flüstern der Frauen, das Kichern und dann atemlose Stille. Sie beobachteten ihn ebenso wie die Kinder, die sich im Türrahmen drängten.

Sie setzten sich auf den Boden. Zwei weitere Männer gesellten sich zu ihnen, sie nickten stumm.

»Wie heißt du, Fremder?«, fragte der Älteste.

Berengar versuchte seine Ungeduld zu bezähmen. Er wusste, wenn er hier etwas erreichen wollte, musste er abwarten. Darum beantwortete er gewissenhaft alle Fragen, während die Schatten länger wurden und die Frauen das Nachtmahl auftrugen.

»Du bist aus einem bestimmten Grund hier, Berengar de Bassunville.« Der Älteste, der sich als Khidma ibn Yahya vorgestellt hatte, reichte Berengar ein Fladenbrot. Berengar brach das Brot und reichte ihm die Hälfte zurück. Khidma nickte zufrieden.

»Ich suche jemanden. Eine Frau«, fügte er hinzu. »Sie ist Christin wie Ihr und ich, und sie hat Haar, so hell wie der Wüstenstaub.«

Khidma nickte langsam. »Gut möglich, dass sich eine solche Frau bei uns aufhält«, sagte er nach langem Schweigen. »Warum fragt Ihr?«

Berengar atmete tief durch. »Sie ist die Schwester eines Freunds. Die Versprochene eines anderen Freunds.«

»Und für welchen dieser Freunde seid Ihr hier?«

»Für den anderen Freund. Für den, dem sie versprochen war.«

Khidma gab einem seiner Männer einen Wink. Dieser stand auf und verließ die Hütte. »Ich nehme an, Ihr wollt sie uns abkaufen.«

Berengar nickte vorsichtig.

»Sie gehört dem Dorf, wisst Ihr? Uns allen.«

»Ich bin bereit, angemessen zu zahlen.«

»Ach, um Geld geht es uns nicht. Die Dattelpalmen nähren uns, sie beschatten uns, und wenn wir Häuser bauen, decken wir unsere Dächer mit Palmwedeln. Nein, um Geld geht es uns nicht.«

»Ihr habt etwas anderes im Sinn.« Berengar ahnte, worauf der Mann hinauswollte.

Khidma wiegte den Kopf. Er lächelte, und für Berengar sah es aus, als fletschte er die verfärbten Zähne. »Es gibt etwas, ja.«

Sie wollten seinen Rappen. Lächelnd schüttelte Berengar den Kopf. »Das ist nicht Euer Ernst.«

Der Mann kam zurück. Ihm folgte eine schlanke Frau, die sich den Männern nur behutsam näherte. Alles an ihr war Wachsamkeit. Als sie ihn aber bei den anderen Männern sitzen sah, zuckte sie zusammen.

Sie brauchte nicht ins Licht zu treten, damit Berengar wusste, dass Ragna vor ihm stand.

Roberts Schwester.

Er atmete tief durch.

»Also gut, lasst uns verhandeln.«

»War das klug?«, fragte Ragna.

Die Sonne ging gleißend über den Bergen im Osten auf. Sie hatten sich bei Morgengrauen nach der allzu kurzen Nacht erhoben, hatten die Wasserschläuche aufgefüllt und waren mit den besten Wünschen der glücklichen Dorfbewohner aus dem Tal aufgestiegen. Ein letztes Mal blickte Berengar auf die Ansammlung erbärmlicher Hütten hinunter. Er lauschte, aber kein Laut drang in die Höhe herauf.

»Sicher nicht«, erwiderte er grimmig. »Sie hätten das Gold nehmen sollen, als ich es ihnen anbot.« Er klopfte auf den schweren Beutel, der an seinem Gürtel hing. Ragna trug einen zweiten, der allerdings nicht so prall gefüllt war.

Fröstelnd zog sie den Schleier enger um den Kopf. Nicht mehr lange, und die nächtliche Kühle würde glühender Hitze weichen. Bis dahin wollte Berengar ein gutes Stück des Wegs hinter sich gebracht haben. Entschlossen setzte er einen Fuß vor den anderen.

»Oder meinst du, ich hätte dich nicht freikaufen sollen?«

»Das meinte ich nicht, Bassunviller!«, rief sie ihm nach. »War es klug, mich gegen deinen schwarzen Renner einzutauschen?«

Er blieb stehen. Wandte sich um.

Zum ersten Mal nahm er sich die Zeit, sie bewusst zu betrachten. Ragna Olufsdottir hielt sich trotz des Gepäcks, das sie geschultert hatte, sehr aufrecht. Ihre Kleidung war ärmlich. Ihr Gesicht aber war das einer stolzen Frau, die wusste, was sie verlieren konnte.

Sie hatte bereits so vieles verloren.

»War es denn klug, dich in die Sklaverei zu begeben?«, gab er zurück. »Wärst du doch zu mir gekommen, Ragna.«

»Und dann?«, erwiderte sie. »Was hättest du dann getan?«

»Das weiß ich nicht«, gab er zu. »Aber du hast dich anders entschieden, darum muss ich keine Antwort darauf wissen.«

Sie starrte ihn an. Gott, sie war wirklich eine Schönheit, von der auch er sich im ersten Moment hatte blenden lassen. Er konnte Ludwig jedoch erst jetzt besser verstehen. Der Ravensberger war Ragna verfallen, er liebte sie mit einer Bedingungslosigkeit, die ihn erschreckt hatte, bis er selbst lernen musste, was es hieß, so zu lieben, dass man bereit war, alles für die betreffende Frau zu geben.

»Komm! Wir haben noch einen weiten Weg vor uns.«

»Wohin?«, rief sie ihm nach, während er unbeirrt drauflosstapfte.

Gereizt wandte er sich um. »Wir retten eine Frau, der sonst ein ähnliches Schicksal droht wie dir. Genügt dir das?«

Sie folgte ihm. »Wie weit müssen wir noch gehen?«, fragte sie, und um ihre rehbraunen Augen gruben sich feine Fältchen. Sie reckte die Nase in den heißen Wind.

»Bis ans Meer. Weit.«

»Du wirst genug Zeit haben, mir alles zu erzählen.«

Er seufzte ergeben. Ja, genau das hatte er befürchtet.

Kapitel 27

Die Hafenstadt Tripolis war noch größer, noch lauter und – obwohl Emme dies nie für möglich gehalten hatte – noch heißer als das etwas weiter im Hinterland gelegene Antiochia, das sie vor fünf Tagen verlassen hatten.

Sie saß auf ihrer Truhe. Radegund stand hinter ihr und hatte einen kleinen Jungen im Blick, der ihrer Herrin mit Palmwedeln frische Luft zufächelte. Emme hatte ihn für diesen Dienst bezahlt, und wenn ihm ab und an die Hand erlahmte, gab ihm Radegund eine Kopfnuss. Das wiederum beantwortete der Junge mit einem Quieken, das Emme an das Geschrei eines Ferkels erinnerte, das man von der Muttersau trennte.

»Lass!«, sagte sie daher ungehalten, als Radegund wiederholt den jaulenden Knaben züchtigte. »Er macht seine Sache doch gar nicht so schlecht.«

»Er macht gar nichts!«, empörte sich Radegund. »Schläft im Stehen, dafür habt Ihr ihn nicht bezahlt, Herrin.«

Emme wandte sich zu Radegund um. »Ach so? Dich habe ich bezahlt, damit du in meiner Kammer schläfst und auf meine Sachen achtest. Soll ich dir deshalb den Hintern versohlen?«

Sie stritten seit dem Fest in Antiochia. Das war neu für Emme, aber es lenkte sie ab. Nicht nur die Hitze machte ihr zu schaffen. Die Sorge um Ludwig trieb sie um, und die Schwangerschaft machte sich zunehmend bemerkbar. Sie, die früher nie müde geworden war, die ohne Pause geritten war, wich inzwischen erschöpft auf einen Karren oder in eine Sänfte aus, sofern sich diese Möglichkeit bot. Und Robert sorgte dafür. Er kümmerte sich, aber es war ihr manchmal fast zu viel.

»Sag mir einfach, wenn du bei ihm warst. Wenn du ihm geholfen hast, mir das Geld zu klauen. Robert hat schon recht, ich hätte dich nie auflesen dürfen.«

»Aber ich hab nichts gemacht, Herrin Emme!«, heulte Radegund auf. »Ehrlich nicht! Ich habe Euch das Gold nicht geklaut, ich schwör's!«

»Wo warst du dann während der Nächte? Wo hast du dich herumgetrieben, als er mich bestahl? Wo warst du in der Nacht, als ich dich suchte? Wie oft hast du mich nachts im Stich gelassen? Mit Rika wäre ich wohl besser bedient gewesen. Sie war wenigstens meiner Familie treu.«

So stritten sie. Und immer wieder leugnete Radegund, doch weigerte sie sich nach wie vor, Emme zu verraten, wohin sie in den Nächten verschwunden war.

Wenigstens das wusste Emme, seit sie nachts so oft wach lag und Radegunds Atemzügen lauschte: Seit Berengar fort war, hatte Radegund jede Nacht bei ihr geschlafen.

Das half nur wenig, um sie zu beruhigen. Jeder betrog sie, außer Robert.

Ihre Blicke suchten ihn. Da hinten stand er; drei Männer umringten ihn und redeten auf ihn ein.

Bald werde ich ihm angetraut. Mein Kind bekommt einen Vater.

Sie fand diesen Gedanken beunruhigend. Schlimmer noch: Er schenkte ihr nicht den erhofften Frieden.

»Ein Sündenpfuhl.« Kaplan Hanno ließ sich neben ihrer Truhe auf dem Boden nieder. Die Reise war nicht spurlos an ihm vorübergegangen. Sein Bauch wölbte sich nicht mehr so üppig unter der Kutte, und er fühlte sich inzwischen, allem Jammern zum Trotz, auf einem Pferderücken wohler als zu Anfang der Reise. Manchmal mochte ihn Emme sogar recht gern leiden.

Auf seine Bemerkung hin kicherte Radegund albern, während Emme ihn aufmerksam musterte. Hatte er sich nicht nur äußerlich verändert?

»Entschuldigt, Herrin Emme, ich wollte Euch nicht damit belästigen. Aber da hinten« – er zeigte auf die schmalen Gassen, die unmittelbar an die Pier anschlossen –, »da treiben sich die Weiber halb nackt herum und vergnügen sich auf offener Straße mit den Matrosen.« Er seufzte. »Und mancher führt seine Dirne sogar auf der Pier herum. Seht nur, dort hinten!«

»Ich bin gar nicht neugierig.« Emme lachte.

»Immerhin ist sie verschleiert. Aber unerhört, wie er mit ihr von einem zum Nächsten geht und sie feilbietet!«

Sie folgte seiner deutenden Hand.

Und erstarrte. Es war Berengar.

Er hatte sich verändert! Seit sie ihn zuletzt gesehen hatte, war ihm ein Vollbart gewachsen, und sein Gesicht war gebräunt, seine Gestalt hager und knochig. Über dem Wams trug er einen weiten Umhang, dessen Weiß sich mit dem Staub und dem blutigen Gedärm der geschuppten und ausgenommenen Fische vereinte, die ein Mann drei Schritte von ihm entfernt in rascher Folge ausnahm. Gerade beugte er sich zu der Frau hinunter. Sie war klein, ihr Mantel hatte die staubige Farbe ihres Haars, das ihr in die Stirn fiel. Sie hatte ein schmales, beinahe spitzes Gesicht, von dem etwas unglaublich Berückendes ausging, das Emme sich nicht erklären konnte.

Sie war schön, und obschon sie züchtig den Kopf gesenkt hielt und ihre Umgebung nur aus den Augenwinkeln zu betrachten schien, war etwas Stolzes, Unbeugsames an ihr. Eine schöne Frau, die sich dieser Schönheit nicht bewusst war. Deren Hand aber auf Berengars Arm lag, als wolle sie sich an ihm festhalten.

Er redete mit zwei Fischern, die bedauernd den Kopf schüttelten. Einer wies auf jenen Kapitän, mit dem Robert von Uppsala schon seit einer Weile zunehmend hitzig feilschte. Berengar blickte zu dem ehemaligen Kampfgefährten hinüber und sagte etwas zu seiner Begleiterin.

Deren Kopf ruckte hoch. Sie trat zwei Schritte zurück, schüttelte den Kopf und erwiderte etwas. Er nickte langsam, und sein Blick schweifte über die Köpfe hinweg, als suche er jemanden.

Emme wandte sich halb ab. »Hör auf zu wedeln!«, fauchte sie den Jungen an und schlug ihm die Palmwedel aus der Hand. Er strauchelte, als er hastig zurückwich. Ein Palmwedel traf ihn im Gesicht, er wimmerte.

Beschützend legte ihm Radegund den Arm um die Schultern. »Warum schlagt Ihr ihn denn, um Gottes willen?«

»Halt den Mund!«, zischte Emme und drehte sich brüsk um. Aber es half nichts – bestimmt hatte er sie entdeckt. Er sollte sie nicht sehen, nicht so verschwitzt und schmutzig, wie sie sich fühlte, nicht so müde und unförmig auf der Truhe kauernd.

Aber dann erwachte der Zorn in ihr.

Er hatte ihr Geld genommen. Seinetwegen hing sie von Roberts Güte ab, seinetwegen wurde ihr Körper mit jedem Tag ungelenker und schwerfälliger. Seinetwegen spürte sie nun ständig, wenn sie ganz still saß oder abends im Bett lag, das heftige Treten im Leib, als wolle das Kind ihr etwas mitteilen.

»Radegund.«

»Ja, Herrin?«

Sie atmete tief durch. Nein, sie konnte Radegund nicht schicken. Sie stand auf. »Warte hier. Pass auf meine Sachen auf, um Himmels willen! Mach es diesmal richtig, ja?«

»Wohin wollt Ihr?«, fragte der Kaplan. Ihn schien Emmes plötzlicher Aufbruch zu verwirren.

»Entschuldigung, aber ich … Ihr wisst schon, mein Zustand. Ständig muss ich auf den Abort.«

»O ja, ja, natürlich.« Kaplan Hanno winkte hastig ab. Das waren Belange, die seine Aufmerksamkeit um vieles weniger erregten als Huren, die feilgeboten wurden. »Wir warten hier, ja, ja.«

Emme lief los.

Berengar und die Fremde waren einige Poller weitergegangen, und nun standen sie bei einem jungen Burschen, der laut und herzlich lachte und Berengar auf die Schulter klopfte. Seine Stimme trug weit, doch er sprach in jenem orientalischen Gemisch aus abendländischen Sprachen, das Emme noch immer kaum verstand.

In einiger Entfernung blieb sie stehen.

Die Frau wandte sich zu ihr um, als spüre sie Emmes Blick. Sie musterten einander, während Berengar weiter verhandelte.

Emme senkte als Erste den Kopf.

Dieser Frau war sie nicht gewachsen. Sie war stärker, sie war schöner. Und in der gleißenden Sonne besaß sie etwas Majestätisches, dem Emme nichts entgegenzusetzen wusste.

Diese Frau war die Richtige für einen Edlen, und es verwunderte sie nicht, dass Berengar ihr den Vorzug gab.

Sie wandte sich ab und ging.

»Was war denn?«, fragte Radegund, als sie zurückkam und sich wieder auf ihre Truhe setzte. Der Junge wedelte wie wild, und sie war dankbar für den Luftzug.

»Nichts«, murmelte.

Nichts. Nur hatte sie gerade Berengar gesehen. Und das tat so weh, dass ihr das Atmen schwer wurde.

Sie hatte geglaubt, er sei für immer aus ihrem Leben verschwunden.

Es war unmöglich, ihn nicht zu bemerken. Sich nicht von ihm ablenken zu lassen, wie er über die Pier schlich, wie er die Fischer angrinste und vertraulich mit den Schiffseignern sprach, als kenne er jeden persönlich.

Robert wandte sich an den Kapitän, der die Verhandlungen bisher hatte ausdehnen wollen, indem er den Preis mit jedem Entgegenkommen Roberts erhöht hatte. Aber er war der Letzte, den er fragen konnte; kein anderer segelte in nächster Zeit nach Akkon.

»Ich zahle, was du willst«, unterbrach er ihn.

Der Mann zuckte zurück. Dass einer nicht handeln wollte, behagte ihm nicht. Er kaute auf seinem Schnauzbart herum. »Dann zahlt Ihr drei Goldfiorin?«

»Ich zahle dir zehn, wenn wir noch heute auslaufen und wenn du versprichst, keine anderen Reisenden außer uns an Bord zu nehmen.«

»Hm«, machte der Kapitän, als gäbe es an diesem Angebot noch irgendwas zu bedenken.

Robert musste fort. Berengar war hier in Tripolis. Er hatte Emme und ihn also tatsächlich nie aus den Augen gelassen. Berengar durfte Emme nicht begegnen, nicht so kurz vor dem Ziel. Wer wusste schon, was dann passierte?

Er brauchte doch nur noch wenige Tage, um seine Rache zu vollenden. Nur bis Akkon musste er es noch schaffen, dann kaufte er Ludwig frei und zeigte ihm, wie es sich anfühlte, wenn der falsche Mann um seine Schwester freite.

Oh, er liebte diesen Plan. Aber Berengar drohte alles zu zerstören.

»Ich will zwölf«, forderte der Kapitän. Er streckte die Hand aus, und ehe er eine neue, noch unverschämtere Forderung stellen konnte, schlug Robert ein.

»Sechs beim Auslaufen, sechs bei Ankunft«, bekräftigte er und wandte sich rasch ab. Er musste Emme aufs Schiff schaffen. Berengar durfte sie nicht entdecken.

Als er sich umwandte, stand er dem Bassunviller gegenüber.

»Robert«, sagte Berengar bloß. »Es tut gut, ein bekanntes Gesicht zu sehen.«

»Verschwinde.« Robert von Uppsala wollte sich an seinem ehemaligen Kampfgefährten vorbeischieben. »Ich will dich hier nicht sehen.«

Berengar hielt ihn am Arm fest. »Wie geht es ihr?«, fragte er leise. Er blickte zu Emme hinüber, die auf ihrer Truhe saß. Der Kaplan, mit dem sie sich inzwischen so gut verstand, der sich, so ungern Robert dies auch zugeben mochte, zu einem Mann entwickelt hatte, den Emme offensichtlich nicht mehr verabscheute, sagte gerade etwas, und sie lachte.

Selbst er sah, wie schön sie war, obwohl ihre Schönheit ihn nicht im Mindesten berührte.

»Wie soll es ihr schon gehen?«

»Fragt sie nach mir?«

»Nach dir? Warum sollte sie nach dir fragen? Für sie bist du der Mann, der sie bei Nacht und Nebel verließ. Ich sollte die Stadtwachen rufen lassen, damit sie dich nach dem Gold durchsuchen, das du ihr gestohlen hast.«

Berengars Miene versteinerte. Er ließ Robert los und trat einen Schritt zurück. »Was weißt du davon?«

»Frag mich nicht, wie es kam, aber sie wurde wach, konnte sich bloß nicht mehr so recht dran erinnern. Bis sie in Antiochia bemerkte, dass die Schatulle verschwunden war.« Robert musterte den Bassunviller von oben bis unten. »Du scheinst das Gold längst verhurt zu haben.«

Ein Muskel in Berengars Wange zuckte. »Ich verhure ihr Gold nicht. Nur vertraue ich dir nicht, darum habe ich es an mich genommen.«

»Ah«, machte Robert. Ihm wurde einiges klar, und er ahnte, was Berengar vorhatte. »Verschwinde einfach! Ich glaube nicht, dass sie mit dir reden will.«

»Vielleicht überlassen wir diese Entscheidung lieber ihr. Fragen wir sie doch!«

Robert zuckte mit den Schultern. »Meinetwegen.«

Berengar zögerte, doch dann schritt er geradewegs auf Emme zu.

Dem kleinen Kaplan blieb das Lachen im Hals stecken, und er ließ den Apfel sinken, in den er gerade gebissen hatte. »Herrin.«

Emme wandte sich um.

Schon befürchtete Robert, nun sei alles vorbei. Wie sie Berengar ansah! Wäre er in sie verliebt gewesen, hätte er nicht ertragen, wie sie einen anderen so sehnsüchtig betrachtete. Aber dann straffte sie sich.

Robert legte ihr eine Hand in den Rücken, berührte sie kaum, aber seine unmerkliche Stütze verlieh ihr Kraft.

»Was willst du hier?«, wollte sie wissen.

Berengar trat näher. »Ich suche ein Schiff, das mich nach Akkon bringt. Emme …«

»Warum bist du verschwunden? Wieso tauchst du plötzlich hier auf?« Ihre Stimme wurde schrill. Im Stillen feuerte Robert sie an.

»Wieso lässt du mich nicht endlich in Ruhe? Reicht es dir nicht, dass du mein Geld gestohlen hast?«

»Emme, ich habe dich nicht bestohlen.«

Sie ballte die Fäuste. »Verschwinde!« Sie wandte sich an Robert. »Bitte, schick ihn fort! Oder bring mich irgendwohin, wo ich diesem Verräter nicht mehr in die Augen blicken muss …«

Robert gab dem Kaplan einen Wink, der sogleich herbeisprang und Emme wegführte. Radegund folgte ihnen.

»Hast du genug gesehen?«, fragte Robert den Bassunviller. »Siehst du nun, wie elend es ihr geht?«

Berengar schwieg.

»Warum hast du das Geld genommen?«, verlangte er zu wissen.

»Wir kennen beide den Grund. Oder?«

Der Herr von Uppsala schwieg. Wenn Berengar mehr wusste ... ja, wenn! Aber er wusste nicht alles, er würde es nie erfahren, denn den einzigen Menschen, der die ganze Geschichte kannte, hatte er aus dem Weg geschafft. Diese Frau verrottete bei irgendwelchen verarmten Christen, die sich nicht einmal eine Sklavin leisten konnten, bis Robert sie ihnen geradezu aufgedrängt und nicht mehr dafür verlangt hatte als einige Kupfermünzen.

Aber das konnte Berengar nicht wissen.

Robert spie ihm ins Gesicht. »Du hast sie im Stich gelassen.« Dann ließ er den Bassunviller stehen. Es war nur ein kurzer Moment der Genugtuung, aber der genügte, damit er sich als Sieger fühlte.

So sollte es sein. Genauso süß durfte seine Rache schmecken.

Noch in derselben Stunde gingen sie an Bord des Schiffs, das Vorräte in das Lager der Kreuzfahrer bringen sollte. Zwischen Säcken mit Getreide und Hülsenfrüchten, Fässern mit Wein und Trockenfisch suchten sie sich einen Platz, an dem sie nicht störten und zugleich ihre Ruhe hatten.

Emme rümpfte die Nase. Es stank nach eingesalzenem Fisch, nach Fäulnis und Schimmel. Im Heck des Schiffs neben der Kapitänskajüte, die eher einem Verschlag glich, ließ sie sich auf ihrer Truhe nieder, die zwei riesige Kerle an Bord gewuchtet hatten, wickelte sich in ihren grünen Mantel und strich mit den Fingern immer wieder über den Schaft ihres Bogens.

Mehr besaß sie nicht. Nur der Bogen war ihr geblieben – und der Mantel. Den hätte sie dem rechtmäßigen Besitzer zurückgeben können, hätte sie nicht das Gefühl beschlichen, ihm liege überhaupt nichts an dem Mantel. Oder an ihr.

Letzteres schmerzte noch mehr.

Sie blieb in der schmalen Nische hocken, während das Schiff weiterhin beladen wurde. Sogar Radegund wurde vom Kapitän zur Hilfe aufgefordert und schleppte ächzend kleine Weinfässer an Bord, die von den Matrosen kundig verstaut wurden, während Robert und selbst Kaplan Hanno sich nützlich machten, indem sie Getreidesäcke heranschafften. Nur Emme saß nutzlos in der Ecke und überprüfte unablässig ihren geringen Besitz: die Bogensehnen im Säckchen an ihrem Gürtel, den Schaft ihres Bogens, den Saum des grünen Mantels. Hin und wieder, beinahe verträumt, strich sie sich mit der Hand über den Leib, als zähle sie auch das Kind, das in ihr heranwuchs, zu ihren Habseligkeiten.

Bei Einbruch der Nacht liefen sie aus. Eine Schaluppe geleitete sie aus dem Hafen, und als die Rufe der Lotsen vom schwarzen Wasser verschluckt wurden, weil sie abdrehten, waren sie plötzlich ganz allein auf hoher See.

Radegund hockte neben Emmes Truhe auf dem Boden. Sie seufzte immer wieder, hüstelte und atmete schwer, bis Emme, die nach wie vor ihre Bogensehnen betastete, gereizt fragte, was um alles in der Welt eigentlich mit ihr sei.

»Mir ist nicht wohl, Herrin.«

»Das macht die See.« Hanno näherte sich vom Bug des Schiffs, brachte Brot für alle und einen Krug sauren Weins, den er herumgehen ließ. Als er den Krug an Emme weiterreichte, hob sie die Augenbrauen. »Woher?«, fragte sie nur, und er grinste.

»Die Matrosen gehen zu leichtfertig mit ihrem Würfelglück um.«

Emme lachte. Oh, Hanno hatte sich wirklich verändert! Seit Wochen schon bedrängte er sie nicht mehr, regelmäßig ihre Gebete zu sprechen. Die Schale des gestrengen Kaplans schien von ihm abgesprungen zu sein, nachdem Konstantinopel hinter ihnen lag, und der wahre Mensch war zutage getreten.

Kein schlechter Mensch, wie sie befand.

Die Wellen klatschten gegen den Bug, salzige Gischt wirbelte auf und legte sich kühl auf ihr Gesicht. Emme genoss das Gefühl, in Bewegung zu sein. Dass sie nur ein schwankender Plankenboden, ein Haufen Fässer mit Trockenfisch und der Schiffsrumpf von dem Wasser trennten, das sich ringsum in unendliche Weiten erstreckte, schreckte sie nicht, und auch die Nacht wob ihren Zauber. Sie hätte ewig so reisen können. Pfeilschnell schoss das Schiff übers Wasser, die Segel blähten sich und knallten im aufkommenden Wind. Emme trank Hanno zu, dessen Lächeln inzwischen auch eher gequält wirkte. Radegund sprang auf und stürzte zur Reling. Sie beugte sich hinüber und würgte.

»Manche Leute sollten lieber an Land bleiben.«

Der Mann, der dies bemerkte, lehnte einige Schritte entfernt an dem Bretterverschlag. Seine Zähne blitzten hell im Dunkel, als er grinste.

»Mir geht's gut«, beteuerte Emme. Sie spürte, wie ihr der Wein zu Kopf stieg, und befand, es sei nun genug. Sie reichte Hanno den Krug zurück, der gegen seine eigene Übelkeit anzutrinken versuchte.

»So seht Ihr aus. Aber Eure Kameraden, denen ist nicht so wohl, will mir scheinen.«

Er trat näher.

»Ich dachte, wir seien die einzigen Passagiere auf diesem Schiff.« Sie richtete sich auf, strich den Mantel glatt. Schließlich war sie noch immer die Tochter des Grafen von Ravensberg, und sich angetrunken hängen zu lassen geziemte sich ganz und gar nicht.

Er lachte leise. »Das glauben viele. Der Kapitän nahm mich mit an Bord, weil ich in einer wichtigen Mission unterwegs bin.« Er zögerte, bevor er weitersprach und eine bewusst übertriebene Verbeugung machte, die angesichts der räumlichen Enge eher ungelenk wirkte. »Raimund de France nennt man mich. Bote der Sybille von Antiochia. Wie ich erfuhr, seid Ihr miteinander bekannt, Gräfin von Ravensberg.«

»Ihr kennt meinen Namen?«, fragte sie verblüfft.

»Jeder spricht von Euch.« Er trat näher. »Darf ich?«

Sie machte eine einladende Handbewegung, und er setzte sich auf ein kleines Weinfass neben ihrer Truhe.

»Wieso spricht jeder von mir?«

Er lächelte. »Ihr seid, wie sagt man ... eine Legende.«

Emme runzelte die Stirn. Sie fühlte sich keineswegs legendär. »Da verwechselt Ihr mich mit einer anderen.«

Wieder lachte er. Sie mochte dieses Lachen. Feine Fältchen gruben sich in seine Augenwinkel, und seine Wangen wirkten dann voller. Der Wind frischte auf und wirbelte ihm das dunkle Haar in die Stirn. »Mich wundert, dass Ihr bisher nicht davon gehört habt. Als ich vor einigen Tagen von einer Reise nach Antiochia zurückkehrte, redete die Stadt von niemand anderem, und am Hof Bohemunds hieß es, seit seiner ersten Frau habe es keine mehr gegeben, die dem Hof so viel Glanz zu verleihen mochte.«

»Aber ...«

»Stimmt es, was man sich erzählt?« Er beugte sich vor. »Dass Ihr drei Dutzend Kreuzritter im Bogenschießen besiegt habt, nicht jeden einzelnen, sondern als sie gemeinsam gegen Euch antraten?«

Lächelnd schüttelte sie den Kopf. Ihre Hand streichelte den Eibenbogen.

»Aber dann ist die Geschichte wahr, dass Ihr Euren Zwillingsbruder im Totenreich besucht habt.«

Emme erstarrte. Ratlos blickte sie sich um, aber Radegund hing immer noch würgend über der Reling, während Hanno mit halb geschlossenen Augen an der Kajütenwand lehnte und Fürbitten murmelte – vermutlich flehte er darum, sein Abendessen bei sich zu behalten.

»Das … stimmt nicht«, brachte sie schließlich hervor.

»Und der Goldschatz, den Ihr mit Euch führt? Der ist ähnlich legendär wie Ihr selbst. Es heißt, wenn Ihr Saladin das Lösegeld für Euren älteren Bruder bezahlt habt, werde genug Geld übrig bleiben, um auch die tausendfünfhundert weiteren Geiseln freizukaufen, die der Sultan gefangen hält.«

Emme spürte, wie sich die Verzweiflung in ihrer Kehle ballte. »Davon ist nichts wahr. Es gibt keinen Goldschatz.«

»Dann wollt Ihr auch behaupten, Ihr seid nicht schwanger von einem schwarzen Ritter, dem Ihr unterwegs begegnet seid?«

Fröstelnd zog sie den Mantel enger um den Leib. »Das alles erzählt man sich?«

»In den Hafenschenken übertreibt man gern, spinnt Seemannsgarn um jeden, der den rauen Burschen ins Netz geht. Vor allem aber spricht man bewundernd von Euch. Man nennt Euch die Bogenschützin mit dem grünen Mantel.«

Das gefiel ihr.

»Für mich aber seid Ihr nur eine schrecklich dumme Frau, die nicht weiß, worauf sie sich eingelassen hat.« Er lächelte unentwegt.

Emme erstarrte. Diese Worte glichen Pfeilen, die gezielt auf sie abgeschossen wurden und ihren Leib durchdrangen.

Sie wusste nicht, was sie darauf antworten sollte, außer: *Ja, Ihr habt recht.*

Ihr habt recht, denn ich fühle mich tatsächlich immer wieder so dumm, so verzweifelt und dumm, weil ich weitergereist bin, obwohl mir jeder davon abriet.

Jeder. Außer Berengar.

Aber was sie von ihm zu halten hatte, wusste sie inzwischen. Es hatte sie bis ins tiefste Innere aufgewühlt, ihm gegenüberzustehen, und sie war Robert dankbar, dass er so rasch ein Schiff besorgt hatte.

Immer und immer wieder war sie ihm dankbar.

Trotzdem stand er ihrem Herzen nicht näher. Trotzdem war ihr Berengar lieber.

Das musste aufhören, befand sie. Berengar hatte ihr genug angetan. Bald hätten sie Akkon erreicht, würden Ludwig freikaufen, und dann würde Robert um sie freien. Sie konnte mit ihm nach Uppsala heimkehren, eine Fremde. Ein Abenteuer. Sie war entwurzelt – durch Hermanns Tod, durch Berengars Verrat. Da musste es neue Erde sein, in die sie neue Wurzeln schlagen konnte.

Radegund kam von der Reling zurück. Auf allen vieren, während der Rumpf des Schiffs sich beständig hob und senkte. Emme ließ zu, dass die Zofe sich zitternd und nach Erbrochenem stinkend gegen ihre Beine drängte. »Da kommt ein Sturm, Herrin Emme«, flüsterte sie.

»Ach Unsinn, Dummerchen. Da kommt kein Sturm. Das ist nur das Meer, das …« Sie blickte auf.

Im Westen türmten sich Wolken wie riesige Gebirge auf. Blitze zuckten aus der Schwärze auf die Wasseroberfläche nieder. Sie hatte nicht bemerkt, wie an Bord eine gewisse Unruhe ausgebrochen war. Segel wurden gerefft, der Kapitän brüllte Befehle.

Sie umklammerte ihren Langbogen. »Kein Sturm«, wiederholte sie leise.

Raimund erhob sich geschmeidig. »Seht Ihr, was ich meine?«, fragte er. Ein letztes Mal verneigte er sich spöttisch, dann verschmolz er mit der Dunkelheit.

Der Sturm brach nur wenige Augenblicke später los.

Kapitel 28

Es erwies sich als Glück, dass sie kein Schiff gefunden hatten. Spätabends kam ein Sturm auf, der über Meer und Küste hinwegfegte. Die Bewohner von Tripolis machten sich noch in der Nacht auf den Weg, um an den felsigen Abschnitten ihrer Küste nach gestrandeten Schiffen zu suchen. Berengar blieb in dem dunklen Loch, das sich Hafenschenke nannte, mit dem Wirt und Ragna allein zurück.

Es war ein Unglück, dass sie kein Schiff gefunden hatten. Berengar trank Wein und lauschte dem Sturm, der an den Läden rüttelte und durch jede Mauerritze pfiff.

Gern wäre er auch dort draußen auf dem Meer gewesen, zusammen mit Emme. Er hätte sie festgehalten, damit der Orkan sie nicht in die Tiefe zog. In diesem finsteren Raum zu hocken und zu warten, das raubte ihm schier den Verstand vor Angst um sie.

»Du machst dir zu viele Sorgen.« Ragna schob ihm eine Schale mit Eintopf herüber. Er blickte nicht auf, nahm seinen Löffel und rührte darin herum.

Ragna seufzte. »Du hättest nicht mit ihm reden dürfen.«

»Mit Robert? Aber natürlich musste ich mit ihm reden.« Ungehalten warf er den Löffel in die Schale zurück. Eintopf spritzte ihm auf das Wams und in Ragnas Gesicht, die sich weit vorgebeugt hatte. Sie zuckte nicht einmal, sondern wischte sich nur ein Stück Lauch von der Wange. »Du weckst ihn«, sagte sie eindringlich. »Er ist wie ein schlafender Hund, wenn er sich in Sicherheit wähnt, aber wenn du ihn aufschreckst, geschieht genau das, was heute geschehen ist: Er besteigt das nächstbeste Schiff und segelt mitten hinein in einen Sturm. Damit ist weder uns noch deinem Liebchen geholfen.«

»Sie ist nicht mein Liebchen«, grollte Berengar.

»Nicht? Wie ein verliebter Kater hast du sie angestarrt …«

Er gab sich Mühe, Ragna so zu mögen, wie sie war, aber manchmal gelang ihm das nicht ganz. So fand er ihre ständigen Vergleiche mit Tieren mehr als anstrengend. »Hör auf zu schnattern, du dumme Gans!«, erwiderte er schärfer als beabsichtigt.

Ragna war nicht im Mindesten gekränkt.

»Es ist, weil sie schwanger ist, ja? Darum nimmst du dir das alles so zu Herzen? Weil du sie lieb hast?«

Er seufzte. Kein guter Zeitpunkt, um darüber zu reden.

»Du hast mir nicht alles erzählt«, stellte sie fest, geradeso, als befriedige sie diese Beobachtung ungemein.

Er antwortete nicht.

Manches bedurfte keiner Antwort.

Was hätte er Ragna auch erklären sollen? Dass er sich schuldig fühlte?

»Wir sollten früh schlafen gehen.« Er schob die Schale von sich und stand auf. »Ich habe vorhin mit dem Wirt gesprochen – unterm Dach gibt's eine Kammer für dich. Ich schlafe hier unten.«

»Berengar.« Sie streckte die Hand nach ihm aus, doch er blickte nur wütend auf sie hinunter, bis sie die Lider senkte.

»Geh schlafen!«, murmelte er und wandte sich ab.

»Es war schwer, weißt du?« Sie sprach mit leiser Stimme.

»Was war schwer?«

»Mein eigener Bruder hat mich für wenige Kupferpfennige an den Dorfältesten verhökert. Er hat sich nicht einmal damit aufgehalten, um mich zu feilschen, und nahm das erste Angebot an, das Khidma ihm machte. Es war ihm schlichtweg gleichgültig, wie es mir dort erging. Er hätte es in Kauf genommen, wenn es schlechte Leute gewesen wären, die mich geschändet und geschlagen hätten. So grausam waren sie nicht zu mir, obwohl sie es hätten sein können, und es hätte ihn nicht berührt, auch dann nicht, wenn es vor seinen Augen geschehen wäre. Weißt du, wie sehr es schmerzt, so hergeschenkt zu werden? Vom eigenen Bruder.«

Schweigend wandte er sich zu ihr um.

»Robert hat mich verschenkt, weil er mir nicht mehr in die Augen sehen konnte, Berengar. Ich hasse ihn mindestens so sehr wie du. Monatelang wurde ich eingesperrt, ich trug ein Halsband, an dem eine lange Kette hing, und das leise Rasseln folgte mir bis in meine Träume. Sie trauten mir nicht, aber wohin hätte ich entkommen sollen? Mein Bruder hatte mich verraten, mein Geliebter befand sich in Saladins Gefangenschaft. Ich hatte nichts, und dann ging mir auch noch die Hoffnung verloren.«

»Robert hat das getan, um dich zu schützen«, sagte Berengar leise. »Du warst in einer abgelegenen Oase als Sklavin sicherer als in den Lagern der christlichen Kreuzfahrer. Und wir konnten dich nicht mitnehmen …«

Sie lachte bitter. »Das hat er dir eingeredet, nicht wahr? Darin ist er gut. Aber was erwarte ich schon von einem Menschen, der seine Liebste dem Freund anvertraut hat, dem er nicht vertrauen darf?« Sie wurde laut.

Berengar wartete.

»Hast du nie daran gedacht, es könne mehr dahinterstecken?«, fragte sie.

»Ich hatte gehofft, du würdest mir mehr erzählen. Aber in den letzten Tagen hast du verbissen geschwiegen, sobald ich nur den Versuch unternahm …«, wandte Berengar ein.

Müde schüttelte sie den Kopf. »Du stellst die falschen Fragen. Sprich mich wieder an, wenn dir die richtigen Fragen einfallen.«

Mit dem Herannahen des Sturms brach eine Aufregung an Deck aus, die Emme nicht so recht verstand, bis Robert neben ihr auftauchte und ihr befahl, die Kajüte aufzusuchen. Er packte Radegund am Arm und zog sie mit, schob Emme in die dunkle, stickige Enge und befahl den Frauen, hier zu warten, bis der Sturm sich gelegt hätte.

Damit sie sich strikt an diese Anweisung hielten, stellte er ihnen Hanno zur Seite. Zu dritt in dem Verschlag, der sonst als Schlafstelle des Kapitäns diente, herrschte eine wahrlich drangvolle Enge.

Sie hockten auf dem stinkenden Strohsack, während das Schiff sich in immer schnellerer Folge im Takt der Wellen auf- und abbewegte. Emme spähte durch einen Spalt in der Bretterwand. Die Gewitterfront raste heran, Blitze zuckten vom Himmel aufs Meer herab. Die Männer schrien, und sie glaubte zu sehen, wie sich der Mast durchbog, als drohe er im nächsten Augenblick zu brechen.

Sie tastete nach ihren Habseligkeiten. Für die Truhe war kein Platz in dem Verschlag gewesen, aber den Mantel trug sie zum Glück um die Schultern. War sie es doch gewohnt, sich darin einzuhüllen, wenn sie sich schlafen legte. Der Aureus, den Friedrich de Akkon ihr geschenkt hatte, hing schwer auf ihrer Brust.

Aber der Bogen fehlte.

Emme sprang auf.

»Wo will sie denn hin?«, kreischte Radegund. Emme schob sich an Hanno vorbei, der sie am Arm packte.

»Mein Langbogen«, keuchte sie. »Ich muss ihn holen, er liegt noch an Deck.«

Nicht auszudenken, was mit dem Holz geschah, wenn es vom salzigen Wasser aufgequollen wurde! Oder noch schlimmer – wenn er unter der Reling durchrutschte und von Bord fiel …

»Ihr könnt da nicht hinaus, Herrin!« Mutig stellte Hanno

sich ihr in den Weg, aber Emme stieß ihn beiseite und riss die niedrige Tür auf.

Ein Schwall Meerwasser brandete auf sie zu und schlug ihr ins Gesicht. Der Boden unter ihren Füßen neigte sich gefährlich, und sie musste sich an der Tür festkrallen. Sie rief Hanno zu, er solle zurückbleiben, doch der Wind riss ihr die Worte von den Lippen und die Tür aus der Hand, die in den Rahmen knallte.

Weil der Kapitän darauf verzichtet hatte, die Ladung an Deck zu sichern, war es beschwerlich, zu der Stelle zu gelangen, wo sie ihren Bogen zurückgelassen hatte. Emme machte sich keine Hoffnung, aber sie musste es wenigstens versuchen. Ohne ihren Bogen war sie nichts, eine Legende ohne legendäre Waffe, die Bogenschützin im grünen Mantel ohne Bogen. Dieser Bogen war ihr als einzige Erinnerung an die ferne Heimat geblieben. Das Letzte, was sie mit ihrer Familie, mit ihrem Bruder Ludwig verband.

Eine Bö riss sie nieder, und sie kroch auf Händen und Knien weiter. Sie spürte nichts. Der Regen rann ihr in die Augen, der Wind packte ihr Haar und fuhr unter den Mantel. Der Sturm drückte sie gegen die Bretterwand, und von drinnen schrie Radegund schrill auf, weil sie glaubte, Emme werde zerschmettert.

Da entdeckte sie ihn. Die Truhe war ein Stück verrutscht, und zu ihrem Glück war der Bogen unter dem unebenen Truhenboden eingeklemmt und ragte eine Elle weit vor. Wenn es ihr gelang, die Truhe zu verschieben …

Sie rief nach Hanno. Natürlich konnte er sie nicht hören, aber sie schrie sich die Seele aus dem Leib. Gleichzeitig kroch sie weiter, klammerte sich an die Bretter und spürte, wie sich Splitter in ihre Fingerkuppen bohrten. Sie schluchzte auf. Sie wollte doch nur ihren Bogen.

Endlich erreichte sie die Truhe. Sie verschnaufte kurz. Eine neue Welle traf das Schiff, spülte über die Reling hinweg und durchnässte sie vollständig. Der Schiffsrumpf gab ein unheimliches Grollen von sich, legte sich auf die Seite und schien geradezu aufzukreischen. Emme presste die Hände auf die Ohren.

Es war Monate her, seit sie Worte gefunden hatte, um mit Gott zu reden. In diesen bangen Augenblicken, da sie glaubte, der Schiffsrumpf zerberste, flehte sie zu ihm, er möge sie beschützen, sie und das Kind und alle anderen an Bord dieses Schiffs, sogar Raimund, der sie so verspottet hatte, besonders aber Robert, Hanno und auch Radegund.

»Nie wieder will ich böse sein«, flüsterte sie immer wieder.

Sie wusste später nicht, wie lange sie eingeklemmt zwischen Kajütenwand und ihrer Truhe gehockt hatte, bis das Kreischen nachließ. Blitze zuckten, der Regen prasselte nieder, aber das Donnergrollen klang für kurze Zeit ein wenig ferner. Sie nutzte die Gelegenheit, als das Schiff gerade auf einem Wellenkamm schwebte, drückte ihr ganzes Gewicht mit dem Oberkörper gegen die Truhe, während ihre Hände fieberhaft an dem Bogen zerrten.

Die Truhe gab nach. Sie rutschte ein Stück beiseite, nahm Fahrt auf und knallte gegen die Reling. Das morsche Holz brach, und im nächsten Moment klaffte dort, wo soeben noch ihre Truhe mit den letzten Habseligkeiten gestanden hatte, ein Loch in der Reling.

Emme kroch zurück. Sie hielt ihren Bogen fest – er war alles, was ihr geblieben war. Sie war wie gelähmt. Als sie die Kajüte erreichte, öffnete Hanno, zog sie ins Innere und verriegelte sogleich wieder die Tür. Radegund nahm ihr den völlig durchnässten grünen Mantel ab, legte ihr den eigenen, dünneren um die Schultern und rieb ihr den Körper mit einem Tuch ab.

Emme schlugen die Zähne aufeinander. Sie hielt Radegund den Bogen hin, unfähig, ein Wort zu sprechen.

Radegund nahm ihn.

»Ist er … ist er heil?«, flüsterte Emme.

Sie beobachtete, wie ihre Zofe den langen Bogen von Spitze zu Spitze überprüfte. Ihre Hände strichen über das Holz, prüften jede Handspanne. In der Mitte trafen sich ihre Finger.

Sie blickte auf. »Hier ist ein Riss, Herrin.«

»Zeig. Zeig her!« Sie streckte die zitternden Hände aus und ergriff den Bogen.

Es stimmte. Nahe der Mitte zog sich ein Riss durchs Holz, vom Wasser schwärzlich aufgequollen. Emme versuchte den Bogen zu biegen. Ein trockenes Knacken. Sie hielt zwei Teile in Händen.

Sie war ein Nichts. Sie besaß nichts mehr als das, was andere ihr geschenkt hatten.

Sie wollte nicht weinen. Sie saß da, hielt die beiden Teile ihres Bogens umklammert und wartete, dass das Zittern in ihrem Körper nachließ.

Stattdessen war Radegund da. Sie nahm Emme in den Arm, zog ihren Kopf an ihre Brust. »Weint ruhig«, flüsterte sie. »Ihr dürft weinen, Herrin.«

Emme schluchzte auf. »Alles verloren«, flüsterte sie, und dann brach sich der Tumult in ihr endlich Bahn.

Die ganze Nacht lag er wach. Er hörte, wie Ratten in den Binsen raschelten, hörte sie hin und wieder empört quieken. Der Sturm heulte durch die Gassen, das Meer donnerte mit hohem Wellengang in den Hafen.

Du stellst die falschen Fragen …

Was meinte Ragna nur damit?

Er hatte nicht gewusst, dass Robert sie an den Erstbesten verkauft hatte. Damals hatten sie gemeinsam beschlossen, es sei das Beste, wenn Ragna irgendwo unterkäme, wenn es einen sicheren Ort für sie gäbe. Robert hatte behauptet, seine Schwester wolle nicht zurück ins Kloster, und

Berengar hatte keinen Grund gehabt, ihm nicht zu glauben. Denn dort hätte man sie wegen Unzucht bestraft, hätte ihr das lange blonde Haar geschoren und sie in ein härenes Gewand gesteckt, bis ihre zarte Haut zerschunden und blutig gewesen wäre.

Darum und nur darum hatte er zugestimmt, als Robert diesen verrückten Vorschlag machte, sie als Sklavin an gute Leute zu verkaufen. Es sei kein richtiger Verkauf, hatte Robert ihm versichert, es sei mehr ein Tausch, den sie rückgängig machen konnten, sobald sie aus dem Frankenreich zurückgekehrt seien und Ludwig befreit hätten. Danach wollten sie Ragna wieder aufsuchen und zurückkaufen.

Das war ihr gemeinsamer Plan gewesen, und Berengar hatte sich davon überzeugen lassen.

Inzwischen hatte er begriffen, dass Robert einem anderen Menschen zuliebe niemals etwas Gutes tat. Auch nicht seiner eigenen Schwester.

Seinem Handeln lag allein das Bestreben zugrunde, der Gerechtigkeit zu dienen. Einer Gerechtigkeit, die Ragna in die Sklaverei geschickt hatte. Die zu Berengars Auspeitschung geführt hatte. Eine Gerechtigkeit, die auch Emme strafen würde, sobald sie das Kind zur Welt gebracht hätte.

Es war, als wolle sich Robert an jedem einzelnen von ihnen rächen.

Aber warum?

Berengar sprang auf. Er verließ die Stube, erklomm die Stiege und hämmerte gegen die Tür der winzigen Kammer, in der Ragna schlief.

Oder hatte sie gar nicht geschlafen? Sie öffnete die Tür so rasch, als habe sie ihn erwartet.

»Warum rächt er sich an uns? Was haben wir ihm angetan?«

Ragna starrte ihn eine Weile wortlos an und nickte dann zustimmend. »Ja, er will sich rächen«, flüsterte sie.

»Und warum rächt er sich nicht an Ludwig? Warum setzt er alles daran, ihn zu befreien?«

Traurig schüttelte sie den Kopf. »Du hast es nicht verstanden. Aber wie solltest du auch, du kennst nicht die ganze Geschichte.«

»Dann erzähl sie mir!«, verlangte er.

Ragna zögerte.

»Bitte!«, flehte er. »Ich habe Angst. Nicht etwa deshalb, weil der Sturm tobt und ihr auf hoher See ein Unglück widerfahren könnte. Sie ist klug, sie weiß, wann sie nicht auf der Reling tanzen darf, wenngleich sie manchmal einen gefährlichen Mut an den Tag legt. Nein, ich habe Angst, weil Emme seit Wochen mit ihm allein ist. Was will er ihr antun?«

»Er will nicht ihr etwas antun. *Ihm.*«

»Ihm?« Berengar schien zu begreifen. »Du meinst Ludwig? Er will Ludwig etwas antun?«

Sie nickte. Dann schloss sie die Tür hinter sich und schritt an ihm vorbei zur Treppe. »Komm! Ich erzähle dir unten alles.«

Sie setzten sich auf die Bank in der Gaststube, sie waren ganz allein. In der Feuerstelle glomm das Holz ein letztes Mal auf, ehe es zu heißer Asche zerfiel. Berengar wartete, bis Ragna ihm ihre Geschichte erzählte.

»Alles fing an, als Ludwig und ich uns das erste Mal begegneten. Ich weiß nicht, ob du es verstehst, aber es gibt Menschen, denen steht man gegenüber, und man weiß es.«

Berengar nickte. »Man weiß, dass man zusammengehört.« Er dachte an Emme.

»Dann verstehst du es.« Sie wurde ganz weich. Das Harte fiel von ihr ab wie die stachelige Hülle einer Kastanie, die aufspringt. »Robert war von Anfang an dagegen.«

Berengar erinnerte sich. Wie Robert getobt hatte, sobald die Sprache auf Ludwig gekommen war. Nach und nach aber hatte er wohl begriffen, dass Ragna und Ludwig zusammengehörten, und er hatte Ludwig nicht nur die Hand seiner Schwester, sondern auch seine Freundschaft angeboten. Das alles wusste Berengar.

»Er hasste ihn nach wie vor. Auch dann, als er sein bester Freund wurde, sein Waffengefährte. Erinnerst du dich an den Tag, als ihr den Ausfall wagtet?«

Nur zu gut. Robert und Ludwig waren vorausgeritten, und er setzte ihnen mit den anderen Männern nach. Sie gerieten in einen Hinterhalt, nachdem sie auf Roberts Zuruf hin die Richtung geändert hatten. Plötzlich waren sie von einer feindlichen Übermacht umzingelt. Als hätten die Sarazenen gewusst, dass die Kreuzritter sich näherten. Sie kämpften sich frei, doch der Blutzoll, den sie zahlen mussten, war hoch. Und dann verloren sie auch noch Ludwig. Robert ritt hinter den Sarazenen her, doch er konnte sie nicht einholen …

»Er hat Ludwig an die Sarazenen verkauft.« Ragna flüsterte nur noch. »Er wollte Ludwig aus dem Weg schaffen – und mich gleich mit ihm, weil ich es gewagt hatte, einen Fremden zu lieben. Er hatte den Hinterhalt geplant und ließ sich dafür von Saladin reich belohnen.«

Wie betäubt schüttelte Berengar den Kopf. Diese Wahrheit hatte in seiner Welt keinen Platz.

»Starr mich nicht so an! Es stimmt, er ist schuld.«

»Aber warum ist er dann mit mir nach Ravensberg geritten? Warum diese Scharade, warum dieses Spiel?« Er verstand es noch immer nicht, sosehr er sich auch bemühte.

»Seine Rachegelüste waren noch nicht befriedigt. Erst durch die Intrige gegen die junge Gräfin sollten sie gestillt werden.«

»Ich verstehe nicht …«

»Erinnerst du dich, wie wir an jenem Abend vor dem Ausfall alle am Feuer saßen?«

Berengar nickte. Er erinnerte sich nur allzu gut.

Im Feldlager suchte sich jeder einen Platz, an dem er seine Ruhe hatte. Robert und er hatten schon vor Monaten einen Baum für sich erobert, einen Ölbaum, unter dessen breiter Krone sie ihr Zelt aufgeschlagen hatten. Sie hatten diesen Baum nicht nur gegen die anderen Ritter verteidigt, sondern auch gegen jene, die den Baum fällen und verfeuern wollten.

»Es gab Eintopf mit Linsen …«, erinnerte er sich.

»Ludwig zeigte uns den Aureus. Die Goldmünze, die er an einer Kette um den Hals trug. Vielleicht hat Robert in dem Moment begriffen, dass die Ravensberger doch nicht so verhungerte Bettler sind, wie er sich einreden wollte.«

»Robert hat mich nach Ravensberg begleitet«, verteidigte Berengar seinen Freund. »Ich hatte nicht das Gefühl, als wäre ihm daran gelegen, Ludwig bei den Sarazenen verrotten zu lassen.«

»Habgier vermag vieles. Nur bei mir, da hat er die Gier hintangestellt«, sagte Ragna bitter. »Er wollte mich strafen, die Reine, seine Schwester, die sich mit einem erbärmlichen Frankenritter eingelassen hat. Verstehst du nun, warum er mich verschenkt hat?«

»Er hat dich nicht verschenkt«, bekräftigte Berengar. »Ich hab den Beutel gesehen, der prall mit Münzen war, als er vom Sklavenmarkt zurückkam.«

Darauf schwieg Ragna. Sie kaute auf ihrer Unterlippe herum, so heftig, dass Berengar vermutete, sie schmeckte Blut. Mit verschränkten Armen saß sie ihm gegenüber, drehte den Kopf von ihm weg. »Es ist egal«, sagte sie schließlich leise. »Er hat mich im Stich gelassen, als ich ihn brauchte. Und seine Absichten mögen noch so gut gewesen sein, ich wurde zur Sklavin, und die Dorfbewohner haben mich auch so behandelt.« Ihr Blick traf Berengar. »Nichts anderes zählt für mich, und ginge es nach mir, so hätte mein barmherziger Bruder dafür eine gerechte Strafe verdient.«

»Wenn du glaubst, es ginge ihm nur ums Geld … Das habe ich inzwischen.« Er klopfte wie zur Bestätigung auf seinen Beutel.

»Ich weiß.« Seltsam spitz und blass wirkte Ragnas Gesicht nun. Sie atmete tief durch. »Dass mein Bruder sich geändert hat, mag ich nicht glauben. Es muss was anderes sein, das ihn jetzt dazu treibt, nach Akkon zu ziehen.«

Wir werden es früh genug erfahren, dachte Berengar.

Hoffentlich war es dann für Ludwig nicht zu spät.

»Ihr wagt Euch nicht noch einmal an Deck bei diesem Sturm, Herrin Emme! Das verbiete ich Euch.«

Geduckt stand sie vor Hanno, der ihr die Tür verstellte. Ihre Augen funkelten vor Zorn. »Mir habt Ihr gar nichts zu verbieten. Ihr leistet mir geistlichen Beistand, mehr aber auch nicht. Wenn es Euch hilft, könnt Ihr ja für mich beten.«

Entschlossen schob sie sich an ihm vorbei. Aber Hanno packte sie und drängte sie zur rückwärtigen Kajütenwand zurück. »Nein, Herrin! Ich hab's dem Herrn Robert versprochen, und wenn ich das Versprechen auch einmal nicht halten konnte, so will ich mir nicht vorwerfen lassen, Euch ein zweites Mal dem Unwetter auszusetzen.«

»Hier seid Ihr in Sicherheit, Herrin.« Radegund zupfte an ihrem Ärmel. »Ihr seid doch völlig durchnässt und holt Euch noch den Tod. Denkt doch an das Kind!«

»Natürlich denke ich an das Kind, aber ich mache mir Sorgen um Robert!« Sie riss sich von Radegund los.

Was war, wenn Robert irgendwas zustieß? Wenn er über Bord gespült wurde wie ihre Truhe, dann half ihr niemand mehr. Dann war sie allein bis auf Radegund und Hanno, die an ihrem Rockzipfel hingen wie kleine Kinder.

»Ich muss zu ihm!«, rief sie verzweifelt. Aber Hanno schüttelte entschieden den Kopf, und sie wusste, dass er sie nicht durchlassen würde. Zudem war sie zutiefst erschöpft.

Ihre Beine zitterten, und sie sank zu Boden. Radegund schrie überrascht auf, doch ihre Stimme ging im Tosen des Sturms unter. Donner rollte aus der Ferne heran, und noch immer wurde das Schiff vom Sturm hin- und hergeworfen. Regen tropfte durch die Ritzen – der Verschlag bot ihnen kaum mehr Schutz vor den Naturgewalten.

Hanno kniete vor Emme nieder. »Ich steige hinauf und suche nach ihm. Seht mich an, Herrin!«

Sie blickte zu ihm auf, und er nickte. »Ich suche nach ihm. Aber Ihr bleibt hier und lasst Euch von Radegund versorgen.« Dabei wies er auf Emmes Hände. Die Holzsplitter hatten ihr die Fingerkuppen aufgerissen, doch sie spürte keinen Schmerz.

»Pass auf sie auf!«, befahl Hanno der Zofe. Diese nickte, und ihre Hände drückten Emme an den Schultern auf das Lager nieder. Sie ließ es geschehen. Ihr Blick wich nicht von der Tür, die Hanno mit aller Kraft gegen den Wind hinter sich geschlossen hatte. Radegund beugte sich vor und schob den Riegel vor. Dann kümmerte sie sich um Emmes Hände, doch sie konnte wenig tun, denn nur selten wurde die Finsternis der Kajüte von Blitzen erhellt. Weil Emme bei jeder Berührung zusammenzuckte, ließ sie es irgendwann sein. Beide Frauen hockten gemeinsam auf dem Strohsack, schmiegten sich unter Radegunds dünnen Mantel aneinander und warteten.

Emme suchte nach einer Haltung, in der ihre Finger nichts berührten. Inzwischen fühlten sie sich dick an, ungelenk und heiß, und das Pochen in den Kuppen schien bis in den Kopf zu steigen. Sie seufzte tief auf.

»Ich hab Euch bestimmt immer enttäuscht, Herrin.«

Emme schüttelte den Kopf.

O nein, nicht jetzt! Sie wollte in dieser dunklen Stunde, in der jeder um sein Leben bangte, nicht Radegunds Beichte lauschen müssen. Sie wusste, was jetzt folgte. Um die Sache abzukürzen, sagte sie barsch: »Ich weiß schon. Du warst nachts bei ihm.«

»Ihr wusstet davon.« Radegund wurde steif. »Das … es tut mir ja so leid, Herrin. Ich wollt's nicht. Aber er hat mir versprochen, ich bekäme ein bessres Leben, wenn ich ihm alles erzähle. Und als der Herr Berengar weg war, sagt er, nun brauch ich nicht mehr zu kommen. Er erfährt alles, was er wissen will, von Euch …«

Emme schloss die Augen. Was erzählte Radegund da? Sie verstand nicht einmal die Hälfte. Litt sie schon an Wundfieber? Ging es so schnell? Sie erinnerte sich, was Oda stets über Wundfieber gesagt hatte. Dass es denjenigen traf, dessen Wunden sich entzündeten. Es gab kein Heilmittel, und der Betroffene wand sich tagelang im Wahn, ehe er elend verreckte …

Emme packte Radegund am Arm. Beide Frauen schrien auf, Radegund vor Schreck, Emme aber, weil der Schmerz in den Fingern sie schier überwältigte.

»Von wem redest du, um alles in der Welt?«, schrie sie. Ein Blitz zuckte, und einen Lidschlag lang sah sie alles klar: Radegunds erschreckt geweitete Augen, ihr nasses Haar, das wirr ihr Gesicht umrahmte, den Regentropfen, der ihr von der Nase troff.

»Aber das wisst Ihr doch. Von Eurem Versprochenen, dem Herrn von Uppsala.«

Es gab Augenblicke, in denen die Welt ihren Lauf verlangsamte. Als wolle sie zum Stehen kommen. Als sie von Ludwigs Gefangennahme erfuhr, war ein solcher Augenblick gewesen, ebenso der, als sie wusste, dass Hermann nicht mehr leben wollte.

Radegund sprach hastig weiter. »Er hat mich gleich am ersten Abend beiseitegenommen und gesagt, ich kann nur bleiben, wenn ich ihm zutrage, was mit Euch geschieht, Herrin. Das war doch nicht viel, was ich ihm sagen konnt, und ich hielt's auch gar nicht für schlimm, weil er doch immer so freundlich war. Bitte, Herrin, ich wollt Euch nichts Böses antun. Ihr dürft mir nicht grollen.«

Sie umfasste Emmes Hände, die vor Schmerz aufschrie. Da ließ Radegund sofort los, schlug die Hände vors Gesicht und heulte gegen den Sturm an.

»Ich hab Euch immer betrogen, immer! Aber ich wollt's nicht, ich schwör's!«

Plötzlich wurde Emme einiges klar. Oder nein, es war eher so, als sei ein Schleier beiseitegeschoben worden.

»Warum?«, fragte sie, doch als ihre Zofe weiterhin so laut jammerte, dass die Frage nicht zu ihr durchdrang, biss sie die Zähne zusammen, um nicht vor Schmerz aufzuschreien, und riss ihr die Hände vom Gesicht. »Sprich mit mir!«, schrie sie. »Warum wollte er das alles wissen?«

Endlich schien Radegund die Frage zu verstehen. Sie schluchzte, verschluckte sich an den Tränen und musste husten. »Er hasst Euren Bruder«, flüsterte sie, als der Sturm für einen Augenblick Atem zu holen schien.

Emme schüttelte den Kopf.

»Warum?« Das ergab doch alles keinen Sinn!

»Genau weiß ich's nicht, aber ...« Radegunds Worte gingen im Krachen des nächsten Donnerschlags unter. Fäuste hämmerten gegen die Kajütentür, und Emme kroch auf Knien darauf zu. Sie öffnete und ließ Hanno, Robert und Raimund ein, die sich völlig durchnässt und verfroren zu den Frauen in den winzigen Raum drängten.

Robert setzte sich neben Emme.

Am liebsten wäre sie von ihm abgerückt, aber es war zu eng. Hanno kauerte mit Radegund vor der Tür, und Raimund hockte vor ihren Füßen und musterte sie prüfend.

Keiner sagte ein Wort.

»Das Gewitter zieht ab!«, rief Raimund irgendwann, und tatsächlich: Das Donnergrollen schien sich allmählich zu entfernen, der Wellengang beruhigte sich. Ein neuer Tag dämmerte herauf, und als die Sonne über den Horizont brach und durch die Ritzen in die Kajüte drang, sah Emme, dass Radegunds Gesicht schon wieder grünlich wirkte. Aber diesmal war es nicht die Seekrankheit, die ihrer Zofe so viel Ungemach bereitete.

Sie wusste nicht mehr, wem sie glauben konnte. Radegund? Robert?

Keinem von beiden, befand sie. Einer log.

Sie war allein auf dieser Welt, seit Berengar sie verlassen hatte.

Wie sehr wünschte sie, Ludwig in die Arme schließen zu können! Ihm konnte sie alles glauben.

Das ergibt doch keinen Sinn. Wieso sollte Robert ihn hassen und dennoch sein Lösegeld aus eigener Tasche bezahlen?

Dieser Gedanke wiegte sie in den Schlaf.

An Roberts Seite fühlte sie sich geborgen. Sie *musste* sich an seiner Seite geborgen fühlen. Es gab sonst niemanden mehr.

V. AKKON

Kapitel 29

Sie umsegelten die Halbinsel, auf der sich stolz und trotzig die Stadt Akkon erhob. Emme stand an der Reling, die Hände notdürftig verbunden. Sie hatte die Handgelenke behutsam auf der Reling abgelegt und beobachtete die Menschen, die winzig klein in der Stadt umherliefen.

»Man könnte glauben, es ergehe ihnen da drinnen ganz gut«, murmelte sie.

Raimund, der neben ihr stand, schüttelte den Kopf. »Mich entsetzt Eure Unwissenheit, Herrin Emme. Seht Ihr die Schiffe da draußen auf dem Meer? Dort und da hinten?« Ihr Blick folgte der Richtung seines ausgestreckten Arms. »Das sind die Koggen der Kreuzfahrer, gewaltige Schiffe. Mit denen jagen sie jeden vor sich her, der sich der Stadt zu nähern wagt. Manche schlüpfen durch das grobmaschige Netz in den Hafen, aber glaubt mir, es sind zu wenige, um zu verhindern, dass die Menschen hungern.«

Emme schluckte. »Das muss schlimm sein.«

»Das glaubt wohl. Aber es sind Heiden, Sarazenen und Juden, die da zusammengepfercht hausen. Sie müssen ausgelöscht werden. Das Königreich Jerusalem hat die beiden wichtigsten Städte verloren, weil unsere Verteidigung nach der Schlacht von Hattin geschwächt war. Jerusalem, unser Augenstern, war ebenso wichtig wie Akkon. Denn Akkon hat den einzigen Hafen in der Levante, den Schiffe das ganze Jahr hindurch anlaufen können.«

»Und warum sitzen die Kreuzfahrer hier fest? Warum ziehen sie nicht nach Jerusalem und erobern die Heilige Stadt zurück?«, fragte Emme. So vieles verstand sie nicht, und Robert zu fragen traute sie sich inzwischen nicht mehr. Radegund hatte Misstrauen in ihr gesät.

»Nun ja, wir brauchen einen Hafen. Seht Ihr? Jetzt umrunden wir dieses wunderschöne Hafenbecken, sehen die Menschen in der Stadt, doch wir können nicht anlegen. Darum muss Akkon fallen.«

Emmes Hände krampften sich um die Reling. »Ich habe es mir nicht so vorgestellt«, flüsterte sie.

»Das geht den meisten so, wenn sie das erste Mal herkommen.« Raimund lächelte aufmunternd. »Habt Ihr geglaubt, es sei alles viel … kleiner?«

Sie nickte. Ja, nicht nur kleiner. Sie hatte alles für weniger beängstigend gehalten. Denn gnadenlos wurde diese Stadt von den Kreuzfahrern eingeschlossen, seit bald zwei Jahren schon. Als sie nun die Landzunge, auf der Akkon lag, hinter sich gelassen hatten, tauchten an der Küste allmählich die Zeltreihen der Belagerer auf. Befestigungsanlagen erstreckten sich auf beiden Seiten des offenbar schmalen Landstreifens, auf dem die Christen sich niedergelassen hatten.

»Es sieht aus, als würden sie zerquetscht.«

»Manchmal fühlt es sich tatsächlich so an.«

»Warum kämpft da denn niemand?« Sie wies auf die Stadtmauer.

»Ihr werdet früh genug erleben, dass sie kämpfen. Tag um Tag in die Schlacht zu ziehen vermögen diese Männer nicht mehr. Sie sind des Kämpfens müde. Zu wenig Krieger«, erklärte er. »Sie warten seit Monaten auf den englischen König mit seinen Truppen. Er würde wohl einiges ausrichten, doch zog er es vor, auf dem Weg hierher einen Abstecher nach Zypern zu machen, um den dortigen Herrscher abzusetzen.« Raimund rotzte über die Reling. »Wenn jeder nur danach trachtet, seine Börse zu füllen, ist es schwer, einen vernünftigen Krieg zu führen.«

Der Christenhafen wirkte eher behelfsmäßig. Emme wandte sich um und deutete nach vorn. »Was ist das dort drüben? Dieses riesige Segel, das sich da spannt?«

»Ah, das Segel des Ordens. Ja, das sind gute Männer. Der Orden der Brüder vom Deutschen Haus Sankt Mariens in Jerusalem hat sich der Pflege der Kranken verschrieben, und sie haben ihr erstes Feldspital unter dem Segel eines Schiffs gegründet. Seitdem kümmern sie sich um die Verwundeten.« Er schwieg kurz. »Das Feldlager ist nicht der richtige Ort für Euch, Herrin. Ich sage das nur ungern ...«

»Habt Ihr einen besseren Vorschlag?«, fragte Emme.

Raimund starrte in den wolkenlosen Himmel. »Ah, nein. Ich wollte es nur gesagt haben. Denn wenn erst Richard von England hier ist und innerhalb kurzer Zeit der Sturm auf Akkon beginnt ... Ich möchte nach der Schlacht nicht hören, die Bogenschützin im grünen Mantel sei vor den Mauern Akkons gestorben, während sie mit jedem ihrer Pfeile drei Sarazenen tötete.«

»Das wird nicht geschehen.« Sie betrachtete ihre Hände. »Allein meine Verletzung macht es mir unmöglich, einen Bogen zu halten. Außerdem habe ich weder Bogen noch meine Pfeile. Denn die lagen in der Truhe, die über Bord ging.«

Ihr ganzes Hab und Gut hatte sich in der Truhe befunden. Sie besaß nichts mehr als die Kleider, die sie am Leib trug, und den Goldaureus, den ihr Onkel ihr geschenkt hatte.

»Ihr habt viel verloren auf Eurer Reise hierher«, stellte Raimund bekümmert fest. »Ich hoffe für Euch, dass Ihr wenigstens für diese Mühen belohnt werdet und Euren Bruder schon bald in die Arme schließen könnt.«

»Zweifelt Ihr daran? Ich darf nämlich nicht zweifeln.«

Was geschehen würde, wenn sie Ludwig freikaufen wollte und er nicht mehr lebte, konnte sie sich nicht ausmalen. Ihre Vorstellungskraft reichte nicht so weit.

»Ah, mein liebster Gefangener! Kommt zu mir!« Saladin winkte Ludwig näher. Er hatte sich auf einem Polster ausgestreckt und naschte Trauben. Neben ihm hockte im Schneidersitz ein Fremder, den Ludwig noch nie unter den Gefangenen erblickt hatte. Trotz seines dunklen Haars war er kein Sarazene. Er trug die Kleidung eines Kreuzritters.

»Ich habe gehört, Ihr verweigert wieder das Essen. Das finde ich allzu bedauerlich, schließlich habe ich meine Köche angewiesen, Euch in den kommenden Tagen besonders zu verwöhnen, damit Ihr Eurer Schwester gestärkt entgegentreten könnt.«

Ludwig näherte sich langsam. Er ließ den Fremden nicht aus den Augen, als er mit leiser Stimme antwortete. »Das ist nicht wahr. Emme ist nicht auf dem Weg hierher. Das habt Ihr Euch ausgedacht, um mich zu quälen.«

Saladin lachte. »Oh, Ihr glaubt also, es macht mir Spaß, Euch zu quälen?«

»Ja, das glaube ich tatsächlich.« Ludwig blieb stehen. In seinem Schädel war ein Summen, und er spürte ein Kribbeln in den Gliedern. Seit Tagen ließ er die Speisen, die Saladin ihm auftischen ließ, ausnahmslos zurückgehen. Kein einziges Reiskorn, keinen Krümel Brot hatte er von einem der Teller genommen, obwohl es für einen Hungernden Folter war, die Speisen zu verschmähen.

»Ich habe sie gesehen.« Der Fremde erwiderte offen Ludwigs Blick. »Sie ist wunderschön.«

Ludwig sank auf die Knie. »Lügt mich nicht weiter an!«, stieß er hervor. »Ich ertrag's nicht länger.«

Zuerst hatte er sich in die Hoffnung geschmiegt wie in einen Mantel. Hatte sich vorgestellt, wie sie ins Lager einritt und ihn anlachte. Aber diese Träumereien waren nicht gesund für ihn, obwohl er sich daran klammerte wie ein Ertrinkender.

»Ich lüge Euch nicht an.«

»Lasst doch Raimund de France erzählen, wie es Eurer Schwester ergeht.«

»Es dauert nicht mehr lange – sie ist mit demselben Schiff nach Akkon gekommen wie ich. Nur haben sich unsere Wege getrennt.« Der Fremde lachte leise. »Sie zog es vor, sich ins Lager der Christen zu begeben. Ich hatte hier noch einen Auftrag zu erfüllen.«

Stumm blickte Ludwig von Raimund zu Saladin. Der schien seine Frage zu erraten. »Raimund ist ein wertvoller Freund.«

»Wenn Ihr Eure Gefangenen als Freunde bezeichnet, möchte ich nicht wissen, wer Eure Feinde sind.« Ludwig wartete.

Raimund räusperte sich. »Ich kam auf einem Schiff, das von Tripolis nach Akkon segelte. Schon in Antiochia hatte man mir aufgetragen, Eure Schwester im Auge zu behalten und sie zu bewachen.« Er machte eine kurze Pause. »Man erzählt von ihr. Die Kreuzfahrer brauchen Legenden, gerade in diesen schweren Zeiten. Sie nehmen sich jene Menschen als Vorbild, die tapfer für Gott kämpfen.«

Saladin schnalzte mit der Zunge.

»Jedenfalls, sie ist's. Eure Schwester. Ich habe sie sofort erkannt. An einer Kette trägt sie eine Goldmünze um den Hals«, fuhr Raimund de France fort.

Ludwig atmete tief durch. Ja, es gab keinen Zweifel, die Frau musste Emme sein. Sie trug den Aureus, den er Robert anvertraut hatte, damit er ihn seiner Familie übergab.

»Konntet Ihr mit ihr reden?«

Raimund nickte. Er wollte noch etwas hinzufügen, aber Saladin hob die Hand. »Genug«, sagte er nur.

Raimund neigte den Kopf. Er stand auf, nickte Ludwig ein letztes Mal zu und verließ das Zelt.

Ludwig blickte ihm nach. Die beiden Wächter vor dem Zelt ließen Raimund unbehelligt passieren, und er wandte sich nicht nach links, in Richtung der Zelte, in denen die Gefangenen gehalten wurden, sondern spazierte in aller Gemütsruhe geradeaus über den breit angelegten Platz. Einige Sarazenen blieben stehen, riefen ihm etwas zu, einer lachte, als Raimund etwas erwiderte. Dann verschwand er zwischen den Zeltreihen.

Als gehöre er hierher.

»Nun?«, fragte Saladin. »Habt Ihr mittlerweile wieder Hunger?«

»Wer ist dieser Mann?«, fragte Ludwig.

»Ein Freund. Wie auch Ihr ein Freund seid.«

»Ich bin nicht Euer Freund, Sultan.«

»Ja, das habe ich befürchtet.« Saladin seufzte.

»Dieser Mann …«

»Er heißt Raimund.«

»Ja, also Raimund. Ist er … Woher kommt er? Aus Antiochia?«

Saladin lächelte fein. »Ihr findet es nicht heraus, indem Ihr spitzfindige Fragen stellt. Daher schlage ich vor, ich erzähle Euch einfach, dass Raimund de France der Mann ist, der mir geheime Nachrichten von meinem Spion überbringt, den ich am Hof Fürst Bohemunds einschleusen konnte.«

Ludwig starrte ihn an.

»Ich vermute, damit habt Ihr nicht gerechnet.«

»Ein Verräter? Er ist ein …?«

»Ah, sozusagen. Aber ist nicht eher derjenige ein Verräter, der ihm die Nachrichten zusteckt? Und habt nicht auch Ihr einen Vorteil davon, dass es Männer gibt, die zwischen Antiochia und meinem Feldlager hin- und herwechseln? Ich hätte sonst nicht so früh erfahren, dass Eure Schwester auf dem Weg hierher ist. Soll ich nach ihr schicken?«

Betäubt schüttelte Ludwig den Kopf. »Nein, nein …« Er hätte es nicht ertragen, wenn er Emme in diesem Zustand begegnet wäre. Er konnte nur ahnen, wie ausgezehrt und abgerissen er nach Monaten der Gefangenschaft aussah. Sie wäre entsetzt gewesen. Den Anblick wollte er ihr ersparen.

»Sie wird ohnehin früher oder später herkommen. Sie hat das Gold bei sich. Oder nein – das ging ihr verloren, habe ich mir sagen lassen. Aber ihr Versprochener, der hat's.«

»Versprochener?«, echote Ludwig. »Was soll das heißen?«

»Ja, seht Ihr, darum erzähle ich Euch alles. Nun stellt Euch doch nur vor, sie kommt in wenigen Tagen oder nur Stunden her, und Ihr starrt auf ihren dicken Bauch und fragt Euch, wie es geschehen konnte, dass binnen Jahresfrist Eure Schwester von einem Mann geschwängert wurde und sich dem anderen versprochen hat.«

»Das ist nicht wahr«, stammelte Ludwig und hielt Saladins Worte für einen bösen Scherz.

»Ihr bezweifelt meine Worte? Wollt mich gar der Lüge bezichtigen?«

Ludwig schüttelte den Kopf. Nein, nein. Das konnte nicht sein. Nicht seine Emme. »Und ... das hat Euch ... alles Raimund verraten?«, fragte er stockend.

»Dies und das hat er verraten, andere haben anderes zu berichten gewusst. Aber ja, so habe ich es erfahren.«

»Ich könnte nie mit einem Verräter befreundet sein.«

Diese Aussage schien Saladin zu belustigen. Er lachte so laut, dass sich sogar die Wächter erstaunt umwandten und ins Zelt spähten.

»Seid Ihr ... Ihr seid nicht mit einem Verräter befreundet?«, fragte der Sultan lauernd.

»Das könnte ich nie«, bekräftigte Ludwig.

»Und doch seid Ihr's.« Saladin beugte sich vor. »Was wisst Ihr über Eure Freunde? Den Herrn de Bassunville und den Mann aus dem hohen Norden? Die für Euch nach Ravensberg geritten sind?«

Regungslos erwiderte Ludwig Saladins Blick. »Keiner von denen ist ein Verräter.«

»O doch! Einer schon. Aber mehr verrate ich Euch

nicht. Schließlich hasst Ihr es, auf das Wissen von Spionen angewiesen zu sein, wenn ich Euch vorhin richtig verstanden habe. Da will ich Euch nicht mit Einzelheiten langweilen, die Ihr gar nicht wissen wollt.«

Er gab den Wachen einen Wink. Sie tauchten neben Ludwig auf, der noch immer am Boden kniete. »Nehmt ihn mit!«, befahl er. »Badet ihn, rasiert ihn, gebt ihm saubere Kleidung und zu essen. Aber passt auf, dass er's nicht wieder auskotzt, sonst könnt ihr von vorn anfangen.«

Ludwig wollte sich gegen die Hände wehren, die ihn packten und auf die Füße zogen. Aber er war inzwischen zu schwach, um ernsthafte Gegenwehr zu leisten. »Sie sind keine Verräter!«, brüllte er.

Als die Wächter ihn bereits ein ganzes Stück aus dem Zelt hinausgeschleift hatten, gellte ihm immer noch Saladins Lachen in den Ohren.

Kapitel 30

Im Spital der Brüder des Deutschen Hauses zu St. Marien wurden Emmes Hände untersucht, und ein Bruder zog ihr die verbliebenen Splitter aus den Fingern. Er versorgte die Wunden, verband jeden einzelnen Finger und ermahnte Emme, sie solle sich in Zukunft bei Sturm auf hoher See lieber etwas zum Festhalten suchen, das ihre Hände nicht in Mitleidenschaft zog.

Sein Frohsinn gefiel ihr. Er war der erste Mensch, mit dem sie im Feldlager sprach, und weil er so munter wirkte, wagte sie einen Vorstoß. »Ist es schlimm, hier zu sein?«

Der Bruder hob den Kopf nicht, während er seine medizinischen Geräte zusammenräumte und in ein weiches Tuch einwickelte. »Wer will das wissen?«, fragte er.

»Ich will es wissen.«

Er hob den Kopf. »Verzeiht, werte Herrin, aber mir steht nicht zu, Euch mit Geschichten über die hiesigen Zustände zu belästigen.« Er stand auf, schob den Hocker beiseite und machte ihr Platz. »Geht nun. Ich kann nichts mehr für Euch tun.«

»Wie lange seid Ihr schon hier?«

Er ließ sie einfach stehen. Emme legte den Kopf in den Nacken. Über den Siechen und Verletzten, die von den Brüdern im Spital versorgt wurden, spannte sich tatsächlich das alte Segel einer Kogge, das sich im Wind blähte. Doch es war schmutzig und löchrig, und sollte es hier einmal regnen, würde es sich kaum als wirksamer Schutz eignen.

Emme verließ das Spital. Auf dem Weg nach draußen sah sie Schreckliches. Sie verlangsamte ihre Schritte, als sie an einer Pritsche vorbeikam, auf der sich ein Mann vor Schmerzen krümmte. Wo einmal sein linker Fuß gewesen war, gab es nur noch eine schwärende Wunde, in der sich Fliegen niedergelassen hatten. Der Krieger wimmerte, und seine Arme streckten sich nach Emme aus. Er bekam ihr Handgelenk zu packen, und sie schrie entsetzt auf.

»Durst«, klagte er heiser.

Suchend blickte sie sich um. Keiner der Brüder schien sich um den Todgeweihten zu kümmern, alle eilten geschäftig hin und her, verständigten sich mit Zurufen, doch schienen sie sich eher den Kranken zu widmen, von denen sie sich eine rasche Heilung versprachen.

Emme erblickte jenen, der ihr die Hände verbunden hatte. Sie eilte auf ihn zu. Er beugte sich gerade über die Schulter eines Kämpfers, in der ein Pfeil steckte.

»Da liegt ein Sterbender und hat Durst. Er schreit«, sagte sie leise.

Der Bruder fuhr zu ihr herum, maß sie mit einem Blick, aus dem jegliche Güte verschwunden war. »Dem ist nicht mehr zu helfen«, erwiderte er knapp. »Der soll nicht so viel Lärm machen, er wird ja bald abgeholt.«

»Abgeholt?«, wiederholte Emme.

»Zum Sterben schaffen wir sie an einen anderen Ort. Wo sie unter ihresgleichen sind und der Priester ihnen noch einmal die Beichte abnimmt.«

»Euch ist es gleichgültig, dass dieser Mann schreit und wimmert?« Sie konnte es nicht fassen. »Wie ginge es Euch denn, wenn Euer Bruder dort läge? Würdet Ihr dann auch weiter diese lächerliche Fleischwunde behandeln, statt dem Sterbenden einen letzten Dienst zu erweisen?«

Alles Freundliche war aus der Miene des Ordensmanns gewichen. Er ergriff Emme am Arm und zerrte sie von dem Verletzten fort.

»Ihr habt keine Ahnung, wie es hier ist!«, stieß er hervor und schob sie durch die breite Tür hinaus, als gerade ein neuer Verletzter auf einer Trage gebracht wurde. Sogleich war Emme vergessen, und der Bruder beugte sich über den Verletzten, begutachtete die Bauchwunde und winkte ab. »Zu den Sterbenden«, hörte sie ihn sagen.

Er bedeutete ihr, ihm nach draußen zu folgen. Sie trat neben ihn, und er wies zu der Mauer Akkons hinauf, die sich in einiger Entfernung so riesenhaft erhob, dass sie lange Schatten über das Feldlager warf. »Seht Ihr das? Diese Stadt kostet unzählige Männer das Leben. Und wir kämpfen weiter, weil es Gottes Wille ist, dass wir kämpfen. Mit jedem Mann, der stirbt, wird unser Mut geschwächt, doch mit jedem, den ich halbwegs zusammenflicken und abermals gegen die Mauer schicken kann, wächst die Zuversicht. Versteht Ihr jetzt, warum ich mich nicht mit jenen aufhalten kann, die dem Tod geweiht sind? Warum ich nicht bei den Sterbenden sitze, sondern lieber dem Krieger den Pfeil aus der Schulter ziehe und zu Gott bete, dass seine Wunde nicht schwärt, damit ihn nicht das gleiche Schicksal ereilt? Würde ich mich mit den anderen befassen, würde ich Stunden und Tage brauchen, bis ich zu ihm komme. Und dann wäre es auch für ihn zu spät.«

Er atmete tief durch.

»Aber stellt Euch vor ...« Ihre Stimme brach. »Stellt Euch vor, Euer Bruder läge dort drinnen und würde um Wasser flehen, oder Ihr hättet einen Sohn. Würdet Ihr nicht wünschen, dass es ihm in der Stunde seines Todes leichter wird, von dieser Welt zu gehen?«

Er starrte sie wortlos an. In seinen blauen Augen sah sie etwas, das sie nicht sehen wollte.

Sie wandte sich um und ging.

»Da habt Ihr aber einem mildtätigen armen Bruder ordentlich zugesetzt.« Raimund de France gesellte sich zu ihr.

»Wo wart Ihr bloß?«, fragte sie vorwurfsvoll. »Ihr wolltet doch warten, bis ich da drinnen fertig wäre.«

Robert ließ sie inzwischen nirgends mehr allein hingehen,

und da Raimund sich ihnen nach dem gemeinsam durchstandenen Sturm auf Roberts Angebot hin angeschlossen hatte, war ihm die Aufgabe übertragen worden, Emmes Schatten zu sein. Robert wollte währenddessen mit den Sarazenen Verbindung aufnehmen und die Übergabe des Lösegelds verhandeln.

»Habt Ihr mich vermisst?«, neckte er sie. »Ihr hättet nicht so mit ihm reden dürfen. Diese Männer sehen ihren Kameraden Tag für Tag beim Sterben zu, sie können für die wenigsten etwas tun. Und es wird noch schlimmer, sobald sich endlich König Richard herbequemt.« Er blieb stehen. »Ich habe etwas für Euch. Darum war ich verschwunden, um die Wahrheit zu sagen.«

»Was könnt Ihr schon für mich haben …«

Emme ging langsam weiter. Die Reihen der Zelte erstreckten sich auf der Hochebene von Torro, so weit das Auge blickte. Sie seufzte. Tausende Männer, die ausharrten, weil sie hofften, der König von England komme recht bald mit frischen Truppen, damit sie den großen Sturm auf Akkon endlich wagen konnten.

Wäre es nach ihr gegangen, hätte sie diesen Ort bis dahin längst verlassen.

Sie blieb stehen. Wieder kamen vier Männer den steilen Weg herauf. Wieder trugen sie einen Verletzten, dessen Haut nur aus Blut zu bestehen schien.

»Ich ertrage diesen Anblick nicht«, flüsterte sie. Raimund stand unmittelbar hinter ihr. »Mein Bruder …«

Er wartete.

Sie spürte den Wind, der ihr Haar aufwirbelte.

Jeder Sterbende erinnerte sie an Hermann. Jeder Tote erinnerte sie daran, dass sein Leichnam monatelang auf fremden Straßen unterwegs nach Hause war. Die Männer, die hier starben, wurden jedoch in fremder Erde bestattet, man verscharrte sie am Rand des Feldlagers. Holzkreuze säumten den Weg vom Strand herauf zur Hochebene, und der Anblick grub sich ihr ebenso ein wie der verzweifelte Blick des Sterbenden.

»Ihr müsst kämpfen, Herrin Emme.«

»Ich habe genug gekämpft«, erwiderte sie heftig.

»Das mag sein. Aber hier kämpft jeder um das eigene Überleben. Und nun kommt, ich will Euch mein Geschenk übergeben. Ich hoffe, es gefällt Euch.«

Er führte sie vom Spital fort und zwischen den Reihen der Zelte hindurch bis zu einem Ölbaum, der mitten im Feldlager stand. Der einzige Baum weit und breit, wenn man von wenigen armseligen, verdorrten Büschen absah. Robert hatte ihr erzählt, mit Ludwig habe er im letzten Herbst unter diesem Baum gelagert.

Berengars Namen erwähnte er nicht, obwohl sie wusste, dass auch er dabei gewesen war.

Zurzeit kampierten dort andere Ritter, ein Dutzend Männer aus Köln, die Robert aber wiedererkannten und ihnen aus Gründen, die Emme verborgen blieben, hocherfreut einen freien Platz einräumten. Zwei Zelte fanden sich in dieser von Mangel geprägten Zeltstadt ebenso wie einige neue Kleidungsstücke für Emme.

Doch nachdem sie heute im Spital gewesen war, wollte Emme lieber nicht darüber nachdenken, woher die sorgfältig geflickten Beinlinge und das Hemd stammten. Sie hatte gesehen, wie man den Toten bis auf ihr Hemd alles vom Leib zerrte, und Freunde kamen und brachten die Beutel mit den Habseligkeiten der Toten, in denen sich manch ordentliches Kleidungsstück fand. Der Mangel zwang die Christen, denen, die nichts am Leib hatten, das zu geben, was die Toten entbehren konnten.

Und Emme besaß nichts mehr außer einem Kittel und Beinlingen, die vom Salzwasser vollends zerfressen waren und ihr schon vor der Überfahrt zu eng geworden waren.

Radegund saß unter dem Baum und flickte Emmes Umhang. Sie war erleichtert, ihre Herrin wiederzusehen. »Hanno und Robert sind unterwegs – sie wollen zu den Sarazenen.« Eilfertig stand sie auf. »Und Euer Onkel war hier, er hat sich nach Euch erkundigt, Herrin.«

»Seht Ihr? Kämpfen müsst Ihr, aber allein seid Ihr nicht«, sagte Raimund lächelnd und betrat das Zelt, das er mit Hanno und Robert bewohnte. Kurz darauf erschien er wieder, und was er Emme mit beiden Händen entgegenhielt, raubte ihr schlicht den Atem.

»Mein Bogen!«, rief sie.

Raimund grinste verlegen. »Nein, Euren Bogen konnte ich nicht wiederherstellen. Wunder ereignen sich auch hier nur selten. Aber es ist ein Bogen, und mir scheint, er könnte für Euch recht passend sein.«

Geradezu ehrfürchtig nahm Emme den Bogen entgegen. Er war tatsächlich völlig anders als ihrer, heller und etwas größer, doch wunderbar verarbeitet. Sie versuchte ihn zu beugen, und es gelang ihr mit einiger Mühe. Langsam wurden Handgriffe, über die sie früher nie sonderlich nachgedacht hatte, zu großen Anstrengungen.

»Ich helfe Euch, wartet.«

Bewundernd strich sie über den Schaft. An der Stelle, wo ihre Hand ruhte, wenn sie später den Bogen spannen würde, waren merkwürdige Linien eingeritzt, von Punkten gekrönt. »Was ist das?«, fragte sie.

Raimund hob die Schultern. »Vielleicht eine Zauberformel.«

»Woher habt Ihr den?«

»Sagen wir es so – ich habe bei einem Freund einen Gefallen eingefordert.« Raimund spannte die Sehne und reichte Emme den Bogen zurück. »Ah, ich habe noch einige Pfeile, ich hole sie gerade.«

Sie nahm den Bogen. Ihre Hände wussten, wie sie ihn

greifen musste, und sie versuchte, die Sehne zu spannen, doch ihre Fingerspitzen waren noch immer schmerzempfindlich, und sie gab den Versuch wieder auf. Damit sie diesen Bogen erproben konnte, mussten ihre Hände erst einmal heilen. Das würde noch einige Tage dauern.

»Ihr seid so gut zu mir«, flüsterte sie. »Warum?«

»Ihr seid eine Legende«, erwiderte er leichthin und blickte sie dabei an, als wolle er etwas hinzufügen. Dann aber schüttelte er den Kopf, als halte er es für unklug, seinen Gedanken auszusprechen. »Ihr seid die Bogenschützin im grünen Mantel – wolltet Ihr etwa ohne Bogen kämpfen, wenn es zum Sturm auf Akkon kommt?«

Sie setzte an, um ihm zu erklären, dass sie nicht zu kämpfen gedenke, als beide plötzlich den Kopf hoben. Es war, als erhebe sich mit einem frischen Windhauch ein Raunen in dem Feldlager. Es war, als erhöben sich alle Krieger und würden aufs Meer hinausblicken. Sie sahen, wie sich die hellen Segel der Schiffe im Wind blähten, die sich der Küste näherten.

»Wer ist das?«, fragte Emme. Die Schiffe wurden zahlreicher, sie zählte inzwischen Dutzende Segel, die nun, da die Schiffe das Ziel ihrer Reise erreicht hatten, in sich zusammenfielen. Vielstimmiger Jubel drang von den Decks herüber, wurde von den Belagerern aufgenommen und erwidert. Wo soeben noch Erschöpfung und Mutlosigkeit geherrscht hatten, breitete sich nun unbändige, lautstarke Freude aus.

»Richard von England«, flüsterte Raimund. »Endlich ist er da!«

Er riss ihren Bogen hoch und stimmte in den Jubel mit ein.

Am Abend kehrte Robert zurück.

Er brachte schlechte Nachrichten.

»Die Sarazenen wollen uns morgen ins Lager lassen.

Zwei von uns«, fügte er hinzu. »Saladin, so wurde mir berichtet, besteht darauf, dass eine der zwei Personen du sein sollst.«

Emme blickte auf. »Ich?«

Er hob die Schultern. »Ich habe erklärt, das komme nicht infrage. Aber irgendwie scheint Saladin von dir gehört zu haben, und ihm gefällt offenbar deine Geschichte. Darum sollst du dabei sein.«

Die Kölner, die ihnen angeboten hatten, gemeinsam zu essen, teilten Schüsseln mit Reis und Bohnen aus. Emme nahm ihre Schale in Empfang.

Rasch wurde es dunkel, und überall im Lager flackerten Feuer auf. Brennholz war ein wertvolles Gut, und man konnte froh sein, einmal am Tag eine warme Mahlzeit zu bekommen. So viel hatte Emme nach nur einem Tag im Feldlager bereits begriffen.

»Dann komme ich mit.«

»Das tust du nicht.« Robert fuhr sich müde mit der Hand übers Gesicht. »Ich lasse nicht zu, dass du dich in Gefahr begibst.«

»Ist es hier denn sicherer?«, fragte sie herausfordernd. »Jeden Tag werden Verletzte ins Spital gebracht, und Kämpfer sterben, weil sie der Mauer oder den Sarazenen weiter nördlich zu nahe kommen. Wo bin ich denn überhaupt in Sicherheit?«

»Hier! Und darum kommst du nicht mit. Hanno wird mich begleiten.«

Emme öffnete den Mund, um etwas zu erwidern, doch in diesem Augenblick trat Raimund de France ans Feuer. Er blickte von Robert zu Emme. »Niemand geht zu Saladin«, verkündete er. »Soeben hat Richard von England beschlossen, dass ausnahmslos jeder bis auf Weiteres im Feldlager bleibt. Er wird Akkon bald stürmen, doch bis dahin bleiben alle, wo sie sind.«

Die Kölner murrten. Emme wollte etwas sagen, doch Raimund verschmolz wieder mit der Dunkelheit, als wäre er ein Geist.

Er ging von Zelt zu Zelt und trug die Kunde weiter.

»Sollen wir denn hier verrecken?«, rief Robert ihm nach.

Emme schlang die Arme um die Knie. Ihr Bauch war ihr im Weg, ihre Fingerspitzen pochten, und der Hunger war ihr vergangen.

Vorbei ihre Hoffnung, innerhalb weniger Tage Akkon wieder hinter sich zu lassen. Der Beschluss des englischen Königs hatte Roberts wohlfeilen Plan, am nächsten Tag das Lager der Sarazenen aufzusuchen, das Gold abzuliefern, Ludwig auszulösen und schon bald den Heimweg anzutreten, vorerst einmal zunichtegemacht.

»Wie lange kann das dauern?«, fragte sie leise. »Bis Akkon gestürmt wird?«

Robert stand auf. Er trat gegen ein brennendes Holzscheit, und Funken stoben auf. »Wenn er Akkon überhaupt je angreift. Seit zwei Jahren hocken wir schon hier, und nichts geschieht. Nichts!«

Er stapfte davon.

Radegund schob sich näher an Emme heran, und auch Hanno umrundete das Feuer und nahm auf der anderen Seite neben ihr Platz.

»Vielleicht greifen sie ja bald an«, versuchte er sie zu trösten. »Dann könnt Ihr bald Euren Bruder nach Hause holen. Wenn wir Akkon erst dem Erdboden gleichgemacht haben …«

Wenn, ja, wenn …

Emme antwortete nicht. Sie wusste, dass Hanno und Radegund ähnlich dachten wie sie.

Was war, wenn Akkon nicht eingenommen wurde? Wenn die Christen zwischen der Stadt und dem Sarazenenheer zermalmt wurden? Sie wusste, es war nicht recht, so zu denken, denn dann hätte sie nicht auf Gott vertraut. Aber sie konnte nicht anders.

Wenn Akkon nicht fiel, brauchte Saladin seine Geiseln nicht mehr, oder? Er konnte sich von den Besiegten alles holen, was er wollte. Und dann würde er die Männer hinrichten, wie es ihm gefiel.

Dann würde er Ludwig töten, und alles wäre umsonst gewesen.

Ihr blieb nur die Hoffnung, dass Akkon bald fiel.

Kapitel 31

Ihre Geduld wurde auf eine harte Probe gestellt.

Jeden Morgen stand Emme auf und trat aus dem Zelt, in dem es bereits kurz nach Sonnenaufgang unerträglich heiß wurde, weil sich die Hitze darin staute. Immerhin war ihr Zelt eines der wenigen, die im Schatten eines Baums standen. Sie trank einige Schlucke Wasser und ging quer durchs Lager zum Spital.

Damit sie nicht auffiel, trug sie inzwischen nur noch Hemd und Beinlinge, und ihr schwarzes Haar stopfte sie unter eine Kappe. Doch der dicke Bauch verriet sie inzwischen allzu oft, und lange konnte sie sich nicht mehr so zeigen, da ihr die Sachen bald nicht mehr passen würden. Aber sie wollte sich nicht schon wieder auf die Suche nach neuen Kleidungsstücken machen, die einem Toten vom Körper gezerrt worden waren.

Im Spital meldete sie sich jeden Morgen bei Bruder Christian. Er hatte ihre Finger behandelt, und obschon sie bei ihrer ersten Begegnung aneinandergeraten waren, hatte sie sich von seinen barschen Worten nicht einschüchtern lassen. Er schätzte ihre Hilfe, auch wenn beide wussten, dass sie herzlich wenig tun konnte.

Den Großteil ihrer Tage verbrachte sie damit, den Siechen zu trinken zu bringen. Sie flößte Männern Wasser ein, die kaum mehr sprechen konnten und glaubten, sie sei ihre Mutter. Sie saß bei ihnen, hielt ihnen die Hand und wartete, bis sie im schmerzgepeinigten Dämmerschlaf versanken. Wenn sie nach kurzer Pause wiederkam, fand sie auf der Matte einen Fremden vor, wo eben noch ein Mann gelegen hatte, dessen Namen sie wenigstens gekannt hatte.

Sie gewöhnte sich an, nicht nachzufragen, wohin diese

Männer verschwanden. Und Bruder Christian, der immer in der Nähe war, schüttelte nur leicht den Kopf, wenn sie in seine Richtung blickte.

Das genügte ihr als Antwort.

Doch es gab auch die guten Tage. Wenn ein Mann, der seit Tagen wie tot auf seiner Matte gelegen hatte, plötzlich aufwachte und nach seiner Mutter rief. Wenn es Bruder Christian gelang, einen Krieger so zusammenzuflicken, dass er aufrechten Schritts das Spital verlassen konnte.

Und manchmal geschahen auch kleine Wunder. Dass einer das Wundfieber überlebte oder zwar seinen Arm verlor, nicht jedoch das Leben. Daran hielt Emme sich fest. Sie wollte dem Tod nicht ins Gesicht sehen. Nur dem Leben. Und unter dem Segel war das nur möglich, wenn sie vor dem Tod den Blick abwandte.

Abends war sie immer ganz erschöpft und still, und sie hörte kaum zu, was Robert und Raimund erzählten. Manchmal kam Friedrich de Akkon und brachte von irgendwoher Fleisch. Einmal bekamen sie Orangen, merkwürdige Früchte, deren Säure beim Kauen einer erfrischenden Süße wich.

Es ereignete sich also nicht viel, obwohl Raimund behauptete, doch, es bahne sich Gewaltiges an, denn Richard von England bereite den Sturm auf Akkon vor. Er setze sich entschlossen gegen andere Herrscher wie den österreichischen Herzog durch, die allesamt genauso viel Einfluss ausüben wollten wie er.

»Seine größten Feinde sitzen an seiner Tafel und widersprechen seinen taktischen Überlegungen«, grollte Raimund. »Sogar mein König kennt nur ein Wort, wenn Richard einen Vorschlag macht: *Non.*«

Die Stimmung war gereizt, und Emme zog sich umso lieber bald zurück. Radegund, die sie an den ersten Tagen ins Spital begleitet hatte, blieb inzwischen mit Hanno bei den Zelten. Der Kaplan tat sich mittlerweile hervor, indem er auf bewundernswerte Weise das Lebensnotwendige für sich und seine Gefährten besorgte. Dafür tauschte er alles ein, was sie nicht länger benötigten, oder bot seine Dienste als Beichtvater oder Priester an.

Tag für Tag brandete der Lärm von den Stadtmauern herüber. Nacht für Nacht hörte Emme, wenn sie wach auf ihrer Matte lag, die Schreie der Sterbenden, die vor der Mauer Akkons zurückgelassen worden waren. Die Schreie begleiteten sie bis in den Schlaf.

Sie wusste nicht, wie lange sie das noch ertrug. Immer wieder hieß es, man habe eine Bresche in die Mauer geschlagen, doch stets folgte diesen Erfolgen ein Rückschlag in Form eines Angriffs durch Saladins Krieger im Rücken der Christen, und mit jedem dieser Angriffe konnten die Menschen in der Stadt die Lücke in ihrer Verteidigungslinie schließen.

Emme verstand nicht viel vom Kriegshandwerk oder von taktischen Überlegungen. Aber dass das christliche Heer in einer misslichen Lage war, weil es zwischen der Stadt und Saladins Streitmacht zerdrückt wurde, verstand sie. Es gab Tage, an denen die Kreuzritter an zwei Fronten kämpfen mussten. Und Raimund erzählte ihr, diese Kämpfe, die so viele Verletzte und Todgeweihte in das Spital spülten, seien kaum mehr als Scharmützel. Der große Sturmlauf auf Akkon stünde erst noch bevor.

Es war ein heißer Julimorgen, als im Lager das Gerücht umging, die Stadt habe die Übergabe angeboten. Stundenlang sprach jeder davon, es sei nun bald vorbei, lange könne es nicht mehr dauern, und sogar die Schwerverletzten befanden sich in einer merkwürdigen Hochstimmung. An diesem Tag starben im Spital nur wenige. Auch Emme war von dem Gefühl der Erleichterung beseelt, und ihre Füße schmerzten nicht mehr so sehr wie an anderen Tagen; die Hitze machte ihr nicht so zu schaffen wie sonst. Es gelang ihr sogar, kleine Scherze zu machen, und einer der Krieger sagte ihr, sie sehe so schön aus, wenn sie lächle.

Mancher malte sich schon aus, wie die Kreuzritter in Akkon einzogen. Wie hübsche Frauen die Straßen säumten und Kinder Blütenblätter auf sie herabwarfen. Emme bahnte sich einen Weg durch das Spital. Lächelnd lauschte sie den Träumen der Ritter, aber sie bezweifelte, ob die Stadt ihren Feinden nach zwei Jahren Belagerung wirklich einen so herzlichen Empfang bereiten würde.

Andere gab es, die verkündeten bereits, was sie in der Stadt zu rauben gedachten. Sie flüsterten von Schätzen, und mit jeder Stunde wurden die Reichtümer größer, die jeden Einzelnen erwarteten.

Als Emme am Abend das Spital verließ, glaubte sie bereits, sie nehme für immer von diesem Ort Abschied. Wenn Akkon an diesem Tag noch kapitulierte, dann wäre doch auch Saladin geschlagen. Konnten sie dann nicht zu ihm gehen und um Ludwigs Freigabe bitten?

Radegund kam ihr entgegen, als Emme die leichte Anhöhe zum Ölbaum hinaufstieg. Auf halbem Weg blieb sie stehen und atmete, die Hand ins Kreuz gedrückt, tief durch.

»Herrin! Es ist so schrecklich!«

Sofort waren alle ihre Sinne hellwach.

»Was ist geschehen?«

»Euer Onkel kam gerade. Der König hat das Angebot der Übergabe Akkons abgelehnt!«

Emme starrte Radegund an. Dann stürmte sie das letzte Stück des Wegs hinauf und stürzte auf Friedrich zu, der mit verschränkten Armen bei Robert und Raimund stand. »Ist es wahr?«, rief sie. Ihre Stimme überschlug sich. »Warum tut er das?«

Friedrich wandte sich zu ihr um. Seine sorgengefurchte Stirn glättete sich, und ein Lächeln erhellte sein Gesicht. »Emme! Geht es dir gut?«

Sie stemmte die Hände in die Seiten. »Sag schon! Ist es wahr, dass Richard Akkons Angebot ausgeschlagen hat?«

Robert trat ihr entgegen. Er schüttelte leicht den Kopf und fasste sie am Arm, doch Emme schüttelte ihn ab. »Warum tut er das?«, wollte sie wissen. »Warum nimmt er die Stadt nicht einfach ein, wenn sie sich ihm schon darbietet?«

Wortlos hob er die Schultern, schob sich an ihr vorbei und verschmolz mit der Dunkelheit.

Emme starrte ihm nach. Ihr fiel wieder ein, was Radegund ihr in der stürmischen Nacht an Bord des Schiffs erzählt hatte. Dennoch hatte sie beschlossen, Robert zu glauben. Ihm zu vertrauen. Aber manchmal war er ihr merkwürdig fremd. Aber nur er konnte ihr Ludwig zurückbringen. Sie *musste* ihm vertrauen.

»Robert!«, rief sie.

Er blieb stehen, und sie lief ihm nach. Die Gedanken, die ihr eben noch durch den Kopf gewirbelt waren, brachen sich Bahn, und die Worte sprudelten nur so aus ihr heraus.

»Ist es wahr … Hast du Radegund aufgetragen, mich auszuspionieren?«

»Hat sie das so gesagt? Sie solle für mich *spionieren*?«

Emme schwieg.

»Wem glaubst du?« Ganz nahe trat er an sie heran. »Einer Magd, die ihrem Herrn weggelaufen ist und auch dich monatelang hintergangen hat? Oder dem Mann, der dir allen deinen Fehlern zum Trotz einen Ausweg bietet in auswegloser Lage? Einer Hure, die sich jedem an den Hals wirft, oder einem ehrbaren Ritter, der sich einer Edelfrau annimmt, die einen schrecklichen Fehler begangen hat?«

Er stand dicht vor ihr, und seine Gestalt wirkte plötzlich so bedrohlich, dass Emme unwillkürlich einen Schritt zurückwich.

»Du machst mir Angst«, flüsterte sie.

»Ach so, Angst mache ich dir. Weißt du eigentlich, was Angst ist? Weißt du, wie's ist, da draußen zu kämpfen, ums eigene Leben und um die Sache Gottes? Du hast keine Ahnung!«

Er schob sich an ihr vorbei und stapfte davon.

Emme lief ihm hinterher.

»Du hast mir die Frage nicht beantwortet!«, rief sie.

»Gib dir die Antwort doch selbst!«, brüllte er über die Schulter zurück. »Wenn du ihr glaubst, habe ich dir nichts mehr zu sagen.«

Die Nacht verschluckte ihn. Emme blieb stehen, und in ihrem Leib machte sich ein unangenehmes Ziehen bemerkbar. Sie wartete, doch seine Schritte verhallten, und dann hörte sie nur noch die Geräusche des Feldlagers ringsum. Betrunkene Krieger grölten mit rauen Stimmen, Frauen kreischten. In dieser Nacht, da es nichts zu feiern gab, suchten die Männer Trost im Schoß der Huren und im sorgsam aufgesparten Wein, mit dem sie den Sieg hatten feiern wollen.

Sie sank auf die Knie. Der Schmerz kam in Wellen, und sie presste die Hände auf den Leib, der sich merkwürdig hart anfühlte. »Lass mich nicht im Stich!«, flüsterte sie und wusste nicht, ob sie Robert oder das Kind meinte.

Radegund fand sie und half ihr zurück zu den Zelten. Bei jedem Schritt jammerte sie leise, und Radegund schickte sogleich Hanno zu den mildtätigen Brüdern des Spitals, um bestimmte Kräuter zu erbitten. »Melisse, Johanniskraut, Hopfen, Thymian«, trug sie ihm dreimal auf. Er stolperte davon und hatte doch, so war zu befürchten, gleich wieder die Hälfte vergessen.

»Ihr müsst ausruhen«, befahl Radegund. »Es ist zu früh fürs Kind, es darf jetzt noch nicht kommen. Legt Euch hin, Herrin.«

Emme gehorchte. Sie spürte selbst, dass ihre Zeit noch nicht gekommen war.

Aber wie sollte sie ausruhen? Robert war fort, in der Nacht verschwunden, und ein Gefühl sagte ihr, dass er nicht zurückkäme, wenn sie ihn brauchte.

Für jene, die keine Freunde im Feldlager hatten, war es schwer.

Das merkte Berengar jeden Tag aufs Neue. Ragna und er hatten nach gefahrvoller Reise mit einem Seelenverkäufer von Schiff endlich die Küste südlich von Akkon erreicht und waren mit den Reihen der Christen verschmolzen. Zehntausende strömten Tag für Tag zur Mauer oder in entgegengesetzte Richtung zum Lager der Sarazenen, um gegen die Feinde zu kämpfen, und Abend für Abend schleppten sich dieselben Männer erschöpft zurück, blutend und zerschunden. Doch das hinderte sie nicht, am nächsten Morgen von Neuem anzugreifen. Welle um Welle brandete gegen Akkons Mauern und höhlte sie allmählich aus.

Dieser Krieg fand ohne den Bassunviller statt.

Er schlich durch das verlassene Lager und suchte Emme. Jede Zeltreihe lief er ab, er spähte in jede Ecke, suchte bei den Spitalbrüdern wie auch bei den großen bunten Zelten in der Mitte des Lagers, in denen die hohen Herren residierten. Es hätte ihn nicht gewundert, wenn sie auch Männer von hohem Stand in ihren Bann gezogen hätte. Stets war Ragna an seiner Seite, die er nicht an ihrem Schlafplatz zurücklassen wollte. Sie gewöhnte sich daran, dass die wenigen, die sich tagsüber im Lager herumtrieben, ihr nachpfiffen oder sie zu locken versuchten, weil sie glaubten, Berengar führe sie all jenen zu, denen es in der Hitze zu kalt war auf der eigenen Schlafmatte.

»Wenn wir nur deine Emme finden, will ich das alles gern aushalten«, flüsterte sie, als ein Kerl erst auf sie zuwankte und sich dann vor ihren Füßen erbrach. Der Himmel mochte wissen, wie der Mann in derart kargen Zeiten an Wein gekommen war, um sich daran zu berauschen, statt mit seinen Gefährten zu kämpfen.

»Wir sollten sie nur bald finden«, murmelte Berengar. »Wenn Akkon fällt, ist es zu spät. Dann bricht hier die Hölle los.«

Beide sprachen nicht aus, was sie dachten. Akkon würde fallen, nur noch wenige Tage mochte es dauern, nachdem Richard von England am Tag zuvor das Angebot zur Kapitulation rundheraus abgelehnt hatte. Derweil hatte er verkünden lassen, die Bedingungen dieser Kapitulation hätten Gott und all jene gelästert, die für Akkon ihr Leben geopfert hätten.

Also waren am frühen Morgen die Kämpfe unvermindert wieder aufgenommen worden.

»Und wenn wir Saladin einfach aufsuchen?«, fragte Ragna plötzlich. »Wenn wir Ludwig freikaufen, bevor Akkon fällt?«

Eine Möglichkeit, über die Berengar auch schon nachgedacht hatte. Doch sooft er mit diesem Gedanken spielte, verwarf er ihn gleich darauf wieder. Allein hätte er's gewagt – aber mit Ragna zusammen? Es wäre für sie zu gefährlich gewesen, gleichgültig, ob er sie mitnahm oder im Lager zurückließ.

»Wir müssen Emme finden«, murmelte er. »Wir müssen sie finden, und du musst ihr deine Geschichte erzählen.«

Emme stand am Eingang zum Spital, trank Wasser aus einem Becher und versuchte die Unruhe niederzukämpfen, die mit jedem Tag größer wurde. Die Kräuter, die Hanno in Radegunds Auftrag besorgt hatte, hatten die vorzeitigen Wehen eingedämmt, und nach wenigen Tagen fühlte sie sich wieder so wohl wie vorher, weshalb sie wieder ins Spital ging.

Sieben Tage waren vergangen, seit Richard die Kapitulation abgelehnt hatte. Sieben Tage, seit Robert verschwunden war.

Sieben Tage, in denen sich ein unaufhaltsamer Strom Todgeweihter in das Spital schleppte. Inzwischen war es so überfüllt, dass die Leichtverletzten im Hof an der Außenwand hockten, bis sie Platz im Innern fanden. Oder einer der mildtätigen Brüder Zeit fand, sie kurz zu behandeln und sie anschließend wieder fortzuschicken.

Radegund und Hanno begleiteten Emme inzwischen auf Schritt und Tritt. Sie wussten nicht, wohin mit sich, und so blieben sie zusammen, falls etwas passierte. Falls die Sarazenen ins Feldlager einfielen.

Raimund oder ihr Onkel Friedrich sahen manchmal nach Emme. Aber beide konnten nichts für sie tun, außer zu hoffen, dass ein Wunder geschah. Denn mit Robert war auch das versprochene Geld verschwunden und damit jede Hoffnung auf Ludwigs Rettung.

Von den zahlreichen Teilnehmern der Reisegruppe waren nur Emme, Radegund und der Kaplan übrig geblieben.

Es war, als bewegten sie sich auf der Schneide eines Dolchs und drohten in einen Abgrund zu stürzen oder von dem Messer zerteilt zu werden.

»Was sagen jene, die von der Mauer kommen?«, fragte Emme den Kaplan.

Der schüttelte nur müde den Kopf. »Zu wenig. Mancher behauptet, es sei bald vorbei, aber ob für uns oder für die Feinde, das vermag keiner zu sagen.«

Radegund hockte am Boden. Sie hatte versucht, Emme zu unterstützen, hatte aber schon bald wieder aufgeben müssen. Ihr werde vom Gestank des Todes übel, erklärte sie.

Emme verstand ihre Zofe nur allzu gut. Ihr allerdings half die Arbeit, nicht ständig nachdenken zu müssen. Sie war dankbar für die Aufgabe.

Hanno hingegen begleitete Emme immer wieder in das

brütend heiße Spital. Er ging von Matte zu Matte, spendete Trost und nahm jenen, die den Tod nahen fühlten, die Beichte ab. Er war ganz grau im Gesicht, wenn er nach Stunden aus dem erhitzten Chaos unter dem Segel wieder auftauchte. Emme konnte es ihm nachfühlen. Es war so schwer, den vielen Männern beim Sterben zuzusehen.

Sie trank einen letzten Schluck und betrat wieder das Spital. Inzwischen ermüdete sie immer schneller.

Radegund blieb draußen sitzen und fragte die Kommenden, ob es Neues gebe vom Kampf. Die meisten schüttelten stumm den Kopf. Wer es bis hierher geschafft hatte, wollte nicht länger über das Morden nachdenken.

Emme wusste nicht, wie viel Zeit verging, während sie die Verwundeten betreute. Als Radegund plötzlich hinter ihr stand, hatte sie das Gefühl, aus großer Höhe zu Boden zu stürzen.

»Ich hab ihn gesehen, Herrin.«

»Wen hast du gesehen?« Zerstreut starrte Emme auf den Mann, der vor ihr auf der Matte lag. Inzwischen konnte sie kaum mehr tun, als die Wunden mit Wasser zu reinigen oder mit Tüchern abzudecken. Sofern sie Wasser und Tücher hatte.

»Euren Bassunviller! Er ist hier im Lager, und er lief geradewegs zur Mauer.«

Ruckartig hob Emme den Kopf. »Ach wo, das hast du dir nur eingebildet! Ich sehe ihn auch ständig, wusstest du das?«

Manchmal glaubte sie ihn in einem der Schwerverletzten wiederzuerkennen, und dann setzte ihr Herz jedes Mal aus, bis der Mann sprach oder sich bewegte und die Illusion zerstob.

»Nein, ich bin sicher, dass er's war! Erinnert Ihr Euch an Tripolis? Genau wie dort sieht er immer noch aus. Nur der Bart ist länger geworden, aber sonst ist er Euer Bassunviller.«

Seit Tripolis hatte sie sich den Gedanken an Berengar verboten. Sie hatte sich angewöhnt, seinen Namen nicht einmal mehr stumm auszusprechen. Und wenn sie sich doch wieder in der Erinnerung an ihn zu verlieren drohte, dann schloss sie die Augen und stellte sich vor, wie Robert damals vor ihr gekniet hatte. Auf Ravensberg. Sie hatte es zu der Zeit noch nicht gewusst, aber auf ihn hatte sie bauen können. Er hatte sogar Radegund auf seine Seite gezogen, hatte auf Emme aufpassen lassen, erst heimlich, später ohne jede Heimlichtuerei, weil er sich um sie und das Ungeborene sorgte.

Und jetzt war er fort, weil sie seine guten Absichten bezweifelt hatte. Sie hatte ihn vertrieben mit ihrem ewigen Misstrauen.

Wenn Berengar aber im Lager war …

»Ob er's ist oder nicht – dieser Mann ist mir völlig gleichgültig.«

Sie erhob sich schwerfällig und trat zum nächsten Siechen, sank auf die Knie und nahm seine Hand. Die Finger waren ihm abgehackt worden, und sie griff ins nackte Fleisch. Vor Entsetzen musste sie würgen. Der Mann lag im Fieberwahn, sonst hätte er vor Schmerzen gebrüllt.

»Herrin, hört mir doch zu! Er lief zur Mauer, in Waffen!«

»Und?« Sie erhob sich wieder. Hier konnte sie nichts mehr ausrichten. Zudem hatte sie das Gefühl, der Boden unter ihren Füßen gebe nach. Sie klammerte sich an Radegund.

»Was ist, wenn er im Kampf stirbt?«, fragte Radegund leise. Sie hielt den Kopf gesenkt.

»Dann ist es mir auch einerlei«, log Emme.

Sie wandte sich dem nächsten Verletzten zu. Er flehte sie an, einen Priester zu holen, damit er ein letztes Mal seine Sünden beichten konnte. Emme richtete sich auf und blickte sich suchend nach Hanno um. Radegund zupfte sie am Ärmel. »Ich hol ihn.«

Sie verschwand.

Emme kauerte neben dem Mann nieder. Er sah gar nicht so schwer verletzt aus, stellte sie fest. Aber seine Wangen unter dem Bart waren eingefallen, sein Gesicht war aschgrau. Sie kannte die Zeichen des Todes.

Daran würde sie sich nie gewöhnen.

Was ist, wenn er im Kampf stirbt?

Radegunds Worte gingen ihr nicht aus dem Kopf.

Jeden Tag brachen Raimund und auch ihr Onkel von Neuem auf, um zu kämpfen. Natürlich fürchtete sie, einer von ihnen könne im Lauf des Tages mit einer Verwundung unter das rettende Segel des Spitals stolpern, und sie müsse miterleben, wie er dahinsiechte. Und da der Tod ihr ständiger Gefährte war, wusste sie, dass sie damit rechnen musste.

Die Vorstellung allerdings, dasselbe könne Berengar widerfahren …

Sie wankte. Stützte die Hände vor sich auf den Boden, beugte sich vor und versuchte die Panik niederzukämpfen, die sich in ihr ausbreitete. Sie blickte auf, als jemand neben ihr niederkniete.

Hanno berührte leicht ihren Arm und zog die Hand sofort wieder zurück. »Ihr seht nicht gut aus.«

»Radegund …« Sie seufzte. »Sie erzählt, der Herr de Bassunville sei hier. Er ist auf dem Weg zur Mauer, und ich dachte nur …«

Hanno nickte. Er beugte sich über den Sterbenden, und Emme erhob sich schwerfällig, während die beiden Männer miteinander flüsterten. Sie blieb in einiger Entfernung stehen und schlang beide Arme um den gerundeten Leib. Ihr war plötzlich kalt, und sie beschloss, den grünen Mantel zu holen, den sie in einem Verschlag zusammen mit ihrem Bogen verwahrte. In dem Verschlag ruhten die mildtätigen Brüder sich von ihren Pflichten aus.

Doch auch der Mantel wärmte sie nicht. Sie stand im

Schatten vor dem Spital, zitterte und wartete, dass dieses Zittern verging.

Da sah sie ihn.

Im ersten Augenblick war es bloß der Gedanke, der in ihr aufblitzte – dass der Mann dort vorn, der im staubweißen Mantel und mit Helm eiligen Schritts zur Mauer unterwegs war, ihm ähnlich sehe. Und dann war sie wieder ganz sicher. Er war's.

»Berengar!«

Er wandte sich nicht um. Emme trat einen Schritt vor, doch etwas hielt sie zurück. Sie wartete, rief ihn noch einmal an. Einige Umstehende warfen ihr neugierige Blicke zu, aber sie achtete nicht darauf. Der Wahnsinn hauste im Spital, da musste man nicht immer hinschauen.

Sie zögerte. Blickte ihm nach, wie er zielstrebig davoneilte.

Dann packte sie den Bogen und ihre Pfeile und rannte los, so rasch es ihr Zustand zuließ. Dabei fingerte sie eine Sehne aus dem Beutel und hielt nur kurz inne, um diese aufzuspannen, ehe sie weiterlief. Schon bald geriet sie außer Atem, denn längst war sie nicht mehr so ausdauernd wie vor der Schwangerschaft. Als sie ein Ziehen im Leib verspürte, blieb sie abermals stehen und holte tief Luft.

Sie sah ihn. Er kämpfte sich vor, Pfeile prasselten von der Mauer auf ihn nieder, und er hielt seinen grünen Schild hoch über dem Kopf. Die Stadtbewohner auf den Zinnen beugten sich vor, schossen ihre Pfeile ab und duckten sich sogleich wieder. Belagerungsmaschinen rollten auf die Mauer zu, Felsbrocken schnellten von den Katapulten und ließen Steine von der Mauer herabregnen. Die Bemühungen der Kämpfer konzentrierten sich auf einen bestimmten Mauerabschnitt. Durch das Stadttor, das sich sogleich wieder hinter ihnen schloss, strömten Kämpfer aufs Schlachtfeld und stürzten sich in den blutigen Kampf Mann gegen Mann.

In diesem Augenblick erst bemerkte Emme, dass sie in gefährliche Nähe zu der Mauer geraten war. Sie nahm einen Pfeil, spannte ihn auf und hielt unvermittelt inne.

Sie hatte noch nie einen Menschen getötet. Noch nie.

Der Pfeil schoss davon.

Hatte sie getroffen? In dem Durcheinander ließ sich das kaum feststellen, denn schon prasselte die nächste Salve auf die Kämpfer nieder.

»Aus dem Weg!« Ein gewaltiges schweres Gefährt wurde an ihr vorbeigerollt. Sie sprang zur Seite und zog die Kapuze des grünen Mantels tiefer ins Gesicht. Der Hauptmann wedelte mit der Hand. »Verschwinde zu deinen Kameraden! Was hast du hier zu suchen?«

Emme wich zurück. Plötzlich schlossen sich die Reihen der Kämpfenden um sie, und sie hatte Berengar aus den Augen verloren. Jemand packte sie am Arm und zog sie mit sich, und ehe sie sich versah, stand sie zwischen anderen Bogenschützen in loser Formation. Vor ihr lag ein Berg aus Pfeilen.

»Ich bin nicht …«, wollte sie protestieren, aber ihr Nebenmann fuhr zu ihr herum und versetzte ihr einen Stoß.

»Hier ist keiner irgendwas! Wir sind nur die Bogen, die wir abschießen. Und jetzt los! Zeigen wir's dem Heidenpack!«

Zögernd hob Emme ihren Bogen. Sie war nicht hergekommen, um zu töten. Sie war hergekommen, weil sie zu Berengar wollte. »Mach schon!«, knurrte der Krieger neben ihr und drückte ihr einen Pfeil in die Hand. »Oder kannst du das nicht mit deiner fetten Plauze?«

Sie atmete tief durch. Dann spannte sie die Sehne, blickte zum Himmel auf und sandte den Pfeil mit einem stummen Gebet gegen die Mauer.

Ich will niemanden töten, niemanden töten, niemanden töten …

Es war ein betörender Takt, in den die Männer ringsum verfielen. Der Himmel verdunkelte sich mit jeder abgeschossenen Salve, und das Sirren der einzelnen Pfeile vereinigte sich zu einem lauten Rauschen. Sie waren der Feuerschutz für die Belagerungsmaschinen, zielten auf die Fußsoldaten wie auf die feindlichen Bogenschützen, die sich hinter den Zinnen der Stadtmauer duckten. Unnachgiebig rückten die Belagerungstürme vor, während die Katapulte eine Bresche in die Mauer schlugen.

Emme gab sich dem Rhythmus hin. Sie stand in vorderster Reihe, und neben ihr fielen die Krieger, Mann um Mann. Für jeden, der von einem feindlichen Pfeil getroffen worden war, rückte ein anderer nach.

Sie wusste nicht, wie lange das so ging. Irgendwann traten die Bogenschützen wie ein Mann zurück, sammelten sich weiter hinten und schritten zu einer anderen Stelle. Emme hatte nicht mitbekommen, dass es neue Befehle gab, aber sie folgte ihren Kampfgefährten.

Als sie zurückblickte, klaffte in der Stadtmauer eine Lücke, durch die Ritter in die Stadt heineinströmten.

Akkon taumelte und würde bald fallen.

Kapitel 32

Es war Zufall, dass Berengar sie sah.

Nachdem die Bresche in Akkons Mauer geschlagen worden war, wich er langsam zurück. Er wollte nicht in die Stadt hineingezogen werden, die nun von den christlichen Kriegern eingenommen wurde. Die Männer brüllten – sie waren in einen Blutrausch geraten, dem Berengar nicht erliegen wollte.

Darum bewegte er sich rückwärts, und als er sich umwandte, sah er zwischen den zahllosen weißen und von grauem Staub überzogenen Mänteln der Kämpfer etwas Grünes aufblitzen.

Er wusste sofort, dass es Emme war.

Berengar lief los. Immer wieder musste er Kriegern ausweichen, die ihm entgegenkamen. Der Strom derer, die in die Stadt stürmten, schien immer größer zu werden. Jetzt, da Akkon taumelte, wagten sich auch die Feiglinge vor, die bisher in letzter Reihe ausgeharrt hatten.

Er verlor sie aus den Augen. Dennoch stürmte er weiter, und wer sich ihm in den Weg stellte, wurde beiseitegestoßen. Er rief ihren Namen, aber der grüne Mantel, den er immer wieder in den Reihen der Bogenschützen aufblitzen sah, die nach Norden strebten, schien sich immer schneller von ihm zu entfernen.

Er hielt einen Reiter an, der auf dem Weg zur Stadtmauer war, indem er dem Pferd einfach in die Zügel griff und sich mit seinem ganzen Gewicht daranhängte. Das Tier scheute, kam zum Stehen, und der Reiter fiel fast aus dem Sattel. Berengar kannte den Burschen, er gehörte zu den Boten, die ständig zwischen der Mauer und den Zelten der Herrscher hin- und herritten, um Nachrichten und Befehle weiterzugeben. Berengar zerrte den Mann aus dem Sattel, schwang sich auf den Braunen, der sich ihm gehorsam fügte, und lenkte ihn nach Norden.

Das empörte Schreien des Burschen überhörte er geflissentlich. Sollte der doch zu Fuß weiterkommen!

Vom Pferderücken aus hatte er eine bessere Sicht. Zweihundert Bogenschützen rannten einige Hundert Schritte vor ihm über die Hochebene, durchquerten das Lager auf einem breiten Weg. Sie strebten zur anderen Frontlinie, da man damit rechnete, dass Saladin, sobald Akkon taumelte, den Christen in den Rücken fallen und ihre Befestigungsanlagen im Norden stürmen werde.

Berengar atmete auf. Vielleicht war es tatsächlich Emme, die im grünen Mantel inmitten der Bogenschützen nach Norden eilte. Er hegte kaum Zweifel daran, kannte er doch ihr störrisches Temperament. Außerdem schien sie seinen Mantel zu tragen. Und so hoffte er, sie abfangen zu können, sobald die Bogenschützen auf die aufgeschütteten Wälle der christlichen Befestigungsanlage kletterten, die das Feldlager vor Saladins Streitmacht im Norden schützte. Diese waren von Wachtürmen und Palisadenzäunen gesäumt.

Doch zu seinem Entsetzen bestiegen die Bogenschützen nicht die Wälle, sondern hielten auf das Tor zu, das sich vor ihnen öffnete.

Er hieb dem Pferd die Fersen in die Flanken, beugte sich tief über dessen Hals und folgte den Bogenschützen im Galopp. Er erreichte sie, als sie sich bereits formierten.

»Emme!«, brüllte er. »Emme!«

Niemand beachtete ihn.

Vor dem Feldlager war eine zweite Schlacht entbrannt.

Er beobachtete das Geschehen, war aber zu weit weg, um eingreifen zu können, als sich die Zange der sarazenischen Kämpfer um die Speerspitze der Bogenschützen schloss. Er erinnerte sich, dass sich Emme weit vorn befunden hatte, zumindest hatte er sie dort zuletzt gesehen. Von beiden Seiten durchpflügten die Sarazenen die Reihen der christlichen Bogenschützen, und unversehens traten jene, die noch einen Funken Verstand besaßen, den Rückzug an. Für die Hälfte von ihnen aber kam jede Hilfe zu spät.

Sie waren eingeschlossen, und mit ihren Waffen waren sie gänzlich ungeeignet, sich im Nahkampf zu wehren. In Panik flohen die restlichen von ihnen, ihr Hauptmann brüllte noch etwas, doch konnte er nicht verhindern, dass seine Männer sich wieder hinter den Wall zurückzogen.

Der Mann war ein Dummkopf, dass er Bogenschützen auf diese Weise in den Kampf führte. Ein Dummkopf oder ein Wahnsinniger.

Berengar vermutete Letzteres.

Aber ihm blieb keine Zeit, darüber nachzudenken. Er trieb den Braunen zum Galopp an, zog sein Schwert und stürzte sich in den Kampf.

Ein sanftes Plätschern drang in ihr Bewusstsein. Sie glaubte an einen Traum. Sie drehte sich auf die andere Seite, und ihre Hand fuhr über das weiche Laken, auf dem sie lag.

Sie lächelte. Oh, so gut hatte sie nicht mehr gelegen, seit sie Antiochia verlassen hatte. Das fühlte sich wirklich gut an, und sie beschloss, einfach wieder einzuschlafen. Denn wenn sie aufwachte, wäre sie wieder im Feldlager, und dann müsste sie nachts auf nacktem Boden liegen, lediglich in Berengars grünen Mantel gehüllt …

Dann hörte sie ein Kichern und Stimmen, die miteinander flüsterten. Aber die Sprache war ihr gänzlich unbekannt, und so schlug sie die Augen auf und sah sich um.

Über ihrem Kopf blähten sich die Zeltbahnen. Sie drehte sich auf die Seite.

Die Pracht in dem Zelt übertraf sogar den Palast von Antiochia. Unzählige bestickte Kissen, Decken, Polster und reich verzierte kleine Möbel verstellten jeden freien Platz im Zelt, das mindestens fünfmal so groß war wie jenes, in dem sie seit Wochen mit Radegund nächtigte. Zwei junge Frauen kauerten am Fußende ihres Lagers am Boden. Sie trugen keine Schuhe, aber Gewänder aus wertvollen Seidenstoffen, und die Haare waren von Schleiern bedeckt. Sie lächelten Emme an, als sie sich aufrichtete und nach allen Seiten umblickte.

»Wo bin ich?«, fragte sie verwundert. »Was ist geschehen?«

Eine der beiden Frauen erhob sich geschmeidig. Sie trat an die Bettstatt, deutete auf Emmes Schulter und sagte etwas.

Emme hob die Linke, und ein stechender Schmerz fuhr ihr durch den Arm. Sie blickte an sich hinunter. Nach wie vor trug sie Hemd und Beinlinge, beides so schmutzig, dass sie sich schämte, auf dem blütenweißen Laken zu liegen. Mit der Rechten berührte sie vorsichtig den Verband um die Schulter.

»Was ist geschehen?«, wiederholte sie, aber wieder redete die Frau in einer fremden Sprache auf sie ein.

Wo war sie? Im Christenlager jedenfalls nicht. Und das Letzte, woran sie sich erinnerte …

… war der Moment, als von beiden Seiten Sarazenenkrieger auf die Bogenschützen einstürmten. Der Hauptmann brüllte Befehle, die Männer versuchten, ihre Bogen zum Einsatz zu bringen, doch sie standen zu dicht beisammen und behinderten sich gegenseitig. Es war unmöglich, den Bogen zu spannen. Emme wurde von allen Seiten eingezwängt und schlug verzweifelt um sich, bis sich neben ihr plötzlich eine Lücke auftat. Sie stürzte darauf zu, stolperte und fiel zu Boden. Auf allen vieren kroch sie weiter und zog den Kopf tief zwischen die Schultern, machte ihren ganzen Körper rund, um ihr Kind zu schützen.

Als sie sich aufrichtete, stand ein Sarazene vor ihr, das Schwert hoch erhoben. Sein Grinsen wich höchster Verblüffung, als er entdeckte, dass eine Schwangere vor ihm kauerte. Sein Säbel aber sauste bereits nieder, um dem Gegner den Schädel zu spalten, und sie warf sich zur Seite.

Irgendetwas schien den Hieb aufzuhalten, vielleicht war es der Sarazene selbst, der im letzten Augenblick versuchte, sie nicht allzu schwer zu verletzen. Dennoch sank sie getroffen zu Boden, und ihr Blut färbte Sand und verdorrtes Gras rot. Der Schmerz erfasste ihren Körper. Ihre Hand fuhr zum Hals, sie packte den Aureus, schloss die Augen und betete, es möge rasch vorübergehen.

Sie verlor das Bewusstsein, und dann …

Ja, dann erwachte sie in diesem Zelt.

Sie setzte sich auf und betastete ihren Leib. Das Kind trat sie, und Emme seufzte erleichtert auf.

Die Frau beugte sich vor, und ihre Mandelaugen musterten Emme, während sie ihr behutsam die Hand auf den Körper legte und sanft darüberstrich. Sie sagte etwas, summte leise, als wolle sie Emme und das Ungeborene beruhigen.

Verwirrt von dieser liebevollen Geste, wandte Emme den Blick ab. Auf einem Tischchen entdeckte sie ein Tablett mit Speisen und einen Krug. Die Frau, die dem Blick gefolgt war, nickte und erteilte der anderen einen Befehl.

Die trug das Tablett herbei und stellte es neben dem Ruhelager ab. Gestenreich forderte sie Emme auf, sich zu bedienen.

Sie war hungrig und griff herzhaft zu. Alles, was ihr bekannt vorkam, kostete sie, zartes Hühnchen, ungesäuertes helles Brot, sie ließ sich den würzigen Ziegenkäse auf der Zunge zergehen. Nur mit einer Frucht, die in zwei Hälften auseinandergebrochen dargeboten wurde, wusste sie nichts anzufangen. Rote Kerne leuchteten im Innern, und während sie noch überlegte, was davon genießbar sein mochte, machte es ihr die Mandeläugige vor, indem sie einige Kerne aus der Frucht pickte und sich in den Mund steckte.

»Wie ich sehe, seid Ihr wach.«

Emme fuhr herum.

Der Mann im Zelteingang kam ihr vertraut vor, doch erst als er einige Schritte näher kam, erkannte sie ihn.

»Ihr?«, rief sie überrascht. »Dann bin ich also nicht bei den Sarazenen!«

Er gab den Frauen einen Wink. Sie neigten die Köpfe und verschwanden rasch. Raimund de France setzte sich auf einen Hocker. »Doch, Ihr seid bei den Sarazenen. Das habt Ihr schon richtig erkannt.«

»Dann haben sie Euch auch gefangen genommen?«

»Nein, sie haben mich nicht gefangen genommen.« Er zögerte.

»Dann habt Ihr Euch den Weg freigekämpft, um mich hier herauszuholen?« Obwohl es in diesem Zelt gar nicht so unangenehm war, wie sie befand. Aber Gefangene der Sarazenen zu sein war ihr zuwider, wie behaglich es ihr der Feind auch machte.

Lächelnd schüttelte Raimund den Kopf. »Ich musste mir den Weg hierher nicht freikämpfen. Man kennt mich.«

»Ich verstehe nicht …«

»Doch«, erwiderte er. »Ihr versteht sehr wohl, Herrin Emme.«

Sie war wie gelähmt. »Sie sind unsere Feinde«, flüsterte sie. »Ihr könnt doch nicht …«

Er schwieg, und sie war froh, denn mit jedem Wort, das er hinzugefügt hätte, wäre ihr Hass auf ihn noch größer geworden. »Wie …«

»Das ist eine lange Geschichte. Ich könnte sie Euch erzählen, aber ich glaube, jetzt gibt es Wichtigeres zu besprechen.«

Er stand auf. »Kommt, Gräfin von Ravensberg! Euer Bruder erwartet Euch.«

Einen Augenblick lang glaubte sie, er meine Hermann. Sie blickte zu ihm auf, wollte eine Antwort auf ihre unausgesprochene Frage hören. Ging es zu Ende mit ihr? Gedachte man sie zu töten, weil sie gegen die Sarazenen gekämpft hatte?

»Ich wollte doch nur ...«

»Euer Bruder Ludwig, Herrin.« Er beugte sich über sie und fasste sie an den Händen. »Er wird sich freuen, Euch endlich wiederzusehen.«

In der Nacht brannte Akkon. Das Feldlager vor den Toren der Stadt war verlassen. Wer gehen konnte, war zum Plündern aufgebrochen. Dies war die Stunde, da sich die Verheißungen erfüllten, deretwegen so viele Männer Haus und Hof, Familie und Ackerfurche zurückgelassen hatten.

Berengar saß mit dem Rücken an den Ölbaum gelehnt. Er sah nicht, wie die Stadt brannte, wie sich der rote Feuerschein vom schwarzen Himmel abhob. Es brannte so hell, dass sich die Sterne am Himmelszelt in der Schwärze verbargen.

Nichts war ihm von Emme geblieben als eine letzte Erinnerung. Wie sie geschrien und gekämpft hatte. Er hatte gesehen, wie ein Sarazene das Schwert gegen sie erhoben hatte, wie das Schwert auf sie niedergesaust war.

Als der Staub sich gelegt hatte, war sie nicht mehr dort gewesen. Fast alle Bogenschützen waren tot gewesen, von ihrem unfähigen Hauptmann in einen schrecklichen Hinterhalt geführt, warum genau, wusste niemand. Die Überlebenden hatten sich ins Lager zurückgeschleppt, und er hatte unter den Toten nach ihr gesucht.

Radegund brachte ihm einen Krug Wein. Er fragte nicht, woher sie ihn hatte. Aus der der ausgehungerten Stadt war er jedenfalls gewiss nicht gestohlen worden. Dankbar nahm er den Krug entgegen und trank.

Sie setzte sich neben ihn.

»Ich hab sie verraten«, flüsterte sie. »Immer wieder hab ich Eurem Freund verraten, wo sie ist und was sie tut. Er wusste alles, von Anfang an. Aber er hat mir immer gesagt, später blieb Zeit genug, es gegen sie zu verwenden. Ich hab gewusst, dass er ihr Böses will, aber ich hatte so große Angst, er könnt mich verjagen, wenn ich es jemandem verrate. Und jetzt sagt Ihr, sie ist tot …« Sie weinte.

Berengar stand auf. »Wir müssen etwas tun«, befand er. »Gegen Robert. Weißt du, wo er steckt?«

Sie schüttelte den Kopf.

»Dann werde ich ihn suchen.«

Wenn er Emme schon nicht hatte retten können, wollte er wenigstens Robert bestrafen. Und Ludwig freikaufen. Das Gold war noch immer in seinem Besitz. Warum sollte er es nicht so einsetzen, wie Emme es sich gewünscht hatte?

Er stieg die Anhöhe hinunter. Auf dem Weg kamen ihm zwei Gestalten entgegen, ebenso erschöpft und abgerissen wie er. Er hätte Hanno fast nicht erkannt. Er wirkte schlanker und wacher, und als er Berengar sah, stürzte er sich auf ihn. »Wir finden den Herrn von Uppsala nicht«, keuchte er. »Und meine Herrin …«

»Deine Herrin ist tot.« Berengar schob sich an Hanno vorbei. Warum sollte er die Wahrheit verschweigen?

Der zweite Mann packte ihn am Mantel.

»Was wollt Ihr?«, grollte Berengar.

»Ihr behauptet, meine Nichte sei tot?« Das Gesicht des Fremden wirkte aschfahl im roten Feuerschein, und seine Schultern sanken nach vorn. Die Trauer drückte ihn nieder.

»Eure Nichte?«

»Emme von Ravensberg.«

»Von einem Onkel hat sie mir nie erzählt.«

»Es könnte daran liegen, dass sie mir erst in Konstantinopel begegnete. Auch Ihr seid mir dort begegnet, Herr de Bassunville.«

Nun erkannte Berengar ihn. Friedrich de Akkon – der Mann, der über ihn und Emme zu Gericht gesessen hatte.

»Ihr seid ihr Onkel?«

»Diese Geschichte erzähle ich Euch später, wenn es Euch recht ist. Ihr seid der Mann, den sie liebt. Ich finde, wir sollten alle Feindschaft beiseitelassen und uns stattdessen zu ihrer Rettung zusammentun.«

»Emme ist tot«, wiederholte Berengar müde.

»Genau das mag ich nicht glauben. Sie lag nicht bei den toten Bogenschützen, und im Spital habe ich die Verletzten befragt. Sie waren voller Bewunderung für die Frau, die in ihrer Mitte gekämpft hatte. Die Bogenschützin im grünen Mantel, so erzählten sie, hätte ihnen den Sieg geschenkt, wenn nicht ein Sarazene sie niedergeschlagen und fortgeschleppt hätte.«

Er zwang die Hoffnung nieder, die in ihm aufkeimen wollte. »Was habt Ihr vor?«

»Ich suche Saladin auf. Begleitet Ihr mich?«

»Ich habe Besseres zu tun, als mich an eine winzige Hoffnung zu klammern. Ich suche lieber den Mann, der sie in den Tod getrieben hat.«

Robert durfte seiner gerechten Strafe nicht entgehen. Allein das trieb Berengar an.

Kapitel 33

Es war dunkel, und Emme folgte Raimund de France durch das Lager der Sarazenen. Die Krieger verhielten sich still. Der Fall Akkons trübte ihre Stimmung, und die Männer, denen Raimund und sie unterwegs begegneten, machten bereitwillig Platz.

Emme hatte den Mantel um die Schultern gelegt. Ihr war kalt, denn ein frischer Wind wehte vom Meer herauf und trieb beißenden Brandgeruch vor sich her. Ihre Hand umklammerte den Bogen, den Raimund ihr geschenkt hatte. Er hatte ihr erzählt, sie sei ohne Bewusstsein gewesen, als der Sarazene sie herbrachte, doch ihre Waffe habe sie nicht losgelassen.

Manches Augenpaar traf sie voller Neugier, doch sobald die Krieger sie als Frau erkannten, wandten sie die Blicke ab oder neigten die Köpfe, als wollten sie Emme damit ihre Hochachtung bekunden.

»Sie starren mich an«, flüsterte sie.

»Das ist kein Wunder. Schon vergessen, Ravensbergerin? Ihr seid eine Legende, nicht nur bei den Christen.«

Er schritt ihr voran. Ein roter Teppich führte in das Innere eines großen Zelts. Emme zögerte.

»Euch geschieht nichts«, beruhigte Raimund sie. »Kommt!«

Im Zelt herrschte das rotgoldene Licht von Öllampen und Kohlefeuern. Emme blinzelte.

Vor dem Stuhl in der Mitte des Raums, auf dem ein Sarazene saß, kniete eine Gestalt, die ihr den Rücken zuwandte. Schmal und klein wirkte dieser Mann. Als er sich zu ihr umwandte, schrie Emme erstickt auf. Sie stürzte nach vorn.

Ludwig wurde von ihr fast umgerissen. Sie umarmte ihn,

ohne auf die Umstehenden zu achten, kauerte vor ihm nieder, betastete sein glatt rasiertes Gesicht, sein feines dunkles Haar und fuhr ihm mit beiden Händen über den Körper. Er trug sarazenische Kleidung, doch die Fremdheit verschwand sogleich und wich der unbändigen Freude, ihn wohlbehalten wiederzusehen.

»Ludwig«, flüsterte sie und schmiegte das Gesicht an seine Schulter. Er roch fremd und doch vertraut, und sie weinte und lachte gleichzeitig. Und dann wollte sie ihm alles auf einmal erzählen, von Hermann, von der langen Reise, von Berengar und von dem Kind. Die Worte überstürzten sich in ihrer Hast, sie verhaspelte sich und stotterte.

»Schsch«, machte er. Seine Hand berührte ihre Schulter, und sie zuckte zurück.

»Du bist verletzt.« Seine Stimme klang rauer als in ihrer fernen Erinnerung. Er wandte sich an den Sarazenen. »Sie ist verletzt! Davon habt Ihr nichts erwähnt.«

»Ihr könnt froh sein, dass sie nicht tot ist, Ravensberger«, bemerkte der Mann.

Emme starrte den Fremden an. Der Schmerz trieb ihr Tränen in die Augen, die sie verzweifelt wegblinzelte. Sprach der Sarazene tatsächlich ihre Sprache?

»Sie sieht mich an, als wisse sie nicht, wer ich bin.« Er stand auf und kam langsam näher. »Das ist nicht gerecht, schließlich weiß ich, wer Ihr seid, Emme von Ravensberg. Man nennt mich Salah-ad Din Yusuf bin Ayyub.« Er verneigte sich.

»Saladin«, hauchte sie. Er streckte ihr die Hand entgegen, und sie ließ sich von ihm aufhelfen.

»Und Ihr seid die legendäre Bogenschützin, die Rose der Kreuzritter. So blühend schön ...«

Sie antwortete nicht.

»Ich vermute, Ihr habt ähnlich viele Geschichten über mich gehört wie ich über Euch.«

»Von diesem Verräter habt Ihr diese Geschichten, vermute ich.« Sie fand ihre Stimme wieder und wandte sich zu Raimund um, der neben Ludwig stand. Beide waren groß gewachsene Ritter, doch den einen beugten die Entbehrungen nieder, wohingegen der andere sich stolz seiner schändlichen Taten brüstete.

»Stimmt es denn nicht, dass Ihr Euch an der Spitze einer Hundertschaft Bogenschützen mutig in den Kampf gestürzt habt? Und dass Ihr nur aufgehalten wurdet, weil meine Männer sich den Euren in den Weg stellten?«

Emme schüttelte den Kopf. »So war es nicht«, sagte sie leise. »Ich bin nur eine Frau und nicht einmal besonders mutig. Ich will doch nur meinen Bruder wohlbehalten nach Hause begleiten.«

»Das soll Euch auch gestattet werden. Aber vorher – ich hoffe, Ihr versteht das – möchte ich mit Euch sprechen.«

Er führte sie in den hinteren Teil des Zelts. Raimund de France und Ludwig folgten ihnen. Sie fühlte die Nähe ihres Bruders, der sich dicht an ihrer Seite hielt, merkte auch, wie ein Wächter ihn packte und nach hinten riss. Wahrscheinlich sollte er dem Herrscher nicht zu nahe kommen.

»Lass nur! Der Ravensberger wird mir nicht an die Gurgel gehen, solange sich seine bezaubernde Schwester in meiner Obhut befindet.«

Obhut bedeutete wohl Gefangenschaft.

Sie setzten sich auf den Boden, auf weiche Kissen. Polster stützten den Rücken, und auf einen Wink Saladins hin eilten Sklaven herbei und servierten Platten und Schüsseln, als hätten sie nur darauf gewartet.

»Esst!«, forderte er sie mit jener gefährlich leisen Stimme auf, der sie nichts entgegenzusetzen hatte.

Gehorsam griff sie zu, obwohl sie bereits gegessen hatte. Aber sie war schon wieder hungrig und beobachtete, wie auch Ludwig von den Speisen nahm. Er aß wie ein Vögelchen, brach Brotkrumen ab und schob sie in den Mund, kaute bedächtig und trank in kleinen Schlucken von dem Wasser, das gereicht wurde.

Er sah aus, als habe er gehungert.

Seine Augen lagen in tiefen Höhlen und hatten ihren Glanz verloren. Das Gesicht wirkte verhärmt, die Arme waren dünn wie die eines Kinds. Jede Bewegung schien ihn zu schmerzen. Er blickte zu ihr herüber, und als er lächelte, sah sie, dass ihm Zähne fehlten.

Emme konnte nicht länger hinsehen.

Es war ihm schlecht ergangen, und sie war in großer Sorge um ihn.

Sie aßen schweigend. Auch Raimund und Saladin griffen zu. Sie legten einen gesunden Appetit an den Tag, und nachdem er seinen ersten Hunger gestillt hatte, wandte Saladin sich an Raimund.

»Was geht vor im Lager der Christen?«

Emme sog scharf die Luft ein. »Müsst Ihr mit dem Verräter ausgerechnet hier und jetzt sprechen?«

Er wandte sich ihr zu. Sein Lächeln war so gütig, dass sie einen Hinterhalt vermutete. »Wann denn sonst?«, fragte er sanft. »Es stört Euch doch nicht, oder?«

»Doch, es stört mich. Wenn Ihr ihn schon zum Verräter macht, dann wenigstens, wenn ich nicht mit anhören muss, wie er seine Landsleute verrät.«

Sie warf den Hähnchenschenkel auf den Teller und wischte sich die Finger nachlässig am Gewand ab.

»Ah, das ist nun wirklich nicht mein Stil«, widersprach Saladin. »Wir haben keine Geheimnisse vor Euch, wie Ihr seht?«

Ludwig blickte auf. »Eure Geheimnisse könnt Ihr für Euch behalten«, knirschte er. Obwohl seine Stimme schwach klang, hörte Emme die Schärfe heraus. »Wir wollen sie gar nicht wissen.«

»Ach, lasst mir doch das Vergnügen, mich mit dem Vertrauten der Sybille von Antiochia zu unterhalten! Er kann bestimmt einiges Neue berichten.«

»Weiß sie, dass er sie verrät?«, fragte Emme hitzig. Zu gut erinnerte sie sich an die lebensfrohe Edle, die ihr Trost gespendet hatte.

Saladin lächelte. »Was er mir zuträgt, weiß er von ihr. Nun ja, sie weiß es nicht nur, sie billigt es. Um die ganze Wahrheit zu sagen: Sie will es so.«

»Das heißt ...« Emme verstummte. Die Vorstellung, die Fürstin könne die Verräterin sein, war so ungeheuerlich, dass sie es nicht zu fassen vermochte.

»O ja«, sagte Raimund leise, »sie ist es, die mich über alle wichtigen Geschehnisse in Kenntnis setzt, seit sie mit dem Stotterer vermählt ist. Eine überaus hoch zu schätzende Dame, wenn Ihr mich fragt.«

»Frauen können in dieser Welt wahrhaftig von allergrößtem Wert sein«, stimmte Saladin zu. Sein Blick glitt kühn über Emmes Körper. Sie schlang den Mantel enger um sich, obwohl ihr ohnehin zu heiß war.

»Hättet Ihr die Güte, so zu reden, dass ein Mann, dem Hitze und Hunger das Hirn erweicht haben, es auch versteht?«, stieß Ludwig hervor.

»Wie ich hörte, ist Euch das Gold abhandengekommen.« Saladin ging über den Einwand ihres Bruders hinweg, und das machte Emme wütend.

»Wie dem auch sei« – mutig reckte sie das Kinn –, »ich habe eine andere Möglichkeit gefunden. Ihr bekommt Euer Gold, Saladin.«

»O ja, der wackere Robert von Uppsala! Auch einer meiner Freunde, wusstet Ihr das?«

Sie starrte ihn an.

»Ist Euch bekannt, dass auch Robert von Uppsala Gast in meinem Zelt war, wie Ihr und Euer Bruder es heute seid?«

Ludwig wollte aufspringen, doch Emme legte ihm eine Hand auf den Arm. »Nicht«, flüsterte sie.

»Ich höre mir nicht an, wie er meinen Freund zum Verräter macht.«

»Ihr hört besser auf Eure Schwester, Ravensberger. Es hat seine Gründe, warum sie es bis hierher geschafft hat.«

»Sie ist mutig.«

»Ja, das auch.« Saladins Lächeln machte Emme misstrauisch.

»Was habt Ihr mit meinem Verlobten zu tun?«, wisperte sie und spürte doch im gleichen Augenblick, dass sie die Worte falsch gewählt hatte, denn neben ihr wurde Ludwig ganz hart und machte sich mit einem Ruck von ihr los.

»Was um alles in der Welt hast du mit ihm zu schaffen?«, flüsterte er. »Hat er dir das Kind gemacht? Bist du seinetwegen hier? Hat Vater dich ihm versprochen?«

Sie hob eine Hand. »Bitte, Ludwig ...«

»Was verschweigst du mir noch?« Er sprang auf, strauchelte aber und wäre fast in die Schüsseln gestürzt. Zwei Wächter waren sofort an seiner Seite und legten ihm die Hände auf die Schultern. Ein Blick Saladins, und sie zogen sich wieder in die Schatten zurück.

»Diese Geschichte kann warten«, beschwichtigte sie Ludwig hastig. »Erst will ich erfahren, was Ihr über Robert wisst, Salah-ad Din Yusuf ibn Ayyub.«

Er neigte das Haupt. »Wie Ihr wünscht. Der Mann kam letzten Herbst zu mir und bat, mit mir sprechen zu dürfen. Sein Anliegen war so einfach wie überraschend: Er wollte einen Mann in meine Obhut geben.«

»In Eure Obhut«, echote sie.

Er lachte herzlich. »Ja, Ihr wisst schon, ich meine etwas anderes. Er hat es aber genau so ausgedrückt, und nachdem er mir von Eurem Bruder erzählte, war ich dieser Aufgabe nicht abgeneigt. Es kostet viel Geld, einen Krieg zu führen.«

»Und darum habt Ihr meinen Bruder …«

»Entführt. Es war ein Hinterhalt, doch der Verräter war mit dem Verratenen eng verbunden. Das hat Euch der Nordmann vermutlich nicht verraten, oder? Dass Euer Bruder sich hier im Heiligen Land mit dessen Schwester verlobt hatte und er deshalb einen Groll gegen ihn hegte?«

Emme blickte zu Ludwig hinüber. Der hatte sich auf den Boden gekauert und wiegte sich vor und zurück.

»Diese Verbindung war ihm ein Dorn im Auge. Und ich zeigte mich bereit, ihn von dieser Last zu befreien. Wir hatten beide einen Nutzen davon, versteht Ihr?«

»Nein, das verstehe ich nicht!«, rief Emme. »Warum ritt er mit Berengar nach Ravensberg? Warum mussten Hermann und ich den weiten Weg auf uns nehmen?«

»Hermann ist hier?«, fragte Ludwig, und sie bedachte ihn nur mit einem traurigen Blick. Offenbar hatte er ihr vorhin nicht zugehört, als sie ihm alles auf einmal hatte berichten wollen.

Ach, Bruder, wäre doch nur Zeit! Müssten wir doch nicht hier unsere Haut retten, sondern könnten einander in aller Ruhe erzählen, was in den letzten Monaten geschah. Dann wüsstest du von Hermanns Tod, von meiner Liebe zu Berengar, und ich wüsste vielleicht, wer die Frau ist, die du liebst. Wir würden gemeinsam um Hermann weinen.

»Was Robert von Uppsala antrieb, wüsste ich ebenfalls gern«, erklärte Saladin. »Ich möchte, dass Ihr es gemeinsam herausfindet.«

Emme lachte auf. »Wie soll uns das bloß gelingen?«

»Ihr findet einen Weg, wie Ihr schon einen Weg nach Akkon gefunden habt.«

»Und was haben wir davon?«, fragte Ludwig. »Ist es nicht völlig einerlei, warum er es getan hat?«

»Ach, das kann schon sein. Aber ich biete Euch etwas dafür.« Saladin beugte sich vor. »Freiheit«, flüsterte er.

Das Versprechen schien verlockend.

»Was sollen wir tun?«, fragte Emme ohne Zögern.

»Was er auch anbietet, wir tun es nicht«, wandte Ludwig ein.

Sie hob die Hand, ohne ihn anzusehen. »Was sollen wir tun?«, wiederholte sie.

»Bringt mir den Herrn von Uppsala!«

»Auf keinen Fall!«, protestierte Ludwig. »Wenn es auch stimmt, dass er mich verraten hat, so stelle ich mich doch nicht mit ihm auf eine Stufe. Ich werde ihn nicht ...«

»Schweig!«, fuhr Emme ihn an. »Wenn ich dich befreien kann, ist mir jedes Mittel recht.«

Saladin wirkte ausgesprochen belustigt. »Da sage noch einmal jemand, die Christenfrauen seien schwächlich und würden sich hinter ihren eigenen Röcken verstecken. Ihr könnt von Eurer Schwester noch eine Menge lernen, Ravensberger.«

Er kannte Berengar. Als wären sie Brüder, die in Kindertagen über die Mittsommerwiesen gelaufen waren und gemeinsam den Mädchen nachgestellt hatten.

Darum war es nicht schwer, ihn ausfindig zu machen.

Robert hatte die ganze Zeit gewusst, dass Berengar in der Nähe war. Manchmal hatte er sich eingebildet, sein einstiger Freund beobachte ihn, doch wenn er sich daraufhin umwandte, war hinter seinem Rücken niemand zu entdecken. Er hatte sich eingeredet, er sehe inzwischen wohl schon Geister.

Darum hatte er sich zu dem zweiten Platz begeben, an dem Berengar im Feldlager hätte Unterschlupf finden können. Das Chaos kam ihm zugute, niemand beachtete ihn, als er in der Senke verschwand.

Die Gestalt, die vor ihm hockte, war kein Geist, sondern

ein Mensch aus Fleisch und Blut. Und sie starrte ihn verängstigt an, als er vor ihr niederkniete.

»Wo ist er?«, fragte Robert sanft. Ragna wandte den Kopf weg. »Sag mir doch einfach, wo er ist. Ich verspreche, dir geschieht nichts.«

»Wie letztes Mal?«, flüsterte sie. »Als du mich verschenkt hast?«

»Aber Ragna!« Er berührte ihre Schulter. Sie zuckte zusammen, machte sich ganz klein in der Ecke.

Berengar hatte ihm bei einem ihrer zahlreichen Erkundungsritte diese Zuflucht gezeigt: eine kleine Höhle, halb verborgen hinter Sträuchern, am Rand des Feldlagers gelegen. Der richtige Platz, um sich zu verstecken.

»Was tust du da?«

Robert stieß seine Schwester beiseite. Er fand, wonach er suchte: zwei schwere Beutel lagen im Höhleneingang. Ragna zerrte ihn zurück. »Das gehört dir nicht!«

Sie versuchte ihm den Beutel zu entringen. Hell klimperten die Münzen.

Robert stieß Ragna von sich.

»Du bist ein Ungeuheuer, Robert Olufsson. Hast mich verscherbelt wie ein Stück Vieh!«, zischte sie und spuckte ihn an.

Er hatte hier auf Berengar warten wollen, doch stattdessen erlebte er diese böse Überraschung. Er hatte gehofft, seine Schwester nie wiedersehen zu müssen.

»Du weißt, warum ich es getan habe.«

»Um mich zu strafen. Eine Hure hast du mich genannt, weil ich …«

»Das warst du auch!« Er kroch ganz nahe zu ihr hin, bis sich ihre Knie berührten. Ragna starrte ihn an, und er ergriff ihre Hände. »Du warst so ein liebes Mädchen«, flüsterte er. »Damals warst du die reinste der Nonnen, und ich habe dich in diesen Sündenpfuhl geführt. Das tut mir leid, mich trifft genauso viel Schuld wie dich. Aber ich hab's wiedergutgemacht, nicht wahr? Ich habe alles getan, damit du wieder rein wurdest.«

Sie riss sich von ihm los. »Einen Dreck hast du getan!«, zischte sie. »Du hast Ludwig verraten und dich fürstlich dafür entlohnen lassen. Mich hast du an einen Dorfältesten verschenkt, der sich mit mir brüstete. Ich war ein Tier, bis der Bassunviller kam und mich freikaufte.«

Ehe Robert antworten konnte, sprang sie auf und rannte weg. Er erhob sich und blickte ihr nach, wie sie auf allen vieren den Abhang erklomm.

»Bleib hier!«, rief er. »Die Krieger sind im Blutrausch, nachdem Akkon gefallen ist!«

Sie hörte nicht auf ihn.

Natürlich nicht. Seit sie diesem deutschen Grafensohn begegnet war, hörte sie auf jeden anderen, nur nicht auf ihn.

Er folgte ihr.

Am oberen Rand der Senke erschien eine Gestalt. Dunkel und groß, das braune Haar vom hellen Staub ganz grau. Das Blau der Augen aber hatte nichts von seiner Strahlkraft eingebüßt.

»Robert!«, rief Berengar. »Wusstest du, dass Emme verschwunden ist?«

»Verschwunden?« Nein, das wusste er nicht, obschon er die letzten Tage, nachdem er sie alleingelassen hatte, stets ein Auge auf sie gehabt hatte. Sie sollte die Worte bereuen, die sie ihm entgegengeschleudert hatte. Dazu hätte sie Gelegenheit, wenn er irgendwann mit ihrem Bruder auftauchen würde. Heute wäre der richtige Tag gewesen, Saladin aufzusuchen und Ludwig zu holen. Wenn er mit Ludwig zurückkehrte, würde Emme begreifen, dass er sie wahrhaftig liebte, dass er sie vom ersten Augenblick geliebt hatte, damals in Ravensberg, als er ihr den Aureus überreicht hatte. Er war der Mann, an den sie ihr Schicksal band.

Das Geld jedoch, das er bei sich hatte, würde nicht genügen. Und er wusste, Berengar hatte genug. Er musste es nur holen.

Aber jetzt stand ihm Berengar im Weg. Ausgerechnet er.

»Vielleicht ist sie auch tot, das weiß niemand so genau.« Bedächtig stieg Berengar den Abhang herunter.

Robert richtete sich auf und stellte sich breitbeinig hin. »Das tut weh, stimmt's? Wenn sie tot ist.«

Wenn Berengar kämpfen wollte, konnte er diesen Kampf haben.

»Lauf zum Ölbaum!«, rief Berengar Ragna über die Schulter hinweg zu. »Dort findest du zwei, die sich um dich kümmern. Radegund und Hanno heißen sie. Bleib bei ihnen! Ich komme später nach.«

»Da musst du mich vorher aber erst umbringen, Bassunviller«, höhnte Robert und trat einen Schritt zurück. Unter seinem Stiefel löste sich Geröll.

»Ich will dich nicht umbringen, Robert.« Berengar kam näher. »Du würdest es uns allen einfacher machen, wenn du mitkämst. Ich weiß, was du getan hast.«

»Was soll ich getan haben?«, fragte Robert mit bösem Grinsen.

»Deinen besten Freund verraten. Deine Schwester verkauft. Mich belogen und verraten. Und Emme …«

»Sie bekommt, was sie verdient.«

Sie bekommt mich und ihren Bruder. Dieses Glück hat sie verdient.

Berengar war bis auf wenige Schritte heran. Robert rührte sich nicht. Es kam ihm nicht in den Sinn, sich zu wehren.

»Du sagst, sie sei tot?«

Er blieb stehen.

»Es gibt verschiedene Versionen der Geschichte. Aber ja, ich habe gesehen, wie ein Sarazene das Schwert gegen sie erhob. Es sah nicht so aus, als habe er sie verfehlt.«

»Aber du weißt es nicht sicher. Und statt nach ihr zu suchen, willst du lieber gegen mich kämpfen?«

Für einen Moment schien es, als zögere Berengar. Doch dann näherte er sich Robert um weitere Schritte.

Wenn es einen Mann gab, den Robert sich nicht zum Feind machen wollte, dann war es Berengar de Bassunville.

»Und wenn ich wüsste, dass sie noch lebt?«, fragte er hastig. »Wenn ich gesehen hätte, wie der Sarazene sie ins Lager brachte?«

»Ich würde von dir einen Beweis verlangen.«

»Genügt dir nicht das Wort eines Freunds?«

»Du meinst, das Wort eines Verräters?«

Robert zog sein Schwert. Wenn Berengar kämpfen wollte, nun, dann sollte er diesen Kampf bekommen. »Ich habe dich immer gemocht, Bassunviller.«

Berengar sprang vor.

Er hatte sein Schwert nicht gezogen, doch er entwaffnete Robert mit wenigen Faustschlägen. Dessen Schwert fiel in den Staub, und er krümmte sich vor Schmerz, sank auf die Knie und umfasste sein Handgelenk, das Berengar empfindlich getroffen hatte.

»Das unterscheidet uns«, knurrte Berengar. »Ich habe dich nie gemocht. Erst warst du mir zu glatt, dann zu selbstgerecht. Ein Heiliger, ja? Der große Verbrechen im Dienst seiner eigenen Gerechtigkeit anhäufte. Du widerst mich an.«

Er spuckte Robert ins Gesicht.

Ich hab's wohl verdient. Was er auch sagt, ich hab's verdient.

Robert streckte ihm die Hände hin. »Dann nimm mich gefangen und behandle mich so, wie es deiner Gerechtigkeit entspricht.«

Berengar half ihm auf. Er nahm Roberts Schwert und

stieß ihn den Abhang hinauf. »Den Sieg gönne ich dir nicht«, zischte er. »Ich übergebe dich jenen, die tatsächlich über dich richten dürfen. Du hast lange genug dein Spiel mit uns getrieben.«

Kapitel 34

Saladin entließ sie für die Nacht. Emme folgte Ludwig, der sich Schritt für Schritt vorwärtsschleppte. Ihn hatte dieser Tag ebenso erschöpft wie sie.

Man teilte ihnen ein Zelt zu und ließ sie allein. Zwei Schatten vor dem Zelt bewachten sie.

Emme half Ludwig, sich auf dem breiten Lager auszustrecken. Er seufzte leise und hielt ihre Finger umklammert. Mit der freien Hand breitete sie eine Decke über ihm aus. »Schlaf!«, flüsterte sie.

»Erzähl es mir«, bat er, als sie glaubte, er sei längst eingeschlafen. Emme legte sich neben ihn. Ihr schwangerer Leib behinderte sie zunehmend, längst vorbei waren die Zeiten, da sie auf dem Bauch hatte schlafen können.

»Was willst du wissen?«, fragte sie.

»Alles. Erzähl mir deine Geschichte!«

Sie lachte auf. »Wo soll ich anfangen?«

»Dort, wo es für dich begann. Fang dort an. Wann begann es?«

Emme musste nicht lange überlegen. Sie zog die zweite Decke über sich, bettete den Kopf auf die Hände und ließ Ludwig nicht aus den Augen, während sie ihm alles berichtete.

Die Stunden tröpfelten unter dem Klang ihrer Stimme dahin. Sie erzählte ihm vom Winter auf Ravensberg, von den Reitern, die kamen. Wie ihr Vater beschloss, Hermann und sie auf die Reise zu schicken, und wie sie die Verantwortung übernahm, weil Hermann es nicht vermochte. Die Stimme versagte ihr, als sie von seiner Krankheit erzählte, als sie ihm berichtete, wie Hermann schließlich des Lebens müde wurde. Ihre Hand umfasste die seine, und sie kehrte zu jener Nacht zurück, als sie Hermann aus dem Leben half.

Zwischendurch hielt sie inne, lauschte seinen Atemzügen und fragte sich, ob er schon schlief. Und jedes Mal wandte er den Kopf und musterte sie mit wachem Blick. »Erzähl weiter«, flüsterte er, und sie fuhr fort.

Manches trieb ihr die Tränen in die Augen. Der Augenblick, als Hermann starb. Der Tag, an dem sie sich ihres Kinds entledigen wollte. Berengars Gerichtsverhandlung, die Begegnung mit einem Onkel, von dessen Existenz sie nichts geahnt hatte. Der Verlust ihres Gelds und Roberts Angebot, sich ihrer anzunehmen.

Als sie so weit gekommen war, weiteten sich Ludwigs Augen. Er starrte nach oben. »Robert war immer mein Freund. Bis er mich verriet.«

Emme schwieg.

»Er verriet mich«, flüsterte er. »Ich wusste es damals schon. Sie schlugen mich nieder, und ich hörte seine Stimme, doch wütete er weder gegen die Sarazenen, noch versuchte er, mich zu retten. Er sagte nur: ›Nehmt ihn mit!‹ Und ich redete mir lange ein, er habe die Worte gesagt, damit wenigstens einer von uns überlebte.«

»Was war mit seiner Schwester?«

»Ragna.« Er atmete tief ein und aus. »Jetzt weiß ich, dass Robert unsere Verbindung nicht guthieß. Für sie fürchte ich das Schlimmste.«

»Es kommt alles in Ordnung«, versprach sie ihm.

»Ja, aber wie?«

»Ich habe sie gesehen. Ragna«, flüsterte sie.

Plötzlich fiel es ihr wie Schuppen von den Augen, und sie erkannte die Wahrheit und wusste, dass sie nichts erfand, um Ludwig zu trösten … Als füge sich die Welt in allen ihren Teilen zusammen, wusste sie auf einmal, dass die Fremde, die Berengar in Tripolis begleitet hatte, Ragna gewesen war.

Und sie verstand nun auch, dass es nicht nur Einbildung gewesen war, als sie ihn erblickt hatte. Irgendwo da draußen war er, und mit ihm auch Ragna.

Darum würde alles wieder gut werden.

Der Morgen trieb den Gestank nach kaltem Rauch, Blut und verbranntem Fleisch über die Hochebene. Die Männer fanden zurück zu ihren Zelten, begrüßten die Kameraden und hängten den Waschweibern und Trosshuren um den Hals, was sie in der Stadt hatten erbeuten können. Mädchen flochten Seidenbänder ins verfilzte Haar, und einige warfen Silbermünzen in den hellen Himmel, trunken vor Reichtum.

Abgerissene Gestalten schlichen durch die Zeltreihen, und mancher fand keinen Freund mehr vor, als er zurückkam. Im Spital starben sie angeblich wie die Fliegen, weil sich niemand mehr um die Verwundeten kümmerte.

Richard von England aber ritt an der Seite von Philipp August von Frankreich und dem österreichischen Herzog in die Stadt ein. Sie trugen weiße Mäntel und verkündeten, mit ihnen kehre endlich der Frieden in Akkon ein.

Berengar ließ die Reiterkolonnen passieren, die durch das Stadttor trabten. Er lenkte den Braunen in die entgegengesetzte Richtung.

Es sei gefährlich, sich ins Lager der Sarazenen zu begeben, hieß es. Dort lasse man alle christlichen Geiseln hinrichten, und die Stimmung sei nach der Plünderung Akkons aufs Äußerste gereizt.

Genau diese Nachrichten waren es, die Berengar zum Handeln zwangen. Die Vorstellung, Emme könne sich dort aufhalten, war ihm unerträglich. Er besaß nichts Greifbareres als Gerüchte und die Aussagen der Männer, die bei ihr gewesen waren, als sie zuletzt gesehen worden war. Friedrich de Akkon war verschwunden, und als Berengar ihn nach

Stunden fand, saß er beim englischen König und diskutierte hitzig, was mit seiner Stadt geschehen sollte. Für Emme, so erklärte er, habe er nun keine Zeit mehr, sie müsse sich selbst helfen.

Die Befestigungsanlage, die das sarazenische Lager gegen die Christen verteidigt hatte, war verwaist. Nur zwei junge Kerle hockten neben dem Eingang, und als Berengar auf sie zuritt, erhob sich der eine und trat ihm entgegen. Berengar zügelte sein Pferd, ließ es im Schritt am langen Zügel weitergehen. Der Sarazene musterte ihn, trat beiseite, und Berengar konnte passieren.

Eine gespenstische Stille lag über allem. Dies waren die Besiegten, obwohl sie nicht alles verloren hatten.

Er hielt auf das Zelt in der Mitte des Lagers zu. Dort vermutete er Saladin. Und wenn er Glück hatte, fand er dort auch Emme. Oder zumindest eine Nachricht, wo er nach ihr suchen konnte.

Den Gedanken, sie könnten ihm ihren Leichnam bringen, ließ er nicht zu. Emme lebte. Sie musste leben, denn Friedrich de Akkon hatte recht. Einige Bogenschützen, die den Angriff der Sarazenen überlebt hatten, hatte er ausfindig gemacht, und keiner hatte Emmes Tod bestätigt. Keiner wusste zu berichten, dass der Sarazene ihr den Schädel gespalten hatte, wie es für ihn aus der Ferne ausgesehen hatte.

Hätte er dem Schwertkämpfer gestern nachgesetzt, wäre wohl vieles anders gekommen.

Wenigstens hatte er dafür gesorgt, dass Robert nichts mehr anrichten konnte. Er hatte ihn bei Friedrich de Akkon abgeliefert, weil er nicht wusste, wohin sonst mit einem Verbrecher. Emmes Onkel hatte ihm versprochen, sich um den Fall zu kümmern. Berengar hatte Robert nicht mehr ins Gesicht blicken können. Zu viel war geschehen.

Er stieg aus dem Sattel und warf einem der Wächter die Zügel zu. Dann nahm er die beiden Beutel an sich, die zusammengebunden über dem Sattelhorn hingen, und schritt auf den Zelteingang zu.

Kein Zögern lag in seinem Schritt, als er das Zelt betrat. Er wusste, er hatte das Ziel seines Strebens erreicht.

Er war ihm noch nie begegnet, doch Berengar erkannte Saladin sofort. Er schritt auf den Mann zu, der entspannt auf seinem Stuhl saß und eine Schale Trauben hielt. Saladin musterte den Fremden nicht ohne Erstaunen, reichte seinem Diener die Schüssel und wischte die Finger an einem Tuch ab. Er beobachtete Berengar aufmerksam, doch als die beiden Wächter, die seinen Stuhl flankierten, sich auf Berengar stürzen wollten, reichte eine leichte Geste, und sie blieben wie angewurzelt stehen. Nur ihre Hände ruhten auf den Säbelgriffen. Berengar wusste, eine falsche Bewegung, und sie würden nicht zögern, ihn zu richten.

Er blieb in einiger Entfernung stehen. »Ihr habt in Eurer Obhut eine Frau, die zu mir gehört«, begann er. »Und ich, Berengar de Bassunville, bin hier, weil ich sie und ihren Bruder abholen möchte.«

Saladin regte sich nicht. Voller Aufmerksamkeit musterte er Berengar.

Der legte die beiden Beutel vor sich auf den Boden, kniete nieder, entknotete einen der Beutel und kippte den Inhalt auf den Boden. Goldmünzen sprangen in alle Richtungen davon. Sie klirrten verlockend und ergossen sich in einem Strom über den weichen Teppich.

»Das«, sagte Berengar und machte sich am zweiten Beutel zu schaffen, »ist alles, was ich Euch bieten kann. Dieses Gold war gedacht, ihren Bruder freizukaufen, doch ich traute meinem Waffengefährten nicht mehr und nahm es an mich. Ich flehe Euch an, mir Emme von Ravensberg zu geben. Sie ist hier, ich weiß es. Und ich bitte Euch nur um ihr Leben. Mehr verlange ich nicht. Nehmt mein Leben, wenn Euch dies als angemessener Tausch erscheint. Nehmt das

Gold und alles, was ich besitze. Aber verschont sie! Lasst sie am Leben!«

Er wusste nicht, was er noch sagen sollte, schüttete stumm den zweiten Beutel mit Goldstücken aus und betrachtete das Häuflein Münzen vor seinen Knien. Plötzlich schien es ihm erschreckend wenig zu sein.

»Und jetzt verfahrt mit mir, wie es Euch beliebt. Nur bitte ich Euch: Schenkt Emme die Freiheit! Sie ist die unschuldigste von allen.«

Er hielt den Kopf gesenkt, die Hände auf die Oberschenkel gestützt. Und wartete, dass geschah, was geschehen musste, ein Wunder oder sein Tod.

Die ganze Nacht hatte Berengar mit sich gerungen, was er tun sollte. Auf die Oberen vertrauen, die früher oder später einen Austausch der Geiseln vorschlugen? Oder das Schicksal selbst in die Hand nehmen, solange auf beiden Seiten noch das Chaos herrschte?

Letztlich waren es Friedrichs de Akkon Worte gewesen, die ihn hatten handeln lassen.

»Seht mich an!«

Als er aufblickte, stand Saladin dicht vor ihm. Seine Stiefelspitzen berührten das Goldhäuflein.

»Steht auf! Ich schätze es, wenn Männer mutig für ihre Sache eintreten.«

Langsam erhob sich Berengar. Die Knie zitterten ihm, und obwohl er den Herrscher der Sarazenen um einen halben Kopf überragte, fühlte er sich neben ihm klein und unbedeutend.

»Spielt Ihr Schach?«, fragte Saladin. Leutselig legte er dem Bassunviller den Arm um die Schultern und führte ihn, ohne das Gold eines Blicks zu würdigen, zu einem Tischchen. »Ich liebe es, mich mit edlen Männern im Schachspiel zu messen.«

Berengar blieb stehen. »Ich werde mit Euch nicht um

Emme spielen«, erklärte er mit fester Stimme. »Gebt sie frei oder verfahrt, wie Ihr wollt. Aber was immer Ihr Emme antut, das müsst Ihr zuerst mir zufügen.«

»Ah, Ihr haltet mich für einen Unmenschen! Setzt Euch, Bassunviller!« Saladin gab einem Diener ein Zeichen. Der Mann trat näher und stellte die Spielfiguren auf dem Schachbrett auf, die in einer Partie erstarrt waren, in der der weiße König matt gesetzt worden war. »Gestattet Ihr mir, die Weißen zu spielen?«

Berengar zuckte mit den Schultern. »Wenn Ihr es wünscht«, erwiderte er höflich.

Sie setzten sich. Saladin schien ausgezeichneter Laune zu sein, wohingegen Berengar vor allem herauszufinden versuchte, welche Beweggründe sein Gegenüber hatte, ihn zu einer Partie Schach zu überreden.

Das Gold rührte keiner an.

Er widmete seine Aufmerksamkeit dem Schachbrett. Früher, als sie noch ein gemeinsames Zuhause gehabt hatten, hatte sein Bruder oft mit ihm gespielt. Nun war der Bruder der Graf de Bassunville, und Berengar war nichts geblieben. Bis vor Kurzem hatte er ein Pferd besessen, das mehr wert war als eins der Dörfer, die seinem Bruder spärliche Abgaben zahlten.

»Wer viel verliert, hat irgendwann auch das Recht zu gewinnen«, murmelte Saladin. Er setzte Berengar schon nach wenigen Zügen unter Druck, tauschte Läufer gegen Bauern und zog mit seiner Dame gefährlich nahe an Berengars Linien. »Ihr habt viel verloren, Bassunviller?«

»Ich wüsste nicht, was solcherlei hier zu suchen hätte.«

»Lasst uns doch ein wenig reden, ehe wir die Sache in Ordnung bringen. Ein Spiel, ein Gespräch. Nicht unter Feinden, sondern eher unter Gegnern, die einander achten.«

»Es tut mir leid, aber darauf war ich nicht vorbereitet.«

»Gönnt mir dennoch das Vergnügen. Ihr habt viel verloren?«, wiederholte Saladin die Frage.

Berengar atmete tief durch. »Ich habe viel verloren.«

»Und jetzt seid Ihr hier, um ein letztes Mal zu gewinnen.«

»Ich bin hier, um Emme zu retten. Und Ihr verratet mir nicht einmal, ob sie hier ist. Ob sie tot ist oder lebt. Stattdessen soll ich mich in diesem albernen Spiel mit Euch messen, das ich seit so langer Zeit nicht mehr gespielt habe, dass ich vermutlich meine Figuren falsch ziehe.«

Saladin beugte sich vor. »Sie lebt«, flüsterte er. »Und sie erfreut sich, abgesehen von einer Schulterverletzung, recht guter Gesundheit.«

»Und warum lasst Ihr mich nicht zu ihr?«, fragte Berengar mit erstickter Stimme. »Warum spielt Ihr mit mir?«

»Vielleicht um uns die Zeit zu vertreiben? Bis sie da ist?«, fügte Saladin hinzu. Er nickte zum Zelteingang hinüber.

Berengar blickte auf. Erst erkannte er sie nicht, und dann war er so gelähmt von ihrem Anblick, dass er sich nicht zu rühren wagte.

»Geht schon! Die Partie Schach können wir später zu Ende spielen.«

Er stand auf und trat auf Emme zu.

Mit einer solchen Überraschung hatte sie nicht gerechnet, und als sie ihn erkannte, wollte sie schon kehrtmachen und das Zelt verlassen. Doch dann spürte sie Ludwigs Hand im Rücken, und er schob sie vorwärts. Sie ging zwei Schritte auf Berengar zu.

Er eilte ihr entgegen. Blieb stehen, als wisse er nicht, ob er sie in die Arme schließen durfte.

Emme trat näher, bis sie dicht vor ihm stand. Ihre Hände tasteten suchend nach den seinen und umklammerten sie. Sein Kopf senkte sich, ihre Stirn berührte seinen Mund, und sie atmete seinen Duft ein, der herber war als in ihrer Erinnerung.

»Emme«, flüsterte er. Seine Hände glitten über ihre Arme, er berührte ihre Verletzung, und sie zuckte zusammen.

»Ich dachte, du seist tot«, stammelte er. Sie zog seinen Kopf zu sich herunter, barg ihn an der heilen Schulter und strich ihm beruhigend über das Haar.

»Ich dachte, du hättest mich verlassen«, flüsterte sie.

Aber jetzt wurde alles wieder gut.

Sie wusste es.

Epilog

Wenn der kühle Morgen über der Ebene der flirrenden Mittagshitze wich, wurde es ruhig ums Haus, das sich unter die Bäume duckte. Dann kam die Arbeit zum Erliegen, und das einzige Geräusch, das die Bewohner in die Stille sandten, waren ihre Stimmen.

Emme drückte die Hand ins schmerzende Kreuz. Bald sollte das Kind kommen. Es war ein recht kühler Tag, verglichen mit den anderen, dennoch sehnte sie sich beinahe nach der Kälte ihrer Heimat zurück. Dort hielte jetzt der Herbst Einzug, brächte Regen und Stürme, und sie würde sich an den klammen Burgmauern festhalten und sich die sommerliche Wärme zurückwünschen.

Sie lachte.

Berengar blickte auf. »Was erheitert dich so?«

»Ich dachte nur daran, wie sehr ich mir immer Wärme wünschte, sobald es kalt wurde im Herbst. Und hier ist mir die Hitze zu viel.«

»Es wird schon noch kühler werden.«

»Wie kühl?«, wollte sie wissen, und Berengar zuckte mit den Schultern. Er verschloss den Beutel, in den er seine Habseligkeiten verstaut hatte.

»Kühl genug«, versuchte er sie zu trösten. »Wir können doch nicht, nur damit du Winter hast, nach Ravensberg zurückkehren.«

Er küsste sie auf den Scheitel.

»Musst du wirklich fort?«, fragte sie leise.

Gemeinsam traten sie nach draußen. Berengar winkte dem Stallburschen, der sogleich aufsprang und im Stall verschwand, um das Pferd zu satteln.

»Ich muss. Wenn der Haute Cour ruft, darf ein kleiner

Landadliger wie ich nicht zu Hause bleiben.« Er seufzte und zog Emme an sich. »Aber du bist nicht allein. Nicht nur Radegund und Hanno sind da, sondern auch genug andere, die dir helfen. Außerdem kommt Ludwig bald.«

»Ja, und warum kommt er? Weil er mit Ragna an seiner Seite heimkehrt nach Ravensberg und ein letztes Mal bei uns haltmacht.« Sie senkte den Kopf.

»He ...« Er legte ihr die Hand unter das Kinn und zwang sie, ihn anzusehen. Emme ertrank in seinen blauen Augen. »Es steht dir frei, ihn zu begleiten. Er hat dir angeboten, bis nach der Geburt unseres Kinds zu warten. Und ich käme mit dir, wenn du es wolltest.«

»Und dann?«, fragte sie leise. »In meiner Heimat wärst du ein Niemand. Und ich müsste mit der Schande leben. Jeder sähe mir die Schande an. Dieses Land ist uns freundlich gesinnt. Du hast eine Stellung im Haute Cour, und wir bekamen dieses Stück Land von meinem Onkel als Lehen. Warum sollten wir da fortwollen?«

Er küsste sie. »Ich hoffe, in einer Woche zurück zu sein.«

»Ich erwarte dich«, flüsterte sie.

Er ritt davon, und sie blickte ihm noch lange nach. Wenn die Hitze ihre einzige Sorge war, konnte sie sich tatsächlich glücklich schätzen.

»Herrin? Ich habe Euch etwas zu essen gemacht.« Radegund stand an der Haustür.

Emme wandte den Blick von dem Weg ab, auf den sich langsam der Staub herabsenkte. »Ja«, sagte sie leise, »lass uns essen.«

Ludwig hatte sie gefragt, ob sie Radegund und Hanno bei sich behalten wolle. Es war Emme gar nicht in den Sinn gekommen, über die beiden zu bestimmen, ohne sie zu fragen, und so hatte sie die Entscheidung ihrer Zofe und dem Kaplan überlassen.

Umso größer war ihre Überraschung gewesen, als nicht

nur Radegund, sondern auch Hanno den Wunsch geäußert hatte, bei ihr bleiben zu dürfen. Doch Hanno wollte ihr nicht länger als Kaplan zu Diensten sein. Er erklärte ihr, sein Leben als Geistlicher sei vorbei, wenn sie ihm erlaube, Radegund zu ehelichen.

Zwischen den beiden war, von Emme unbemerkt, etwas entbrannt. Erst hatte sie energisch einschreiten wollen, damit Hanno nicht noch eine weitere junge Frau verdarb. Doch er hatte ihr versichert, es sei mehr als Getändel, was ihn mit Radegund verbinde, und er beteuerte, mit ihr sei es ihm ernst und er habe erst bei ihr begriffen, was es heiße, wenn etwas wirklich ernst sei.

Nach der Mahlzeit ruhte Emme, während Radegund den Haushalt besorgte und die beiden Mägde herumscheuchte, die sie bei der Arbeit unterstützten. Hanno arbeitete draußen und versorgte das Vieh.

Es war still im Haus. Unter dem Sonnendach im Hof saßen die Frauen und verrichteten Näharbeiten, und ihre Stimmen klangen leise zu Emme herein. Durch die offenen Fenster wehte die heiße Luft, und sie meinte Schritte zu hören, die sich dem Haus näherten. Schwerfällig erhob sich Emme. Ihr Kopf schmerzte von der Hitze, und sie trank einen Becher Wasser, ehe sie vor die Tür trat.

Erst glaubte sie zu träumen oder einem Trugbild zu erliegen. Sie schloss die Augen und zählte stumm bis drei, doch als sie die Augen wieder öffnete, hockte die elende Gestalt noch immer auf ihrer Schwelle und blickte aus blutunterlaufenen Augen zu ihr hoch.

»Sag nichts!«, flüsterte er.

Sie wandte sich um und wollte Radegund oder Hanno rufen.

»Bitte, Emme …« Robert hob die Hand und krallte sich in ihren Rock. Sie war gelähmt von seiner Nähe und der Berührung.

»Lass uns reden! Ruf nicht die anderen! Ich tue dir nichts an. Ich weiß, dein Mönchlein wäre sofort mit der Hacke zur Stelle, sobald du schreist.«

Sie starrte ihn nur stumm an.

»Ich bin schon etwas länger hier und sah ihn heute Morgen fortreiten.«

»Was willst du?«, fragte sie mit erstickter Stimme.

»Ein Becher Wasser wäre freundlich. Und ein Stück Brot, also, das wäre eine großzügige Gabe, denn ich hungere schon seit Tagen.«

Er ließ sie los, und Emme trat einen Schritt zurück. »Warte hier!«, sagte sie und schloss die Tür hinter sich.

Ihr Herz hämmerte. Wenn sie Hanno Bescheid gab, wusste sie nicht, was geschehen würde. Berengar hatte für diesen Fall vorgesorgt und ihn mit einem alten Schwert ausgestattet. Damit sollte er Emme notfalls verteidigen.

Wollte sie wirklich, dass Robert verjagt wurde? Dass ihm Übles widerfuhr?

Zu viele waren tot. Zu viel war verloren gegangen, und allzu oft hatte ausgerechnet der Mann, der durstig auf ihrer Schwelle hockte, dazu beigetragen, dass Schlimmes geschah und Schlimmeres nicht verhindert wurde. Nicht ihm hatte sie zu verdanken, dass die Klage wegen Unzucht gegen sie aufgehoben worden war. Ebenso wenig hatte sie es ihm zu verdanken, dass Berengar und sie glücklich waren. Auch Ludwigs und Ragnas Glück hatte er zerstören wollen.

»Herrin, was ist?« Radegund kam vom Garten herein, unter dem Arm einen Korb mit frischen Datteln. »Ihr seht blass aus. Geht es Euch gut?«

Emme nickte betäubt. »Alles gut«, bekräftigte sie und folgte Radegund in die Küche. Dort füllte sie einen Krug mit Wasser und nahm einen kleinen Laib Brot. Radegund sagte auch dann nichts, als Emme eine Handvoll Datteln aus dem Korb nahm und wieder zur Tür ging.

Robert wartete in einiger Entfernung im Schatten. Als er sie sah, kam er ihr entgegen.

Sie gab ihm den Krug, den er mit der Linken nahm. Den Leib Brot hielt sie ihm hin, doch er schüttelte den Kopf.

»Nimm schon!«, flüsterte sie. »Und dann verschwinde von hier. Ich will dich nicht mehr sehen.«

»Ich kann das Brot nicht nehmen.«

»Nimm!«, drängte sie.

»Ich kann nicht!«, schrie Robert. Er hob den rechten Arm, und wo einst seine Hand gewesen war, klaffte ein geschwärzter Stumpf. »Siehst du? Ich kann nicht einmal mehr ein Brot annehmen, geschweige denn ein Schwert halten.«

Sie prallte zurück. »Wer hat dir das angetan?«, fragte sie.

»Wer schon? Das Gericht, vor das man mich stellte. Man befand mich keiner Straftat für schuldig, außer dass ich dich beraubt hätte. Ich! Dabei war's Berengar, der dir die Goldmünzen stahl, erinnerst du dich? Ihm sollte man die Rechte abhacken, er sollte von Haus zu Haus ziehen und betteln. Aber nein, man befand, ich hätte deine Familie bestohlen, als ich deinen Bruder verriet. Und jetzt ergeht es mir schlimmer als einem Hund, und ich muss an deiner Tür betteln.«

Sein Gesicht hatte nichts Schönes mehr. Die Sanftheit, die sie immer von seiner Güte überzeugt hatte, war verschwunden. Er sah müde aus.

Ihre Hände umfassten den geschwollenen Leib.

»Ich tu dir nichts«, wisperte er. »Ich wollte nur … Es wär schön, wenn du mir ein wenig zuhörst, bevor ich wieder verschwinde.«

Das Schweigen zwischen ihnen war unangenehm, und weil Emme nichts sagte, sprach Robert weiter. »Ich weiß, das hier«, er hob seinen rechten Arm, »habe ich verdient. Ich habe deine Familie bestehlen wollen, und dafür habe ich die gerechte Strafe bekommen. Aber als Berengar und ich nach Ravensberg kamen, als ich deiner Familie das Gold auch noch wegnehmen wollte, da hab ich dich gesehen. Und du warst so schön und stolz, dabei so herzensgut und tapfer. Eine Frau, wie sie sich jeder Mann wünscht, von edler Abstammung zudem. Deinem Bruder habe ich nie glauben können, dass er ein Edler ist, ich habe immer geglaubt, er sei ein unfreier Beamter, der sich hochdienen will und hofft, durch eine Verbindung mit meiner Schwester aufsteigen zu können. Du weißt, wie er wirkt, in seinen groben Kleidern.«

Sie nickte. Ludwig machte sich selten die Mühe, sich herauszuputzen, und im Krieg verging einem derlei vermutlich gleich zweimal.

»Darum hab ich ihn gehasst. Und ich habe ihn an Saladin verkauft, ja. Doch als ich dich sah und die Burg deiner Vorfahren … Ich wollte büßen für das, was ich Ludwig angetan habe, wollte dir den Bruder zurückbringen und danach um dich freien.« Er lachte, sein Blick schweifte über die Ebene, dorthin, wo Berengar verschwunden war. »Berengar war schneller, und vermutlich hat er es auch geschickter angestellt. Ich habe ihm geneidet, wie nah er dir war, und da kam es mir gerade recht, dass er verschwand, nachdem sie ihn in Konstantinopel gestraft hatten. Ich dachte, wenn ich dir einen Ausweg böte, könntest du mich lieb gewinnen.«

»Und ich war gewillt, das anzunehmen, was du mir angeboten hast. Wenn es tatsächlich so gewesen wäre, wie du mich glauben ließest.«

Sie dachte an die Monate, in denen sie fast verzweifelt wäre, weil sie geglaubt hatte, Berengar habe sie von Anfang an bestehlen wollen. Und dass er sie mit Radegund betrogen hatte. Alles Lügen, die sie zu Robert getrieben hatten.

»Es tut mir leid. Ich hätte es nicht tun dürfen, aber ich dachte eben, es sei das Beste für dich. Bitte glaub mir, ich hatte nie im Sinn, dir zu schaden.«

Sie wandte sich um und ging zum Haus zurück.

»Emme? Lauf nicht weg!« Seine Stimme verhallte hinter ihr. Sie wollte gar nicht wissen, was er ihr noch sagen wollte.

»Herrin? Ist das der Nordmann von Uppsala, der Kerl vor der Tür?« Hanno kam auf Emme zu. Er wirkte besorgt und wischte sich die erdigen Hände am Wams ab. »Wollt Ihr, dass ich die Angelegenheit für Euch erledige?«

Sie schüttelte nur stumm den Kopf. In der Küche nahm sie ein Tuch, wickelte zwei weitere Brotlaibe und Datteln darin ein und verknotete das Bündel sorgfältig. Dann ging sie wieder hinaus und drückte dem Bettler das Bündel in die Linke.

»Geh«, sagte sie sanft. »Es ist vorbei. Unsere Lebenswege führen nun in andere Richtungen.«

»Dann verzeihst du mir?«, fragte er leise.

»Ich weiß noch nicht. Irgendwann bestimmt.«

Einem plötzlichen Impuls folgend, nahm sie die Kette vom Hals, an der Friedrichs Aureus hing. Sie legte ihn Robert um. Ihre Hand berührte seine erhitzte Haut. »Vielleicht erleichtert er dir die Rückkehr«, wisperte sie. »Mich hat er stets beschützt.«

Er verharrte reglos, Krug und Bündel in der Linken. Der Armstumpf ging zum Hals, als wollte er den Aureus betasten und erinnerte sich zu spät, dass er nie wieder mit der rechten Hand etwas greifen konnte.

Emme trat zurück. Sie spürte den Wind im Haar und ein schmerzhaftes Ziehen im Rücken. Sie ahnte, was dies bedeutete.

»Ich schulde dir nichts mehr«, fuhr sie fort. »Und jetzt verschwinde, ehe ich die Männer rufe, damit sie dich fortjagen.«

»Danke«, stammelte er. Seine Finger krümmten sich um das Bündel. »Du bist zu gut für mich.«

Er wandte sich um. Sand wirbelte auf und geriet ihr in die Augen. Sie senkte den Kopf, und als sie ihn wieder hob, hatte Robert das Ende des Wegs erreicht. Er blickte nicht zurück.

Sie betrat das Haus und rief nach Radegund. »Das Kind kommt«, sagte sie, und etwas wundersam Friedliches ergriff Besitz von ihr.

Historische Notiz

Die Bogenschützin im grünen Mantel wird lediglich in einer historischen Quelle erwähnt. Doch dies allein reichte aus, um meine Phantasie zu beflügeln und den Wunsch in mir zu wecken, über diese Unbekannte zu schreiben.

Da außer den wenigen Eckdaten dieser Quelle nur wenig über sie bekannt war, nahm ich mir viele Freiheiten. So gab es im Herrschergeschlecht derer von Ravensberg-Calvelage keine Emme, und den Stammbaum der Grafen von Ravensberg nutzte ich eher als Inspiration. Die Beschreibungen der Ravensburg aber fußen auf meinen persönlichen Eindrücken, die mir diese Höhenburg nahe Borgholzhausen seit meiner Kindheit vermittelte. In der Erinnerung gehörte ein Aufstieg zur Ravensburg zum alljährlichen Ausflugsrepertoire und ist auch heute noch ein lohnendes Ziel.

Zur damaligen Zeit führten viele Wege nicht nur nach Rom, sondern auch nach Jerusalem. Dass meine Reisenden den Landweg wählten und damit der Route folgten, die viele Kreuzfahrer aus dem deutschen Reich nach Outremer nahmen, geschah vor allem aus praktischen Erwägungen, denn im Winter war eine Schiffsreise aufgrund der heftigen Winterstürme kaum zu bewältigen.

Albrecht von Johansdorf, dem Emme in Passau begegnete, ist ebenso wie Wolfger von Erla (und dessen Vergangenheit als Ehemann und Vater vor seiner Berufung zum Bischof von Passau) historisch belegt. Albrecht von Johansdorf war einer der Minnesänger, die der Passauer Bischof zu jener Zeit förderte.

Sybille von Antiochia betrieb zur Zeit von Akkons Belagerung für Saladin Spionage; das ist historisch verbürgt. Doch viele Personen im Heiligen Land – so zum Beispiel

Raimund de France und auch Friedrich de Akkon – sind meiner Phantasie entsprungen. Mich reizt daran vor allem die Vorstellung, dass es so oder so ähnlich tatsächlich gewesen sein könnte. Mancher von ihnen hätte noch eine spannende Geschichte zu erzählen gehabt …

Glossar

Gugel – eine kapuzenähnliche Kopfbedeckung

Haute Cour – der Rat des Königsreichs Jerusalem, in dem die Edlen sich in zwei Lager spalteten, die Hofpartei und die Adelspartei

Komplet – letztes Gebet des Tages, bevor man sich zur Ruhe begibt

Non – Stundengebet am Nachmittag (zur neunten Tagesstunde)

Outremer – im Mittelalter oft genutzte, aus dem Französischen entlehnte Bezeichnung für die Kreuzfahrerstaaten

Prim – erstes Gebet des Tages zum Sonnenaufgang

Surcot – eine im Mittelalter gebräuchliche Ärmeltunika

Tranchoir – ein tellerförmiges Brot, auf dem an hohen Tafeln die Speisen serviert wurden

Juliane Korelski

Die Bastardin

Historischer Roman. 368 Seiten. Piper Taschenbuch

Regensburg im Jahr 1147: Agnes, uneheliche Tochter eines Herzogs und Halbschwester von Barbarossa, wird von fremden Reitern aus dem Kloster Frauenchiemsee entführt. Sie soll gegen ihren Willen mit dem Grafen von Ortenburg verheiratet werden. Als er am Tag der Hochzeit ermordet wird, machen sogleich Gerüchte die Runde, dass der Welfenherzog Heinrich der Löwe an dessen Tod Schuld sei. Agnes und ihr Halbbruder Barbarossa glauben an die Unschuld Heinrichs, und das nicht nur, weil Agnes sich in Heinrich verliebt hat. Gemeinsam beginnen sie, den wahren Mörder zu suchen …

Ein fesselnder historischer Roman um Macht, Mord und Liebe, als die Welfen und Staufer um die Vorherrschaft rangen.

05/2476/01/L

Alexandra Guggenheim

Das Mönchsopfer

Historischer Roman. 304 Seiten. Piper Taschenbuch

Kloster Rheinau, 1709: Im Gebüsch neben der Kapelle wird die Leiche eines Mönchs entdeckt. Francesco Antonio Giorgioli, der die Fresken der Klosterkirche gestaltet, ist erschüttert vom plötzlichen Tod des lebensfrohen Klosterbruders. Warum wurde der Mönch vergiftet? Abt Gerold, der einen Skandal vermeiden will, verpflichtet den Tessiner, sich sogleich auf die Suche nach dem Mörder zu machen. Doch nicht nur der Auftrag des Klostervorstehers macht Giorgioli zu schaffen, sondern auch seine Herzensangelegenheiten: Johanna, eine verführerische junge Wirtin, fordert den Maler auf ganz spezielle Weise heraus …

»Ein spannender Klosterkrimi vor historischer Kulisse – man fängt an zu lesen und kann nicht mehr aufhören!«
Charlotte Thomas

05/2545/01/R

PIPER

Sabrina Capitani

Das Spiel der Gauklerin

Historischer Roman. 416 Seiten. Piper Taschenbuch

Die fahrende Spielfrau Pauline Schwan hat ein schlechtes Jahr hinter sich. Die Leipziger Neujahrsmesse 1573/74 ist ihre letzte Chance, einigermaßen unbeschadet den Winter zu überstehen. Wird es Pauline gelingen, einen Platz als Hausmusikerin zu ergattern? Doch in der wohlhabenden Stadt überschlagen sich schon bald die Ereignisse: Zwei Bürgerkinder werden entführt, und Paulines Freund Jacobus, Besitzer einer fahrenden Wunderkammer, gerät in Verdacht. Dann wird auch noch eine Harfenhure grausam ermordet. Vor dem Hintergrund einer religiösen Intrige gerät Pauline in große Gefahr.

05/2599/01/L

Agnes Imhof

Die Königin der Seidenstraße

Historischer Roman. 448 Seiten. Piper Taschenbuch

Mit ihrem Gesang bringt sie die mächtigsten Männer um den Verstand: Arib, die berühmteste Kurtisane des Orients. Doch bevor die Verführerin auf dem Höhepunkt ihrer Macht anlangt, liegt eine gefahrvolle Flucht vor ihr, die sie durch die Salzsteppen Asiens über die uralten Karawanenwege der Seidenstraße bis in den Palast des Kalifen Harun ar-Raschid nach Bagdad führt. Hier muss Arib sich schließlich entscheiden: zwischen dem leidenschaftlichen Wunsch, Rache am Mörder ihrer Familie zu nehmen – und der Liebe ihres Lebens.
Bildgewaltig erzählt Agnes Imhof die wahre Geschichte Aribs und entführt in eine sinnliche Welt voller Luxus und Ausschweifung, voller Intrigen und Hass.

»Die große Verführung. Sex and the City im Orient. Ein farbenprächtiger Roman über Bagdads Schickeria.«
Freundin

05/2610/01/R

Sybille Schrödter

Die Lebküchnerin

Historischer Roman. 384 Seiten. Piper Taschenbuch

Nürnberg 1387 – eine der blühendsten Städte des Mittelalters, doch ein unwirtlicher Ort für eine junge Adelige, die gerade dem Kloster entflohen ist. Ihr bleibt nur eines: Sie gibt sich als Schwester ihrer Freundin aus, der ehemaligen Klosterköchin Agnes, und zieht zusammen mit ihr ins Haus von Agnes' Verlobtem, einem Bäcker. Das wiederum passt dem künftigen Schwiegervater gar nicht, bis Benedicta ihm aus seinen wirtschaftlichen Schwierigkeiten hilft. Ihr Geheimrezept für Lebkuchen, das sie einst im Kloster entwickelte, rettet die Bäckerei. Mit dem Erfolg ihrer köstlichen Benedicten-Lebkuchen macht sie sich jedoch auch Feinde. Und erkennt beinahe zu spät, dass einer es gut mit ihr meint ... Sybille Schrödter zeichnet lebendig und historisch fundiert ein farbenprächtiges Bild vom mittelalterlichen Nürnberg.

05/2475/01/L

Robert Löhr

Der Schachautomat

Roman um den brillantesten Betrug des 18. Jahrhunderts. 416 Seiten. Piper Taschenbuch

Als Hofrat Wolfgang von Kempelen 1770 am Habsburgischen Hof seinen Schach spielenden Automaten präsentiert, gilt der Maschinenmensch als großartigste Errungenschaft des Jahrhunderts. Doch tatsächlich verbirgt sich im Innern der Maschine ein Zwerg – und dieses menschliche Gehirn erweist sich als tödlich und sterblich zugleich. Von den Bleikammern Venedigs zum kaiserlichen Hof in Wien, von den Palästen des Preßburger Adels in die Gassen des Judenviertels – ein spannender historischer Roman um ein legendäres Täuschungsmanöver.

»Ein Überraschungserfolg, wie es ihn in dieser Form lange nicht gegeben hat.«
Der Spiegel

05/2155/02/R

PIPER

Eva Maaser

Die Rache der Königinnen

Historischer Roman. 480 Seiten. Piper Taschenbuch

Ende des 6. Jahrhunderts: Die westfränkische Königin Brunichild sinnt auf Rache, nachdem ihr Gemahl einem Anschlag seines Bruders Chilperich zum Opfer gefallen ist. Und auch ihr kleiner Sohn ist in Gefahr, denn nun steht er Chilperichs Machtstreben im Weg. Ihre gefährlichste Feindin ist jedoch ihre Schwägerin Fredegund, die unzählige Ränke schmiedet. Brunichild treu zur Seite steht ihr langjähriger Vertrauter Wittiges, der im Frankenreich zu Macht, Ehre und Reichtum gekommen ist. Dann aber entdeckt er, dass sie sich heimlich auf eine unheilige Allianz mit einem für ihr Reich höchst gefährlichen Mann eingelassen hat. Wird der enttäuschte Wittiges für seine einstige Liebe alles aufs Spiel setzen, was er bisher erreicht hat?

05/2532/01/L

Tilman Röhrig

Die Schatten von Sherwood

Historischer Roman. 432 Seiten. Piper Taschenbuch

Als der Wilddieb John Little Zeuge wird, wie die Schergen des Sheriffs von Nottingham sein Dorf auslöschen, flieht er mit der einzig anderen Überlebenden: seiner Adoptivtochter, der kleinen Marian. Zusammen suchen sie Schutz im Sherwood Forest, aber auch dort lauern Gefahren: Der Räuber Robin Hood greift sie auf, doch ist er nicht der schillernde Held, für den er gehalten wird...

»Wie es Tilman Röhrig gelingt, Robin Hood Gestalt werden zu lassen, ohne ihn dem archetypischen Muster des strahlenden Helden auszuliefern, macht die Qualität dieses Buches aus.«
Süddeutsche Zeitung

»Ein fesselnder Abenteuerroman.«
Kölner Stadtanzeiger

05/2473/01/R

PIPER

Catharina Sundberg

Die Handelsherrin

Roman aus der Hansezeit. Aus dem Schwedischen von Wibke Kuhn. 368 Seiten. Piper Taschenbuch

Ende des 14. Jahrhunderts in Stockholm: Die junge Anne hat nach dem Tod ihres Mannes ein großes Handelshaus übernommen. Es herrschen die Vitalienbrüder, die Seeräuber der Ostsee – und sie haben es auf Anne und ihren Besitz abgesehen. Zwar gelingt ihr mit ihrer Tochter die Flucht nach Lübeck. Doch auch dort ist sie nicht sicher …
Packend und lebendig fängt die erfolgreiche Autorin Catharina Sundberg die farbige Welt der Hansezeit ein.

»Catharina Sundberg mischt Spannung, Leidenschaft, unerwartete Dramatik und plötzliche Todesfälle mit historischen Fakten. Die Handlung spielt nicht nur unter Königen, sondern unter ganz normalen Leuten dieser Zeit.«
Aftonbladet

05/2401/01/L

Martina Kempff

Die Beutefrau

Roman um die letzte Liebe Karls des Großen. 432 Seiten. Piper Taschenbuch

Drei Jahre alt ist Gerswind, die Tochter des Sachsenfürsten Widukind, als sie im Jahr 785 als lebende Kriegsbeute zu Karl dem Großen gebracht wird. Der König der Franken beschließt, das Mädchen als Geisel am Hof zu behalten – bis, viele Jahre später, etwas geschieht, was der jungen Sächsin eine unumstößliche Macht über den bedeutendsten Herrscher des Mittelalters verleiht …
Ein fesselnder Roman um eine eigenwillige Frau, die durch ihre Liebe die europäische Geschichte des frühen Mittelalters entscheidend beeinflußte.

»Wenn Sie auf der Suche nach gut recherchierten historischen Romanen mit starken Frauenfiguren sind, dann liegen Sie bei Martina Kempff richtig.«
Brigitte

05/2263/02/R

PIPER